INHALT

STAR TREK™

MIASMA

GREG COX

STAR TREK

THE NEXT GENERATION™

DER STOFF, AUS DEM DIE TRÄUME SIND

JAMES SWALLOW

STAR TREK TITAN™

ABWESENDE FEINDE

JOHN JACKSON MILLER

Based on
Star Trek and
Star Trek: The Next Generation
created by Gene Roddenberry

Ins Deutsche übertragen von
Susanne Picard

cross cult

Die deutsche Ausgabe von STAR TREK: 3 CAPTAINS, 3 GESCHICHTEN
mit den Geschichten STAR TREK: MIASMA, STAR TREK – THE NEXT GENERATION: DER STOFF, AUS DEM DIE TRÄUME SIND und STAR TREK – TITAN: ABWESENDE FEINDE
wird herausgegeben von Amigo Grafik, Teinacher Straße 72, 71634 Ludwigsburg.
Herausgeber: Andreas Mergenthaler und Hardy Hellstern, Übersetzung: Susanne Picard; verantwortlicher Redakteur und Lektorat: Markus Rohde; Lektorat: Katrin Aust und Gisela Schell; Satz: Rowan Rüster/Amigo Grafik, Print-Ausgabe gedruckt von CPI Moravia Books s.r.o., CZ-69123 Pohorelice. Printed in the Czech Republic.

Dieser Sammelband enthält die Originalausgaben (bislang nur als E-Book-only Ausgaben erschienen):

STAR TREK: MIASMA

STAR TREK – THE NEXT GENERATION: THE STUFF OF DREAMS

STAR TREK – TITAN: ABSENT ENEMIES

Print ISBN 978-3-95981-384-6 (November 2019) · E-Book ISBN 978-3-95981-385-3 (November 2019)

WWW.CROSS-CULT.DE · WWW.STARTREKROMANE.DE · WWW.STARTREK.COM

STAR TREK – THE ORIGINAL SERIES

MIASMA

von Greg Cox

1

Logbuch des Captains, Sternzeit 8715,3

Die Enterprise *transportiert eine Abordnung von Diplomaten der Föderation zu einer wichtigen Konferenz auf Musgrave IV. Obwohl die Diplomaten viele Verhandlungen mit dringenden Themen führen müssen, erwarte ich keine ernsthaften Schwierigkeiten oder Komplikationen auf der Reise nach Musgrave. Andererseits … wenn vier Jahrzehnte in der Sternenflotte mich etwas gelehrt haben, dann, dass man nicht wissen kann, was einen hinter dem nächsten Sonnensystem erwartet.*

»Captain auf der Brücke!«

Ein Yeoman kündigte James T. Kirks Ankunft an, als der Captain auf die Brücke schlenderte. Er trug immer noch seine beste rote Galauniform. Er hatte gerade an einem Lunch für die illustren Gäste teilgenommen, als man ihm mitgeteilt hatte, dass seine Anwesenheit in der Kommandozentrale erforderlich sei. Um ehrlich zu sein, war er dankbar für die Entschuldigung, sich so früh verabschieden zu können. Man konnte das in feine Worte verpackte Herumgestreite über zu hohe Zölle oder uralte juristische Probleme nur eine gewisse Zeit ertragen, bevor man eine klingonische Invasion herbeisehnte.

»Mr. Spock, Bericht«, bat Kirk knapp.

Der Vulkanier stand auf, um Kirk Platz zu machen. »Ich bitte um Verzeihung, dass ich Sie stören musste, Captain, aber ...«

»Das ist nicht nötig«, unterbrach ihn der Captain. »Glauben Sie mir.«

Spock nickte verständnisvoll. »Wie auch immer es sich damit verhalten mag, Commander Uhura hat ein fremdartiges Signal aufgefangen, dessen Ursprung wohl in einem nahe gelegenen System liegen dürfte.«

»Welche Art von Signal?«, wollte Kirk wissen und wandte sich zu Uhuras Station um.

»Das kann ich nicht genau sagen, Captain«, berichtete Uhura. »Neben dem Signal empfange ich auch viele Interferenzen, die die Signalquelle stören und eine Übersetzung erschweren. Das Signal wurde in keiner der Föderation bekannten Sprachen verfasst, aber die Tatsache, dass es in Schleife läuft, lässt darauf schließen, dass es sowohl künstlichen Ursprungs ist, als auch automatisiert gesendet wird.« Sie fingerte an ihrem Ohrhörer herum. »Ich versuche, das Signal zu filtern, damit der Universalübersetzer mehr Material für eine Übersetzung bekommt, aber das wird etwas dauern.«

»Verstanden«, bestätigte Kirk. »Dann mal los.«

»Aye, Sir.«

Kirk hatte keine Zweifel daran, dass Uhura in der Lage sein würde, die Nachricht schließlich zu entschlüsseln, sie war die beste und erfahrenste Kommunikationsoffizierin der Flotte. Aber seine Neugier war geweckt. Eine unbekannte Sprache implizierte einen möglichen Erstkontakt, eine Aussicht, die er auch nach all den Jahren immer noch aufregend fand. Neues Leben und neue Zivilisationen zu entdecken war immerhin die wichtigste Mission der Sternenflotte, es hatte höchste Priorität.

»Also, womit könnten wir es hier zu tun haben?«, dachte er laut. »Einem Notruf? Einem Gruß? Einer Einladung?«

»Einer Warnung, näher zu kommen?«, schlug Chekov vor. Er saß an der Navigationsstation vor Kirk. »Oder einer Falle?«

»Auch das ist möglich«, gestand Kirk ein. Chekov war nun sowohl der Steuermann des Schiffs als auch der Sicherheitschef, und so konnte Kirk dem Russen keinen Vorwurf machen, dass er die Möglichkeit aussprach, die Botschaft sei vielleicht nicht freundlich. Kirk sah hinüber zu Spock, der wieder seinen Posten an der wissenschaftlichen Station eingenommen hatte.

»Was halten Sie davon, Spock?«

»Die Daten reichen nicht aus, um eine haltbare These zu formulieren.« Der Vulkanier konsultierte eine Anzeige auf seiner Konsole. »Das Signal scheint vom zweiten Planeten des Varba-Systems auszugehen, das ungefähr sechs Komma sieben vier Lichtjahre von unserer gegenwärtigen Position entfernt liegt.«

»Das System kenne ich nicht«, musste Kirk zugeben.

»Es gibt auch wenig Grund, es zu kennen.« Spock sah auf. »Eine unbemannte Sonde hat vor mehreren Jahrzehnten keinerlei Anzeichen für intelligentes Leben entdecken können, und so blieb es weitgehend unerforscht.«

Kirk konnte sich das gut vorstellen. Die Galaxis war groß, und allein in diesem Quadranten waren weite Bereiche noch nicht einmal kartografiert. Selbst wenn man ein ganzes Leben lang durch das Universum reiste, reichte das nicht, all die Welten und Wunder hier draußen in der Weite zu entdecken.

Nicht, dass er sich nicht trotzdem bemühte, genau das zu schaffen.

»Wie lange brauchen wir zum Varba-System?«, fragte er.

Spock hatte die nötigen Berechnungen bereits angestellt. »Mit Warp sechs schätzungsweise sieben Komma neun zwei Stunden.«

»Darf ich Sie daran erinnern, Captain, dass die *Enterprise* auf Musgrave IV erwartet wird?«, meldete sich Saavik an der taktischen Konsole zu Wort.

Der junge vulkanische Lieutenant war erst vor Kurzem wieder zur Besatzung gestoßen und hatte Sulu als taktischen Offizier ersetzt, nachdem dieser zum Captain der *Excelsior* befördert worden war. Kirk vermisste Sulu, aber er war froh darüber, dass Saavik an Bord war und wie immer bereit schien, direkt und geradeheraus ihre Bedenken auszusprechen. Er wusste ihre offene und ehrliche Art zu schätzen.

»Zur Kenntnis genommen, Lieutenant«, antwortete er. »Aber bei allem gebotenem Respekt vor dem diplomatischen Dienst würde ich mich doch nur ungern von einer Routinemission, bei der ich Bürokraten von A nach B schippere, davon abhalten lassen, ein unbekanntes Signal zu untersuchen, das möglicherweise von einer unbekannten Spezies stammt.«

»Ich neige dazu, Ihnen zuzustimmen, Captain«, sagte Spock. »Die bevorstehende Konferenz auf Musgrave IV ist bedeutsam, aber nicht von oberster Priorität. Je nachdem, was wir möglicherweise entdecken, oder auch nicht entdecken, werden keine Kriege ausbrechen, wenn wir etwas verspätet eintreffen.«

»Wir wären vielleicht sogar in der Lage, etwas von der verlorenen Zeit aufzuholen«, schlug Saavik vor. »Wir müssten nur unsere gegenwärtige Geschwindigkeit etwas erhöhen und die Maschinen etwas strapazieren.«

»Lassen Sie das Mr. Scott nicht hören, Lieutenant«, riet ihr Kirk und war dankbar dafür, dass Scott sich derzeit im Maschinenraum aufhielt. »Aber Sie haben recht. Uns steht eine neue und verbesserte *Enterprise* zur Verfügung, und unsere Maschinen sind in einem ganz hervorragenden Zustand. Zumindest versichert Scotty mir das immer wieder. Wir können vielleicht sogar mit Bleifuß fliegen, wenn wir müssen.«

Saavik warf ihm einen verständnislosen Blick zu. »›Bleifuß‹?«

»Eine archaische menschliche Redensart«, erklärte Spock. »Sie bezieht sich auf primitive Landfahrzeuge, die von internen Explosionsmotoren angetrieben wurden.« Die Andeutung eines Lächelns huschte über sein Gesicht. »Ich kann selbst aus schmerzhafter Erfahrung berichten, dass der Captain gelegentlich einen solchen Bleifuß anwendet.«

Kirk verstand die scherzhafte Anspielung auf ihr Abenteuer auf Iotia. Es war Jahrzehnte her, damals hatte er, zunächst sehr ungeschickt, versucht, selbst ein solch altmodisches Automobil zu fahren. *Irgendwann hatte ich dann den Bogen raus,* dachte er fast schon trotzig. *Mehr oder weniger jedenfalls.*

»Ich verstehe«, bemerkte Saavik und hob eine Augenbraue.

Kirk lächelte. Saavik glich ihrem vulkanischen Mentor in vielen Dingen. Der Captain war sich beinahe sicher, dass sie, wenn er das Thema das nächste Mal ansprach, genau darüber Bescheid wissen würde.

»Irgendwelche Hinweise darauf, wie alt das Signal ist?«, fragte er und kehrte damit zum eigentlichen Thema zurück. »Oder wie lange es schon gesendet wird?«

»Tut mir leid, nein, Captain«, antwortete Uhura. »Wenigstens noch nicht.«

»Mit anderen Worten, es könnte ein dringender Notruf sein. Oder es kann noch eine Weile warten.«

»Eine akkurate Schlussfolgerung«, bestätigte Spock. »Wir haben ebenso keine Anhaltspunkte dafür, wie lange das Signal noch gesendet wird.« Er sah mit nachdenklicher Miene zum Captain hinüber. »Es wäre ein großer Verlust, wenn die unbekannten Entitäten, die für das Signal verantwortlich sind, sterben oder einfach an einen anderen Ort gehen, bevor wir die Gelegenheit haben, es zu untersuchen.«

»Ein Verlust, in der Tat«, sagte Kirk.

Dann traf er eine Entscheidung. Nach allem, was sie bisher wussten, verlangte das Signal nach einer umgehenden Antwort. »Mister Chekov, nehmen Sie Kurs auf das Varba-System.«

»Aye, Sir«, erwiderte Chekov.

Kirk erhob sich und ging zum Turbolift auf der Steuerbordseite. »Mr. Spock, die Brücke gehört Ihnen. Ich muss unsere Passagiere darüber informieren, dass sich ihre Reise ein wenig verzögert.« Er zog eine Grimasse angesichts dieser Vorstellung. »Wünschen Sie mir Glück.«

»Vulkanier glauben nicht an Glück«, gab Spock trocken zurück. »Auch wenn unsere Erfahrungen oft das Gegenteil beweisen.«

Kirk hielt vor der Tür zum Turbolift inne. Er hatte es nicht eilig damit, einer Schiffsladung unzufriedener Diplomaten zu begegnen. Besonders die troyianische Botschafterin würde wohl Schwierigkeiten machen. »Wollen Sie damit andeuten, dass wir all die Jahre nur mit Glück überstanden haben?«

»Überhaupt nicht«, antwortete Spock. »Nur, dass Sie ein beachtliches Talent an den Tag gelegt haben, jeglicher Wahrscheinlichkeit zu trotzen.«

Kirk gefiel diese Ansicht. »Nun, dann hoffen wir mal, dass dieses Talent anhält, wenn wir Varba II erreichen und in Erfahrung bringen, was es mit diesem mysteriösen Signal genau auf sich hat.«

Kirk warf einen letzten nachdenklichen Blick auf den Hauptschirm der Brücke, auf dem die fernen Sterne in den gewaltigen Tiefen des Weltraums lockten. Er wusste, dass das Unbekannte immer potenziell gefährlich war, besonders, wenn es um Erstkontakte ging.

Dieser Ausflug war nicht ohne Risiko, wie Chekov sie so richtig erinnert hatte. Sie führten das Schiff in unbekannte Gewässer, um einen Ruf zu beantworten, dessen Ursprung und Bedeutung ein Rätsel war. Es war sogar möglich, dass sie nach einem Köder schnappten und direkt in eine Falle liefen.

Hoffen wir also, dass der Umweg das Risiko wert ist, dachte er.

Und die Gefahr.

2

»Wir nähern uns Varba II«, kündigte Spock an. »Wir werden in einer Minute in die obere Atmosphäre eintreten.«

Die *Galileo* befand sich im Sinkflug auf den Planeten, dessen nördliche Hemisphäre nun weitgehend das Sichtfeld aus der vorderen Windschutzscheibe des Shuttles ausfüllte. Eine dichte, wirbelnde senffarbene Atmosphäre verdeckte alle Meere und Kontinente, die sich auf der Planetenoberfläche befinden mochten. Der undurchdringliche Nebel, der eine seltsame subtile Leuchtkraft besaß, bedeckte den gesamten Planeten und war offenbar die Quelle der merkwürdigen elektromagnetischen Interferenzen, die das Signal, das hier auf Varba II seinen Ursprung hatte, so verzerrten. Sie stellten auch eine erhebliche Herausforderung für die Sensoren und Transporter der *Enterprise* dar. Deshalb hatte man sich entschieden, eher ein Shuttle zu nehmen, als sich blindlings auf den Planeten zu beamen.

»Und ich dachte, Argelius wäre neblig.« Doktor Leonard McCoy beäugte die schimmernden Wolken aufmerksam. »Sind wir sicher, dass sich da unten irgendwo fester Boden befindet?«

McCoy hatte auf einem der Passagiersitze im Cockpit Platz genommen, neben Spock, der das Shuttle selbst hatte steuern wollen, um so das Signal bis zu seinem Ursprungsort zurückzuverfolgen. Ein Medikit der Sternenflotte stand zu Füßen des Doktors, einerseits für den Fall, dass sie tatsächlich auf irgendeine Art Notruf antworteten, andererseits, falls sich das Außenteam irgendwelche Verletzungen zuzog. Spock hoffte, dass sich diese Vorsichtsmaßnahme als unnötig erweisen würde, aber er war sich auch durchaus der Tatsache bewusst, dass die Landung auf einem unbekannten Planeten oft Risiken beinhaltete, die Leib und Leben gefährdeten. Er hatte mittlerweile an mehr Begräbnissen der Sternenflotte teilgenommen, als ihm lieb war ... einschließlich seinem eigenen. Und inadäquate Daten erhöhten nur die Anzahl der Variablen in einer Berechnung.

»Wir können uns über nichts sicher sein«, begann Spock. »Die ungewöhnliche Atmosphäre des Planeten macht detaillierte Sensoranzeigen problematisch, aber es gibt auch Anzeichen für ein annähernd der M-Klasse entsprechendes Landschaftsszenario unter der schweren Wolkendecke.« Der wissenschaftliche Offizier überprüfte eine Anzeige auf der Konsole vor sich. »Ich versuche, den Ursprungsort des Signals genauer zu erfassen. Ich konnte den Suchradius bereits auf ein Areal von fünfhundert Kilometern einschränken.«

»Fünfhundert, sagen Sie?«, gab McCoy zurück und schnaubte. »Sie werden schlampig, Spock. Ich hatte etwas präzisere Angaben von Ihnen erwartet, zumindest ein paar Stellen hinter dem Komma.«

»Ich versichere Ihnen, Doktor, dass meine Fähigkeiten durchaus nicht eingeschränkt sind. Je näher wir dem Ursprungsort kommen, desto effektiver werden wir den Suchradius eingrenzen können, da bin ich sicher.«

»Das hoffe ich doch sehr«, erwiderte McCoy. »Bitte vergessen Sie nicht, dass wir nicht mehr so jung und knusprig sind wie früher. Ich hätte nichts gegen ein wenig gesunde

Bewegung einzuwenden, aber ich will auch nicht auf der Suche nach diesem verflixten Signal über den ganzen Planeten wandern.« Er streckte sich unbehaglich in seinem Sitz. Muskeln und Gelenke knackten. »Die meisten von uns altern nicht so langsam wie ihr Vulkanier.«

»Mein Beileid, Doktor. Das muss wirklich unbequem für Sie sein.«

»Ja ja, legen Sie nur den Finger in die Wunde!«, grummelte McCoy und wechselte dann das Thema. »Es muss Jim umbringen, dass er bei dieser Expedition nicht dabei ist.«

»Es war eine logische Entscheidung«, antwortete Spock. »Der Captain kann schwerlich die Würdenträger im Stich lassen, für die er verantwortlich ist, nur um eine möglicherweise gefährliche Mission auf die Oberfläche anzuführen. Er hatte kaum eine andere Wahl, als auf der *Enterprise* zu bleiben.«

»Oh, ich verstehe schon, warum er uns nicht begleiten konnte«, erwiderte McCoy. »Irgendjemand muss die Wogen der Empörung dieser VIPs ja glätten. Aber Sie und ich wissen, dass Jim lieber mit uns in diese Suppe da unten fliegen würde.«

Spock musste dieser Einschätzung zustimmen. »Da haben Sie zweifellos recht, Doktor.«

Außer ihm selbst und Dr. McCoy bestand das Außenteam noch aus Chekov und einem dreiköpfigen Sicherheitsteam. Saavik hatte ebenfalls mitkommen wollen, aber ihre besonderen Fähigkeiten wurden bei dieser speziellen Mission nicht gebraucht. Darüber hinaus fühlte sich Spock als ihr Mentor verpflichtet, jeden Anschein von Bevorzugung zu vermeiden, den eine Bewilligung ihres Wunsches ohne guten Grund wohl dargestellt hätte. Sie war zweifellos enttäuscht, aber Enttäuschung war eine Emotion und daher etwas, mit dem ein Vulkanier rasch fertigwurde.

Zumindest nahm Spock das an.

Varba II wurde vor ihnen immer größer. Nun blinkte auch ein Annäherungsalarm auf dem Kontrollfeld vor ihnen.

»Wir treten in die Atmosphäre des Planeten ein«, meldete Spock und hob seine Stimme, damit es auch die hören konnten, die im Passagierbereich des Shuttles saßen. »Es ist möglich, dass es in dieser Atmosphäre zu Turbulenzen kommt. Bitte bereiten Sie sich darauf vor.«

»Oh Mann.« McCoy überprüfte noch einmal seinen Sicherheitsgurt. »Ich wusste, ich hätte heute nichts frühstücken sollen.«

Spocks Warnung erwies sich als durchaus begründet. Auch wenn das Shuttle in einem sehr flachen Winkel und mit moderater Geschwindigkeit in die schimmernden gelben Wolken eintauchte, um die Hülle der *Galileo* möglichst wenig Belastung auszusetzen, stellte sich die obere Atmosphäre des Planeten doch als entschieden stürmischer heraus als das Vakuum des Weltalls. Der schlanke Schiffskörper der *Galileo* war wesentlich aerodynamischer als die alten, eher kastenförmigen Shuttles, die in Spocks jungen Jahren dem Standard entsprochen hatten, aber dessen ungeachtet waren die Wetterbedingungen eine Herausforderung. Heftige Winde, die den Anzeigen nach Geschwindigkeiten von über hundert Stundenkilometern erreichten, prallten auf das Shuttle und stießen es hin und her. Spock brauchte seine ganze Konzentration und all seine Fähigkeiten als Pilot, um die *Galileo* unter Kontrolle und auf Kurs zu halten. Was nicht befestigt war, rollte lautstark im hinteren Kabinenteil herum. Chekov ließ prompt einen russischen Fluch vom Stapel.

»Ich hätte nie gedacht, dass ich so etwas mal sage«, meinte McCoy mit einer Stimme, die von den Turbulenzen immer wieder erschüttert wurde. »Aber da bevorzuge ich doch den Transporter.«

Spock musste McCoy wieder einmal zustimmen, doch er sprach es nicht aus, und konzentrierte sich lieber auf die immer schwieriger werdende Aufgabe, das Shuttle zu steuern. Der Ausläufer eines Zyklons traf die Backbordseite der *Galileo* wie ein Phaserschuss und ließ die Landefähre trudeln. McCoy schrie erschrocken auf, und Spock war dankbar für die beiden Sicherheitsgurte, die sie in ihren Sitzen festhielten, und die schiffseigene künstliche Schwerkraft, die half, die schwindelerregenden Auswirkungen des Stoßes zu dämpfen. Kühl, aber rasch bediente er die Kontrollen, um den Flug trotz der wilden Stürme, die aus jeder Richtung auf die *Galileo* eindroschen, zu stabilisieren. Das grimmige Heulen der Sturmböen konnte man selbst durch die schallisolierte Hüllenpanzerung des Shuttles hören. Der Klang erinnerte Spock an das Jaulen eines Packs hungriger *Le-matyas* zu Hause auf Vulkan.

»Schilde hoch«, rief er über den kreischenden Lärm hinweg. »Schalte Deflektoren ein.«

Er hatte gehofft, dass die Schilde zusätzlichen Schutz vor dem Sturm bieten würden, aber stattdessen entstand ein grellweißer Blitz direkt außerhalb der *Galileo.* Spocks inneres Augenlid reagierte auf der Stelle. Eine donnernde Explosion erschütterte das Shuttle. Funken brachen aus dem Steuerpult hervor, lebenswichtige Systeme hatten Kurzschlüsse. Staub und Trümmer regneten aus der Decke herab, Risse breiteten sich beunruhigend schnell über die Windschutzscheibe hinweg aus. Die Lichter der Landefähre flackerten und erfüllten das Innere mit stroboskopartigem Licht. Schotten bogen sich nach innen, das strapazierte Metall protestierte kreischend. Der Geruch von Qualm und brennenden Stromkreisläufen verpestete die Atmosphäre der Fähre. Spocks Ohren klingelten, und er sah, wie Teile der äußeren Hülle des Shuttles abgerissen wurden und davonflogen.

»Was zur Hölle ...«, schrie McCoy. »Spock!«

»Später, Doktor.« Spock formulierte in Gedanken bereits eine Theorie, die den unerwarteten Energieausbruch erklären konnte, aber seine Aufmerksamkeit wurde von wichtigeren Dingen beansprucht. Die Explosion hatte die *Galileo* von ihrem Kurs abgebracht und ließ sie nun mit hoher Geschwindigkeit steil der Oberfläche entgegenstürzen. Wie ein Meteor schoss die Fähre nun der unsichtbaren Oberfläche Tausende Meter unter ihnen entgegen. Spock schätzte, dass er nur noch Sekunden hatte, um einen unweigerlich tödlichen Crash zu verhindern. Höhe mal Beschleunigung ergab eine Katastrophe.

Es sei denn, ich ändere die Gleichung, dachte er.

Vulkanisches Training und Disziplin schlossen die Panik aus. Er überbrückte schnell und effizient die ausgebrannten Kreisläufe zu den Hilfssystemen, um die Kontrollfelder wieder zu aktivieren. Ein rascher Blick auf die Monitore des Cockpits überzeugte ihn davon, dass die Explosion die *Galileo* ernsthaft beschädigt hatte. Die Schilde waren kollabiert (was wahrscheinlich noch das geringste Problem darstellte, wie er befürchtete), unaufhörlich blinkende rote Lichter und Anzeigen meldeten Fehlfunktionen und Ausfälle in allen Bereichen, auch kritische Systeme waren betroffen. Die künstliche Schwerkraft und die Trägheitsdämpfer waren ausgefallen und hatten die *Galileo* zum Spielball von Varba IIs eigener erbarmungsloser Schwerkraft werden lassen, die ungefähr zwischen der der Erde und der des Vulkan rangierte. Auch die strukturelle Integrität war betroffen und legte die unwillkommene Möglichkeit eines baldigen Hüllenbruchs nahe, während das wrackgeschlagene Shuttle seiner sicheren Zerstörung entgegenstürzte.

Eines nach dem anderen, sagte sich Spock.

Der primäre Impulsantrieb war ausgefallen. Offenbar hatte er schwere Schäden davongetragen, also versuchte er, die Landedüsen zu zünden. Zu seiner Erleichterung aktivierten sich die Düsen tatsächlich und erlaubten ihm, die *Galileo* auf ihrem Sturz kopfüber in Richtung Planetenoberfläche zumindest etwas zu kontrollieren. Die Steuerung reagierte träge und sperrig, aber wenigstens schienen die wilden Stürme nachzulassen, als sich das Shuttle immer schneller der Oberfläche näherte. Auch der allgegenwärtige Nebel begann sich langsam auszudünnen und ermöglichte zumindest eine wenn auch geringe Sichtweite. Obwohl er noch mit den Kontrollen zu kämpfen hatte, schaffte Spock es, das Trudeln der *Galileo* auszugleichen und das Shuttle parallel zur Oberfläche des Planeten auszurichten, die nun allzu schnell sichtbar wurde.

Durch die Lücken im phosphoreszierenden gelben Nebel war nun ab und an ein nächtlicher Sumpf zu erkennen, der teilweise von einem dicken Teppich aus Laub und Ranken bedeckt war. Die Marschen schienen ihnen wie ein klingonischer Schlachtkreuzer auf Kollisionskurs entgegenzurasen. Die Düsen gaben alles, aber sie konnten die Beschleunigung des Shuttles nur abbremsen, nicht aber umkehren.

»Spock«, ließ sich McCoy nun ängstlich vernehmen.

»Ich sehe es, Doktor. Halten Sie sich fest. Eine sanfte Landung ist nicht mehr möglich.«

»Ich hatte befürchtet, dass Sie das sagen.«

Die Düsen stotterten und zündeten unregelmäßig. Wild aufblinkende rote Lichter auf den Armaturen warnten vor einem totalen Systemversagen. Spock bedauerte kurz, dass Sulu nicht hier war, um seine überlegenen Künste als Pilot in dieser Krise unter Beweis stellen zu können. Es kam nun hauptsächlich darauf an, wie das Shuttle die nächsten Minuten durchhielt.

»Bereiten Sie sich auf den Aufprall vor!«, rief er laut.

Er blieb dabei geistesgegenwärtig genug, um ein Notrufsignal an die *Enterprise* zu schicken. Der Erste Offizier war nicht sicher, ob das Signal die intensiven atmosphärischen Störungen durchdringen konnte, aber er glaubte, es sei das Risiko wert. Captain Kirk musste Bescheid wissen, dass das Außenteam Hilfe benötigte.

Immer vorausgesetzt, sie überlebten die Landung ...

Die *Galileo* stieß mit der Nase zuerst krachend durch das dichte Laubdach in den Sumpf hinein. Splitternde Äste und Baumstämme kratzten laut an der Hülle des Shuttles. Die Düsen bemühten sich, den Aufprall zu mildern, aber sie hatten gegen die üble Verbindung von Schwerkraft und Beschleunigung, die das Shuttle im Griff hatte, keine Chance. Trübe schwarze Wasser von unbekannter Tiefe rasten auf sie zu. Spock riss die Steuerung der *Galileo* herum, um sie ins Wasser zu lenken, und verfehlte dabei nur knapp das nahe liegende Ufer.

Man konnte nur hoffen, dass das Wasser tief genug war.

Die *Galileo* platschte in den Sumpf. Auch wenn sie im Wasser gelandet waren, war der Aufprall selbst doch beachtlich. Nur die Sicherheitsgurte bewahrten Spock und McCoy davor, aus den Sitzen gerissen zu werden. Die bereits von Rissen durchzogene Windschutzscheibe splitterte endgültig und überschüttete Spock mit winzigen, scharfen Scherben, sodass er einen Arm hochriss, um sich zu schützen. Im Tumult der Bruchlandung fiel ihm der scharfe Schmerz in seiner rechten Schulter zuerst gar nicht auf. Das Überleben und die Pflicht hatten Vorrang.

Schließlich kam das Shuttle zu einem plötzlichen Halt.

Für einen Augenblick war Spock benommen. Er verlor einige wertvolle Sekunden, bevor er angemessen auf die Katastrophe reagierte. Er blinzelte und schüttelte den Kopf, um wieder klar denken zu können, dann analysierte er hastig die Situation und das Personal, für das er verantwortlich war. Er begann mit der Person, die im Sessel neben ihm zusammengesunken war.

»Doktor?«

»Ich bin noch in einem Stück«, murmelte McCoy und versuchte probeweise, sich zu bewegen. Er stöhnte und zog eine Grimasse. »Glaube ich zumindest.«

»Commander Chekov?«, rief Spock und sah über seine Schulter hinweg in den hinteren Teil des Shuttles. Dieser füllte sich nun rasch mit Qualm, dessen Ursprung in mehreren kleinen elektrischen Feuern lag. Er musste seine Augen anstrengen, um durch die beißenden Rauchschwaden hindurch etwas zu sehen. Auch seine Nase und seine Kehle reagierten nun gereizt.

»Keine Verluste, Sir«, meldete Chekov und hustete dabei. »Oder besser gesagt, noch nicht.«

Es blieb keine Zeit, um genauer nachzuforschen. Brackiges Wasser rauschte durch die gesplitterte Windschutzscheibe und flutete bereits das Cockpit. Die *Galileo* sank mit dem Bug zuerst in etwas, das offenbar eine waschechte Lagune zu sein schien. Das Gewicht des hereinströmenden Wassers sorgte dafür, dass die Fähre noch schneller kippte und sich das Heck hob, während Chekov und seine Leute sich mühsam aus den Sitzen aufrappelten. Husten und hastige Rufe mischten sich in den Tumult.

»Schneller!«, drängte Chekov seine Gefährten heiser. »Bewegt euch!«

Das Wasser war schon knietief ins Cockpit eingedrungen und stieg immer höher. Inmitten des Rauchs und der Flut analysierte Spock die Lage und rief dann den einzig logischen Befehl: »Das Schiff evakuieren!«

Er löste seine Gurte, sicherte seinen Trikorder und wandte sich an McCoy, der sich ebenfalls bereits aus den

Sicherheitsgurten kämpfte. Der Doktor verzog dabei das Gesicht, als schmerzten ihn die raschen Bewegungen. Spock kannte das Gefühl. Die Bruchlandung hatte auch ihn nicht unversehrt gelassen.

»Können Sie laufen, Doktor?«, fragte Spock.

»Darauf können Sie wetten.« McCoy erhob sich aus dem Sitz und wollte gerade das Cockpit verlassen, als er sich umwandte, als habe er etwas vergessen. »Warten Sie! Mein medizinischer Notfallkoffer.«

Die Bruchlandung hatte den Koffer aufplatzen lassen. Sein Inhalt hatte sich im gefluteten Cockpit verteilt. Hastig versuchte McCoy, so viel vom Kofferinhalt wie möglich zusammenzuraffen, und warf dabei Hyposprays und Medikamente wieder in die Tasche hinein. Aber die Zeit war gegen ihn. Es würde nur noch wenige Minuten dauern, bis das Shuttle völlig untergegangen war. Das Wasser selbst war zwar unangenehm kalt, aber nicht eisig. Spock schätzte seine Temperatur auf ungefähr vierzehn Grad Celsius.

»Wir müssen gehen, Doktor«, drängte er. »Wir haben keine Zeit mehr.«

»Aber meine Ausrüstung ...«

»... ist es nicht wert, dafür zu ertrinken.« Spock packte McCoy. Halb schob er ihn, halb führte er ihn in den hinteren Teil des Shuttles. Mittlerweile stand die backbordseitige Luke ebenfalls teilweise unter Wasser, und so bahnten sie sich platschend einen Weg durch die steigenden Fluten und eine sich immer steiler neigende Fähre zum Heck. Der Boden unter ihren Füßen war nicht zuletzt durch die Neigung des Shuttles immer rutschiger geworden, die Stiefelsohlen fanden kaum noch Halt. Durch den beißenden Qualm hindurch konnte Spock Chekov und seine Leute sehen, die sich schon an der Luke am Heck der Fähre zu schaffen machten. Erneut quoll Rauch aus einem Stauraum über ihnen, einzelne Ausrüstungsgegenstände trieben an ihnen vorbei. Ein herabgefallener Gaskocher sank unter die Oberfläche, was ihnen wohl wenigstens eine potenzielle Explosion ersparen würde. Eine einzelne Spielkarte schwamm an Spocks Schienbein vorbei. Es war die Pik-Dame.

»Aufgepasst!« Chekov betätigte mit der Hand den Notfallhebel. Die Luke öffnete sich mit lautem Knall und entließ einen Teil des beißenden Qualms nach draußen.

»Na los doch, raus mit Ihnen! Beeilen Sie sich!«, drängte er.

Er hielt das Schott mit einer Hand fest, sodass es nicht wieder in das überschwemmte Shuttle hineinrutschte, und scheuchte die drei Sicherheitsoffiziere, Fisher, Yost und Darwa, aus der Fähre heraus, während er selbst noch auf Spock und McCoy wartete. Feuchte Luft und gelblicher Nebel drangen nun in den Innenraum des Shuttles und mischten sich mit dem entweichenden Qualm. Chekov beugte sich zu ihnen herab und streckte seine freie Hand aus, um McCoy das letzte Stück hinaufzuziehen.

»Hier entlang, Doktor. Etwas schneller, bitte.«

»Das müssen Sie mir nicht sagen«, grummelte McCoy, aber er schlug die entgegengestreckte Hand nicht aus. Er hatte sich den ramponierten Notfallkoffer unter den Arm geklemmt. »Ich weiß sehr wohl, wann ich ein sinkendes Schiff verlassen muss.«

Er kletterte aus der Fähre hinaus in die Lagune. Spock hörte den Platsch, mit dem er ins Wasser sprang. Eine Fontäne leicht salzigen Wassers folgte dem Doktor.

Auch der Vulkanier ließ sich von Chekov helfen. Ein letzter Blick über die Schulter überzeugte ihn davon, dass das Wasser auch den Passagierraum erreicht hatte und sein Gewicht das Shuttle hinabzog. Die *Galileo* stand mittlerweile in einem beinahe rechten Winkel zur Oberfläche der Lagune. Spock wandte sich wieder der offen stehenden Luke zu.

»Nach Ihnen, Mr. Chekov.« Er hob eine Hand, um etwaige heroische Proteste abzuwehren. »Das ist ein Befehl, Commander.«

Chekov nickte und sprang vom Rahmen der Luke ins Wasser. Spock versicherte sich, dass sein Trikorder immer noch über seiner Schulter hing, bevor er selbst die Fähre verließ. In diesem Augenblick ging die *Galileo* endgültig in dem aufgewühlten Wasser unter. Spock musste also gar nicht in die Lagune springen, sondern nur abwarten, bis das Shuttle unter ihm versank. Die von der untergehenden Fähre verursachte Strömung drohte zwar, ihn unter die Oberfläche zu ziehen, doch Spock hatte nicht das Bedürfnis, dem Gefährt auf den Boden der Lagune zu folgen. Seine Verantwortung lag woanders.

Die fremden Wasser umgaben ihn. Er ruderte mit Armen und Beinen, um sich über der Oberfläche zu halten, und nahm dabei ihre Umgebung in Augenschein. Durch den unheimlich glühenden Nebel erspähte er ein schlammiges Ufer, das nur wenige Meter von ihnen entfernt war. Dahinter schloss sich ein nicht gerade einladend aussehender Wald an, der aus exotischen Bäumen, Büschen, Ranken, Moos und Pilzen zu bestehen schien. Die Vegetation war natürlich planetenspezifisch, doch sie schien den Mangroven, Farnen und der üblichen Flora zu ähneln, die man auch in den irdischen Feuchtgebieten fand. In den Lücken zwischen dem üppig wuchernden Laubwerk lagen Nebel und Schatten, in denen besorgniserregend rasche Bewegungen zu sehen waren. Dass diese Schatten die Form änderten, war kein gutes Zeichen. Die Sonden hatten seinerzeit kein intelligentes Leben festgestellt, aber das schloss feindlich gesinnte Flora und Fauna nicht aus. Unidentifizierbare Quiekser und Schreie ertönten in den Tiefen des dichten Regenwalds, auch das Brummen und Summen von

Insekten erfüllte die Luft. Und wer wusste schon, welche Arten von nachtaktivem Getier dieses Biotop durchstreifen mochten?

Nicht gerade ein sehr einladender Ort, urteilte Spock, *aber wie Captain Kirk wohl sagen würde, immerhin ein Hafen im Sturm.* »Schwimmen Sie an Land«, befahl er, vielleicht unnötigerweise.

»Das ist ja mal eine tolle Idee«, ließ sich McCoy vernehmen. »Warum hab ich daran nicht selbst gedacht?«

»Ich bin sicher, dass Sie auch darauf gekommen wären, Doktor. Irgendwann.«

Die Mitglieder des Außenteams strampelten, schwammen und wateten schließlich ans Ufer. Nur für einen Augenblick wurde Spock an eine ähnlich wässrige Notlandung erinnert, als er und seine Schiffskameraden dazu gezwungen gewesen waren, einen gekaperten klingonischen Bird-of-Prey in der Bucht von San Francisco zu landen, direkt nach ihrer Reise ins zwanzigste Jahrhundert. Aber das war ein freudiges, ja, beinahe triumphales Erlebnis gewesen, das vom Erfolg der Mission geprägt war, die Erde vor einer rätselhaften außerirdischen Sonde gerettet zu haben.

Diese Bruchlandung in kaltes, brackiges Wasser war hingegen alles andere als ein Grund zum Jubeln.

Er zog sich auf den schmalen Strand und blickte erneut über die Lagune, deren dunkle Oberfläche nun wieder still und unberührt dalag. Von der *Galileo* war keine Spur mehr zu sehen.

Und wieder auf die *Enterprise* gebeamt zu werden, stand nicht zur Debatte.

Wir sind gestrandet, schlussfolgerte Spock. *Und vom Schiff abgeschnitten.*

Jetzt stand Überleben ganz oben auf der Tagesordnung.

»Bleiben Sie still sitzen, damit ich Sie in Ruhe behandeln kann, Spock. Für den Fall, dass Sie es nicht bemerkt haben: Sie sind verwundet.«

McCoy war triefnass und nicht gerade glücklich darüber. Jetzt versuchte er, Spocks Aufmerksamkeit auf sich zu lenken, während das gestrandete Außenteam sich daran machte, sich auf dem Trockenen, das diesen Namen kaum verdiente, einzurichten. Ein schlammiger Hügel, der sich über einigen Tümpeln, Teichen und seichten Bächen erhob, schien nur eine geringfügige Verbesserung im Vergleich zu der Lagune zu sein, die die *Galileo* verschlungen hatte. Die Luft war feucht und dünn und durchdrungen vom Geruch schimmeliger, fauliger Vegetation ... und vom Gestank einiger anderer Dinge, die McCoy nicht näher definieren wollte. Winzige, mückenartige Insekten summten unablässig um sie herum. Ein bedeckter Himmel, der durch das dichte grüne Laub kaum zu sehen war, machte es schwierig, den Tag von der Nacht zu unterscheiden. Das bisschen Licht, das es gab, hatte seinen Ursprung hauptsächlich in den schimmernden Nebelschwaden, die durch den übel riechenden Dschungel zogen wie Irrlichter. An einigen Stellen hingen sie dicht über dem Boden und wirbelten um die Knöchel des Doktors. Seine Stiefelsohlen gaben ein schmatzendes Geräusch von sich, als er hinter Spock herhastete.

»Ich mein's ernst, Spock. Sie müssen mir gestatten, das zu untersuchen.«

Ein Splitter transparenten Aluminiums, ungefähr drei Zentimeter breit, steckte in Spocks rechter Schulter. Eine Flüssigkeit, die aussah wie grünes, dunkles Blut, was aber im dämmrigen Licht nicht gut zu erkennen war, rann aus der Wunde und ließ vermuten, dass die Scherbe eine Vene und keine Arterie durchtrennt hatte. Vulkanisches arterielles Blut war in der Regel von einem leuchtenderen Grün und hätte gesprudelt, es wäre nicht langsam geflossen. McCoy dankte seinem Glücksstern, dass das Fragment Spock nicht ein paar Zentimeter weiter links getroffen hatte.

Der Vulkanier blickte auf die Verletzung hinab, als habe er sie tatsächlich erst in diesem Augenblick bemerkt.

»Kümmern Sie sich nicht um mich«, sagte er kurz angebunden. »Bitte versorgen Sie zuerst die anderen.«

»Kommt gar nicht infrage.« McCoy konnte Spock nicht vorwerfen, dass er sich zuerst um die anderen kümmern wollte, aber die Wunde benötigte sofortige medizinische Versorgung. »Wir dürfen nicht zulassen, dass Sie noch mehr von diesem kupfrigen, grünen Zeug verlieren, das Sie Blut nennen. Es ist ja nicht so, als würden hier Blutspender für Sie Schlange stehen, um Ihnen eine Transfusion zu verabreichen.«

Spock gab missmutig nach. »Diesmal ist Ihre Logik in der Tat nicht zu widerlegen, Doktor.«

Er setzte sich mit deutlich sichtbarem Widerwillen auf einen Baumstumpf, der mit feuchtem Moos und Pilzen überzogen war. Das aufgequollene Holz gab unter seinem Gewicht nach. Aufgestört flitzten kleinere Insekten und Vielfüßer davon. »Fangen Sie an.«

»Wird ja auch Zeit, dass Sie auf mich hören.« McCoy wickelte ein wenig feuchten Stoff um seine Finger, damit er sich nicht an den scharfen Kanten der Aluminiumscherbe schnitt, dann packte er den Splitter, der aus Spocks Schulter ragte, während seine andere Hand auf die Wunde seines Patienten drückte. »Normalerweise hätte ich Ihnen zuerst etwas gegen die Schmerzen gegeben, aber ein Großteil der Analgetika ist mit der *Galileo* untergegangen.«

»Sie brauchen sich nicht zu bemühen, Doktor. Physische Unbequemlichkeiten sind derzeit meine geringste Sorge.«

Das glaubte McCoy gern. Selbst als er die Scherbe mit einem Ruck aus Spocks Schulter zog, entlockte er seinem

Patienten nicht mehr als eine Grimasse. Der Doktor war sich der katastrophalen Lage bewusst, in der sie sich befanden. Chekovs Sicherheitsteam sicherte gerade mit gezückten Phasern die Umgebung, während Chekov selbst mit seinem Kommunikator versuchte, Kontakt zur *Enterprise* herzustellen. Unglücklicherweise schien der verdammte Nebel den Funkverkehr immer noch zu stören.

»Chekov an *Enterprise*«, rief der Russe und klang dabei verständlicherweise frustriert. Wie McCoy hatte er seine durchnässte Jacke ausgezogen, aber die Kleidung darunter war genauso vollgesogen und voller Schlammflecke. Er hielt den Kommunikator dicht vor die Lippen: »Ich wiederhole: Chekov an *Enterprise*. Bitte melden.«

McCoy warf die blutige Scherbe weg und half Spock aus seiner eigenen triefend nassen Jacke, damit er besser an die Wunde herankam. Er führte Spocks Hand auf die verletzte Schulter. »Drücken Sie fest auf die Wunde. Ich suche derweil nach irgendeinem Antibiotikum, damit sich die Wunde nicht entzündet.«

»Danke, Doktor«, sagte Spock und gehorchte. Er nickte Chekov und den anderen zu. »Bitte geben Sie mir eine Meldung, inwieweit Sie verletzt sind.«

»Angeschlagen und blaue Flecke, aber immer noch arbeitsfähig«, sagte McCoy, der das gesamte Außenteam bereits kurz untersucht hatte. Ein Hypospray zischte, als er Spock ein sterilisierendes Breitbandantibiotikum verabreichte, das die Bruchlandung irgendwie überlebt hatte. McCoy wollte lieber nicht darüber nachdenken, welche Arten von Keimen in dieser Lagune herumschwimmen mochten. »Ein paar gebrochene Rippen, ein Hauch von Schleudertrauma, kleinere Schrammen und gezerrte Muskeln. Und ich bin ein wenig steif, danke der Nachfrage. Insgesamt nichts Lebensbedrohliches, auch wenn ich wünschte, ich hätte nicht die Hälfte meiner Ausrüstung bei der Bruchlandung verloren.«

Er schauderte beim Gedanken an die sogenannte Landung. »Das hätte wesentlich schlimmer ausgehen können. Wir haben Glück, noch am Leben zu sein.«

»Vulkanier glauben nicht an Glück«, erwiderte Spock.

»Das hat man mir schon öfter gesagt.« McCoy rief sich die Explosion ins Gedächtnis, die die Ursache für den Absturz gewesen war. Seine Ohren klingelten allein beim Gedanken an den Knall.

»Was zum Geier ist da oben eigentlich passiert? Wurden wir vom Blitz getroffen oder etwas in der Art?«

Spock schüttelte den Kopf. »Nichts so Prosaisches, Doktor. Gewöhnliche Blitze hätten unsere Schilde nicht zusammenbrechen lassen oder eine Explosion von diesen Ausmaßen auslösen können. Die Shuttles der Sternenflotte sind vorschriftsmäßig so gebaut, dass die meisten atmosphärischen Störungen ihnen nichts anhaben können.«

»Das will ich doch schwer hoffen.« McCoy war kein Ingenieur, also nahm er Spock beim Wort. Sie waren schon zuvor durch so manch schwere Wetterlage geflogen, ohne deshalb gleich abzustürzen. Er erinnerte sich an einen besonders enervierenden Flug über einer Kette von ausbrechenden Vulkanen auf Kaskadia IV, der nichtsdestotrotz damit endete, dass die *Galileo* sicher bei der wissenschaftlichen Station ankam, die die Föderation eingerichtet hatte und die die einzigartige geologische Struktur des Planeten untersuchte. »Was war es dann? Es fühlte sich an, als wäre um uns herum ein Photonentorpedo detoniert.«

»Die Daten sind nicht eindeutig, aber ich glaube, dass eine volatile Komponente oder Energie in der Planetenatmosphäre explosiv auf unsere Schilde reagiert und somit die Katastrophe ausgelöst hat.«

McCoy blinzelte überrascht. »Sie meinen, unsere eigenen Schilde waren die Ursache für die Kettenreaktion? Ist das überhaupt möglich?«

»Ich hätte das ebenfalls nicht gedacht, aber dennoch sitzen wir jetzt hier.« Spock begann mit weiteren Erläuterungen seiner Theorie, möglicherweise in einem Versuch, sich selbst von McCoys Bemühungen, seine Wunde zu reinigen, bevor er sie verband, abzulenken. »Weitere Tests und Analysen unter kontrollierteren Bedingungen wären notwendig, um diese Hypothese zu untermauern, aber nach einiger Überlegung sind solche Vorfälle nicht ohne Präzedenz. Es gibt gut dokumentierte Beispiele dafür, dass bestimmte Gase und Mineralien inkompatibel auf Transporterstrahlen reagieren, Dilithiumkristalle ungünstig von bestimmten Frequenzen elektromagnetischer Strahlung beeinflusst werden ...«

»Wenn Sie das sagen.« McCoy war an technischen Details nicht sonderlich interessiert. Weil ihm kein Protoplaser zur Verfügung stand, um Spocks Wunde zu versiegeln, und nicht einmal ein Hautpflaster in Sprayform, beschränkte er sich darauf, sie mit einem (relativ) sauberen Streifen Stoff zu verbinden, den er aus dem Innenfutter seiner abgelegten Jacke geschnitten hatte. »Ich nehme an, das alles verhält sich ähnlich wie das Mischen von Medikamenten oder wenn man Heilmittel an verschiedenen humanoiden Spezies ausprobiert, von denen jeder einen eigenen Metabolismus und spezielle körperchemische Eigenschaften hat. Manchmal kann einem eine falsche Reaktion um die Ohren fliegen.«

»Ein angemessener Vergleich, Doktor.« Spock inspizierte McCoys sorgfältige Handarbeit und bewegte seine Schulter vorsichtig. »Wir sollten die mysteriösen gelben Nebel dieses Planeten näher in Augenschein nehmen.«

Er zuckte kurz zusammen, dann griff er nach seinem wasserdichten Trikorder und begann, eine vorbeiziehende Nebelschwade zu scannen. Er studierte die Anzeigen des kleinen Monitors eingehend.

»Das ist interessant. Ich entdecke hier eine bestimmte Menge einer ungewöhnlichen Art von Plasma, das sich einer eindeutigen Klassifikation entzieht. Die Atmosphäre enthält scheinbar große Mengen von versteckten plasmoiden Strukturen, die darin freigesetzt sind und ein unwahrscheinlich verzerrtes Verhältnis von Energie und Materie aufweisen. Es ist möglich, dass diese Konzentration von Plasmoiden durch die Überschneidung des Magnetfelds des Planeten mit speziellen Wellenlängen der solaren Strahlung, kombiniert mit der Anwesenheit einzigartiger Komponenten in der Atmosphäre entsteht. Das alles ist mit den Kräften vergleichbar, die auf der Erde zu Kugelblitzen oder auf Vulkan zu Sandfeuerstürmen führen, allerdings sind die Auswirkungen hier ungleich massiver.«

Seine Stimme war von rein wissenschaftlicher Neugier geprägt. »Es ist zu schade, dass wir dieses Phänomen nicht unter weniger bedrohlichen Umständen untersuchen können.«

McCoy hatte kaum die Hälfte von Spocks Ausführungen verstanden. Ihn interessierten weniger die Bestandteile des Nebels als vielmehr die Tatsache, wie zum Teufel sie sich aus dieser misslichen Lage befreien konnten. Er starrte hinauf zu den herabhängenden Ästen der Bäume, als versuche er, hinter dem dichten Laub die *Enterprise* in ihrer Umlaufbahn hoch über dem Planeten zu entdecken. Doch das Schiff und seine Krankenstation schienen sehr weit entfernt zu sein.

»Jim wird jetzt jeden Augenblick eine Rettungsmission losschicken«, sagte er voller Hoffnung. »Selbst wenn wir keinen Kontakt mit dem Schiff herstellen können.«

»Irgendwann wird er das sicher tun, Doktor, aber vielleicht nicht sofort. Wir hatten erwartet, dass das Außenteam die Verbindung zur *Enterprise* für die Dauer der Mission verliert. Ich habe kurz vor dem Absturz ein Notsignal ausgesendet, aber ich kann nicht garantieren, dass es den Captain auch erreicht hat.«

McCoy klammerte sich an die Vorstellung, dass irgendwann Hilfe eintreffen würde. »Trotzdem. Wenn wir nicht innerhalb einer bestimmten Zeit zurückkommen, wird Jim bemerken, dass etwas nicht stimmt und ...«

Dann schoss ihm ein grauenvoller Gedanke mit der Kraft eines Disruptorschusses durch den Kopf. »Spock, was ist, wenn die Rettungsmission den gleichen Fehler macht wie wir und da oben in den Wolken die Schilde aktiviert?«

»Das wäre bedauerlich«, sagte Spock mit ernster Stimme und sah von seinen Trikorderanzeigen auf. »Allen Anzeichen nach zu urteilen, sind diese Dämpfe extrem explosiv.«

Ein paar Meter weiter hatte Chekov ein wenig feuchten Zunder angehäuft. Offenbar wollte er versuchen, ein Feuer zu entzünden. Er hob den Phaser und zielte auf den Haufen aus Stöcken, Moos und Blättern. Der irisierende Nebel glitt über die Stelle hinweg und wogte zwischen der Waffe und dem Ziel. Chekov rieb sich die Nackenmuskeln, die er sich bei der Bruchlandung gezerrt hatte.

Spock riss alarmiert die Augen auf und sprang auf die Füße. »Chekov! Warten Sie!«

Seine Warnung kam zu spät. Ein rubinrot glühender Strahl schoss aus dem Phaser und bohrte sich durch eine vorbeiziehende Nebelschwade ... die beim Kontakt prompt detonierte. Ein greller Blitz warf Chekov in eine Pfütze mit stehendem Wasser, während alle anderen in Deckung gingen. McCoy spürte trotz der Entfernung von einigen Metern die Hitze auf seinem Gesicht. Für einen Augenblick befürchtete er, der ganze Sumpf könnte in Flammen aufgehen, aber der Feuerball brannte ebenso schnell aus, wie er entstanden war, und hinterließ nichts als ein verkohltes Stück Sumpfland und ein verwirrtes und betäubtes Außenteam.

Chekov setzte sich unsicher auf. Verständlicherweise machte er einen erschütterten Eindruck. »*Bozhe moi*«, murmelte er.

McCoy rannte zu ihm hinüber. »Chekov, sind Sie in Ordnung?«

Auf den ersten Blick schien der Russe in annehmbarer Verfassung zu sein. Sein Gesicht war gerötet, als habe er Sonnenbrand, und seine Augenbrauen waren angesengt, doch McCoy erkannte keine ernsthaften Verbrennungen oder offenen Brüche. *Gott sei Dank stand er der Explosion nicht noch näher,* dachte McCoy und wünschte sich, dass er wenigstens einen medizinischen Trikorder gerettet hätte.

»Ich glaube schon, Doktor.« Chekov blinzelte und schüttelte vorsichtig den Kopf, während er seine Glieder probeweise bewegte. Seine Pupillen schienen normale Größe zu haben. Er griff nach seinem Phaser, den er während der Explosion hatte fallen lassen. »Das ... was auch immer es war, es hat mir einfach nur einen ganz schönen Schrecken eingejagt.«

»Eine unglückliche Kombination von Energiestrahlen und hochexplosiven Dämpfen«, stellte Spock so laut fest, dass alle es hören konnten. »Ich empfehle dringend, dass wir uns bemühen, die Phaser nicht zu benutzen, solange uns dieser Nebel umgibt. Wir dürfen nicht riskieren, eine noch größere Explosion auszulösen.«

McCoy wandte den Blick von Chekov ab, um ihn auf den allgegenwärtigen Nebel zu richten. Sie saßen in der Patsche ... und das auf mehr als eine Art.

»Sie sagten ›leicht entzündlich‹, Mr. Spock«, rief einer der Sicherheitsoffiziere. Ensign Fisher war ein drahtiger junger Mann mit roten Haaren und einem deutlich erkennbaren britischen Akzent. Zahllose Sommersprossen ließen sein jungenhaftes Gesicht einer Sternkarte gleichen. Beim Absturz hatte er sich eine Wunde an der Lippe zugezogen. »Bedeutet das, dass wir weder Fackeln noch ein Lagerfeuer entzünden können?«

»Ich befürchte, genau so ist es«, erwiderte Spock. »Diese Atmosphäre ist zu instabil. Eine offene Flamme könnte die Nebel entzünden, und das hätte womöglich katastrophale Folgen.«

»Na großartig«, meldete sich McCoy mit säuerlicher Miene zu Wort. »So viel zum Thema trockene Kleidung.«

»Ich fürchte, Doktor, feuchte Kleidung ist etwas, das wir ...«

Spock unterbrach sich abrupt und wandte seinen Kopf einem düsteren Winkel des Sumpfs zu, als hätte sein überaus feines Gehör etwas wahrgenommen, das sein Misstrauen erregte. McCoy folgte seinem Blick, doch er konnte nur dichten Nebel und Unterholz erkennen. Seine menschlichen Ohren hörten nur, dass eine Brise durch das Laub und das Dickicht raschelte. Befand sich in dem undurchdringlichen Grün irgendetwas?

»Fisher!«, rief Spock. »Passen Sie auf!«

Etwas kam aus dem Nebel, dem Gehölz, der Dunkelheit gerast und wurde nun sichtbar: eine große, sechsbeinige Lebensform, die ungefähr die Größe eines Tigers oder eines Löwen hatte und wie eine albtraumartige Kreuzung zwischen einem gigantischen Aal und einem wilden Dschungelraubtier aussah. Statt reißzahnbewaffneter Kiefer besaß es ein rundes Maul, in dem mehrere konzentrische Kreise rasiermesserscharfer Zähne saßen. Schuppige Hornplatten bedeckten seinen in Segmente geteilten Körper, es sah schleimig aus und die gelb-grün gefleckte Färbung war perfekt geeignet, um sich in dieser Umgebung zu tarnen. Wenigstens sechs Paar tiefdunkler Augen waren über dem Maul auf dem Kopf aufgereiht. Die Glieder, zwei Vorder- und vier Hinterläufe, waren mit kraftvollen Muskeln bepackt und trieben die Bestie mit erschreckender Geschwindigkeit auf das Außenteam zu. Ein hohes Kreischen, das klang wie ein überladener Phaser, bohrte sich in McCoys Trommelfelle und jagte ihm einen eisigen Schauer über den Rücken.

Bevor auch nur irgendeiner von ihnen reagieren oder Fisher sich umdrehen konnte, griff ihn das Monster schon von hinten an. Das hungrige Maul fraß sich in den Rücken des Sicherheitsoffiziers und zerriss hörbar seine Jacke, um an das zarte Fleisch darunter zu gelangen. Schock und Schmerz verzerrten Fishers Gesicht, und ein erstickter Schrei kam ihm über die Lippen, bevor sich sein ganzer Körper verkrampfte. Die Kreatur hob Fisher von den Füßen und schüttelte ihn wie ein Hund einen Knochen. McCoy hörte einen grauenvollen knirschenden Laut.

»Fisher!«

Chekov zückte seinen Phaser, genau wie Darwa und Yost, aber er zögerte mit dem Schuss. Er war nicht bereit, Fisher zu seiner Rettung in die Luft zu jagen. Der Nebel war überall und machte so die Phaser nutzlos. »Mr. Spock! Was sollen wir ...«

Bevor Spock antworten konnte, sprang die Kreatur mitsamt Fisher (oder seiner Leiche) wieder unter die herabhängenden Äste. Das Raubtier und seine menschliche Beute verschwanden aus dem Sichtfeld der anderen. Blätter und Ranken raschelten noch einmal laut, bevor sie wieder zur Ruhe kamen.

Dann war wieder nur der Nebel zu sehen.

Unter den Überlebenden breitete sich Schweigen aus. Nur das Brummen der Insekten war noch zu hören. Das alles war so schnell passiert, dass McCoy ein paar Augenblicke brauchte, um zu verarbeiten, dass Fisher tot war. Er hatte den Ensign abgesehen von gelegentlichen Routineuntersuchungen nicht gut gekannt, aber er war ihm immer als ein vielversprechender junger Offizier erschienen, der eine großartige Zukunft vor sich hatte. Hatte er nicht einmal erwähnt, dass er eine Schwester hatte, die Kolonistin auf New Lancaster oder irgendeiner anderen neuen Kolonie war?

Wenn McCoy sich richtig erinnerte, hatte sie gerade ihren Bruder verloren.

Verwirrte Ausrufe und ein allgemeines Atemholen verrieten die Reaktion der anderen darauf, dass sie gerade einen Kameraden verloren hatten ... und nun begriffen, dass ihnen allen ein ähnliches Schicksal drohte. Chekov und sein Team richteten ihre Phaser wieder auf das nun sehr bedrohlich wirkende Blätterdach über ihnen, auch wenn das Abfeuern der Waffen wohl so gefährlich war wie alles, was in den Bäumen auf sie lauern mochte. Misstrauische Blicke suchten in den Nebeln und Schatten wachsam nach Anzeichen eines neuen Angriffs. Nur Spock behielt seine wie immer stoische Miene bei, auch wenn die Sorge in seiner sonst so nüchternen Haltung nun kaum noch zu übersehen war. McCoy konnte das Bedauern und die Unruhe im Gesicht des Vulkaniers deutlich erkennen, auch wenn sie den meisten Leuten in der Regel verborgen blieb. Er dagegen kannte Spock mittlerweile gut genug.

»Es hat ihn einfach so geschnappt. Einfach so«, sagte Chekov völlig fassungslos. »Ich wollte ihn retten, aber ich wusste nicht wie. Ich hatte keine Zeit dafür.«

»Geben Sie sich nicht die Schuld dafür, Commander«, sagte Spock freundlich. »Die Bestie hat sehr schnell zugeschlagen. Es gab nichts, was Sie hätten tun können.«

»Er hat recht«, fügte McCoy hinzu. »Dieses Monster hat uns alle überrascht.«

Chekov sah aus, als könne er es nach wie vor nicht glauben, und starrte zornig auf seinen nutzlosen Phaser hinab. »Wenn ich ihn nur hätte verteidigen können ... auf dieses Ungeheuer hätte schießen können ...«

»Aber das konnten Sie nicht«, stellte Spock klar »Geben Sie den Umständen die Schuld, nicht sich selbst.«

»Das ist leichter gesagt als getan, Mister Spock«, gab der Russe bitter zurück.

Spock nickte. »Ich weiß, Mr. Chekov. Ich weiß.«

»Sollten wir ihnen nicht folgen?«, wollte Lieutenant Darwa wissen. Sie war eine durchtrainierte junge Frau, die vorher mit Chekov an Bord der *Reliant* gedient hatte. Ein leichter Akzent verriet ihre indischen Wurzeln, die in Mumbai lagen. Ihr üppiges schwarzes Haar war so kurz geschnitten, dass man in einem Kampf nicht ohne Weiteres hineingreifen konnte. Auf ihrer Stirn waren die ersten Anzeichen eines üblen Blutergusses zu sehen, ein Überbleibsel von der Bruchlandung. »Glauben Sie, dass Fisher noch am Leben ist?«

»Unwahrscheinlich«, erwiderte Spock. »Das ist keine gefühllose, sondern eher eine realistische Einschätzung. Nach allem, was wir gesehen haben, müssen wir annehmen, dass diese Kreatur sich an Fisher bereits gütlich getan hat.«

McCoy erinnerte sich an den grauenvoll knirschenden Laut und die rasiermesserscharfen Zahnreihen im kreisrunden Maul des Ungeheuers. Die Chancen, dass Fisher in diesem Augenblick gestorben oder sogar bereits tot gewesen war, bevor die Kreatur ihn in den Dschungel geschleppt hatte, standen sehr hoch. McCoy wollte nicht darüber nachdenken, was wohl mit ihm passierte. Nach allem, was sie bisher wussten, fraß sich das Monster in diesem Augenblick an Fishers Überresten satt. Um ehrlich zu sein, hoffte er inständig, dass der unglückliche Ensign nicht lange leiden musste.

»Was war das überhaupt für ein Vieh?«, fragte Lieutenant Yost und kam damit direkt auf den Punkt. Er war ein stämmiger, hellhäutiger Kerl mit kurz geschnittenem blondem Haar und einer muskulösen Statur und entsprach damit ganz dem Klischee eines Sicherheitsoffiziers, der eine große Karriere vor sich hatte. Er war in dritter Generation Offizier der Sternenflotte - seine Großmutter hatte bereits unter dem legendären Sternenflottenkapitän Jonathan Archer gedient - und hatte während seiner Zeit auf der Akademie hin und wieder als Türsteher gejobbt. Jetzt steckte er seinen Phaser weg und hob einen Ast auf, um ihn als Lanze oder als Keule zu benutzen. »Ich hab es ja nur kurz gesehen, aber ...«

Sein sonst ein wenig phlegmatisch wirkendes Gesicht verzog sich angeekelt.

»Es war offensichtlich ein Raubtier«, sagte Spock. »Schnell und wendig und gut an diese Umwelt angepasst. Teile von Kopf und Maul ähnelten denen eines terranischen Blutegels oder Neunauges, während die Glieder eher denen gleichen, die man an Großkatzen oder auch *Sehlats* findet.«

McCoy runzelte grimmig die Stirn. »Mit anderen Worten sprechen wir hier von einem gigantischen Blutegel, der sich fortbewegt wie ein Tiger?«

»Es scheint so.« Spock richtete seinen Blick wieder auf den nebligen Sumpf hinaus. »Wir müssen darauf achten, wenn wir uns von hier fortbewegen.«

»Von hier fortbewegen?«, echote McCoy und warf Spock einen verwunderten Blick zu. Er hatte keine Ahnung, was Spock damit sagen wollte. »Wohin denn?«

»Zu unserem ursprünglichen Ziel: der Quelle des unbekannten Signals.« Er überprüfte kurz seinen Trikorder und wies geradeaus, mehr oder weniger in die Richtung, in die der katzenartige Blutegel verschwunden war. »Meiner Schätzung nach befindet es sich rund hundertsechzig Kilometer von uns entfernt in dieser Richtung.«

McCoys Temperament ging mit ihm durch. »Um Himmels willen, Mann, Sie denken doch wohl nicht immer noch an die Durchführung der Mission? Glauben Sie nicht, dass wir im Augenblick wichtigere Probleme haben?«

»Zweifellos«, stimmte Spock zu. »Aber dort wird Captain Kirk als Erstes nach uns suchen.«

»Oh«, sagte McCoy. Nun war er ein wenig verlegen angesichts seines Ausbruchs. »Daran hatte ich nicht gedacht.«

McCoy fand, dass es nicht wenig über den Ernst der Lage sagte, dass Spock sich eines spitzen Kommentars über dieses Zugeständnis enthielt.

Stattdessen zuckte er entschuldigend mit den Schultern. »Wir sind weit vom Kurs abgestürzt. Es tut mir leid, Doktor, aber wir haben einen ordentlichen Fußmarsch vor uns.«

»Durch diesen gottverlassenen Sumpf, in dem gigantische, menschenfressende Blutegel hausen?«

»Eine alles andere als ideale Aussicht«, gestand Spock. »Aber dennoch die logische Vorgehensweise.«

McCoy wünschte sich brennend, dass er eine bessere Idee gehabt hätte.

»Wie viele von diesen Viechern sind da im Dschungel wohl unterwegs?«, wollte Darwa wissen.

Spock starrte auf die Stelle, an der nur Minuten zuvor noch Fisher gestanden hatte.

»Das, Lieutenant, bleibt abzuwarten.«

3

»Kirk, ich muss noch einmal mit aller Entschiedenheit gegen diesen zunehmend unverantwortlichen Aufschub protestieren!«

Die troyianische Botschafterin hatte sich vor Kirks Kommandosessel aufgebaut, um ihren Protest auch ja dem Captain direkt zukommen zu lassen. Der Ärger hatte das Türkis ihrer Gesichtshaut noch intensiver werden lassen, ihr weißes Haar trug sie zu einer Frisur auftoupiert, die einer Krone glich. »Die Musgrave-Konferenz wurde monatelang geplant, wir müssen uns vielen höchst wichtigen Themen widmen. Sie hatten kein Recht, von unserem Kurs abzuweichen, um hier Phantomen hinterherzujagen!«

»Das haben Sie und die anderen Delegierten mir bereits mehr als hinreichend klargemacht«, erwiderte Kirk und tat sein Bestes, um den diplomatischen Tonfall zu wahren. Allmählich wünschte er sich tatsächlich, er hätte das Schiff mit dem Außenteam verlassen. Es hatte durchaus seine Vorteile, Captain der Sternenflotte zu sein, aber mit Politikern und Diplomaten zu tun zu haben, die von der eigenen Wichtigkeit erfüllt waren, gehörte eindeutig nicht dazu. »Bitte lassen Sie sich auch nicht davon abhalten, bei der

Sternenflotte einen formellen Protest einzureichen, wenn Sie der Ansicht sind, dass es nötig ist. Aber meine Entscheidung steht fest. Ich habe Leute unten auf dem Planeten, einschließlich meines Ersten Offiziers und des Schiffsarztes, und die *Enterprise* wird nirgendwohin fliegen, solange sie nicht wieder an Bord sind.«

Seine Antwort trug nicht viel dazu bei, die Botschafterin zu beruhigen. »Und wenn Ihre Leute tatsächlich etwas von Wert entdecken, das weitere Untersuchungen erfordert ...«

»... werden wir uns darum kümmern, wenn es so weit ist«, sagte Kirk mit fester Stimme. Er war nicht gewillt, sich selbst auf irgendetwas festzulegen, bevor er nicht vom Außenteam gehört hatte. Je nachdem, was Spock und die anderen vorfanden, war die *Enterprise* sehr wohl in der Lage, den Weg nach Musgrave IV fortzusetzen und sich später um die Angelegenheiten auf Varba II zu kümmern. Alternativ würde man andere Arrangements treffen, falls irgendwelche Entdeckungen auf dem Planeten einen längeren Aufenthalt erforderlich machten. Aber das war im Augenblick unmöglich vorherzusehen.

»In der Zwischenzeit, Botschafterin, schlage ich vor, dass Sie und Ihre geehrten Kollegen von der Gastfreundschaft unseres Schiffes Gebrauch machen. Haben Sie schon unsere botanischen Gärten auf den unteren Decks besichtigt? Ich habe gehört, dass die arkturischen Mondtulpen gerade in voller Blüte stehen.«

Die Botschafterin erkannte sehr wohl, wann ein Gespräch beendet war. Sie hob hoheitsvoll ihr Kinn und erklärte in einem noch hoheitsvolleren Tonfall: »Das ist kein Scherz, Captain. Sie werden noch von mir hören.«

»Daran habe ich keinen Zweifel, Botschafterin.« Kirk blieb in seinem Sessel sitzen. »Seien Sie versichert, dass ich Sie und Ihre Kollegen Delegierten über die Entwicklungen auf dem Laufenden halte.«

»Das hoffe ich doch sehr, Captain!«

Seidene Gewänder raschelten, als die Botschafterin mit grandios zur Schau gestellter selbstgerechter Empörung von der Brücke stürmte. Kirk wartete, bis der Turbolift mit ihr darin verschwunden war, und stieß dann einen Seufzer der Erleichterung aus. Er erwägte ernsthaft, Besucher bis auf Weiteres von der Brücke zu verbannen.

»Endlich!«, ließ sich Uhura vernehmen und machte so ihrer eigenen Anspannung Luft. »Ich dachte schon, die würde nie gehen.«

Sie schüttelte ungläubig den Kopf. »Was glaubt die eigentlich, wer sie ist?«

»Eine hochrangige offizielle Repräsentantin einer befreundeten Regierung.« Kirk fragte sich, ob er wohl noch Freunde am troyianischen Hof hatte. Der Kaiserin war er immerhin sehr nahegekommen ... vor langer Zeit. *Ich werde wohl einige alte Gefallen beim troyianischen Hof einfordern müssen, wenn das hier vorbei ist.*

Doch die Schadensbegrenzung musste warten. »Schon irgendwelche Nachrichten vom Außenteam?«, fragte er.

»Nein, Sir«, erwiderte Uhura. »Wie wir befürchteten, blockiert die Atmosphäre des Planeten alle ein- und ausgehenden Funksprüche der *Enterprise*.«

»Verstanden.« Kirk stützte sein Kinn auf die gefalteten Hände und betrachtete nachdenklich den von gelben Wolken bedeckten Globus, der sich langsam auf dem Hauptschirm drehte. Der wirbelnde Vorhang aus Nebeln verhüllte die Geheimnisse des Planeten so wirkungsvoll wie ein romulanisches Tarngerät. Es war mehr als fünf Stunden her, seit die *Galileo* nach Varba II aufgebrochen war, doch gefühlt war mehr Zeit vergangen. Sie hatten Kommunikationsprobleme erwartet, aber wie lange konnte es schon dauern, den Ursprung des Signals zu lokalisieren, eine Vorabanalyse der

Lage zu erstellen und auf die *Enterprise* zurückzukehren, um die Ergebnisse der Untersuchung zu melden? Es sei denn, das Außenteam war in unvorhergesehene Schwierigkeiten oder Komplikationen geraten ...

Ich wusste, dass es gefährlich würde.

Wieder einmal wünschte sich Kirk, er hätte die Mission selbst anführen können, anstatt einer Horde anspruchsvoller Würdenträger zuliebe auf dem Schiff bleiben zu müssen. Vielleicht hatten einige Captains Freude daran, alles von der Brücke aus zu kommandieren, aber das war nie seine Art gewesen, ein Schiff zu leiten. Vor die Wahl gestellt zog er es immer vor, mitten im Geschehen zu stehen, und nicht von seinem Sessel aus zuzusehen. Wahrscheinlich war das der Grund, warum er nicht mehr den Rang eines Admirals bekleidete. Er beugte sich vor, als könne er so die *Galileo* allein mit seinem Willen aus den nebligen Tiefen Varba IIs hervorholen.

Kommen Sie schon, Spock. Lassen Sie mich wissen, was los ist.

Chekovs Sorgen, das rätselhafte Signal könnte auch eine Warnung oder eine Falle sein, hallten durch Kirks Gedanken, als seien sie gerade erst ausgesprochen worden. Fest stand, er hatte beide Szenarien in seiner Karriere erlebt, manchmal mit schlimmen Folgen. Dass der Inhalt des Signals ein Rätsel blieb, machte das Warten nicht einfacher.

»Uhura, haben Sie schon Fortschritte in der Übersetzung dieser Signale vom Planeten gemacht?«

»Ein wenig, Captain«, berichtete sie. »Die Interferenzen der Planetenatmosphäre haben mir nicht viel Material gegeben, um damit zu arbeiten, aber ich lasse gerade ein paar kompliziertere linguistische Algorithmen darüberlaufen, die vielleicht ein paar Lücken füllen können, sobald die Statik herausgefiltert ist.« Sie warf keinen kurzen

Kontrollblick auf einen Bildschirm ihrer Konsole und programmierte ein paar Änderungen. »Ich hoffe, ich habe bald wenigstens ein paar Ergebnisse für Sie. Tut mir leid, dass es sich so verzögert.«

»Kein Grund, sich zu entschuldigen, Commander«, erwiderte Kirk. »Ich bin sicher, Sie tun, was Sie können.«

Er blinzelte und wandte sich wieder dem Hauptschirm zu. »Ich wünschte nur, ich hätte irgendeine Ahnung, was da unten vor sich geht.«

»Das wünschte ich auch«, meldete sich Saavik zu Wort.

Die Vulkanierin an der Steuerkonsole starrte genauso hartnäckig auf den Schirm wie er und hielt die *Enterprise* in einer niedrigen Umlaufbahn um den Planeten. Kirk nahm an, dass sie bei aller vulkanischen Reserviertheit genauso besorgt um das Außenteam war wie er selbst. Sie und Spock standen sich nahe, das wusste der Captain, und das nicht nur deshalb, weil beide vom gleichen Planeten stammten. Sie hatten alle miteinander viel durchgemacht, einschließlich Spocks kurzzeitigem Tod vor fünf Jahren. Saavik hatte bei seiner Beerdigung sogar eine Träne vergossen und damit alle vulkanische Würde zum Teufel gejagt. Sie war auch dabei gewesen, als David bei einer anderen wissenschaftlichen Expedition gestorben war.

Kirk konnte ihr nicht vorwerfen, dass das anhaltende Schweigen des Außenteams ihr Sorgen bereitete.

Es ging ihm nicht anders.

4

Sie fanden Fishers Leiche mit dem Gesicht nach unten in einer Pfütze, nicht weit von der Lagune entfernt. Eine kreisrunde Wunde in seinem Rücken, die aussah, als habe man sie ihm mit einer Industriebohrmaschine zugefügt, ließ wenig Zweifel an der Todesursache, aber McCoy fand trotzdem, dass es seine Pflicht sei, eine kurze Autopsie durchzuführen. Er kniete nieder, um die Leiche zu untersuchen, und bemerkte die verdächtige Abwesenheit von Blut, das sich um die Überreste herum hätte sammeln müssen. Abgesehen davon schien der Körper geschrumpft und eingesunken, wie eine leere Hülle. McCoy war dankbar, dass er das Gesicht des Mannes nicht sehen musste, wenigstens nicht ohne Vorbereitung. Der Ausdruck nackter Angst auf Fishers sommersprossigen Zügen, bevor die Kreatur ihn davongeschleppt hatte, hatte sich in sein Gedächtnis eingebrannt.

»So wie es aussieht, ist das meiste Blut und die Weichteile aus diesem hässlichen Loch in seinem Rücken herausgesogen worden.«

Der Doktor versuchte, einen steifen, geschrumpften Arm, der diesen Versuchen hartnäckig widerstand, zu biegen, doch eigentlich hatte die Zeit nicht ausgereicht, um eine so fortgeschrittene Totenstarre auszulösen. »Außerdem gibt es Anzeichen dafür, dass man ihm ein starkes Lähmungsgift injiziert hat.«

»Zweifellos hat es den Nutzen, die Beute der Kreatur zu betäuben, und das schnell und effizient.« Spock stand an der Seite und verfolgte die Prozedur aufmerksam. Er stützte sich dabei mit einer Hand an einem moosigen Baumstamm ab, als würde selbst sein vulkanisches Durchhaltevermögen von der erst kürzlich zugezogenen Verletzung und dem Blutverlust auf die Probe gestellt. »Noch haben wir keine annähernd so großen tierischen Lebensformen gesehen, aber wir müssen annehmen, dass solche ebenfalls in diesem Biotop zu finden sind. Wahrscheinlich sind Humanoide nicht die übliche Beute.«

»Aber offenbar sind wir genauso lecker«, hielt McCoy stirnrunzelnd dagegen. »Was sind wir doch für Glückspilze.«

Die überlebenden Mitglieder des Außenteams hatten sich um die Leiche herum versammelt, immer noch umgaben sie der Nebel und das endlose Laub, mit dem sie sich schon herumgeschlagen hatten, seit sie nach dem Absturz an Land gekrochen waren. Sie waren noch nicht lange durch den Sumpf gewandert, doch schon jetzt fühlte McCoy sich ausgelaugt und darüber hinaus wund und durstig. Die dünne Luft erinnerte ihn an Vulkan, auch wenn sie wesentlich feuchter war. Spock hatte es deshalb wahrscheinlich trotz seiner Verletzung noch am einfachsten, aber McCoys Lungen hätten eine Luft mit mehr Sauerstoff und weniger Nebel eindeutig vorgezogen, und er musste annehmen, dass es seinen Mit*menschen* genauso ging. Er wünschte sich, in seinem medizinischen Notfallkoffer hätten sich ein paar Tri-Ox-Komponenten befunden, um sie Chekov und den anderen verabreichen zu können.

»Wir werden ihn doch nicht hierlassen, oder?«, wollte Darwa wissen. Sie hatte sich von der Leiche abgewandt und behielt das sie umgebende Unterholz aufmerksam im Auge. Den kruden Speer, den sie sich aus einem abgebrochenen Ast gebastelt hatte, hielt sie dabei fest in der Hand. Eine Scherbe der zerschmetterten Windschutzscheibe des Cockpits hatte sie mit Ranken an die Spitze des Speers gebunden. »Er kann doch nicht einfach so hier herumliegen.«

McCoy erwartete, dass Spock nun die Notwendigkeit betonte, dass sie in Bewegung blieben - es wäre ja auch logisch gewesen, das zu tun. Doch Spock überraschte ihn damit, dass er Darwa unterstützte.

»Wir können seine Überreste natürlich nicht mit uns nehmen, aber wir können uns die Zeit nehmen, ihn anständig zu beerdigen.« Er grub seine Stiefelspitze in die weiche Erde, um sich davon zu überzeugen, dass sie nicht zu fest war.

»Überlassen Sie das mir«, meldete sich Yost freiwillig. Er begann, die feuchte Erde mit dem stumpferen Ende seiner eigenen Keule aufzugraben, während Chekov und Darwa Wachposten bezogen. Als Werkzeug war die Keule unzureichend, aber Yost gab sich alle Mühe, damit zurechtzukommen. Er zog sich die schmutzige rote Jacke aus. »Die anderen passen einfach nur auf und geben mir Deckung.«

»Danke, Lieutenant«, sagte Spock. »Ich bin sicher, dass Fisher Ihre Bemühungen zu schätzen wüsste.«

McCoy sah Yost dabei zu, wie er mit kräftigem Schaufelbewegen ein nicht sehr tiefes Grab aushob und dabei ordentlich ins Schwitzen geriet. Um der Wahrheit die Ehre zu geben, war es kaum mehr als eine Schlammkuhle, aber es würde reichen müssen. Die explosiven Dämpfe verhinderten die Möglichkeit, die Leiche durch Phaserbeschuss zu verbrennen. McCoy war versucht, sich am Graben zu beteiligen, aber er wollte sich seine Kraft lieber aufsparen. Stattdessen gesellte er sich unauffällig zu Spock.

»Wissen Sie«, fing er leise an. »Es gab einmal eine Zeit, in der Sie so etwas hier nicht nur als Zeitverschwendung abgetan hätten, sondern auch als unnötiges Zugeständnis an die närrische menschliche Sentimentalität.«

Spock stellte den Punkt nicht infrage. »Sie denken vielleicht an den unglückseligen Tauris-II-Zwischenfall, der Jahrzehnte zurückliegt.«

»Wie könnte ich nicht?«, erwiderte McCoy. Es war bei Weitem nicht das erste Mal, dass er und Spock auf einem trostlosen und von feindlichen Lebensformen bewohnten Planeten gestrandet waren. Bei dieser speziellen Gelegenheit vor über zwanzig Jahren hatte Spocks kaltblütige vulkanische Logik zu Reibungen mit den emotionaleren menschlichen Mitgliedern der Besatzung unter seinem Kommando geführt. Beinahe wäre es zu körperlichen Auseinandersetzungen gekommen, bevor sie von dem Planeten hatten fliehen können.

»Damals war ich viel jünger«, erklärte Spock. »Ich denke doch, dass ich mit der Zeit zu einem besseren Verständnis gekommen bin, wie wichtig es sein kann, die Moral in schwierigen Situationen aufrechtzuerhalten. Genauso wie ich gelernt habe, dass ich die Gefühle der Mannschaft in Betracht ziehen muss, solange es sich nicht um Vulkanier handelt.«

Er warf McCoy einen fragenden Blick zu »Überrascht Sie das, Doktor?«

»Ich denke nicht«, sagte McCoy, nachdem er darüber nachgedacht hatte. In den letzten Jahren war Spock in der Tat etwas milder geworden und hatte offenbar seinen Frieden mit seiner menschlichen Seite gemacht. Er war wärmer und weniger streng, zumindest, wenn man ihn mit seinem früheren Selbst verglich. Er war manchmal sogar, auf seine ganz eigene reservierte vulkanische Weise, beinahe onkelhaft.

»Erwarten Sie nur nicht von mir, dass ich jetzt auf alles mit Logik reagiere.«

»Stellen Sie Ihr Licht nicht unter den Scheffel, Doktor«, konterte Spock trocken. »Wenn ich mich mit der Zeit weiterentwickeln kann, dann können Sie das möglicherweise auch. Eines Tages.«

McCoy schnaubte. »Wer sagt, dass ich das ...«

»Aufgepasst, Doktor!«

Spock stieß McCoy von sich, sodass dieser über den sumpfigen Boden stolperte, und wirbelte zum dichten Unterholz und dem Gestrüpp hinter sich herum. Ein hungriger Egel stürmte aus der nebligen Düsternis, die gespaltene Zunge schoss dabei immer wieder aus dem aufgesperrten Maul. Das Monster stürmte direkt auf Spock zu, der zur Selbstverteidigung einen Speer ergriff, aber dann bog es in letzter Minute ab. Schneller als ein Gepard oder eine denebianische Jagdechse preschte es über das offene Grab hinweg auf Yost zu. Der überraschte Sicherheitsoffizier stach mit seinem eigenen Ast auf den Egel ein, traf aber nur wirkungslos die schuppige Seite. Die grauenvolle Kreatur rammte mit offenem Maul Yosts Brust, sodass dieser rückwärts in den Schlamm fiel, ohne dass der Egel gebremst oder seine Schritte verlangsamt hätte. Bevor McCoy überhaupt Luft holen konnte, war Yost schon fort.

»Mein Gott«, murmelte der Arzt.

Chekov schleuderte seinen Speer in die Richtung des Nebels, der jetzt ein weiteres Mitglied des Außenteams verschluckt hatte. Aber es war nicht genug und kam zu spät. Keine Schreie, weder irgendwie fremdartig klingende, noch andere, kamen aus den dichten Nebelschwaden. Chekov sah so verblüfft und erschrocken drein, wie McCoy sich fühlte. Darwa warf unsichere Blicke um sich und umklammerte ihren eigenen Speer umso fester. Soweit sie es beurteilen konnten, mochten sie von Egeln umgeben sein, die nur wenige Meter von ihnen entfernt waren.

»War das die Kreatur von vorhin oder war es eine andere?«, fragte Chekov schließlich laut.

»Ich bin nicht sicher, ob das eine Rolle spielt«, sagte McCoy. »Zumindest nicht für Yost.«

Yost war ein Freund Chekovs gewesen, rief sich der Doktor ins Gedächtnis. Er fühlte sich schuldig, dass er sich an den Vornamen des Mannes nicht mehr erinnern konnte. Jeder hatte ihn immer nur Yost genannt. McCoy beschloss, dass er sich Yosts Akte ansehen würde, falls sie es jemals wieder auf die *Enterprise* zurückschafften.

Darwa sah Spock an. Sie umrundete das offene Grab. »Was sollen wir jetzt tun, Mr. Spock?«

»Wir beenden Mr. Fishers Beerdigung«, erwiderte dieser. Sein Gesicht war zu einer unbeteiligten Maske geworden, und wenn er von dem Angriff der Bestie, die beinahe ihn erwischt hätte, erschüttert war, dann zeigte er es nicht. »Wir sollten uns allerdings beeilen.«

McCoy begann sich zu fragen, wer wohl das nächste Grab ausheben würde.

5

»Captain«, sagte Uhura. »Ich glaube, ich habe es geschafft, einen Teil des Signals zu übersetzen.«

Sie klang nicht gerade glücklich darüber.

Kirk konnte aus ihrem Tonfall heraushören, dass sie schlechte Nachrichten hatte. Er bereitete sich auf das Schlimmste vor. »Raus damit«, forderte er. »Was ist es?«

»Er ist eine Warnung, Sir, sich vom Planeten fernzuhalten, wenn uns unser Leben lieb ist.«

Die Aussage verdüsterte die Stimmung auf der Brücke. Keines der Mitglieder der Brückenbesatzung rang nach Luft oder sagte etwas, sie alle waren zu gut ausgebildet dafür. Aber Kirk konnte spüren, wie die Anspannung um ihn herum stieg. Ängstliche Blicke wurden ausgetauscht, und die geschäftigen Hintergrundgeräusche, die die Brücke sonst durchdrangen, waren auf ominöse Weise verschwunden.

Saaviks Miene versteinerte.

»Eine Warnung wie ›Betreten verboten!‹?«, fragte Kirk. »Wie ein Schlagbaum an der Grenze oder ein Zaun?«

»Nein, Sir«, erwiderte Uhura. »Mehr wie eine Warnboje, ein Warnzeichen. Die Details sind bestenfalls lückenhaft.

Der Universalübersetzer versucht noch, die genaue Bedeutung einiger Worte und Phrasen zu eruieren, aber diese scheinen sich auf eine extrem lebensfeindliche Umwelt und ebensolche Lebensformen zu beziehen.« Sie hielt inne, um die Worte wirken zu lassen, dann begann sie mit Erklärungen. »Soweit ich das sagen kann, stammt das Signal von einem unbekannten Schiff, das irgendwo auf dem Planeten abgestürzt ist und auf dem sich eine Gruppe Forscher befand, die die Gefahren dieser Welt zu spät entdeckten. Die Warnboje sollte andere davon abhalten, denselben tödlichen Fehler zu begehen. ›Erleidet nicht das gleiche Schicksal, wie es uns bestimmt war‹«, zitierte sie. »Oder jedenfalls so etwas in der Art.«

»Nun, man weiß, was gemeint ist.« Kirks Miene verdüsterte sich. Seine Finger umklammerten seine Kaffeetasse etwas fester. »Jemand meinte es gut, aber wir haben die Botschaft nicht früh genug erhalten.«

Er erfasste die bittere Ironie sehr wohl. Genau das Signal, dass sie davon hatte abhalten sollen, nach Varba II zu fliegen, hatte stattdessen Spock und die anderen in Gefahr gebracht. Kirk warf einen Blick auf das Chronometer des Schiffs, das auf der Steuerkonsole zu sehen war, direkt vor dem Astrogator. Sie hatten nun schon einige Stunden nichts vom Außenteam gehört, und das lange Schweigen war jetzt noch um einiges beunruhigender geworden. Die wahre Natur des Signals rief vage, formlose Ängste in den Fokus seiner Gedanken, wie ein Transporterstrahl, der funkelnd eine reale Gestalt annahm.

»Captain?«, wandte Saavik sich nun an Kirk. »Ich erbitte die Erlaubnis, eine sofortige Such- und Rettungsaktion auf die Planetenoberfläche anführen zu dürfen.«

»Stellen Sie sich hinten an, Lieutenant.« Kirks Faust hämmerte auf den Kommunikationsknopf auf seiner rechten

Armlehne. »Mister Scott, melden Sie sich auf der Brücke. Hangardeck, Sie bereiten die *Copernicus* für einen unverzüglichen Start vor.«

»Captain«, fragte Uhura. »Was ist mit den Delegierten?«

»Zum Teufel mit den Delegierten.« Kirk war nicht gewillt, unter solchen Umständen in seinem Kommandosessel sitzen zu bleiben, nun, da er einen handfesten Grund hatte, zu glauben, dass das Außenteam auf Schwierigkeiten gestoßen war. Er stand auf und ging in Richtung des Turbolifts. »Ich bin sicher, dass Mister Scott den Laden im Griff hat, bis ich wieder zurückkomme.«

Falls ich zurückkomme, fügte er in Gedanken hinzu.

Saavik sprang auf. »Captain, ich darf Sie daran erinnern, dass Sie möglicherweise den gleichen Gefahren begegnen werden, die auch das erste Außenteam ereilt haben. Es wäre vernünftiger ...«

»Ich führe diese Mission an, Lieutenant«, teilte Kirk entschlossen mit und unterband damit jede weitere Diskussion. Er kannte sämtliche logischen Argumente auswendig ... und sie kümmerten ihn nicht. Nichts, was er auf Varba II erleben würde, konnte so schlimm sein, wie nutzlos auf der Brücke zu warten, wenn sich seine Mannschaft in Gefahr befand. »Ende der Diskussion.«

»Verstanden, Sir«, sagte sie und demonstrierte damit, dass sie es besser wusste, als auf diesem Thema zu bestehen. Offenbar hatte sie lange genug unter ihm gedient, um zu wissen, wenn er eine Entscheidung getroffen hatte. »In diesem Fall, Captain, darf ich meine Bitte zurückziehen und einfach fragen, ob ich Sie auf dieser Mission begleiten darf?«

Kirk musterte sie und sah dabei die ehrliche Sorge, die sich unter ihrer kühlen vulkanischen Fassade verbarg. Sie war genauso begierig darauf, etwas zu unternehmen, wie er selbst. Und die Offizierin war eine verdammt gute Begleiterin in solchen Fällen.

»In Ordnung«, nickte er. »Sie kommen mit, Lieutenant.«

»Danke, Sir.«

Sie übergab die Steuerkonsole einem dafür qualifizierten saurianischen Besatzungsmitglied, das an der Hilfskonsole Dienst tat, und ging hinüber zu Kirk am steuerbordseitigen Eingang des Turbolifts. Mit einem leisen Zischen öffnete sich die Tür, um sie einzulassen.

»Viel Glück, Captain«, rief Uhura. »Bringen Sie unsere Leute wieder nach Hause!«

»Darauf können Sie wetten«, antwortete Kirk.

6

Sie konnten Yosts Körper nicht finden.

Das ist vielleicht auch gut so, dachte McCoy. Einerseits bedeutete das, dass Yost kein, wenn auch hastiges, Begräbnis bekam, wie es Fisher zuteilgeworden war. Doch McCoy entschied, dass er gut damit leben konnte, nicht über Überreste zu stolpern, die sie an ein Schicksal gemahnten, das sie alle wahrscheinlich erwartete. Er hatte Mühe genug, alle Gedanken an Fishers blutleeren, geschändeten Körper aus seinem Gedächtnis zu verbannen. *Und das macht mich nicht egoistisch, sondern menschlich.*

Das Außenteam, das nun traurigerweise nur noch vier Personen umfasste, bahnte sich mühsam einen Weg durch den scheinbar endlosen Sumpf und die Nebel, schob dabei wirre Ranken, Farne und Moosvorhänge beiseite und watete erschöpft durch den Morast. Die durchnässte Kleidung hing an ihren ausgelaugten Körpern herab und fühlte sich schwer an, als trüge man Antischwerkraftgeneratoren mit Fehlfunktion. Äste und Zweige kratzten ihnen durchs Gesicht und über die Hände und zerrissen ihre Kleidung. Sie wurden immer wieder von herabhängenden Ranken aufgehalten, in denen sie sich verhedderten. Gleichzeitig stolperten sie ständig über Baumwurzeln, die sich zu ihren Füßen im Nebel versteckten. McCoy konnte sich kaum noch daran erinnern, wie es sich anfühlte, trocken zu sein. Er hatte es aufgegeben, sich alle paar Meter das Wasser aus den Stiefeln zu gießen. Sie schmatzten bei jedem Schritt. Trotzdem waren seine Lippen trocken, und er hätte einen Mord für ein wenig frisches Wasser oder etwas Essbares begangen. Unglücklicherweise waren sämtliche Nahrungsmittelrationen mit der *Galileo* versunken, und das Wasser um sie herum war zu brackig, um es trinken zu können, ganz abgesehen von den fremden Keimen und Parasiten, die höchstwahrscheinlich darin herumschwammen. McCoy atmete schwer und verfluchte stumm die dünne, faulige Luft des Planeten. Die ständige Diesigkeit und die Düsternis um sie herum machten es schwer zu sagen, wie viel Zeit vergangen war. McCoy fühlte sich, als wäre er schon mindestens den ganzen Tag oder die ganze Nacht unterwegs oder welche Tageszeit auch immer durch dieses endlose neblige Zwielicht charakterisiert wurde. Die Tatsache, dass sich die Umgebung nie zu ändern schien und man kaum ein paar Schritte weit sehen konnte, erweckte den Eindruck, dass sie sich im Kreis bewegten. Er hätte nicht sagen können, ob sie tatsächlich geradeaus gingen.

Ich hoffe, dass wenigstens Spock weiß, wohin er geht.

Der Vulkanier ging der jämmerlichen Prozession voran und benutzte seinen Trikorder, um sie in die ungefähre Richtung des mysteriösen Signals zu führen, während Chekov und Darwa die Nachhut bildeten. Elektronisches Piepen und Zirpen war aus dem Gerät zu hören. Ein verstohlener Blick auf seine Gefährten verriet McCoy, dass die beschwerliche Wanderung ihnen allen an die Substanz ging. Sogar Spock benutzte seinen Speer mittlerweile eher als Wanderstab denn als Waffe. Wie McCoy hatten die anderen ebenfalls die durchnässten roten Jacken ausgezogen und trugen nur noch die Rollkragenpullis, Hosen und Stiefel. Das gesamte Außenteam triefte vor Nässe und hätte eine Rast bitter nötig gehabt. Die konstante Wachsamkeit, mit der sie nach den Monsteregeln Ausschau hielten und die sie bei jedem unerwarteten Blätterrascheln oder der winzigsten Bewegung in den Nebeln zusammenzucken ließ, strapazierte die Nerven zusätzlich.

Es geht doch nichts über die Erwartung, jeden Augenblick angegriffen zu werden, dachte McCoy. *Das macht eine Wanderung durch die Sümpfe doch gleich noch mal so angenehm. Trotzdem. Was Wanderungen angeht, ziehe ich Yosemite eindeutig vor.*

Auf einmal plätscherte es laut hinter einem Abhang, der von dichter Vegetation bedeckt war. Ein dumpfes Bellen hallte durch die Bäume und das Dickicht, dann folgten noch mehr plätschernde Geräusche. Das Außenteam hielt an, die Mitglieder sahen sich besorgt an. Chekov und Darwa eilten mit gezückten Speeren nach vorn.

»Und jetzt?«, wollte McCoy wissen, doch er sprach mit gedämpfter Stimme. »Haben Sie das gehört?«

»Das ist kaum zu überhören, Doktor.« Spock legte den Kopf schief und lauschte mit einem spitzen Ohr auf den Lärm. »Faszinierend.«

»Klingt nicht wie weitere Egel«, bemerkte Chekov. »Vielleicht eine andere Lebensform?«

»Das würde ich annehmen.« Spock zog seinen Trikorder zu Rate, der viel zu laut für McCoys Seelenfrieden vor sich hin piepte. »Der Nebel macht verlässliche Scans problematisch, aber es gibt Anzeichen für multiple Lebensformen direkt vor uns, vielleicht nicht weiter als hundert Meter entfernt.«

»Aber sind sie gefährlich, Mister Spock?«, wollte Chekov wissen. »Das ist das, was mich am meisten interessiert.«

»Mich auch«, gab Spock zu. »Aber wir haben derzeit nicht genügend Vergleichsdaten, um das sagen zu können. Ein visueller Eindruck ist vonnöten.«

»Überlassen Sie das mir«, meldete Darwa sich freiwillig. Den Speer in der Hand begann sie so leise, wie die Bedingungen es zuließen, den überwucherten Abhang hinaufzuklettern. Trotz ihrer Bemühungen brachen Zweige und raschelte Laub, während sie kletterte. Sie ergriff eine knorrige Wurzel, um sie als Handgriff zu benutzen und sich daran hochzuziehen.

»Vorsichtig, Lieutenant.« Chekov hielt Wache hinter ihr. »Wir wissen nicht, womit wir es zu tun bekommen.«

»Darum bin ich ja hier, um das herauszufinden, Sir.«

Schließlich hatte sie den Gipfel des Abhangs erreicht. Sie legte sich auf die Pflanzen und schob langsam den Kopf über die Kante. McCoy sah ihr von unten zu und hoffte, dass nichts Widerwärtiges sie treffen würde, aber nach ein paar Augenblicken signalisierte sie den anderen, sie sollten ihr folgen.

»Das müssen Sie sehen«, sagte sie leise.

Obwohl der Kletterweg nur kurz war, war er doch ermüdend. McCoy war der Letzte, der oben ankam, nur ein paar Schritte hinter Spock, und er keuchte, als er sich neben die anderen legte, um die Szene in der Lagune darunter zu betrachten.

Seine Augen weiteten sich. »Du liebe Zeit«, murmelte er. »Was sagt man dazu?«

Der Hügel stellte sich als eine Klippe heraus, deren Vorderseite im schlammigen Ufer einer weiten Lagune endete. In der Lagune tummelte sich eine kleine Herde unbekannter Kreaturen im trüben Wasser und tat sich beruhigenderweise an den Wasserpflanzen darin gütlich. Offenbar handelte es sich um Amphibien irgendeiner Art, sie hatten die Größe von Walrossen, mit rostbraunen Flanken und gewaltigen Flossen statt Gliedern. Faltige, scharlachrote Kiemen befanden sich an ihren Kehlen, aber sie schienen auch außerhalb des Wassers atmen zu können, was die Annahme zuließ, sie seien im Besitz zumindest rudimentärer Lungen. Hin und wieder bellten sie oder blökten dumpf in einem tiefen Bass. McCoy zählte mindestens ein halbes Dutzend Exemplare, wahrscheinlich waren es mehr. Die Art und Weise, wie sie sich tummelten, sowohl innerhalb als auch außerhalb des Wassers, machte es schwer, sie zu unterscheiden. Sie hatten breite, flache Köpfe, die nur ein Augenpaar besaßen, und herabhängende Kiefer, in denen offenbar keine Reißzähne saßen. Dem Himmel sei Dank.

»Was sind die, Mister Spock?«, fragte Chekov.

»Eine Art von Megaamphibien, wahrscheinlich ähnlich dem terrestrischen Salamander«, erwiderte Spock. »Ich vermute, sie leben primär unter der Wasseroberfläche, kommen aber gelegentlich an Land, um zu fressen oder sich zu paaren.«

»Das könnte erklären, warum wir sie noch nicht gesehen haben«, sagte Darwa. »Oder sind wir vielleicht unversehens in ihr Territorium geraten?« Sie beobachtete die Tiere interessiert. »Glauben Sie, dass die Egel sich vielleicht hauptsächlich von ihnen ernähren? Ich meine, wenn wir nicht zur Verfügung stehen.«

»Höchstwahrscheinlich«, bestätigte Spock. »Auch wenn ich ohne weitere Hinweise oder Untersuchungen nur ungern voreilige Schlussfolgerungen ziehen will. Wir haben nur an der Oberfläche dieses speziellen Planetenbiotops gekratzt.«

»Nun, ich mag diese Viecher jetzt schon lieber als die Egel«, sagte McCoy. »Wenigstens …«

In diesem Augenblick wurde das harmlose Geplansche der Amphibien von einem angreifenden Blutegel gestört. Offenbar hatte er sich im hochgewachsenen, dichten Farn am

Ufer versteckt gehalten. Der Egel kreischte ohrenbetäubend auf und warf sich auf einen großen erwachsenen Salamander. Beide gingen zu Boden, während der Rest der Herde in Panik ausbrach. Mit einem hysterischen Bellen ließen die anderen Salamander das Opfer des Egels im Stich, um so schnell es ihre Flossen ermöglichten wieder in die Lagune zu fliehen. Der Raubegel ignorierte sie und konzentrierte sich stattdessen auf seine gefangene Beute. Gelähmt leistete die erlegte Amphibie keinen Widerstand, als sich das runde Maul des Egels in seine Seite bohrte. McCoy hörte wieder diesen typischen Knirschlaut.

Er wandte den Blick ab.

»Ich vermute, das beantwortet Ihre Frage, Darwa«, sagte Chekov schließlich.

Das Außenteam kletterte den Abhang wieder hinab und wandte den Blick von dem Egel ab. McCoy ging nicht davon aus, dass einer von ihnen wirklich sehen wollte, wie die Kreatur sich an der Amphibie gütlich tat. Nicht nach dem, was mit Fisher und Yost geschehen war.

»Was sollen wir jetzt tun?«, fragte Darwa, als sie sich am Fuß des Abhangs sammelten. Sie strich sich trockenes Laub aus den zerzausten Haaren und von der Uniform. Durch einen Riss in ihrer Hose lugte ein aufgeschürftes Knie. »Darauf warten, dass das Monster sich sattfrisst und dann weitergehen?«

Spock schüttelte den Kopf. »Wenn wir uns tatsächlich im bevorzugten Jagdgebiet der Egel aufhalten, dann scheint mir nicht ratsam, es zu durchqueren. Darüber hinaus ist diese Lagune an sich schon ein Hindernis auf unserem Weg.« Er wandte den Blick nach links. »Ich fürchte, wir werden die Lagune umgehen müssen, um weiterhin unsere Richtung einhalten zu können. Und die Egel zu vermeiden, die am Ufer lauern.«

McCoy mochte nicht, wie das klang, und seine müden Beine ebenfalls nicht. »Von einem Umweg welcher Länge sprechen wir hier?«, wollte er wissen. »Ich weiß ja nicht, wie es mit Ihnen steht, aber ich bin ziemlich kaputt. Wir sind schon seit Stunden durch dieses verflixte Moor unterwegs, ohne Wasser und Nahrung.«

Darwa stöhnte. »Erinnern Sie mich bloß nicht daran.«

»So lange wie nötig, Doktor«, erwiderte Spock. »Nicht mehr und nicht weniger. Ich versichere Ihnen, dass ich genauso wenig darauf aus bin, diese Expedition zu verlängern, wie Sie es sind, aber das hängt auch vom Gelände ab und von den Hindernissen, auf die wir sonst noch treffen. Alles darüber hinaus kann ich nicht vorhersagen.«

Chekov massierte sich seinen verkrampften Nacken. Dreck verunzierte sein von der Explosion gerötetes Gesicht. Im Gegensatz zu Darwa versuchte er nicht, seine zerfetzte und durchnässte Uniform zu säubern. Er starrte düster in die Richtung, in die Spock gewiesen hatte, und wedelte mit seiner Hand ungeduldig ein paar Insekten davon. »›Gehen Sie zur Sternenflotte!‹, haben sie gesagt«, verkündete er düster. »›Das ist gut für Sie!‹, haben sie gesagt.«

McCoy nahm Spock für einen Augenblick beiseite. »Sind Sie sicher, dass der Marsch das alles wert ist?«, fragte er leise. Er wollte Spocks Autorität nicht untergraben. *Ich glaube, ich habe mich auch weiterentwickelt, wenn ich so darüber nachdenke.* »Vielleicht täten wir besser daran, uns irgendwo zu verbarrikadieren und eine Art Unterschlupf zu bauen?«

»Und wie sollte uns die *Enterprise* in dieser Umgebung finden?« Spock machte sich wieder auf den Weg und führte damit erneut die kleine Prozession an. »Ein Planet ist ohne Sensoren kaum zu scannen. Selbst wenn sie mit der richtigen Hemisphäre, ja, sogar dem richtigen Kontinent beginnen, sind die Bedingungen hier kaum dazu angetan, dass man uns von oben entdecken kann. Unsere einzige Hoffnung besteht darin, dass wir unserem ursprünglichen Ziel so nahe wie möglich kommen, in der Erwartung, dass ein Rettungsteam mit der Suche genau dort beginnen wird.«

Er hob die Stimme, sodass sie durch die dünne Luft auch von der Nachhut gehört werden konnte. »Hinzukommt, sollten wir Erfolg damit haben, die Quelle des Signals zu finden, sind wir vielleicht in der Lage, die Technik, die wir dort vorfinden, zu benutzen, um eine Nachricht an die *Enterprise* zu schicken.«

McCoy vermutete, dass Spock diese ermutigende Möglichkeit aussprach, um Hoffnung zu schüren und die Moral aufrechtzuerhalten. *Das ist noch so etwas, womit sich der alte Spock niemals belastet hätte*, bemerkte McCoy. *Aber vielleicht sind wir ja alle etwas älter und weiser geworden.*

»Soll mir recht sein«, sagte er. »Besonders, wenn wir Jim dann warnen können, die Schilde in diesen empfindlichen Wolken da oben nicht zu aktivieren.«

»Der Gedanke ist mir tatsächlich auch gekommen«, bemerkte Spock und stützte sich dabei schwer auf seinen Speer. Die Erschöpfung ließ seine stoische Fassade bröckeln. »Genau wie die dringende Frage, warum das Raubtier sich von mir abwandte und sich stattdessen Yost widmete.«

McCoy rief sich wieder ins Gedächtnis, wie der heranstürmende Egel sich von Spock ab- und Yost zugewandt hatte, und das, obwohl dieser der Kreatur eigentlich viel näher gewesen war.

»Vielleicht war Ihr vulkanisches Blut nicht so appetitlich.«

»Möglicherweise«, erwiderte Spock. »Sie scherzen, Doktor, aber ausnahmsweise scheinen Ihre üblichen Spötteleien über meine vulkanische Physiologie einen Funken Wahrheit zu enthalten.«

Er betastete seine verletzte Schulter, an der ein grünlicher Fleck das mitgenommene weiße Hemd verunstaltete und durchnässte und davon zeugte, dass all die anstrengenden Aktivitäten die Wunde wieder hatten aufbrechen lassen. Eine angemessene Menge des richtigen Blutgerinnungsmittels hätte vielleicht geholfen, wenn die Ampullen mit dem entsprechenden Medikament nicht mit der *Galileo* verloren gegangen wären. »Wie Sie schon so oft bemerkten, unterscheidet sich meine auf Kupfer basierende Blutchemie erheblich von der Ihren. Und natürlich auch von der von Yost und Fisher.«

McCoy fiel auf, dass Spock es offenbar ernst meinte. »Sie glauben also wirklich, Ihr Blut hat die Kreatur abgestoßen?«

»Gut möglich«, gab Spock zurück. »Diese Raubtiere sind immerhin eine Art Egel. Sie könnten sich durchaus von dem Eisen in Ihrem Blut angezogen fühlen - und vom Kupfer in meinem abgeschreckt werden.«

Seine Miene wurde nachdenklich, als er die Implikationen seiner Theorie durchging. »Und das lässt die Schlussfolgerung zu, dass wir eine Möglichkeit haben, um das Team vor den Angriffen dieser Kreaturen zu schützen.«

McCoy zuckte angesichts dieser Idee zusammen. »Sie schlagen doch nicht vor ...«

Spock nickte mit ernster Miene. »Mein Blut, Doktor. Wir müssen mein Blut zu einer Waffe machen.«

7

»Copernicus, *Sie haben Startfreigabe.*«

Die großen Tore an der Rückseite des geräumigen Hangars der *Enterprise* standen weit offen und gestatteten einen Blick auf das Vakuum des Alls. Die Instrumente des Shuttles bestätigten, dass die Schilde des Schiffs nicht aktiviert waren. Dahinter lockte die endlose, luftlose Leere des Alls.

»Verstanden, *Enterprise*«, antwortete Kirk auf dem Pilotensitz der Landefähre dem Kontrollraum über dem Flugdeck. »Starte die Düsen ... jetzt.«

Dampfende weiße Strahlen schossen aus der Unterseite der *Copernicus*, dann erhob sich die Fähre und verließ die *Enterprise*. Kirk wartete, bis sie genügend Sicherheitsabstand zum Schiff gewonnen hatten, bevor er den Impulsantrieb aktivierte und Kurs auf Varba II setzte.

»Und jetzt finden wir unsere Freunde«, sagte er.

»Was entschieden einfacher wäre, wenn wir wüssten, wo wir suchen müssen«, stellte Saavik sehr richtig fest.

Sie saß auf dem Sitz des Co-Piloten. Sie hatte vorgeschlagen, selbst zu fliegen, aber Kirk hatte sich entschlossen, dass ihr agiler vulkanischer Verstand eher von Nutzen war, wenn sie das gestörte Signal, das vom Planeten ausging, bis zu seinem Ursprung zurückverfolgte und mit den Scannern nach Anzeichen des verschwundenen Außenteams Ausschau hielt. Zwei Sicherheitsoffiziere, Cassano und Borkowski, saßen im Passagierabteil. Kirk hatte kein großes Team in die unbekannte Gefahr mitnehmen wollen, die offenbar der Besatzung der *Galileo* widerfahren war, aber er wusste auch, dass sie auf dem Planeten möglicherweise zusätzliche Kräfte brauchen würden. Also war er den Kompromiss eingegangen, einfach sehr wenig Sicherheitspersonal mitzunehmen. Zudem würden sie den Platz im Shuttle brauchen, falls sie das Außenteam fanden.

Nein, nicht ›falls‹, korrigierte er sich. *›Wenn‹ wir es finden.*

Der Captain warf einen Blick auf Saavik. »Ich nehme nicht an, dass Sie irgendwelche Notrufsignale von der *Galileo* oder dem Außenteam empfangen?«

»Negativ, Captain. Nur das der ursprünglichen Warnboje in seiner verzerrten Form. Die Atmosphäre des Planeten erweist sich auch weiterhin als bedeutender Störfaktor.« Sie überprüfte die Sensoranzeigen. »Es ist sicher das Beste, wenn wir unsere Suche über der Atmosphäre beginnen, um die Interferenzen auf einem Minimum zu halten.«

Kirk dachte kurz darüber nach. »Aber hätten wir, wenn wir tiefer gingen, nicht eine bessere Chance, etwas zu empfangen?«

»Möglicherweise«, gestand sie. »Ich glaube, die entsprechende menschliche Redeweise lautet: Das ist gehupft wie gesprungen. Es steht nicht fest, ob ein Absteigen in die Atmosphäre unsere Chancen, ein Signal des Außenteams zu entdecken, tatsächlich erhöhen würde.«

»Verstanden«, erwiderte Kirk.

Das Shuttle näherte sich dem Planeten. Geduld war nicht Kirks Stärke, aber es sprach besonders in diesem Fall einiges dafür, vorsichtig und methodisch vorzugehen. »Wir machen es so, wie Sie vorschlagen. Wir nähern uns langsam und gehen dann nach und nach tiefer, wenn wir keine Resultate erhalten.«

»Das scheint mir ein überaus logisches Vorgehen, Captain.« Saavik befasste sich eingehend mit den Sensoren und suchte jede Frequenz des Spektrums ab. »Ich bedauere, dass ich Ihnen zurzeit keine konkretere Lösung anbieten kann.«

Kirk glaubte, ein wenig Frustration in ihrem Tonfall zu erkennen. Er machte ihr keinen Vorwurf. Die infernalische Wolkendecke des Planeten ließ sie quasi blind und mit hinter dem Rücken verbundenen Händen fliegen. Keine Sensoren, keine Transporter, keine Kommunikatoren. Varba II hätte auch ein Schwarzes Loch sein können, wenn es darum ging, lebenswichtige Informationen zu erlangen.

»Wir werden sie finden, Saavik, oder bei dem Versuch sterben.«

Sie hob eine Augenbraue. »Eine seltsam morbide Formulierung, Captain. Beinahe klingonisch in ihrem Fatalismus, wenn Sie mir die Bemerkung gestatten.«

Kirk gefiel es nicht besonders, mit einem Klingonen verglichen zu werden, aber er wusste, warum Saavik ihn falsch verstanden hatte. »Glauben Sie's oder nicht, Lieutenant, es war ermutigend gemeint.«

»Tatsächlich? Wie merkwürdig.«

Sie blickte vom Kontrollfeld auf den Planeten, der in der Windschutzscheibe größer wurde. Die undurchsichtige gelbe Atmosphäre widerstand jedem Versuch, einen Blick auf die Welt zu werfen, die sich darunter verbergen mochte. »Ich wünschte, ich könnte Ihren Optimismus teilen, Sir. Eine ganze Welt liegt vor uns und es gibt kaum eine Möglichkeit, zu sagen, wo die *Galileo* gelandet sein mag, als sie in Schwierigkeiten geriet. Das Außenteam könnte überall auf dem Planeten sein, vorausgesetzt, sie sind immer noch am Leben.«

»Aber wir wissen mehr oder weniger, welche Richtung sie eingeschlagen haben«, wandte Kirk ein. »Sie versuchten, die Quelle des Signals zu lokalisieren, und wie ich Spock kenne, würde er versuchen, diese Mission abzuschließen, wenn das irgendwie möglich ist. Und deshalb sollten wir herausfinden, wo das Signal herkommt.«

Er zuckte mit den Schultern. »So hätten wir wenigstens einen Ausgangspunkt.«

8

»Spock, das ist doch verrückt«, protestierte McCoy. »Sie haben schon genug Blut verloren.«

»Ich bin offen für Alternativvorschläge, Doktor. Wenn Sie unser Schicksal lieber Stöcken und Steinen überantworten wollen ...«

Spock gab McCoy das Hypospray zurück, mit dem er hantiert hatte. »Ich habe dieses Instrument so modifiziert, dass es eine kleine Menge meines Blutes in aerosoler Form versprühen kann. Nun bleibt Ihnen nur noch, es zu füllen.« Er hielt seinen Arm hoch. »Beeilen Sie sich bitte.«

McCoy nahm das leere Gerät und bemerkte, dass Spock die Düse so eingestellt hatte, dass sie ein feines Spray emittierte. Der Applikatormechanismus enthielt eine leere Phiole, die darauf wartete, gefüllt zu werden. Zuvor hatte die Phiole McCoys letzte Reste eines Medikaments gegen Infektionen enthalten.

»Ich weiß nicht, Spock. Das widerspricht allem, was ich ...«

»Wir dürfen keine Zeit damit verschwenden, das zu diskutieren, Doktor. Das Raubtier, oder die Raubtiere, könnten jederzeit wieder angreifen.«

Die Gruppe hatte auf einer kleinen bewaldeten Insel angehalten, die von schmalen, gewundenen Wasserläufen umgeben war. Der Umweg um die Lagune mit den Amphibien hatte noch mehr Zeit in Anspruch genommen, als McCoy befürchtet hatte. Sie alle hatten eine Rast bitter nötig. McCoy fühlte sich zu Tode erschöpft und er bezweifelte, dass es Chekov oder Darwa viel besser ging, obwohl sie deutlich jünger waren. Keine Nahrung, kein Schlaf, kein Wasser und die pausenlose Wachsamkeit hatten sie alle ausgelaugt, und der bedrückende Nebel verhinderte, dass sie entspannen konnten. Wenn überhaupt war der unheimliche Nebel sogar noch dichter und undurchsichtiger geworden. Er verlangsamte ihr Vorankommen und verstärkte das ununterbrochene Gefühl der Bedrohung. McCoy hätte gerne geglaubt, dass der Nebel sie vor den Egeln verbarg, aber er hatte den Verdacht, dass es genau umgekehrt war.

»Sehen Sie, Spock«, argumentierte McCoy weiter. »Wenn Sie nicht schon verwundet wären, wäre das vielleicht machbar. Aber Sie sind ohnehin schon blasser, als Sie sein sollten. Sie sind eher weiß statt grün um die Nase, wenn Sie wissen, was ich meine. Und ich kann Ihnen nicht einmal Medikamente verabreichen, um den zusätzlichen Blutverlust zu kompensieren.«

»Die Situation ist kaum als ideal zu bezeichnen«, pflichtete Spock ihm bei. »Aber man sagt ja, dass verzweifelte Situationen verzweifelte Maßnahmen erfordern. Und unsere gegenwärtigen Umstände sind ganz klar verzweifelt. Sie sollten als Arzt wissen, dass man manchmal riskieren muss, einen Patienten zu töten, wenn man ihn vor dem sicheren Untergang retten will.«

McCoy zog eine Grimasse, aber diesem Vergleich konnte er nicht widersprechen.

»Wenn Sie das sagen«, grummelte er. »Aber ich tue das nur unter Protest.«

»Zur Kenntnis genommen, Doktor. Bitte fahren Sie fort.«

McCoy drückte das Gerät gegen Spocks linke Schulter. Es zischte, als er eine kleine Menge Blut durch seine Haut und das Hemd abnahm. Bei ungefähr dreißig Kubikzentimetern entschied McCoy, dass er genug entnommen hatte, und wollte das Hypospray wegziehen, aber plötzlich umklammerte Spock McCoys Handgelenk und hielt seine Hand dort, wo sie war. Der Griff des Vulkaniers war kalt und klamm, aber dennoch überraschend stark, wenn man seinen geschwächten Zustand in Betracht zog.

»Füllen Sie es, Doktor. Bis zum Anschlag.«

»Ja ja, schon gut. Verdammt noch mal.« McCoy füllte das Hypospray, bis nichts mehr hineinging und er volle siebzig Kubikzentimeter von Spocks ohnehin ständig sinkender Blutmenge abgenommen hatte. »Hier. Zufrieden?«

»Das kommt darauf an, Doktor, wie viele Hyposprays den Absturz überlebt haben.«

McCoy fürchtete sich, genau nachzuzählen. Vor einer Weile hatte eine Inspektion ergeben, dass er nur eine Handvoll Instrumente besaß, einige von ihnen wahrscheinlich so beschädigt, dass sie nicht mehr zu reparieren waren. Sein Handableser für Vitalfunktionen beispielsweise war so gut wie tot, die meisten anderen der »überlebenden« Medikamentenphiolen waren zerbrochen und hatten ihren Inhalt im ganzen Notfallkoffer verteilt. Es gab keine nennenswerten funktionalen Protoplaser mehr, davon abgesehen, dass es ein Risiko gewesen wäre, sie im Nebel zu aktivieren. »Hören Sie, Spock, lassen Sie uns keine voreiligen Schlüsse ziehen ...«

»Roter Alarm!«, rief Chekov neben ihnen. Er wies auf einen Vorhang aus ineinander verschlungenen Zweigen und Ranken über ihnen. »Da hat sich etwas bewegt!«

McCoy war überrascht, dass Chekov in diesem Nebel irgendetwas erkennen konnte, aber er spannte sich vor Furcht an.

Der papiertrockene Mund des Arztes wurde noch trockener, sein Herzschlag setzte eine Sekunde aus. Auf seinen Armen unter dem feuchten Hemd breitete sich Gänsehaut aus.

Nein, dachte er. *Nicht schon wieder!*

Jede Hoffnung, Chekov könnte ihn vielleicht hereingelegt haben oder dass es vielleicht nur der Wind oder eine harmlose pflanzliche Lebensform gewesen sein könnte, löste sich in Nichts auf, als mit einem grausigen Kreischen ein hungriger Egel aus dem Laub um sie herum hervorbrach. Er verfehlte Chekov nur knapp, der gerade rechtzeitig zur Seite springen konnte. Die Kreatur heulte vor Enttäuschung auf, als Chekov durch den Schlamm und die Farne davonrollte und so mehr Abstand zwischen sich und das Monster brachte. Der schreckliche Kopf schwang vor und zurück, als sei er zwiegespalten, ob er doch Chekov oder lieber Darwa angreifen sollte, die auf der anderen Seite des Egels stand. Darwa stürzte nun vor und versuchte, ihren Speer in die schuppige Seite der Kreatur zu stoßen, indem sie die Spitze in den Zwischenraum zwischen den Knochenplatten zu stechen versuchte, aber die primitive Waffe traf offenbar keine lebenswichtigen Organe. Nur eine dünne, rote Flüssigkeit quoll aus der Wunde.

Nun war der Egel wütend geworden, wirbelte herum und riss damit den Speer aus Darwas Griff. Sie wich zurück und sah sich panisch nach einer anderen Waffe um, während Chekov ihr gegenüber stolpernd auf die Beine kam. Der Nebel umgab die beiden so dicht, dass sie ihre Phaser bestenfalls als Wurfgeschosse hätten nutzen können.

»Doktor!«, rief Spock zu ihnen hinüber. »Das Hypospray!«

»Stimmt!«

Es war das Adrenalin, das ihn reagieren ließ. McCoy zog seinen Arm zurück und warf das Gerät dem unbewaffneten Lieutenant entgegen. »Darwa! Fangen Sie!«

Zu seiner Erleichterung fing sie das Gerät geschickt in der Luft auf, richtete es in einer instinktiv richtigen Reaktion auf den heranjagenden Egel und löste es aus. Ein zartgrüner Nebel schoss aus dem Hypo und verlieh der fauligen Luft ein ausgesprochen kupfriges Aroma. Trotz der Gefahr für Darwa und den Rest der Gruppe konnte McCoy nicht anders, als zusammenzuzucken, als er sah, wie sich Spocks kostbarer Lebenssaft so großzügig in der Luft verteilte.

Aber die Wirkung war sofort erkennbar. Der Egel wich auf der Stelle vor dem Spray zurück, drehte um und kam auf Chekov zu, der sich nun seinerseits mit einem Sprühstoß vulkanischen Bluts verteidigte. Wieder kreischte der Egel protestierend auf und schüttelte heftig den Kopf, bevor sein Widerwille offenbar Überhand über seinen Appetit gewann. Vier kraftvolle Hinterbeine ließen ihn augenblicklich wieder in das Dickicht aus Ranken stürzen. Laub raschelte, als die Kreatur im nebligen Unterholz verschwand.

»Da brat mir doch einer einen Storch«, flüsterte McCoy. »Es hat funktioniert.«

Er war nicht hundertprozentig sicher, was er davon halten sollte. Das auf Spocks Blut basierende Abwehrmittel hatte Darwa und Chekov ganz klar davor bewahrt, das nächste Opfer eines Egels zu werden, so viel stand fest. Aber das war wohl kaum eine verlässliche oder gar langfristige Lösung, denn Spock hatte nicht mehr sehr viel Blut übrig.

Er warf einen Blick auf seinen Patienten, der sich plötzlich aufrecht hinsetzte und einen drängenden Ruf ausstieß: »Chekov! Hinter Ihnen!«

Ein zweiter Egel (oder war es derselbe?) kam aus dem Nebel geschossen und griff Chekov diesmal vom Boden aus an, statt aus den Baumkronen, doch auch er bekam dank Chekovs rascher Reflexe eine Ladung des grünen Sprays ins Gesicht. Spuckend und zischend kam das Tier schlitternd zum Stehen, bevor es wieder im Nebel verschwand. Zorniges Heulen hallte durch das Dickicht und schien aus allen Richtungen auf das belagerte Außenteam einzustürmen. McCoy wollte glauben, dass es nur so klang, als seien es viele Egel, aber er wusste auch, dass sie wahrscheinlich nicht so viel Glück hatten. Was er da hörte, war echt und mitnichten nur das Echo eines einzigen Rufs.

»Ja«, sagte Chekov mürrisch. Er hielt das Hypospray gezückt und war zum Sprühen bereit. »Das ist wohl definitiv mehr als nur einer.«

»So scheint es.« Spock stand auf, doch kaum war er auf den Beinen, taumelte er unsicher. Er stützte sich schwer auf seinen Speer und richtete sich daran auf. Er sah blass aus, und seine Stimme zitterte uncharakteristisch. »Wir sollten hoffen, dass sie üblicherweise nicht in Rudeln jagen.«

»Immer mit der Ruhe, Spock.« McCoy streckte den Arm aus, um seinen Freund zu stützen. »Sie sehen nicht gerade aus wie das blühende Leben.«

»Das tut wohl keiner von uns, Doktor, aber wir sind dennoch am Leben, trotz der Bemühungen der Raubtiere.« Er nahm sich sichtlich zusammen, wahrscheinlich aus schierer vulkanischer Sturheit heraus. »Unsere Überlebenschancen haben sich gerade signifikant verbessert.«

McCoy bezweifelte das. »Um Himmels willen, Mann, Sie können sich ja kaum auf den Beinen halten, ganz zu schweigen davon, durch diesen nassen, diesigen Höllensumpf zu wandern.«

»Mir war nur einen Augenblick lang schwindlig. Bitte seien Sie so freundlich, Mr. Chekovs Waffe neu aufzufüllen und so viele andere Hyposprays vorzubereiten, wie Sie können. Ebenso sollten Sie so viele leere Ampullen füllen wie möglich, die man dann als Nachfüllpatronen verwenden kann.«

Diese Anordnung und die ernsthaften Folgen, die sich daraus ergaben, alarmierten McCoy. »Aber ...«

»Tun Sie es, Doktor. Solange wir noch eine Chance haben.«

9

Ein Stöhnen entrang sich Saaviks Lippen. Ihr Kopf sackte herab, sie selbst sank in sich zusammen und musste sich an der Konsole vor ihr festhalten, um nicht aus dem Sessel zu fallen. Sie schloss die Augen und biss sich auf die Lippen, um keinen Laut mehr von sich zu geben.

Ihr außergewöhnliches Unwohlsein zog Kirks Aufmerksamkeit auf sich. »Saavik?«, fragte er. »Ist alles in Ordnung?«

Die *Copernicus* sank kontrolliert auf Varba II zu. Die Fähre umkreiste den Planeten in einer spiralförmigen Umlaufbahn und war vor Kurzem langsam in die obere Atmosphäre eingetreten. Bisher hatten die Sensorscans aus der Umlaufbahn keine positiven Resultate erbracht. Bestenfalls konnte man eine gestörte Version des ursprünglichen Notsignals empfangen. Jedoch nichts von der *Galileo* oder dem Außenteam.

»Mir geht es gut, Captain.« Sie hob den Kopf und straffte sich. »Nur eine vorübergehende Schwäche. Ich fühlte mich plötzlich schwindelig.«

Kirk betrachtete sie besorgt. »Sind Sie krank? Müssen wir umkehren?«

Er hätte die Suche nur ungern abgebrochen, wo sie doch kaum begonnen hatte, aber wenn Saavik auf die Krankenstation gehörte, dann hatte er vielleicht keine andere Wahl. *Komisch*, dachte er. *Gerade ging es ihr doch noch gut.*

»Nein, Captain. Ich bin ...« Ihr Gesicht wurde plötzlich blasser, ihr Kopf rollte in den Nacken, als bekäme sie auf einmal wieder einen Anfall. Ihr Atem kam nun stoßweise. Die Knöchel traten weiß hervor, als sie die Konsole noch fester packte.

Okay, das macht die Entscheidung leicht. Kirk hatte keine Ahnung, was mit Saavik los war, aber es lag auf der Hand, dass nicht alles in Ordnung war. Er drückte auf den Kommunikationsknopf, der sich auf der Steuerkonsole befand. »Kirk an *Enterprise.* Wir haben einen medizinischen Notfall ...«

»Nein!« Saavik streckte den Arm aus und unterbrach die Verbindung, bevor Kirk den Satz beenden konnte. Sie schien auf einmal nicht mehr verwirrt oder desorientiert zu sein. Ihr Blick war klar. »Warten Sie! Das bin ich nicht. Es ist Spock.«

Kirk begriff nicht. »Spock?«

Sie holte tief Luft, um ihre Fassung wiederzuerlangen. Ihr Gesicht war immer noch blass, aber der Ausdruck darin war von einer neuen Intensität und neuer Entschlossenheit. Sie sah ihm direkt in die Augen.

»Entschuldigen Sie, dass ich Sie unterbrochen habe, Captain, aber ich glaube, ich verstehe jetzt. Das Leid, das ich fühlte, war nicht meines, sondern Spocks.« Ihre Stimme war nüchtern. »Ihm geht es nicht sehr gut, Sir. Ich glaube sogar, dass er vielleicht stirbt.«

Kirk versuchte, zu verstehen, was er da hörte. »Sie können das fühlen, so von einem Vulkanier zum anderen?« Eine Erinnerung stieg in ihm hoch. Sie stammte von einem

Erlebnis, bei dem Spock vor Jahrzehnten einmal telepathisch gespürt hatte, wie eine ganze Mannschaft von Vulkaniern, die Besatzung der *U.S.S. Intrepid*, plötzlich gestorben war. »Und das hier, in der Umlaufbahn?«

Sie vermied es, ihm in die Augen zu sehen, und zögerte mit der Antwort. »Spock und ich haben ... eine ganz spezielle Verbindung ... seit unseren Erfahrungen auf dem Genesis-Planeten.«

Ihre Erwähnung der unnatürlichen Welt, auf der sein Sohn gestorben war, versetzte Kirk einen Stich, aber er verdrängte seinen persönlichen Schmerz, um sich auf Saavik zu konzentrieren. Er erinnerte sich, dass Saavik und Spock auf dem Genesis-Planeten eine Weile zusammen gestrandet waren, nicht lange nach Spocks wundersamer Auferstehung. Es war Saavik gewesen, die sich während dieser aufregenden Zeit um den wiedergeborenen Spock gekümmert hatte, bevor Spock seine Erinnerungen wiedererlangt hatte.

Aber von welcher Art von Verbindung genau sprach Saavik eigentlich?

»Sprechen Sie von einer vulkanischen Gedankenverschmelzung?«, fragte er. Er erinnerte sich nicht daran, etwas in der Art in Saaviks Bericht über die Genesis-Affäre gelesen zu haben, aber Vulkanier tendierten in der Regel auch nicht dazu, darüber zu sprechen. Und sie hatten gute Gründe dafür. Eine Gedankenverschmelzung war eine zutiefst persönliche Angelegenheit.

Ein Hauch von Farbe legte sich über ihre Wangen. »Etwas in der Art«, sagte sie ruhig und wich nach wie vor seinem Blick aus.

Jetzt ging Kirk sprichwörtlich ein Licht auf.

Pon Farr, erriet er, auch wenn er seine Vermutung für sich behielt, um Saavik weitere Verlegenheit zu ersparen. Kein

Wunder, dass gewisse Details es nicht in die offiziellen Berichte geschafft hatten.

Doch das ergab einen Sinn. Er war kein Experte auf diesem Gebiet, aber er hatte sich schon zusammengereimt, dass das *Pon Farr* ein Ineinanderübergehen von Verstand, Geist und Körper zweier Wesen war. Es war noch entschieden intimer als selbst eine gewöhnliche Gedankenverschmelzung und verband zwei Seelen auf einer profunden Ebene. Wenn Saavik und Spock wirklich erst vor wenigen Jahren eine solche Verbindung eingegangen waren, war es dann nicht sogar möglich, dass sie sagen konnte, wenn er litt oder sogar am Rande des Todes stand?

Ich kann mir das sehr gut vorstellen, überlegte Kirk. Er hatte auf seinen Reisen schon seltsamere Dinge gesehen und dabei gelernt, niemals die Kraft des menschlichen - oder vulkanischen - Verstandes zu unterschätzen. »Und Sie glauben, dass diese ... geistige Verbindung Ihnen gestattet, zu spüren, was Spock unten auf dem Planeten durchmacht?«, erkundigte er sich und formulierte seine Frage so vorsichtig wie möglich.

»Nur, weil es sehr extrem ist«, erklärte Saavik und sah ihm dabei wieder ins Gesicht. »Dass ich seine Schwäche so deutlich spüre, Captain, ist kein gutes Zeichen. Es bedeutet, dass er wahrscheinlich am Rand des Todes steht.«

»Aber das heißt auch, dass er noch lebt«, sagte Kirk, entschlossen, die Dinge positiv zu betrachten. Die ernsten Folgen dessen, was Saavik sagte, übersah er nicht, aber sie verstärkten nur seine Entschlossenheit, Spock und die anderen zu retten, bevor es zu spät war. »Was bedeutet, dass vielleicht auch der Rest des Außenteams mit ihm überlebt hat.«

»Das ist eine logische Schlussfolgerung«, erwiderte sie. »Also, welche Auswirkungen hat das auf unsere Strategie, Captain?«

Gute Frage. Kirk überlegte, ob es nicht vielleicht einen Weg gab, diese unverhoffte Wendung zu ihrem Vorteil zu nutzen. »Können Sie durch Ihre Verbindung mit Spock kommunizieren? Ihm eine Nachricht zukommen lassen?«

Sie schüttelte den Kopf. »Das hat nichts mit simpler Telepathie zu tun, Sir. Ich kann nicht von einem Verstand zum anderen über weite Entfernungen mit ihm sprechen. Ich kann nur spüren, dass seine Lebenskraft schwindet.«

Auch wenn ihre Worte ruhig und analytisch klangen, war deutlich zu hören, wie sehr ihr die Möglichkeit missfiel, Spock erneut zu verlieren. Kirk brauchte keine Gedankenverschmelzung, um zu wissen, wie sie sich fühlte. Oder um ihre Furcht zu teilen, dass die Zeit für ihren gemeinsamen Freund ablief.

Dann kam ihm noch ein anderer Gedanke. »Ich hätte wissen müssen, dass es nicht so einfach wird«, sagte er. »Vergessen wir also, mit ihm direkt in Kontakt zu treten. Können Sie spüren, wo er sich befindet? Können Sie dieses telepathische Band, das Sie verbindet, benutzen, um uns zu ihm und den anderen zu bringen?«

Saavik dachte darüber nach. »Vielleicht«, sagte sie dann unsicher. »Wenn wir nahe genug an den tatsächlichen Standort kommen und wenn ich den korrekten meditativen Zustand erreiche.«

Kirk entschied sich für diese Strategie. Vielleicht griff er nach Strohhalmen, aber sie mussten etwas tun. Wenn das, was Saavik über Spocks Zustand sagte, der Wahrheit entsprach, zählte jede Minute. Und solange sie nicht über Sensordaten verfügten, brauchten sie jeden Strohhalm, den sie ergreifen konnten, selbst wenn das hieß, dass sie sich auf etwas so Unpräzises und Unbestimmbares wie das psychische Band zwischen zwei Seelen verlassen mussten. Sicherlich wäre es nicht das erste Mal, dass die einzigartigen und rätselhaften Eigenschaften des vulkanischen Verstands die Rettung waren. Tatsächlich war es so, dass Spock sein eigenes zweites Leben zumindest teilweise den seltsamen mentalen Fähigkeiten seines Volkes verdankte.

»Ich werde uns näher heranbringen«, versprach er. »Tun Sie, was Sie tun müssen.«

Sie nickte. »Ich werde mein Bestes geben, Captain.«

Kirk bezweifelte das nicht. Er vermutete, dass er von ihr viel mehr verlangte, als er selbst begriff, aber wenn sie Spock auf diese Weise erreichen konnte und sie damit auch zu dem verirrten Außenteam brachte, würde er diese Gelegenheit nicht verstreichen lassen.

»Finden Sie sie, Lieutenant. Wie auch immer Sie das anstellen.«

10

»Du willst noch eine Dosis?«, rief Chekov aufgebracht. »Von mir aus gerne!«

Das Außenteam wurde von Egeln belagert. Chekov wedelte mit dem Hypospray herum und hielt sich ein Pärchen der Raubtiere (die ihn gemeinsam angriffen) mit einem frischen grünen Abwehrstoß vom Hals. Darwa stand mit dem Rücken zu ihm und sprühte selbst einem anderen Egel einen kontrollierten Stoß ins Gesicht, der gerade aus dem Nebel gesprungen war. Das Tier spuckte wie wild, dann floh es, zumindest für den Augenblick, wieder zurück ins Moor. Ein kupfriges Aroma hing in der Luft und löste sich dann in den alles durchdringenden Nebeln auf.

»Hey!«, protestierte McCoy. »Gehen Sie sorgsam damit um! Das kommt direkt aus Spocks Venen, das wissen Sie doch.«

Während das Sicherheitsteam die schon jetzt verlorene Schlacht gegen die gnadenlosen Raubtiere weiter ausfocht, kümmerte McCoy sich um Spock, der auf dem Boden ausgestreckt lag und mit den Schultern an einem hohlen, mit Pilzen überwucherten Baumstamm lehnte. Das Außenteam hatte einen, wie es aussah, verlorenen Posten auf einer schlammigen Bodenerhebung von der Größe des

Transporterraums der *Enterprise* bezogen. Die Angriffe der Raubtiere folgten immer rascher aufeinander und wurden schneller, ganz so, als fühlte sich jeder Egel in der Umgebung von der exotischen neuen Beute angezogen. Alle Hoffnung, weiter durch das Moor voranzukommen, um schließlich das Notsignal zu erreichen, hatten sie aufgegeben. Es war eine verlorene Sache. Jetzt ging es ums Überleben, und selbst das war nicht mehr lange garantiert.

»Sagen Sie das nicht mir, Doktor«, erwiderte Chekov. »Sagen Sie das unseren hartnäckigen neuen Freunden hier.«

Darwa kontrollierte ihre eigene Waffe, das einzige andere Hypospray, das sie noch hatten auftreiben können. Spock und McCoy waren somit so gut wie unbewaffnet. Sie zog eine Grimasse und beäugte das Gerät scharf. »Ich habe fast nichts mehr.«

»Schon wieder?«, rief McCoy. »Jetzt schon?«

Sie warf ihm einen gequälten Blick zu. »Tut mir leid, Doktor. Ich versuche, sparsam damit umzugehen, aber ...

»Ich weiß, ich weiß.« McCoy wollte seine Frustration nicht an Darwa und Chekov ablassen, die ihr Bestes taten, um das Team unter solch schlechten Bedingungen am Leben zu halten. Es war nicht ihre Schuld, dass sie alle an diesem höllischen Ort festsaßen und Spocks Blut das Einzige war, das verhinderte, dass sie so endeten wie Fisher und Yost. Aber er hatte die Hyposprays bereits öfter aufgefüllt, als er zählen konnte, und noch ein paar Extraphiolen, um sie zu laden. »Es ist nur ... wir bringen ihn um, verdammt!«

Spock war in schlechter Verfassung. McCoy brauchte keinen medizinischen Scanner und auch keinen Trikorder, um zu wissen, dass es eine schlechte Idee war, dass Spock mehr und mehr Blut für die Sache spendete. Er brauchte dringend eine Transfusion. Spocks eingefallenes Gesicht hatte die Farbe von Asche, sein Puls war beunruhigend schwach, besonders für einen Vulkanier. Er war von den Torturen ernsthaft geschwächt und verlor immer wieder das Bewusstsein. McCoy rief sich ins Gedächtnis, dass verletzte Vulkanier in der Regel eine einzigartige Form der Selbsthypnose anwenden konnten, um den Blutfluss zu den lebenswichtigsten Organen zu verstärken und so den Tod von sich fernzuhalten und den Heilungsprozess zu beschleunigen, aber das half nur wenig, wenn McCoy ihm dieses Blut immer wieder für einen völlig anderen Zweck abnahm. Anscheinend gab es selbst für Spocks übermenschliches Durchhaltevermögen Grenzen. McCoy hätte gut damit leben können, diese Grenzen nicht ausloten zu müssen.

»Tun Sie Ihre Pflicht, Doktor«, flüsterte Spock heiser und richtete sich für einen Augenblick auf. Sie alle hatten wer weiß wie lange weder gegessen noch getrunken. Hinzukam für Spock der Stress, unter dem er stand und der seinen Körper stark dehydriert hatte. Seine Augen waren blutunterlaufen und von Grün durchzogen. Seine Stimme war rau wie ein Reibeisen. Er versuchte, sich aufzusetzen. »Die Bedürfnisse von vielen ...«

»Sparen Sie sich die Sprüche.« McCoy legte eine Hand auf Spocks Brust und drückte ihn sanft wieder zu Boden. »Das habe ich alles schon einmal gehört und, verdammt, ich muss es nicht noch einmal hören. Jetzt hören Sie mir mal gut zu, Spock. Sie werden nicht schon wieder den Märtyrer spielen, nicht, solange ich etwas dazu zu sagen habe. Und erwarten Sie bloß nicht von mir, dass ich Ihre verflixte *Katra* noch einmal mit mir spazieren trage, haben Sie das kapiert? Sie kriegen keine heroischen Sterbeszenen mehr.«

»Das ist keine Frage von Heldentum, Doktor. Sondern einfache Logik.«

»Logik allein wird niemanden von uns am Leben erhalten, Spock. Nicht dieses Mal.«

Spock verzog das Gesicht. »Da haben Sie vielleicht recht, Doktor, auch wenn es mir sehr widerstrebt, das zuzugeben, aber trotzdem ...«

Seine Stimme verklang und seine Augenlider senkten sich. Sein Kopf sackte nach vorn auf seine Brust. Für einen Augenblick setzte McCoys Herz aus und er fürchtete, dass er ihn verloren hatte, aber eine kurze Untersuchung ergab, dass er immer noch schwach atmete. Spocks Brust hob und senkte sich langsam. McCoy legte seine Finger an Spocks Halsschlagader, um auf altmodische Weise seinen Puls zu prüfen. Sehr zu seinem Ärger war die Frequenz auf hundertzwölf Schläge pro Minute gesunken, hoch für einen Menschen, aber für einen Vulkanier gefährlich niedrig. Sein Blutdruck, der schon zu seinen besten Zeiten praktisch kaum existierte, war sicherlich auch auf ein bedrohliches Maß gesunken. Der Kupfergeruch stach McCoy in die Nase. Ein nasser grüner Fleck, der an Spocks Schulter aus dem schmutzigen Pullover hervorsickerte, erinnerte ihn unangenehm daran, dass Spocks Wunde nach wie vor ununterbrochen blutete und diese unablässigen Blutspenden noch gefährlicher machte.

Wir lassen ihn bei lebendigem Leib ausbluten, dachte McCoy. *Nur um uns noch ein paar Stunden zu erkaufen.*

Er warf einen Blick gen Himmel, oder zumindest dem, was er davon sehen konnte. Die offen vor ihnen liegenden Gewässer bedeuteten, dass es zumindest über ihnen keine Äste gab, deren Laub den Angriffen der Egel Deckung hätte bieten können, aber der unirdische Nebel erlaubte wenig bis keinen Durchblick. Soweit er sehen konnte, reichte der Nebel bis in die stürmischen Wolken hinauf, die überhaupt erst für den Absturz der *Galileo* verantwortlich waren. Der übernatürliche Nebel bedeckte das Außenteam wie ein vorzeitiges Leichentuch.

Wir sind tot, wenn Jim uns nicht rechtzeitig findet.

Aber wer könnte uns in diesem infernalischen Moor schon finden?

11

Das Cockpit eines Shuttles war während eines Flugs kaum ein geeigneter Meditationsort. Elektronische Zirpgeräusche und das ständige leise Dröhnen des Impulsantriebs drangen konstant in Saaviks Wahrnehmung ein. Ebenso wie die Gegenwart von Captain Kirk, der weniger als einen Meter entfernt an der Steuerkonsole der *Copernicus* saß. Dennoch versuchte sie, die Umgebungsgeräusche auszuschließen, als sie sich bemühte, trotz der Entfernung zwischen ihnen das Band zu verstärken, das sie mit Spock teilte. Sie selbst hatte sich im Sitz des Co-Piloten angeschnallt, die Hände steif in den Schoß gelegt und mit einigen einfachen Atem- und Mentalübungen begonnen, um ihren Geist vorzubereiten. Varba II lag bedrohlich vor ihnen, seine undurchdringliche Atmosphäre war durch die Windschutzscheibe klar zu sehen, doch Saavik ignorierte den herannahenden Planeten und blickte stattdessen in sich hinein.

Spock, dachte sie. *Wo bist du, Spock?*

Es war schwierig, einen ausreichend meditativen Zustand zu erreichen, obwohl (wahrscheinlich sogar weil) es so dringend notwendig war, das vermisste Außenteam so bald wie möglich zu lokalisieren. Ein unwillkommener Grad von Furcht beunruhigte sie, und indem sie ihre gegenwärtige Verbindung zu Spock verstärkte, lief sie Gefahr, seine letzten Minuten teilen und seinen Tod selbst miterleben zu müssen. Diese Furcht einflößende Aussicht erfüllte sie mit einem Gefühl nackter Angst, das ihrer vulkanischen Abstammung und Ausbildung unwürdig war. Aber es existierte trotzdem. Es zu leugnen wäre sowohl unlogisch als auch kontraproduktiv gewesen.

Nimm die Furcht an, sagte sie sich selbst. *Akzeptiere sie, erkenne sie als das, was sie ist, und lass sie hinter dir. Bekämpfe sie nicht. Lass sie zu.*

Sie setzte ihre Suche fort. Die Furcht war noch da, sie lauerte in ihrem Hinterkopf wie ein unerfreulicher Anblick oder ein bewölkter Himmel, aber sie gestattete ihr nicht, sie zu kontrollieren oder sie von ihrem Kurs abzubringen. Furcht war nur ein Gefühl, und Gefühle konnten durch Disziplin und Logik immer überwunden werden.

Auch wenn das manchmal schwieriger war.

In Wahrheit fand sie nicht nur die Möglichkeit, Spocks Tod miterleben zu müssen, erschreckend. Um ihr Band mit Spock zu verstärken, würde sie ihre eigenen starken mentalen Schilde senken und ihre eigenen intensiven und manchmal unbändigen Gefühle, was Spock anging, anzapfen müssen. Ebenso würde sie sich ins Gedächtnis rufen müssen, was auf dem Genesis-Planeten geschehen war und was sie dort geteilt hatten. Sie konnte ihre Emotionen nicht ausschließen und in sicherer Verwahrung halten. Es durfte keine Privatsphäre geben, keine Geheimnisse und keinen Ort, an dem man sich verstecken konnte.

Ich werde mich ... mir selbst offenbaren müssen.

Jeder Vulkanier hätte diesen Zustand der Verwundbarkeit als unangenehm empfunden, aber Saavik wusste, dass sie mehr Grund dazu hatte, sich vor ihren eigenen unterdrückten Gefühlen zu hüten. Wie Spock war sie nur zur Hälfte Vulkanierin und hatte ihre ersten Lebensjahre in der gescheiterten romulanischen Kolonie Hellguard verbracht. Dort hatte sie nicht die Möglichkeit gehabt, das umfassende mentale Training zu erhalten, dem sich vulkanische Kinder von klein auf unterzogen. Sie hatte erst spät von den Lehren Suraks gehört und auch wenn sie es niemals zugegeben hätte, die vulkanische Art fiel ihr nicht immer leicht.

Oder wenigstens nicht so leicht wie anderen.

Es war schon eigenartig, überlegte sie nicht zum ersten Mal. Menschen und andere Nichtvulkanier tendierten zu der Ansicht, dass alle Vulkanier gleichermaßen keinerlei Emotionen besaßen, und ignorierten dabei das weite Spektrum von Persönlichkeiten und Charakteren, wie man sie auch in buchstäblich jeder anderen humanoiden Spezies der Föderation fand. Es war eine irrige Annahme. In Wirklichkeit bildeten auch vulkanische Persönlichkeiten ein Spektrum, einige waren besser in der Lage, ihre primitiven Instinkte zu beherrschen als andere. Nur die angesehenen Meister des *Kolinahr* konnten tatsächlich von sich behaupten, dass sie ihre Emotionen vollständig besiegt hatten, jeder andere Vulkanier erreichte nur einen persönlichen und jeweils unterschiedlichen Grad an emotionaler Kontrolle.

Dennoch, nach menschlichem Ermessen waren alle Vulkanier zweifellos gleichermaßen kühl und unnahbar. Kirk und dem Rest der *Enterprise*-Besatzung erschien sie, Saavik, sicherlich vollkommen vulkanisch. Aber Saavik war sich sehr wohl bewusst, dass sie ein wenig gefühlsbetonter war als der durchschnittliche Vulkanier. Das war auch der Hauptgrund dafür gewesen, dass sie Spock zur Sternenflotte gefolgt war: So würden ihre gelegentlichen Fehltritte weniger auffällig sein, als sie es auf Vulkan gewesen wären. Wie Spock fühlte sie sich hier draußen in der Galaxis, unter anderen Völkern, wohler als unter ihresgleichen.

Wie Spock.

Saavik erkannte, dass sie das Notwendige nur hinauszögerte, indem sie darüber nachdachte, was zu tun war, statt es tatsächlich zu tun. Ihre persönlichen Sorgen und Kämpfe waren jetzt nicht wichtig, nicht, wenn sich das Außenteam in unmittelbarer Gefahr befand. Sie schob ihren Widerwillen energisch beiseite, schloss die Augen, holte tief Luft und tauchte tief in sich hinab, hinter ihre Vorbehalte und Hemmungen, nach dem unzerstörbaren Band, das sie und Spock verband.

Mein Geist zu deinem Geist, dachte sie. *Meine Gedanken zu deinen Gedanken.*

Zuerst war da nur Schwäche. Eine Schwäche des Körpers, die alle Maße überstieg. Wie zuvor spülte Spocks physische Not über sie hinweg wie eine Welle der Übelkeit. Ihr Kopf schwamm, sodass sich das Cockpit um sie herum zu drehen begann, als hätten die Trägheitsdämpfer und die künstliche Schwerkraft Fehlfunktionen. Ihr Mund fühlte sich trocken wie Papier an, als befinde sie sich in der vulkanischen Wüste und hätte allzu lange ihren Durst nicht stillen können. Ihr Magen schrie nach Nahrung. Ihre Glieder fühlten sich so schwer an, als seien sie aus Neutronium, und zogen sie herab, sodass sie sich kaum bewegen konnte. Ein dumpfer Schmerz pochte in ihrer rechten Schulter. Ihr war kalt, sie war nass und erschöpft und beinahe am Ende. Ihr Herzschlag wurde langsamer. Sie konnte nicht mehr lange durchhalten.

Nein! Das ist nicht mein Schmerz! Lass mich los!

Ihre erste Reaktion war, den Kontakt von sich aus zu lösen, um sich selbst dieses Leid zu ersparen. Ihr Selbsterhaltungstrieb kämpfte mit ihrem Pflichtbewusstsein, sie selbst gegen den Drang, diese Verbindung zu lösen. Ironischerweise war es der tödliche Ernst von Spocks Symptomen, der ihr die Stärke gab, weiterzumachen. Es war nur zu offensichtlich, dass Spock ihre Hilfe brauchte und zwar sehr dringend. Sie konnte ihn nicht im Stich lassen.

Sie würde ihn nicht im Stich lassen.

Sie hielt die Augen fest geschlossen und zwang sich durch schiere Willenskraft, noch tiefer in sich hineinzugehen, an den oberflächlichen Wunden des Körpers vorbei zum schwindenden Verstand und dem Geist dahinter. Spocks Leiden war nun auch ihres, aber es steckte viel mehr als nur physische Empathie dahinter, wenn sie es wagte, ihr Herz und ihre Seele bis zu so einem gefährlichen Grad zu öffnen. Sie hob ihre rechte Hand und hielt zwei aneinandergelegte Finger vor sich, als wollte sie seine Finger berühren. So hatte sie es auch auf dem Genesis-Planeten getan, als sie ihn gebeten hatte, ihr zu vertrauen. Auf diese Weise hatte sie ihre Verbindung initiiert. Es war eine Geste, eine Berührung, deren tief greifende Bedeutung nur ein anderer Vulkanier zu schätzen wusste.

Mein Herz zu deinem Herzen. Von mir getrennt und niemals getrennt, immer berühren und immer berührt werden.

Die letzten Hemmnisse fielen. Eine Flutwelle von ungezähmten Emotionen drohte, sie zu ertränken - Furcht, Sorge, Respekt, Bewunderung, Zuneigung und mehr. Kraftvolle Erinnerungen voller Gefühle brandeten gegen ihr Bewusstsein und tauchten aus der Tiefe auf.

Spock, der sie von Hellguard rettete, als sie kaum mehr als ein Kind war. Er brachte sie ins Haus seiner Familie, zeigte ihr einen neuen Weg zu leben und gab ihr Hoffnung und eine Zukunft ...

Spock, der sie auf der Akademie der Sternenflotte willkommen hieß, nachdem er ihre Aufnahme befürwortet hatte. Er förderte ihren Fortschritt, ermutigte sie immer wieder und war offenbar stolz auf das, was sie erreichte ...

Spock, der in einer von einer Flagge bedeckten Torpedohülle lag, bei seiner eigenen Beerdigung, bei der Mr. Scott eine seltsam anrührende irdische Melodie auf seinem Dudelsack gespielt hatte. Eine einzige Träne verriet ihren Kummer, als Spocks Überreste der Leere überlassen wurden.

Spock, der auf dem Genesis-Planeten wiedergeboren worden war, dessen Heranwachsen von einem Kind zum Erwachsenen davon beschleunigt wurde und der keine Erinnerungen mehr hatte und keinen Intellekt, aber dennoch Spock war und gegen alle Chancen zu ihr zurückgekehrt war. Sie hatte ihn durch die gnadenlosen Qualen des Pon Farr *gebracht und eine Verbindung erzwungen, die niemals wirklich gebrochen werden konnte, außer durch den Tod ...*

Die Erinnerungen waren überwältigend, aber Saavik wich nicht zurück. Stattdessen gestattete sie der gemeinsamen Geschichte und der Intensität ihrer Gefühle, die Verbindung zu Spock zu verstärken, sodass es ihr beinahe so vorkam, als müsse sie nur die Hand ausstrecken, um ihn zu berühren. Sie riss die Augen auf und starrte auf den vor ihr liegenden Planeten. Spock war dort und wartete auf sie. Er zog sie an.

»Ich fühle dich, Spock«, murmelte sie. »Ich komme zu dir.«

Aber würde sie ihn noch rechtzeitig erreichen?

12

»*Saavik-kam*«, murmelte Spock auf Vulkanisch. McCoy war darüber verwirrt. Auch wenn Spocks Lebenszeichen rapide schwächer wurden, brachte er es fertig, den Arm zu heben und zwei aneinandergelegte Finger auszustrecken. McCoy erkannte den Gruß von vorherigen Begegnungen mit Vulkaniern. Es war die Art, in der auch Spocks Eltern diskret ihre Zuneigung in der Öffentlichkeit gezeigt hatten. Er wollte verdammt sein, wenn er wusste, was Spock durch den Kopf ging, als der Vulkanier wie im Delirium flüsterte: »*Kashkau - wuhkuh eh teretuhr ...*«

McCoy hatte keine Ahnung, was Spock da vor sich hin brabbelte. *Wo ist der Universalübersetzer, wenn man ihn braucht?*

Er kauerte sich neben Spock und untersuchte hilflos den raschen Verfall seines Freundes. Es fühlte sich an wie eine Totenwache, nur nasser und schlammiger und umgeben von riesigen blutrünstigen Egeln, die offenbar fest entschlossen waren, die Überlebenden des Außenteams zum Abendbrot zu verspeisen. Und das trotz der unermüdlichen Versuche Chekovs und Darwas, sie abzuwehren. Letztere ließ sich nun neben ihn fallen und hielt ihm das leere Hypospray entgegen.

»Tut mir leid, Doktor.« Sie warf einen besorgten Blick auf Spock. »Ich würde nicht fragen, aber ...«

»Beeilen Sie sich!«, rief Chekov beinahe panisch. »Da kommen noch mehr!«

Er versuchte, Darwas kurzen Rückzug damit zu kompensieren, dass er in einem engen Kreis Abwehrmittel um das Team sprühte, und wedelte dabei so heftig mit dem Gerät herum, dass er einen Schweif schwebenden grünen Nebels hinter sich herzog wie ein Komet. Diese Taktik hinderte das stetig anwachsende Pack von Egeln, die im gelben Nebel lauerten, für den Augenblick tatsächlich daran, sich auf das Team zu stürzen, aber das Spray wurde schon dünner und verschwand schließlich ganz in dem wirbelnden gelben Dunst. Chekov versuchte, die Barriere aufrechtzuerhalten, aber sein Hypospray begann bereits zu stottern und war bald leer.

»Doktor«, drängte Darwa.

McCoy beugte sich über seinen sterbenden Patienten. Er wusste, Spock wollte, dass er es tat.

Verdammt.

»In Ordnung, her mit dem Ding.« McCoy riss Darwa das leere Hypospray aus der Hand und presste es erneut gegen Spocks gesunde Schulter. Es zischte wie eine giftige Schlange. »Vergeben Sie mir, Spock.«

Er fühlte sich wie ein gottverdammter Vampir, als er das aufgeladene Gerät, das nun wieder siebzig Kubikzentimeter von Spocks Blut enthielt, an Darwa weiterreichte, die sofort losrannte, um Chekov zu unterstützen, der jetzt den letzten Schuss »Munition« in das aufgesperrte Maul eines Egels sprühte. Das Tier kreischte zornig, bevor es sich wieder in den Nebel zurückzog. Chekov atmete schwer und gönnte sich einen Augenblick Zeit, um sich den Schweiß von der Stirn zu wischen. Beide Sicherheitsoffiziere zeigten nun deutliche Anzeichen von Erschöpfung. Adrenalin reichte nicht weit, solange man weder eine Rast noch Nahrung oder Wasser bekam. Darwa war die Jüngste unter den Überlebenden des Absturzes, aber selbst sie sah aus, als habe sie einen Mars-Marathon hinter sich. Sie feuerte auf die Egel, indem sie den müden Waffenarm mit dem anderen stützte. Der Bluterguss auf ihrer Stirn hatte eine hässliche purpurne Färbung angenommen. Wieder vergiftete ein Sprühstoß atomisierten vulkanischen Bluts die Luft.

McCoy zuckte an Spocks Stelle zusammen.

»Gehen Sie sparsam damit um!«, rief er hinüber.

»Ich versuch's, Doktor«, erwiderte sie. »Bitte glauben Sie mir!«

Chekov kam jetzt zu McCoy an Spocks Seite und warf einen besorgten Blick auf den Vulkanier. »Wie geht es ihm, Doktor?«

»Nicht gut«, entgegnete McCoy rundheraus. »Sehen Sie ihn sich nur an. Ich habe schon Leichen mit mehr Blut darin gesehen.«

Spock war an dem verfaulten Baumstamm zusammengesunken. Sein Kopf lag haltlos zur Seite gerollt. Sein aschfahler Teint war so grau wie ein altmodisches Stahlschott. Halb geschlossene Augen starrten an den beiden vorbei in die Leere und sahen offenbar nur noch die eigenen deliriösen Vorstellungen. Dennoch hielt er nach wie vor die beiden wie zum Gruß aneinandergelegten Finger hoch. Seine Stimme war jetzt wenig mehr als ein heiseres Flüstern.

»*Saavik-kam*«, sagte er beinahe zu leise, als dass man es hätte hören können. »*Kashkau - wuhkuh eh teretuhr ...*«

Chekov runzelte die Stirn. »Was sagt er da, Doktor?«

»Ich habe nicht die geringste Ahnung.« McCoy beugte sich dichter über Spock und lauschte angestrengt. Nicht, dass es viel genutzt hätte. Seine Kenntnisse der vulkanischen

Grammatik und sein Wortschatz in dieser Sprache waren nur geringfügig größer als sein Klingonischvokabular, und offenbar beherrschte auch Chekov die Sprache nicht besser. *Zu schade, dass Spock nicht Russisch spricht.*

»Saavik«, wiederholte Chekov. »Glauben Sie, er spricht mit Saavik?«

»Das ist möglich.« McCoy betrachtete Spocks erhobene Finger. Er fragte sich, welche Abschiedsworte Spock seinem Protegé wohl zu vermitteln versuchte.

War es etwas, das nur ein anderer Vulkanier verstand?

Eine Schande, dass sie Sie nicht hören kann.

13

Kirk steuerte die *Copernicus* in die wirbelnde Atmosphäre Varba IIs. Sie durften keine Zeit damit verlieren, weiter um den Planeten zu kreisen, nicht, nachdem Saavik erfühlt hatte, dass Spock im Sterben lag. Kirks Plan bestand immer noch darin, die Quelle des Notrufsignals anzupeilen und zu hoffen, dass das Außenteam es irgendwie in die Nähe seines ursprünglichen Ziels geschafft hatte, bevor es in Schwierigkeiten geraten war.

Von dort aus konnte man die Suchparameter immer mehr ausweiten, bis man mit etwas Glück Anzeichen für den Verbleib der *Galileo* oder ihrer Passagiere fand. Der dichte Nebel und das Fehlen von Sensordaten würde es schwierig machen, das verlorene Außenteam aufzuspüren, aber Kirk hatte die Absicht, es darauf ankommen zu lassen.

Spock sagte, es sei eine Angewohnheit von mir, jeglicher Wahrscheinlichkeit zu trotzen. Hoffen wir, dass er auch diesmal recht behält.

Zu seiner Rechten begann Saavik sich wieder zu rühren und murmelte etwas auf Vulkanisch vor sich hin. Er warf ihr einen Blick zu und war überrascht, dass eine einzelne Träne über ihre Wange lief, genau wie bei Spocks Beerdigung vor ein paar Jahren. Er wollte glauben, dass das ein gutes Zeichen war, dass es zeigte, wie sich ihre Verbindung zu Spock verstärkte, aber ihre Träne rief auch düsterere Vergleiche hervor. Er hatte nicht das Bedürfnis, erneut eine Totenrede auf seinen Freund zu halten.

Die kochende senffarbene Atmosphäre des Planeten war stürmischer als erwartet. Enorme Sturmböen prallten auf die *Copernicus* und ließen das Sicherheitsteam im Passagierraum hinter Kirk erschrockene Laute von sich geben. Die Turbulenzen schreckten auch Saavik auf und unterbrachen ihre Trance. Ihre Augen öffneten sich, auch wenn sie immer noch ein wenig wirkte, als starre sie ins Leere. Sie sah sich unsicher um, als sei sie sich ihrer Umgebung nicht ganz sicher.

Kirk hoffte, dass sie die Verbindung nicht vollständig verloren hatte.

»Captain?«, fragte sie.

»Tut mir leid, wir fliegen gerade durch heftige Turbulenzen.« Er versuchte, den Flug auszugleichen, aber die hurrikanartigen Winde waren stärker. Eine besonders heftige Bö ließ die *Copernicus* samt ihren Passagieren nach steuerbord kippen, bevor Kirk das Shuttle wieder stabilisieren konnte. Es war, als fliege man ein Raumschiff durch einen Ionensturm. »Ich aktiviere wohl besser die Schilde.«

Er griff nach den Deflektorkontrollen, doch Saavik packte urplötzlich sein Handgelenk. Ihr Griff war schweißfeucht und kalt, aber fest genug, um ihn innehalten zu lassen. Er konnte die vulkanische Kraft, die darin lag, spüren. Man vergaß leicht, dass sie nicht halbmenschlich und damit vielleicht sogar stärker war als Spock.

»Nicht«, sagte sie leidenschaftlich.

Kirk war verwirrt. »Warum nicht?«

»Ich weiß es nicht«, gab sie zu und lockerte ihren Griff etwas. »Aber ich ... ich fühle, dass es ... nicht klug wäre.«

Kirk betrachtete sie neugierig. Es kam nicht oft vor, dass ein Vulkanier einer Eingebung folgte, also war er durchaus geneigt, darauf zu hören, wenn es einer tat. »Ist das etwas, was Sie von Spock empfangen?«

»Möglicherweise«, gestand sie. »Wahrscheinlich.«

»Dann reicht mir das.« Es gefiel ihm nicht, ohne den Schutz der Schilde durch einen Sturm zu fliegen, aber sie würden sich wohl auf die stabile Hülle des Shuttles und seine solide Konstruktion verlassen müssen. Und nicht zuletzt auch auf seine ein wenig eingerosteten Fähigkeiten als Pilot. Er rief sich ins Gedächtnis, aus wie vielen Schichten die Hüllenplatten des Shuttles bestanden. »Spüren Sie ihn noch? Wissen Sie, wo er ist?«

»Ich glaube schon.« Sie ließ sein Handgelenk endgültig los und wandte den Blick zur Windschutzscheibe. Alles, was man im Augenblick dort sehen konnte, waren die wirbelnden gelben Sturmwolken, aber die Farbe kehrte in ihr Gesicht zurück und ihr Blick wirkte wieder konzentriert. Entschlossenheit lag in ihrer Stimme, und sie wischte sich die einzelne Träne von der Wange. »Bitte seien Sie so freundlich und überlassen die Steuerung nun mir.«

Kirk gehorchte, obwohl der Sturm auch weiterhin mit unverminderter Stärke um sie herumtoste. Er rutschte unruhig in seinem Sessel hin und her und bemitleidete die Sicherheitsoffiziere im hinteren Teil des Shuttles. Glücklicherweise neigte er selbst nicht zu Seekrankheit. Seine größere Sorge bestand in den heftigen Wetterbedingungen und ihren Auswirkungen auf die Rettungsmission.

»Sind Sie sicher?«

»Hier geht es um Gefühle und nicht um Logik. Und an Gefühlen ist nichts Sicheres, Captain.« Ein trockenes Lächeln umspielte ihre Lippen. »Was glauben Sie, warum weise Vulkanier sie ausschließen?«

»Zum Teufel mit der Weisheit«, entschied Kirk. »Also los. Finden wir unsere Freunde.«

Sie tauchten tiefer in den Nebel ein.

14

Der Egel stürzte über den nebligen Sumpf hinweg auf McCoy zu. Die Kreatur war irgendwie an Chekov und Darwa vorbeigekommen und preschte auf den unbewaffneten Doktor zu, der unversehens dem Untier ins Maul starrte. Ringe von rasiermesserscharfen Zähnen drohten, sich in McCoys Fleisch und in seine Knochen zu graben. Eine geriefte Zunge schoss hungrig auf den Geschmack von frischem Blut und anderen Körperflüssigkeiten hervor. Speichel troff aus dem Maul und machte seine Absicht mehr als deutlich. Der Atem stank nach Blut.

»Doktor!«, schrie Chekov aus einigen Metern Entfernung, wo er gerade einen anderen Egel mit einem Sprühstoß des Abwehrmittels vertrieb. Darwa tat das Gleiche auf ihrem Wachposten am anderen Ende der Lichtung. Chekov riskierte es, den Blick kurzzeitig von seinen eigenen Bemühungen, die Gruppe zu verteidigen, ab- und McCoy zuzuwenden. »Er kommt zu Ihnen!«

Was Sie nicht sagen, dachte McCoy, unfähig, den Blick von dem heranjagenden Raubtier abzuwenden. Subjektiv dehnte sich die Zeit, sodass jede grauenvolle Sekunde sich anfühlte, als würde sie sich in Zeitlupe abspielen. Mit rasendem

Herzen tastete McCoy panisch nach einem Stein oder Stock, doch er fand nichts, mit dem er das Monster tatsächlich für mehr als einen Augenblick hätte aufhalten können. Er packte einen kaputtgegangenen Herzschlagmesser wie einen Knüppel und war sich doch im Klaren darüber, dass er genauso gut mit einem *Tribble* hätte bewaffnet sein können. Spock, der nur halb bei Bewusstsein war und schlimmer aussah denn je, bewegte sich unruhig neben ihm. McCoy beruhigte es etwas, dass Spock dank seines lächerlichen vulkanischen Bluts immerhin vor dem Blutdurst des Egels sicher war.

Warte mal eine Sekunde, dachte er. *Was, wenn ich …*

Rasch packte McCoy den auf dem Rücken liegenden Vulkanier wie einen Schild und zog Spock auf sich, um den Sterbenden als Schutzschild zu benutzen. Der kupfrige Geruch, der von Spocks verwundeter Schulter ausging, drang dem Doktor in die Nase und in die Kehle, doch er betete, dass der heranstürzende Egel den Gestank noch widerlicher fand - und dass das Monster nicht einfach durch Spock hindurchjagen würde, um sein eigentliches menschliches Opfer zu erreichen.

»Doktor?«, wisperte Spock. Er blinzelte und schüttelte erschöpft den Kopf. »Was soll …«

»Nicht jetzt, Spock! Halten Sie durch und drücken Sie die Daumen!«

McCoy bereitete sich auf das Schlimmste vor, aber der Egel hielt tatsächlich weniger als eine Armlänge von den beiden Männern entfernt an. McCoy spähte über Spocks blutende Schulter hinweg und sah angespannt, wie die Kreatur den grotesken Kopf von einer Seite zur anderen schwang und mit der überlangen Zunge die Luft abtastete, als sei sie verwirrt über die gemischten Eindrücke, die sie so erhielt. Der Egel kroch vorsichtig voran und stieß ein verunsichertes Kreischen aus. Sechs Paare hervorquellender

Augen musterten die vielversprechende Beute, ungeduldige Klauen kratzten im morastigen Boden. Die primitiven Züge, die nichts Säugetierartiges an sich hatten, ließen keinen Schluss darauf zu, was das Monster vielleicht als Nächstes vorhatte. McCoy erinnerte sich daran, irgendwo gelesen zu haben, dass Egel multiple Hirne hatten, die sich über ihre ganze Körperlänge verteilten. Wer wusste schon, was sie im jeweiligen Augenblick dachten?

Verschwinde, du elender Blutsauger, schimpfte McCoy im Stillen. *Ich bin Arzt, kein Hors d'œuvre.*

Spock hob die Hand vor die trüben Augen und schien das furchterregende Raubtier vor sich gar nicht zu bemerken. »Wohin soll ich den Daumen drücken, Doktor? Es fällt mir schwer, mich zu konzentrieren ...«

Der Egel kam näher. Seine Zunge schoss wieder hervor und berührte McCoys Stirn. Sie fühlte sich klebrig und kratzig auf der Haut an. McCoy schluckte hart. Sein Mund wurde noch trockener. Dann verstummte der Egel. Er setzte sich auf die Hinterbeine, als wolle er in der nächsten Sekunde zuschlagen.

War wohl doch keine so brillante Idee, dachte McCoy.

Ein Hypospray zischte nur Zentimeter entfernt, dann breitete sich ein grünlicher Nebel zwischen McCoy und dem Egel aus. Das luftübertragene Abwehrmittel war so nah versprüht worden, dass McCoy spucken und das Gesicht abwenden musste. Ihm drehte sich der Magen um, als ihm erneut der Gedanke kam, um was es sich dabei handelte. Der Egel kreischte außer sich vor Zorn auf, stellte sich auf die Hinterbeine und schlug mit den Vorderpfoten angewidert nach dem für ihn giftigen Nebel. Die Zunge verschwand wieder in seinem Rachen.

»Lass sie bloß in Ruhe!«, schrie Chekov und schwenkte mit dem Hypospray herum wie mit einer Phaserpistole. Er schob die Faust mit dem Gerät förmlich ins Maul des Egels hinein, bevor er erneut eine Ladung Abwehrmittel versprühte. »Hast du nicht gehört? Verschwinde! Zisch ab!«

Der Egel würgte und röchelte, fiel auf seinen segmentierten Rücken, richtete sich wieder auf und hastete von den vermeintlichen Opfern fort, um sich wieder zu den anderen Egeln zu gesellen, die durch den Nebel pirschten. McCoy rang erleichtert nach Luft. Sein Herz raste, als habe er eine Überdosis Cordrazin verabreicht bekommen.

Das war knapp gewesen.

»Bitte um Verzeihung, Doktor«, sagte Chekov und untersuchte Spock und McCoy kurz. Er half dabei, Spock wieder in eine bequemere Position zu hieven, mit dem Rücken gegen den Baumstamm. »Die Kreatur ist irgendwie an mir vorbeigekommen. Es sind einfach zu viele.«

»Was Sie nicht sagen.« McCoy ließ sich von Chekov auf die Beine helfen. Der Geruch von Spocks Blut hing in der Luft und an McCoys schmutzigen Kleidern, die mittlerweile kaum noch wiederzuerkennen waren. Sie bestanden nun eher aus Schlamm als aus Stoff und waren mit trockenem Laub und anderen Vegetationsüberresten übersät, sodass er aussah, als überlebe er schon seit Wochen auf diesem Planeten, nicht erst wenige Stunden. Immer noch war der Puls des Arztes erhöht, aber er beruhigte sich schon etwas. »Danke übrigens für die prompte Rettung. Ich hänge an meinem Blut und hätte es gern noch eine Weile.«

Chekov blieb wachsam und durchsuchte den Nebel nach dem nächsten Angreifer. »Jederzeit, Doktor. Ich mache nur meinen Job.«

Den und noch viel mehr, dachte McCoy. Der erfahrene Sicherheitschef hatte Karriere gemacht, seitdem er als junger Ensign auf die *Enterprise* gekommen war. McCoy wusste Chekovs heroische Bemühungen zu schätzen, aber er fürchtete, dass sie wohl nur einen kurzen Aufschub erhalten hatten. Das Außenteam war derzeit nichts weiter als Egelfutter und darüber hinaus deutlich in der Unterzahl. Das Moor hallte wider von den drohenden Schreien und dem Bellen der Monster und übertönte damit sogar das ständige Dröhnen der fliegenden Insekten, während immer mehr dunkle Gestalten im Nebel sichtbar wurden, die das Außenteam umkreisten. Die einzige Frage war, wer zuerst erschöpft war: Spocks Blut oder die Menschen, die darauf angewiesen waren.

»Wissen Sie, ein Fabrini-Wahrsager auf Deep Space 4 hat mir mal geweissagt, dass ich ein biblisches Alter erreichen und eines Tages sogar Admiral werden würde«, erzählte McCoy. »Da habe ich auf einmal so meine Zweifel.« Er schüttelte bedauernd den Kopf. »Von all den unschönen, unbequemen und einfach nur ekelhaften Orten muss ich ausgerechnet hier den Löffel abgeben …«

Darwa gesellte sich zu ihnen, und die drei Menschen bildeten einen engen Kreis um Spock. McCoy suchte nach einem Fluchtweg, aber er sah nur Nebel, Morast und die vagen Silhouetten zu vieler Egel. Nun, wo sein Ableben offenbar direkt bevorstand, fühlte er Mitleid für die anderen, einschließlich Spock. Selbst wenn die Monster ihn in Ruhe ließen, war der sterbende Vulkanier zu geschwächt, um lange ohne Unterstützung überleben zu können. Der Blutverlust und der Mangel an Obdach, Nahrung und Wasser würden ihn so sicher und so gnadenlos umbringen wie irgendein Egel.

»Nun, ich freue mich, dass ich Sie alle kennenlernen durfte«, sagte Chekov, der offenbar ähnlich dachte. Er hob rasch die Daumen in Richtung Darwa. »Ausgezeichnete Arbeit, Lieutenant. Betrachten Sie sich als belobigt.«

Sie hielt die Fassade tapfer aufrecht. »Danke, Commander. Ich nehme an, das ist nicht der richtige Zeitpunkt, Sie um einen kleinen Extraurlaub nächsten Monat zu bitten, damit ich an der Hochzeit meines Cousins auf Tilton IV teilnehmen kann?«

»Wir kommen hier raus«, versprach Chekov. »Und ich werde Ihre Reise persönlich organisieren.«

»Ich werde Sie darauf festnageln, Commander.«

Ein Egel versuchte, sie von der Seite anzugreifen, aber auf Darwas Sternenflottenreflexe und ihr Training war Verlass. Sie glitt rasch an McCoy vorbei, um der Kreatur den Weg zu versperren, und sprühte ihr etwas ins Gesicht, bevor sie zu nah herankam. Sie tat das automatisch, fast unbeteiligt, als wäre es ihr schon zur zweiten Natur geworden.

»Ich glaube, Sie haben den Dreh langsam raus, Lieutenant«, sagte McCoy.

»Ja.« Sie griff in ihre Hosentasche und zog eine letzte Phiole mit Spocks Blut hervor, um das Hypospray wieder aufzuladen. Dabei blieb sie die ganze Zeit wachsam. Schweiß rann ihr Gesicht herab. »Ich Glückspilz.«

»Doktor?«

Der relative Aufruhr um ihn herum schien Spock aus seiner Starre zu reißen. Die schweren Augenlider hoben sich, ebenso sein Kopf. Er klang ein wenig wacher als zuvor. Sein Blick aus blutunterlaufenen Augen schweifte über die düstere Szenerie und nahm Details auf, während er versuchte, sich selbst aufs Laufende zu bringen. Er kämpfte darum, sich aufrecht hinzusetzen. »Die Kreaturen?«

»Versammeln sich zum Festmahl«, sagte McCoy und nahm dabei kein Blatt mehr vor den Mund. »Und wir sind der Hauptgang.«

McCoy ließ sich von Spocks scheinbar verbessertem Zustand nicht täuschen. Seiner Erfahrung nach rafften Sterbende kurz vor dem Tod oft noch einmal alle Kräfte zusammen. Das war eine menschliche Eigenschaft und immerhin war Spock halb menschlich.

»Verlieren Sie nicht die Hoffnung, Doktor.« Spock hob seinen Blick in den düsteren Himmel. »Hilfe ist unterwegs.«

McCoy blieb skeptisch. »Und was veranlasst Sie dazu, das zu sagen?«

Spock hob die Schultern und zuckte sofort zusammen, als die Geste seine Wunde schmerzen ließ. »Nennen Sie es ... ein Gefühl.«

»Ein Gefühl?« McCoy schnaubte ungläubig. »Nun, jetzt hab ich wohl tatsächlich alles gehört und kann in Ruhe sterben. Scheint auch der richtige Zeitpunkt zu sein.«

»Sarkasmus, Doktor, verträgt sich wohl kaum mit der Aufrechterhaltung der Moral. Ich würde Ihnen raten, an Ihrem Benehmen zu arbeiten.«

Chekov unterbrach das Geplänkel: »Aufpassen! Sie greifen schon wieder an!«

Und tatsächlich brachen jetzt wenigstens drei Egel aus dem Nebel und schossen erneut auf sie zu. *Einer für jeden Menschen*, dachte McCoy. Er hatte beinahe den Eindruck, dass die Raubtiere gewöhnlich nicht in Horden jagten, aber in diesem Fall eine Ausnahme machten.

Und sie lernten schnell.

Die Belagerten verließen sich allerdings auch auf ihr Teamwork. »Ich habe den Linken!«, rief Chekov. »Sie nehmen den Rechten!«

»Und der in der Mitte?«

»Wer zuerst fertig ist!«

McCoy wünschte sich, er hätte selbst ein Hypospray zur Verfügung gehabt, auch wenn ein Teil von ihm die Idee immer noch hasste, ein medizinisches Instrument als Waffe verwenden zu müssen. Er zog an Spocks Arm. »Schnell!

Kriechen Sie in den Baumstamm. Es könnte Ihnen Zeit verschaffen ... wenn wirklich Hilfe auf dem Weg ist!«

Ein vierter Egel kam aus dem hinteren Teil der Lichtung herangerast und nutzte den Vorteil aus, dass das Außenteam anderweitig beschäftigt war. Er kreischte triumphierend, ein Laut, den McCoy herzlich satthatte. Es wäre die Sache wert gewesen, sich von einem der Viecher niedermachen zu lassen, wenn das hieß, dass er dieses enervierende Katzenjaulen niemals mehr hätte hören müssen.

»Ich habe eine bessere Idee, Doktor. Bleiben Sie zurück.«

Spock erstaunte McCoy, indem er sich aufrappelte, um auf seinen eigenen Beinen zu stehen. McCoy hätte nicht gedacht, dass der dem Tod geweihte Vulkanier in der Lage wäre zu stehen, aber offenbar hatte er Spocks Konstitution unterschätzt. Oder seine Tücke. Er stieg über den Baumstamm hinweg und stolperte dem geschickten Egel in den Weg. Er riss sich die blutgetränkten Stofffetzen von der Schulter, was die Wunde wieder aufriss. Dann streckte er die Arme aus und präsentierte sich der Bestie. Von oben bis unten mit Schlamm bespritzt und blass wie der Tod selbst wirkte er eher wie eine Erscheinung als wie ein Offizier der Sternenflotte. Er ähnelte einem ausgemergelten, bedrohlichen Gespenst aus der vulkanischen Mythologie.

»Nein«, krächzte er, und jedes Wort strengte ihn an. »Du wirst sie nicht kriegen.«

McCoy hatte keine Ahnung, was Spock aufrecht hielt, außer vielleicht der unerklärlichen Hoffnung, von der er zuvor gesprochen hatte. Der Doktor starrte erschrocken auf den nervenzerfetzenden Anblick, der sich ihm bot. »Um Himmels willen, Spock, was glauben Sie, was Sie da tun?«

»Was immer nötig ist, Doktor.«

Der Egel heulte unglücklich auf und wich vor Spock zurück, aber er verschwand nicht völlig im Nebel. Er sah von links nach rechts und suchte offenbar nach dem besten Weg an dem Vulkanier vorbei, der steif wie eine Vogelscheuche zwischen ihm und McCoy stand. Spocks Knie zitterten sichtlich und drohten, schon bald nachzugeben. Sein angestrengter Atem ließ McCoys eigene Brust schmerzen.

Hyposprays zischten und spuckten hinter McCoy, der hörte, wie Chekov und Darwa sich gegenseitig während ihrer eigenen Schlachten auf Leben und Tod Warnungen zuriefen. Er war unfähig, seinen Blick von dem Patt zwischen Spock und dem Egel abzuwenden, und konnte deshalb den beiden nur zuhören.

»Commander!« Darwa schrie über das Kreischen der Monster hinweg. »Wir können sie nicht aufhalten! Das ist nutzlos!«

»Kämpfen Sie weiter, Lieutenant!«, drängte er sie. »Der Captain würde auch nicht aufgeben, also können wir es auch nicht.«

McCoy bewunderte den Kampfgeist der beiden, aber ein guter Arzt erkannte, wann er einen Patienten nicht mehr retten konnte. Die Prognose des Außenteams war hoffnungslos, und ihre Lebensdauer bemaß sich ganz klar in Minuten und nicht mehr in Stunden. Sie hatten tapfer gekämpft, aber das war das Ende. Er hoffte nur, dass Jim nicht das Leben von noch mehr guten Männern und Frauen mit dem zwecklosen Versuch riskierte, sie zu retten.

Wenigstens sind Jim und die anderen auf der Enterprise *sicher. Das ist immerhin schon etwas, denke ich.*

Plötzlich tauchte über ihnen ein blendendes weißes Licht auf, durchschnitt den Nebel und verwandelte die ständig zwielichtige und neblige Dämmerung in helles Tageslicht. Nach unzähligen Stunden, die er durch Düsternis getappt war, war das grelle Licht ein Schock für McCoys Augen. Er schirmte sie mit der Handfläche ab und blinzelte hinauf.

Halb erwartete er, eine Leiter zum Himmel hinauf in die Ewigkeit zu sehen. Er hatte von Menschen gehört, die »ins Licht gegangen« waren, aber bisher hatte er immer geglaubt, es handele sich nur um ein wundersames archaisches Bild.

Dann erschien die *Copernicus* im Sichtfeld, an deren Front die Scheinwerfer leuchteten. Die Kraft der Düsen blies das Laub und die Äste rauschend zur Seite und bog sogar die Wipfel der größeren Bäume. Kirks verstärkte Stimme donnerte aus dem Shuttle.

»*Ahoi, Außenteam! Haltet euch zur Rettung bereit.*«

Das plötzliche Auftauchen des Shuttles, mit blendenden Scheinwerfern und donnerndem Lärm, ließ die angreifenden Egel in Panik ausbrechen. Sie wandten sich auf der Stelle um und stürzten in alle Richtungen davon. Ihre Beute war vergessen. Der schützende Nebel ließ die Kreaturen verschwinden, als seien sie nie da gewesen.

Wenn dem nur so wäre, dachte McCoy.

»Die *Copernicus*!«, jubelte Chekov. »Sie haben uns gefunden!«

Er warf sein leeres Hypospray fort und umarmte Darwa, die ebenfalls von einem Ohr zum anderen grinste. Es war nicht ganz professionell, aber McCoy bezweifelte, dass irgendjemand unter diesen Umständen Einwände erhoben hätte. Er wäre selbst vor Freude auf und ab gehüpft, wenn er nicht so verdammt erschöpft gewesen wäre.

»Nun, da wird doch der *Mugato* in der Pfanne verrückt«, sagte er. »Wie zur Hölle haben die uns nur gefunden?«

Spock wandte sich langsam und mit schmerzverzerrtem Gesicht zu McCoy um. »Ich glaube, Doktor, die korrekte menschliche Redewendung für diesen Fall lautet: ›Ich habe es Ihnen doch gleich gesagt.‹«

»Ich mochte Sie lieber, als Sie noch im Delirium lagen.«

»Das scheint sich nur schwer mit Ihrem hippokratischen Eid vereinbaren zu ...«, begann Spock, bevor seine Beine nachgaben und er zu Boden ging. Ein gequältes Stöhnen entrang sich seiner Kehle.

McCoy stürzte an seine Seite.

»Spock!«

15

Der schlammige Sumpf bot keinen anständigen Landeplatz, also schwebte die *Copernicus* etwa drei Meter über der Lichtung, die nun glücklicherweise egelfrei war. Die hintere Shuttleluke öffnete sich und spuckte zwei Sicherheitsoffiziere aus, die geschickt auf die Oberfläche des Planeten sprangen. McCoy erkannte, dass die beiden Phaser in der Hand hielten, und verspürte einen Anflug von Panik, denn trotz des gleißenden Scheinwerferlichts der Fähre war der explosive Nebel dichter denn je.

»Keine Phaserschüsse!«, schrie er. »Vertrauen Sie mir!«

Chekov hastete zu den Neuankömmlingen, um sie über die Umstände aufzuklären, während McCoy sich um Spock kümmerte, der wieder bewusstlos geworden war ... oder vielleicht Schlimmeres. Die letzte lebensrettende Aktion hatte ihren Preis gefordert. Sein Puls war auf fünfzig Schläge pro Minute gefallen, selbst für einen Menschen war das niedrig. McCoy musste Spock stabilisieren, wenn er ihn lebend auf die Krankenstation bringen wollte.

»Irgendjemand muss mir ein medizinisches Notfallkit bringen! Pronto!«

Sein Wunsch wurde mit bemerkenswerter Geschwindigkeit ausgeführt. McCoy seufzte erleichtert, als er den frischen Koffer öffnete, mit dem ihm nun alle bekannten Medikamente und Geräte zur Verfügung standen. Zum ersten Mal seit zu vielen Stunden fühlte er sich nicht, als versuche er, Ziegel ohne Stroh herzustellen.

»Halten Sie durch, Sie sturer, grünblütiger Mistkerl«, sagte er und applizierte ein Dermalsiegel auf Spocks verwundete Schulter. Eine Infusion von konzentrierten Nährstoffen und Vitaminen würde Spocks Körper hoffentlich dabei helfen, die Stärke zu entwickeln, um sein Leben zu kämpfen, während eine Notfallkochsalzlösung und ein paar Stimulanzien nötig waren, um seinen Blutdruck wieder zu erhöhen, damit sein Körper nicht erneut in einen Schockzustand glitt. McCoy scannte seinen Patienten mit einem brandneuen Trikorder. »Denken Sie nicht mal dran, mir nach allem, was wir erlebt haben, unter den Händen wegzusterben! Sie melden sich auf der Krankenstation, Mister, und wenn ich Sie selbst dorthin tragen muss.«

Glücklicherweise war das nicht notwendig. Eine faltbare Leiter war vom hinteren Teil der *Copernicus* herabgelassen worden, doch Spock war nicht in der Lage, hinaufzuklettern, deshalb hatten die beiden Sicherheitsoffiziere einen tragbaren Antigravheber mitgebracht, den sie als Trage benutzen konnten. Trotz seiner eigenen Erschöpfung bestand McCoy darauf, die Lieutenants Cassano und Borkowski dabei zu überwachen, wie sie Spock auf den Heber verfrachteten und ihn dort sicher festbanden. McCoy hatte Kirk noch nicht gesehen, er nahm an, dass Jim immer noch am Steuer des schwebenden Shuttles saß.

»Sie sind der Nächste, Doktor«, sagte Cassano und wies auf die herabhängende Leiter. Chekov und Darwa waren bereits an Bord der *Copernicus* geklettert und hatten dabei nur wenig Hilfe von den Neuankömmlingen in Anspruch genommen. Diese hatten darauf bestanden, die erschöpften Überlebenden abzulösen. »Nach Ihnen.«

»Vergessen Sie's«, erwiderte McCoy. »Ich gehe nirgendwohin, bis mein Patient in Sicherheit ist.«

Der stämmige, dunkelhaarige Sicherheitsoffizier zuckte mit den Schultern. »Wenn Sie darauf bestehen, Doc.« Er rief zum Shuttle hinauf: »Wir schicken jetzt Mister Spock nach oben!«

McCoy erkannte nun Saavik, die durch die offene Luke hinabspähte und die Operation genauestens verfolgte. »Zur Kenntnis genommen«, rief sie zurück. »Bitte transportieren Sie ihn mit aller gebotenen Vorsicht, meine Herren!«

McCoy glaubte, auf ihrer Miene mehr als nur einfache vulkanische Konzentration zu erkennen, und erinnerte sich an das, was Spock im Delirium vor sich hin gemurmelt hatte.

Saavik-kam ... Saavik-kam ...

Konnte es sein, dass sie tatsächlich geantwortet hatte?

Als letzter Mensch, der noch auf Varba II verblieben war, wartete McCoy ab, bis die Trage sicher im hinteren Teil des Shuttles untergebracht war, bevor er selbst begann, die Leiter hinaufzuklettern. *Wird auch Zeit*, dachte er. *Wenn ich diesen stinkenden Sumpf nie wiedersehen muss, ist das noch zu früh.*

Ein Kreischen, das so nah war, dass es einem das Blut in den Adern gefrieren ließ, erklang und erschreckte McCoy beinahe zu Tode. Er sah alarmiert über die Schulter und erkannte einen Egel, der auf ihn zujagte. Die Kreatur hatte die Furcht vor dem Shuttle überwunden, offenbar in der Absicht, ihre Beute zu erlegen, bevor sie entkam. McCoy rief sich ins Gedächtnis, wie hoch die Biester springen konnten.

»Hoch mit der Fähre!«, brüllte er. »Sofort!«

Die *Copernicus* wartete nicht darauf, dass er die Leiter das letzte Stück hinaufkletterte, sondern stieg mit einem Ruck in steilem Winkel an und zog McCoy an der Leiter baumelnd hinter sich her. Der zu allem entschlossene Egel sprang McCoy nach, die überlange Zunge schlang sich um seinen Knöchel, doch ein fester Stiefel schützte McCoys Haut vor der kratzigen Oberfläche. Das Gewicht des Monsters riss an McCoy, sodass dieser schließlich nur noch an einem schmalen Metallbügel hing. Für eine Sekunde glaubte er, dass er von der Leiter gerissen und in den Sumpf zurückfallen würde, doch die Schwerkraft kam ihm zu Hilfe. Die schleimige Zunge des Egels riss in der Mitte durch, die Hälfte um McCoys Knöchel erschlaffte und der Rest des Egels fiel kreischend vor Schmerz und Zorn zurück in den Sumpf. Es platschte laut, dann war er nicht mehr zu sehen.

»Bah.« McCoy schüttelte sich hastig das übrig gebliebene Stück Zunge vom Stiefel. Das verstümmelte Tier tat ihm nun fast leid ... bis er sich an Fisher und Yost erinnerte. *Geschieht dir recht. Was warst du auch so gierig.*

Die *Copernicus* stieg steil auf und befand sich bald schon über den Baumwipfeln. Die Leiter zog sich mechanisch ein und zerrte McCoy so an Bord. Starke Hände packten seine Schultern und sicherten ihn trotz seiner schlammigen Kleidung, während sich die Luke hinter ihm schloss und versiegelte.

McCoy erinnerte sich wieder daran, wie man atmete.

Die reine, sauerstoffreiche Luft im Inneren des Shuttles war berauschend. McCoy inhalierte sie tief und war dankbar für Luft aus der Klimaanlage, die man nicht im Geringsten sehen oder riechen konnte. Dann drückte ihm jemand eine Plastikflasche in die Hand, und er nahm einen tiefen Schluck des süßen Wassers, bevor er innehielt, um sich zu orientieren. Das Wasser schmeckte besser als jedes romulanische Ale, das man auf dem Schwarzmarkt erstehen konnte. Und das wollte etwas heißen.

Der Passagierbereich der Fähre war überfüllt. Sie passten gerade so hinein, aber McCoy beschwerte sich nicht. Spock war sicher auf seiner Liege festgeschnallt, die auf dem Deck zwischen den Reihen der Sitze platziert worden war. McCoy hockte sich neben ihn, um seine Lebenszeichen besser im Blick zu haben. Dann kam Kirk aus dem Cockpit, wo Saavik die Steuerung übernommen hatte. Der Captain grinste McCoy an.

»Willkommen an Bord, Pille.« Er musterte den durchnässten und derangierten Arzt. »Ich muss schon sagen, du hast auch schon mal besser ausgesehen.«

»Wate du mal den ganzen Tag oder die ganze Nacht durch einen egelverseuchten Morast. Dann werden wir ja sehen, ob du noch auf einen diplomatischen Empfang gehen kannst.«

McCoy sah sich im Abteil um. Man konnte die Gestrandeten von den Rettern an den zerfetzten, nassen und schmutzigen Uniformen unterscheiden. Doch dann trübte ein trauriger Gedanke seine Stimmung. »Du hast von Fisher und Yost gehört?«

Kirks Lächeln verschwand. »Ja.« Er nickte grimmig. »Aber ich bin froh, dass wir euch nicht alle verloren haben.«

»Geht mir auch so«, gestand McCoy. Immer noch wollte er Yosts Vornamen herausfinden. Und einen Brief an Fishers Schwester schreiben. Die Toten hatten ihre letzten Stunden mit ihm verbracht. Er wollte sie besser kennenlernen, auch wenn es posthum war.

Kirk näherte sich Spock. Er sah McCoy besorgt an. »Wie geht es ihm, Pille?«

»Ich habe mein Bestes getan, um ihn zu stabilisieren, aber er muss auf die Krankenstation, so schnell es nur irgend geht.«

Kirk drehte sich in Richtung Cockpit um. »Haben Sie das gehört, Lieutenant?«

»Mein Gehör ist ausgezeichnet, Sir.« Saavik justierte die Flugkontrollen. »Ich rate jetzt jedem, sich anzuschnallen und sich festzuhalten.«

Eine dramatische Beschleunigung ließ die *Copernicus* hinauf in die turbulenten Wolken schießen. McCoy spürte einen Anflug von Panik.

»Die Schilde!«, stieß er hervor. »Was auch immer ihr tut, aktiviert die Schilde nicht!«

Kirk nahm seinen Ausbruch gelassen hin.

»Das habe ich mir schon gedacht.«

16

Eine Bootsmannpfeife signalisierte eine ankommende Nachricht. Kirk aktivierte die Kommunikationseinheit auf Doktor McCoys Tisch in der Krankenstation. »Kirk hier.«

»*Entschuldigen Sie, wenn ich Sie störe, Captain*«, meldete sich Uhuras Stimme. »*Aber ich habe es endlich geschafft, das Warnsignal vollständig zu übersetzen. Wollen Sie es hören? Oder ist das gerade ein schlechter Zeitpunkt?*«

Kirk und Saavik hielten in McCoys Büro Wache, während der Doktor und sein medizinischer Stab auf der Intensivstation Spock behandelten. Chekov und Darwa waren bereits durchgecheckt und entlassen worden, nachdem man ihre kleinen Schnitte und Wunden und die Dehydratation behandelt hatte. Sie erholten sich gerade in ihren Quartieren. Doch Kirk hatte nicht die Absicht, sich von der Krankenstation zu entfernen, bis er wusste, ob Spock wirklich genesen würde. Saavik hatte gebeten, mit ihm warten zu dürfen, und Kirk hatte es bereitwillig gestattet. Sie hatte sich dieses Privileg verdient und sicher noch mehr.

»Her damit, Uhura«, bat er. »Stellen Sie es auf das Hauptterminal auf Doktor McCoys Schreibtisch durch.«

»*Aye, Sir. Ich schicke es Ihnen.*«

Kirk setzte sich vor den Bildschirm, der auf dem Schreibtisch stand, während Saavik ihren Stuhl heranzog. Sie war während ihrer Wache still sitzen geblieben. Vulkanier liefen bei so etwas offenbar nicht unruhig auf und ab.

Der Bildschirm wurde lebendig, weißes Rauschen war zu sehen, das seltsamerweise an den schimmernden gelben Nebel erinnerte, der über Varba II lag. Eine androgyne Stimme, die einen seltsamen, lispelnden Akzent besaß, von dem Kirk sicher war, dass er ihn niemals zuvor gehört hatte, drang schließlich aus der Statik.

»Achtung und Vorsicht. Hier spricht Hochnautiker Johhuj vom interstellaren Langstreckenforschungsschiff Quantenvalenz. *Diese Botschaft ist an alle zukünftigen Reisenden gerichtet, die dieses unheilvolle System erreichen. Wenn ihr diese Nachricht empfangt, werden meine überlebende Besatzung und ich schon lange tot sein, umgebracht von den vielen Gefahren, die den zweiten Planeten dieses Systems zu einer Todesfalle machen, die auf keinen Fall angeflogen werden darf. Wenn euch euer Leben und eure Sicherheit lieb sind, versucht nicht, hier zu landen. Unser eigenes Schiff, das beim Eintritt in die heimtückische Atmosphäre dieses Planeten irreparabel beschädigt wurde, wird nie wieder in der gewaltigen Leere des Alls dahinschweben. Meine tapfere Mannschaft ist bei allem Mut und aller Kraft den zahllosen unerbittlichen Raubtieren unterlegen, die die Unseren bereits gnadenlos dezimiert haben. Für uns gibt es keine Hoffnung mehr, aber ihr habt noch die Möglichkeit, unser grausames Schicksal zu vermeiden. Hört auf meine Worte, ihr Reisenden von Morgen, und wendet euch ab von dieser bösartigen und erbarmungslosen Welt. Erleidet nicht, wozu wir verdammt sind. Nehmt euch in Acht und reist weiter.«*

Die Stimme verstummte und verlor sich in Schweigen. Kirk setzte sich erneut mit Uhura in Verbindung. »Ist das alles?«

»*Aye, Captain.*« Ihr Gesicht erschien auf dem Bildschirm. »*Soweit ich das sagen kann, ist die Nachricht über dreihundert Erdenjahre alt.*« Sie schüttelte traurig den Kopf. »*Das ist herzzerreißend, nicht wahr?*«

»Das ist es wirklich«, stimmte Kirk zu. »Aber ihre Absicht, andere zu warnen, spricht für ihr Volk und ihren Charakter. Ich hätte den Hochnautiker und seine Mannschaft gerne kennengelernt.« Es war seltsam, zu begreifen, dass Johhuj und seine Forscher ihr Ende vor dreihundert Jahren gefunden hatten, lange vor der Gründung der Föderation. Die Menschheit hatte damals gerade ihre ersten vorsichtigen Schritte über die Grenzen ihres Planeten hinaus getan.

»Theoretisch müsste man die Überreste ihres Schiffs noch am Ursprung des Signals finden können«, bemerkte Saavik. »Vielleicht sollte man das genauer untersuchen. Natürlich mit den entsprechenden Sicherheitsvorkehrungen, versteht sich.«

»Vielleicht ein anderes Mal«, erwiderte Kirk. »Aber nicht heute.«

Er war mehr als bereit, Johhujs Warnung zu folgen und Varba II hinter sich zu lassen, aber vielleicht war doch noch etwas zu tun, bevor sie sich wirklich von dem tödlichen Planeten verabschiedeten. »Uhura, setzen Sie eine unserer Signalbojen im Orbit über dem Planeten aus, die eine Warnung in allen bekannten galaktischen Sprachen aussendet. Hochnautiker Johhuj hat im Angesicht des sicheren Todes versucht, sicherzustellen, dass keine zukünftigen Reisenden sein tragisches Schicksal erleiden müssen. Das wenigste, was wir tun können, ist, dafür zu sorgen, dass diese selbstlose Geste nicht wirkungslos bleibt.«

Besonders, weil die *Enterprise* selbst zwei ihrer Leute auf Varba II verloren hatte, schien das Kirk eine angemessene

Art zu sein, Fishers und Yosts Opfer zu ehren und sicherzustellen, dass die beiden Offiziere nicht umsonst gestorben waren.

»Selbstverständlich, Sir«, erwiderte Uhura. *»Ich werde mich sofort darum kümmern.«*

»Ich danke Ihnen, Commander«, sagte Kirk. »In der Zwischenzeit möchte Mister Scott doch bitte einen Kurs auf Musgrave IV setzen, maximale Warpgeschwindigkeit. Mir scheint, dass wir ein paar sehr ungeduldige Diplomaten dort abzuliefern haben.«

»Sie sind etwas weniger ungeduldig, seit Scotty seine privaten Vorräte an … sagen wir mal, guter Laune angezapft hat, aber ich werde dafür sorgen, dass er die Nachricht bekommt.« Uhura machte eine kurze Pause, bevor sie fortfuhr. *»Captain, wenn ich fragen darf, wie geht es Mister Spock?«*

Kirk konnte die Frage sehr gut verstehen. »Der Doktor ist noch bei ihm. Ich halte Sie auf dem Laufenden. Kirk Ende.«

Er erhob sich von seinem Stuhl am Schreibtisch und wanderte unruhig durch das Büro. Im Gegensatz zu Vulkaniern wanderten Menschen eben auf und ab, wenn sie beunruhigt waren. Er hatte gerade das fünfte Mal den Raum durchquert, als sich die Türen mit einem Zischen öffneten und McCoy im Türrahmen erschien.

»In Ordnung«, sagte er. »Sie können ihn jetzt sehen.«

Der Doktor hatte geduscht und sich einen frischen Arztkittel angezogen, aber er sah nach dem, was er auf dem Planeten durchgemacht hatte, immer noch übel aus. Er hatte dunkle Ringe unter den Augen, und kleinere Schnitte und Kratzer verunstalteten seine wettergegerbten Züge. Seine Hände umklammerten einen Becher mit schwarzem Kaffee, als hinge sein Leben davon ab. Kirk vermutete, dass McCoy, der sich kaum eine Minute ausgeruht hatte, seit er auf die

Enterprise zurückgekehrt war, wahrscheinlich selbst dringend ein herzhaftes Mahl und eine ausgiebige Nachtruhe nötig hatte.

Aber um ehrlich zu sein, machte Kirk sich gerade mehr Sorgen um Spock.

»Wie geht es ihm, Pille?«

McCoy zuckte mit den Schultern, eine beiläufige Geste, die man wohl als ein gutes Zeichen interpretieren durfte. Der Doktor strahlte nicht die düstere Stimmung eines beunruhigten Arztes aus, der sich darauf vorbereitete, Hiobsbotschaften zu überbringen. »Seht selbst.«

Er führte sie in die Krankenstation zurück, wo sie Spock aufrecht sitzend in seinem Bett vorfanden. Diverse Schwestern und Ärzte gingen im Raum ihren Beschäftigungen nach. Spock selbst sah ausgemergelt und erschöpft aus, aber schon entschieden besser als zuvor auf der *Copernicus*. Die Anzeigen der Monitore über ihm, auf denen seine Biowerte abzulesen waren, gaben keinen akuten Anlass zur Sorge. Er hob den Blick von dem zum Bett gehörenden Terminal des Bibliothekscomputers, als sie hereinkamen.

»Captain«, begrüßte Spock seine Besucher. »Lieutenant.«

Kirk spürte, wie Saavik sich neben ihm wenn auch beinah unmerklich entspannte. Vielleicht war sie innerlich auf und ab gelaufen.

»Spock«, erwiderte er. »Jetzt sehen Sie schon mehr nach Ihrem alten Ich aus. Wie fühlen Sie sich?«

Es hatte eine Zeit gegeben, in der Spock Einwände gegen das Wort »fühlen« erhoben hätte, doch diese Zeiten waren vorbei. Er beantwortete die Frage, ohne irgendwie auszuweichen. »Unangenehm schwach. Mich belasten gewisse körperliche Beschwerden, aber der gute Doktor versicherte mir, dass ich mich völlig erholen werde.«

»*Wenn* Sie sich nicht überanstrengen *und* den Anweisungen Ihres Arztes folgen.« McCoy näherte sich dem Bett, um einen Blick auf die Anzeigen von Spocks Biowerten zu werfen. »Für eine Weile stand es durchaus auf der Kippe. Spock hatte eine geradezu absurde Menge Blut verloren und hat, wie ihr wisst, eine ziemlich exotische Blutgruppe, selbst nach vulkanischen Standards.«

»T-Negativ«, warf Saavik ein. »Ich bedauere, dass ich kein passender Spender bin.«

»Wir teilen vielleicht nicht unsere Blutgruppe, Saavikkam. Aber ich glaube, dass ich mein Leben einer ganz anderen Verbindung mit Ihnen verdanke.«

Ihre Blicke trafen sich und schlossen für einen Augenblick die beiden Menschen aus. Kirk fragte sich, ob er jemals wirklich würde verstehen können, was zwischen den beiden geschehen war ... als ihr Geist sich erweitert und sie einander gefunden hatten. Gerade rechtzeitig, um Spock zu retten. *Wahrscheinlich nicht*, vermutete er. *Das ist wohl eine vulkanische Angelegenheit.*

»Ich freue mich, Sie wohlauf zu sehen«, erklärte Saavik schließlich. »Und dass ich in der Lage war, beizutragen, was ich konnte.«

Spock nickte anerkennend und sagte nichts weiter.

»Wie dem auch sei«, unterbrach McCoy die plötzlich aufgekommene seltsame Stimmung. »In Abwesenheit eines passenden grünblütigen Spenders habe ich auf pharmazeutische Methoden zurückgegriffen, um Spocks eigene Blutproduktion anzuregen. Ich benutzte dazu eine modernere Variante des Medikaments, das ich ihm schon damals auf unserer Reise zur Babel-Konferenz verabreicht habe.«

Kirk erinnerte sich an diese Reise. Spocks Vater hatte eine größere Operation benötigt, während er sich an Bord der *Enterprise* aufgehalten hatte. Spock hatte Blut spenden müssen und zwar eine große Menge, um die nötigen Bluttransfusionen bereitstellen zu können. Sie hatten beinahe beide Vulkanier gleichzeitig verloren.

»Natürlich ist das Medikament bei Weitem nicht mehr so experimentell wie noch vor zwanzig Jahren«, fügte McCoy hinzu. »Das hat natürlich etwas die Spannung verdorben.«

Spock betrachtete den Arzt amüsiert. »Ich bitte um Verzeihung, wenn der medizinische Notfall, den ich bot, nicht besonders stimulierend für Sie war, Doktor.«

»Dieses Mal lasse ich es dabei bewenden«, antwortete McCoy. »Verflixt, nach allem, was auf diesem Nebelplaneten vorgefallen ist, werde ich mich nie wieder über Ihr grünes Blut beschweren.«

»Irgendwie bezweifle ich das, Doktor.«

McCoy dachte kurz darüber nach.

»Ja. Ich auch.«

DANKSAGUNGEN

Ich danke meinen Redakteuren Ed Schlesinger und Margaret Clark, die mich gebeten haben, mein erstes STAR TREK-E-Book zu schreiben. Es wird seltsam sein, kein handfestes, gedrucktes Exemplar in der Hand zu halten, das ich auf mein Angeberregal stellen kann, aber ich denke, so bin ich wenigstens endlich im einundzwanzigsten Jahrhundert angekommen. Mit einem Umweg über das dreiundzwanzigste.

Seltsamerweise ist es das erste Mal, dass ich jemals etwas über die Figur Saavik geschrieben habe, an der ich als Fan immer Freude hatte, seit sie ihr Debüt in DER ZORN DES KHAN vor über zwanzig Jahren gegeben hat. Deshalb möchte ich die Gelegenheit nutzen, sowohl Kirstie Alley als auch Robin Curtis zu danken, die ihr auf der Leinwand Leben eingehaucht haben. Es steht Ihnen beim Lesen dieses Buches frei, sich die Schauspielerin vorzustellen, die Sie in dieser Rolle lieber mögen. Ich gestehe, dass mein inneres Auge zwischen den beiden schwankte, während ich die Geschichte schrieb.

Es ist komisch: Ich habe mir den Plot der Story das erste Mal ausgedacht, als ich mir mögliche Handlungen ausdachte, die ich für STAR TREK – VOYAGER vorschlagen könnte. In der ursprünglichen Version spielten also Tuvok und Chakotay die Rollen von Spock und McCoy, aber ich denke, dass Letztere ebenso gut funktionieren. Ich bin jedenfalls dankbar, dass ich die Geschichte erzählen kann.

Ich möchte auch meinem Agenten Russ Galen danken, der meine vertraglichen Angelegenheiten regelt, wie üblich meiner Freundin Karen, die mir immer dann einen Notfallkaffee machte, wenn ich ihn nötig hatte, und unseren beiden vierbeinigen Kindern Sophie und Lyla, die ein paar Mal aus meinem Büro ausgesperrt wurden, wenn ich mich auf gigantische Killeregel konzentrieren musste. Tut mir leid.

Star Trek – The Next Generation

Der Stoff, aus dem die Träume sind

von James Swallow

Für Sue, Carole, Darren und Phil

HISTORISCHE ANMERKUNG

Diese Geschichte spielt im Jahr 2384, einige Monate nach den Ereignissen, die im Roman STAR TREK – THE NEXT GENERATION *»Kalte Berechnung – Die Beständigkeit der Erinnerungen«* stattfinden.

1

Das Licht wirkte völlig anders auf Jean-Luc Picard, als er es je erlebt hatte. Seine besondere Wärme und sein ätherisch wirkender Schein schickten sanfte Farbwellen über die Brücke der *Enterprise* und die ihm zugewandten Gesichter seiner Mannschaft. Er hatte den Anblick im Eifer der schnellen Reise hierher über seine Arbeit als Captain und allem, was damit zusammenhing, völlig vergessen.

Aber nun, als er das Phänomen zum zweiten Mal in seinem Leben erblickte, fühlte Picard, dass es den Poeten in ihm weckte. Die Bewegung und der Kurs des Objekts, die Art, wie es sich durchs All wand, als sei es eine im Wind flatternde Fahne aus Sternenmaterie ... Er nahm sich einen Augenblick Zeit, den langsamen, ständig nach vorn gerichteten Weg des Objekts zu verfolgen. Sein Herz wurde schwer, als er sich an all das Leid und den Aufruhr erinnerte, der damit zusammenhing.

Dennoch, die Fragen, die ihm auch beim ersten Mal gekommen waren, tauchten nun wieder auf: *Wo kommt es her? Welches Zusammentreffen kosmischer Ereignisse hat dazu geführt, dass ein solches Ding entstand? Lebt es auf irgendeine Weise? Oder ist es eine Art Gerät, ein Werkzeug von Wesen, die unendlich höher entwickelt waren als wir und die nun vergangen und vergessen sind?*

»Captain?« Worfs Stimme unterbrach seine Gedanken, und Picard warf einen Blick über seine Schulter auf seinen Ersten Offizier. Er und der Klingone waren die Einzigen auf der Brücke, die das Phänomen schon einmal gesehen hatten. Das Schweigen und der angehaltene Atem der anderen Brückenoffiziere zeigten deutlich die Faszination, die der ungewohnte Anblick auf sie ausübte.

»Wie lauten Ihre Befehle?«, fuhr der Commander fort. Worfs Haltung war steif und wachsam. Er mochte Dinge nicht sonderlich, die er nicht rational erfassen konnte. Und das Band aus funkelndem Licht gehörte eindeutig dazu.

Picard straffte sich und wandte sich wieder dem Hauptschirm zu. »Der Nexus«, sagte er.

Dass er den Namen des Energiebands aussprach, schien seinen Bann zu brechen. »Lieutenant Faur, Abstand zum Objekt?«

Die Frau an der Steuerkonsole neben ihm blinzelte und nickte zur Bestätigung. »Viertausend Kilometer bis in den Bereich des äußeren Strahlungsrands. Wir bewegen uns nun synchron zu dem Phänomen.«

»Passen Sie gut auf«, ermahnte Picard seinen Offizier. »Lassen Sie sich nicht täuschen. Es ist ebenso gefährlich wie schön.«

»Aye, Sir«, erwiderte Faur und nickte wieder.

Worf betrachtete eine Anzeige. »Commander La Forge berichtet, dass unsere Kraftfelder nicht durch die Nähe zu dem Phänomen beeinträchtigt werden. Der Warpkern bleibt stabil.«

Picard nickte und nahm die Meldung kommentarlos hin.

»Unsere Sensoren erfassen die *U.S.S. Newton* auf der anderen Seite des Objekts«, sagte der Cardassianer an der

Ops-Station. »Sie hält sich wie befohlen außerhalb des Einflussbereichs des Objekts.«

Der junge Austauschoffizier wirkte auf der Brücke irgendwie fehl am Platz, da er der Einzige war, der keine Sternenflottenuniform trug.

Picard nickte. »Danke, Glinn Dygan. Halten Sie Kurs und Richtung. Lieutenant Chen?« Der Captain signalisierte der Frau an den hinteren Systemkonsolen mit einem Kopfnicken seinen Wunsch. »Zeigen Sie mir die *Newton.*«

»Ja, Captain«, erwiderte die Vulkanierin. Ihre Hände tanzten über das Bedienfeld, und auf dem Hauptschirm erschien das Bild eines Raumschiffs der *Nebula*-Klasse.

Das andere Schiff schien mit dem Nexus geradezu zu tanzen. Das dicke obere Ausrüstungsmodul achtern wandte dem unheimlichen Licht des Phänomens nun die Rückseite zu. Picard sah dichte Reihen von Sensorschüsseln und dünnen Antennen, die um den Sensorbereich der *Newton* herum angebracht waren. Alle waren aktiv und saugten in jeder Sekunde Gigaquads an Daten ein, die jeden Aspekt des Energiebands beleuchteten.

Während die *Enterprise* ein vielseitiges Raumschiff war, war die *Newton* ein reines Forschungsschiff. Ihr Inneres bestand aus Laboren und Analyseräumen jeder nur vorstellbaren Art. Sie hatte wesentlich mehr Zivilisten an Bord, Wissenschaftler, die sich in den interstellaren Programmen der Sternenflotte engagierten, und eine Besatzung, die aus den hellsten Köpfen der Föderation bestand. Picard kannte den Captain des Schiffs, einen Mann weniger Worte namens Thom Bryant, nur dem Namen nach. Bryant hatte ein Jahr vor Picard die Akademie abgeschlossen, und die Aufzeichnungen berichteten von einer beispielhaften Karriere als Ingenieur, bevor er schließlich ein Kommando erhalten hatte. Das hier würde Bryants Show werden, ungeachtet der Frage, wer der Senior-Offizier war. Um ehrlich zu sein, war Picard gern bereit, einem anderen Offizier die Führung in dieser Sache zu überlassen. Seine Erfahrungen mit dem Nexus auf Veridian III vor dreizehn Jahren hatten unauslöschliche Spuren in ihm hinterlassen, und er war nicht sehr begierig darauf, den Nexus wiederzusehen.

»Die Scans dieses ... *Dings* ...«, begann Dygan. Sein markantes Gesicht verzog sich zu einer Grimasse. »Wenn ich es nicht besser wüsste, würde ich denken, dass das der Beginn einer katastrophalen Sensorstörung ist.«

»Der Nexus existiert nicht auf die gleiche Weise, wie wir es tun.« An der wissenschaftlichen Station bot nun Lieutenant Dina Elfiki eine Erklärung an. Sie zeichnete mit den Händen eine komplexe Form in die Luft. »Er ist atemporal, außerhalb der Phase unserer eigenen Raumzeit. Er ist sogar transdimensional.« Sie schüttelte den Kopf. »Sehr bemerkenswert. Und fürchterlich schwierig zu verstehen.«

Picard nickte innerlich. Die Anwesenheit der *Newton* als Wächter des Nexus war auch der Versuch der Föderation, ein besseres Verständnis des Objekts zu gewinnen. Während des Zwischenfalls mit dem el-aurianischen Abtrünnigen Tolian Soran und seinen rücksichtslosen Versuchen, den Kurs des Nexus zu ändern, hatte Picard am eigenen Leib einiges über die seltsamen Eigenschaften des Energiebands erfahren. Die Nichtmaterie des Phänomens war buchstäblich psychoaktiv. Sie reagierte auf die Wünsche und Sehnsüchte intelligenter Wesen, die mit ihr in direkten Kontakt gerieten. Wenn diese sich innerhalb des Bands aufhielten, waren sie vom Zeitablauf getrennt und gefangen in einer Blase der Irrealität, die sich aus den Erinnerungen der Wesen speiste. Für die, die sich darin befanden, war der Nexus eine Art Elysium. *Es war, als lebte man im Innern des Glücks*, so hatte Guinan es ausgedrückt.

Picards alte Freundin hatte genau wie Soran dieses zeitlose Paradies am eigenen Leib erfahren, aber Guinan war in die Realität zurückgekehrt, während Soran das nie wirklich getan hatte. In den folgenden Jahren hatte der El-Aurianer einen Plan entwickelt, an diesen Ort der Unsterblichkeit und der Perfektion zurückzukehren. Einen Plan, der nur mit schweren Verlusten ausgeführt werden konnte, dem Tod von ganzen Sternen und Welten - und dem Tod eines der größten Helden der Sternenflotte.

Picard wusste, warum Soran das alles getan hatte. Die Erinnerungen an den Nexus, an den Moment, in dem er hineingezogen worden war, waren beinahe verschüttet gewesen. Nun kehrten sie zurück, und ein plötzliches und irrationales Bedauern durchzuckte ihn, als er sich daran erinnerte, wie schwer es gewesen war, sich von seiner eigenen perfekten Welt dort zu trennen.

Picards Bericht an das Kommando der Sternenflotte über diese Ereignisse und die darauf folgende Untersuchung der Behörde für temporale Ermittlungen waren der Grund, dass sich die *Newton* hier befand. Nicht nur, dass der Nexus die Fähigkeit hatte, aus puren Gedanken synthetische Realitäten zu konstruieren, auch seine atemporale Natur hatte das Potenzial, sich wie ein Tor überallhin und in jede Zeit zu verhalten. Solch eine Macht durfte man nicht einfach unkontrolliert durchs All fliegen lassen.

Und doch war das lange der Fall gewesen. Auf einer engen elliptischen Bahn, die ihn stetig aus der galaktischen Ebene hinaus- und wieder hereinführte, war der Nexus lange Zeit durch die Leere des intergalaktischen Raums geflogen und war dort nur von autonomen Sonden beobachtet worden, während er seine neununddreißig Komma eins Standardjahre andauernde Flugbahn vollendete. Eine massive Borg-Invasion und einige weitere Krisen hatten die

Aufmerksamkeit der Föderation in Anspruch genommen, und der Nexus ging in einem Meer von anderen Sorgen unter, während die Sternenflotte Kriege führte und Katastrophen bewältigte. Der Nexus hätte eigentlich erst im fünfundzwanzigsten Jahrhundert wieder die Aufmerksamkeit der Föderation auf sich ziehen dürfen, aber es wurde zunehmend deutlich, dass der Effekt, den Soran auf das Energieband ausgeübt hatte, es auf eine Weise verändert hatte, die man nicht hatte vorhersehen können. Die Bahn des Nexus war radikal geändert worden, und die Besatzung der *Newton* versuchte immer noch, das Ausmaß der Veränderungen zu bestimmen. Die *Enterprise* war hier, um ihr zu assistieren. So lauteten zumindest Picards Befehle, aber er konnte das Gefühl nicht abschütteln, dass noch mehr dahintersteckte. Der Gedanke war nicht angenehm.

Ein Zirpen war von der Konsole des Ersten Offiziers zu hören. Worf beugte den Kopf, um die Anzeigen zu betrachten. »Wir werden gerufen«, meldete er. »Es ist Commander Rhonu.«

»Auf den Schirm«, befahl Picard. Das Bild der *Newton* wurde durch eines der Brücke des Wissenschaftsschiffs und seines befehlshabenden Offiziers, einer Betazoidin mittleren Alters mit schulterlangem rotbraunem Haar und den tiefschwarzen Augen ihrer Rasse, ersetzt.

»*Captain Picard, willkommen*«, begann sie. »*Captain Bryant lässt seine Grüße übermitteln, aber er ist gerade mit einem Experiment in Labor sechs beschäftigt und konnte nicht hier sein, um Sie selbst zu begrüßen.*«

»Natürlich«, erwiderte Picard und ignorierte den unwichtigen Verstoß gegen das Protokoll. »Die *Enterprise* ist bereit, Sie zu unterstützen, Commander. Mein astrophysisches Team und der Ingenieurstab stehen zu Ihrer Verfügung.«

Rhonu nickte. »*Wir können Sie umgehend ins Bild setzen. Sie kommen gerade rechtzeitig, Sir. Wir werden in etwa einem Tag die letzte Phase unserer Untersuchungen beendet haben.*«

»Oh?« Picard tauschte einen kurzen Blick mit Worf. Die Feststellung des Commanders klang abschließend. »Ich kann nicht ganz folgen.«

Ihr Lächeln wirkte plötzlich ein wenig gezwungen. »*Es wäre sicher das Beste, wenn das der Captain erklärt.*«

»Sehr gut. Ich werde mit unseren Teamleitern zu Ihnen kommen. Das ist Ihnen doch recht?«

»*Wir werden Sie erwarten.* Newton *Ende.*« Das Bild wechselte wieder zum Ausblick auf das umgebende Weltall. Picard wandte sich ab.

»Die letzte Phase«, wiederholte er. Worf trat näher an ihn heran. »Nummer Eins, ich erinnere mich gar nicht daran, dass die Befehle der Sternenflotten irgendetwas über den Abschluss dieser Forschungsmission enthielten.«

»Das taten sie auch nicht«, bestätigte der Klingone. Er presste die Lippen zusammen. »Unsere Befehle waren allerdings entschieden schwammiger als üblich.«

»Ja«, stimmte Picard zu. Der Ausdruck »nach Ermessen des Captains« war mehrfach darin vorgekommen. Als Offizier war man in der Regel über eine derart vage Ausdrucksweise nicht gerade begeistert, und Rhonus Aussagen hatten die wachsende Sorge des Captains nur bestätigt.

»Bringen wir doch ein wenig Licht ins Dunkel.«

Er zog seine Uniform zurecht. »Sie haben die Brücke, Commander. Informieren Sie Mister La Forge, dass ich ihn im Transporterraum treffe.«

Die Luke öffnete sich zischend, als Picard in den Beobachtungsraum von Labor sechs trat. Der Raum war eine

Art großer Balkon, der sich über einer geräumigen zweistöckigen Halle befand. Auf der unteren Ebene arbeiteten Techniker und Ingenieure an einer holografischen Projektormatrix, die mit zahlreichen Datenbanken verbunden war, nahmen mit Prüfgeräten die letzten Anpassungen vor oder schlossen die letzten farbig leuchtenden Kabel an.

Thom Bryant stand an einem Kontrollpult und beobachtete von dort aus die Arbeit seiner Leute. Seine Aufmerksamkeit wechselte zwischen den Handlungen vor ihm und dem Datenpadd in seiner Hand hin und her. Der Captain der *Newton* strich sich geistesabwesend eine Locke seines eisgrauen Haars aus der Stirn und sah konzentriert aus. »Sind wir wieder bereit?«, rief er.

Bryant hatte breite Schultern, aber eine schlanke, beinahe magere Statur, sein ovales Gesicht wirkte entschlossen. Es sah aus, als würde er nicht oft lächeln, und sein Blick verriet eine Intensität, die auf seine Junior-Offiziere zweifellos einschüchternd wirkte. »Meine Anzeigen sind alle im grünen Bereich.«

»Aye Sir. Auf Ihren Befehl«, erwiderte eine cygnische Frau, die den Rang eines Commanders bekleidete.

»Fangen Sie an.« Bryant wandte sich um und bemerkte erst jetzt den anderen Captain. Im ersten Moment schien er zu erschrecken, doch er erholte sich rasch. »Picard. Willkommen an Bord.«

»Captain Bryant, ich dachte, es sei das Beste, so rasch wie möglich mit Ihnen zu sprechen.«

»Natürlich.« Bryant winkte Picard näher zu sich heran. »Sie können gern zuschauen. Wir sind gerade dabei, eine Probe des Nexus zu nehmen. Natürlich nur bildlich gesprochen.«

Picard betrachtete die Systemanzeigen vor sich und erfasste sofort die Natur des bevorstehenden Experiments.

»Holografische Kartografierung. Sie versuchen, eine Probe des Bands zu scannen, bis hinunter auf molekulare Ebene, und daraus ein digitales Simulacrum zu schaffen.«

»Das ist richtig.« Bryant starrte stirnrunzelnd auf sein Padd, dann zeigte er auf die Cygnierin. »Meine Chefingenieurin Tanna Vetro und ich haben die Modellmatrix konstruiert.« Er hielt inne. »Es war eine echte Herausforderung.«

»Das bezweifle ich nicht.« Der Holoprojektor aktivierte sich, noch während er sprach, und plötzlich begann die leere Luft über der Projektoreinheit zu flimmern, als falschfarbige Pixel erschienen. Winzige Lichtpunkte wirbelten und funkelten in etwas, das wie ein vom Hauptkörper abgetrenntes Stück des Nexus-Phänomens wirkte, aber das Bild war instabil, seine Konturen schwankten von scharf zu unscharf. Picard warf einen Blick auf die Anzeigen und sah einen Strom von Informationen durch die Simulatormatrix huschen, als diese versuchte, die Form des Energiebands zu duplizieren.

Rote Warnzeichen erschienen überall auf dem Bildschirm, und Bryant fluchte leise.

»Vetro!«, rief er ungehalten. »Erhöhen Sie die Prozessorgeschwindigkeit, um das zu kompensieren. Wir werden die Parität in zwanzig Sekunden verlieren!«

Die Körpersprache der Ingenieurin sprach für sich. Sie straffte die Schultern, was ihre Verärgerung deutlich machte. »Das wird nicht helfen, Captain«, widersprach sie. »Die Informationen kommen schneller, als wir sie kompensieren können. Es ist das Gleiche wie zuvor. Die fraktale Struktur ist einfach zu dicht.«

Das Holobild schimmerte und zerbarst dann wie Feuerwerk in einem Augenblick brillanter Zerstörung, bevor es verschwand. Es wurde ersetzt durch eine virtuelle Schrifttafel, die sich langsam um sich selbst drehte. Darauf stand: *Automatische Selbstabschaltung initiiert.*

Picard spürte, wie die Anspannung aus dem Labor wich und von einer dumpfen Stille ersetzt wurde. Bryant ließ das Padd auf sein Pult fallen und atmete durch zusammengebissene Zähne aus. »Nun gut«, sagte er zu seinen Mitarbeitern. »Finden Sie heraus, was da schiefgelaufen ist. Retten Sie, was Sie können. Wir werden uns ansehen, ob wir es noch einmal versuchen können.« Er warf einen Blick auf Vetro. »Lieutenant Commander, melden Sie sich, wenn Sie zu einem erneuten Versuch bereit sind.«

»Als versuche man, einen Blitz in einer Flasche zu fangen«, kommentierte Picard mitfühlend.

Bryant nickte. »Es ist unglaublich. Aber auf der anderen Seite wissen Sie das sicher besser als ich, Sie waren ja *drinnen.*«

Bevor Picard antworten konnte, fuhr der andere Captain bereits fort. »Ich hatte gehofft, dass wir in der Lage wären, wenigstens etwas herauszufinden, vielleicht sogar einen Schnappschuss der Gestalt des Bands einzufangen, aber im Grunde raten wir nur. Schon die äußere Struktur des Nexus ist einfach zu komplex, als dass die Schiffscomputer sie simulieren könnten. Das schaffen sie nicht einmal ansatzweise.«

Er seufzte. »Wer auch immer dieses Ding konstruiert hat, war wesentlich schlauer als wir.«

»Sie glauben, der Nexus ist ein künstlich geschaffenes Artefakt?«

»Sie etwa nicht?« Bryant schnaubte. »Ich glaube nicht an Gottheiten oder Zufall, Picard. Der Nexus ist einfach zu kompliziert, um ein natürliches Phänomen zu sein. Jemand hat ihn geschaffen. Er hat nur einfach die Bedienungsanleitung nicht so hinterlassen, dass wir sie finden können.«

Picard faltete die Hände hinter dem Rücken. »Captain. Meine Befehle lauten, die *Enterprise* zum Nexus zu bringen, um Sie bei der Erforschung desselben zu unterstützen. Aber Commander Rhonu deutete an, dass es sich anders verhält.«

Der andere Mann wich seinem Blick aus und fuhr sich mit einer Hand durchs Haar.

»Gehen wir ein Stück«, sagte er.

Die *Newton* hatte eine kleine Beobachtungslounge auf der Unterseite der Untertassensektion, eine Reihe von großen und tiefen Fenstern erlaubte einen direkten Blick auf den Nexus. Der Raum war leer, und Bryant führte Picard zu einem Tisch direkt vor dem fantastischen Ausblick.

»Wir sind nun schon seit zwei Jahren hier«, sagte er. »Wir folgen diesem Ding durch den leeren Raum und führen so ziemlich jeden Test mit ihm durch, den wir kennen, und erfinden immer wieder neue dazu. Wissen Sie, was wir gelernt haben?«

Wieder wartete Bryant nicht auf eine Antwort. »Dass wir wie Höhlenmenschen im Inneren eines Warpkerns herumstochern. Wir werden schon allein Jahrzehnte brauchen, um die Scans zu entziffern. Sie zu verstehen, könnte Generationen dauern.«

»So lautet die Mission«, warf Picard ein. »Zu forschen.«

»Dessen bin ich mir bewusst.« Bryants Antwort war kurzangebunden. »Aber jetzt haben wir diesen Luxus nicht mehr. So sehr wir Forscher bleiben wollen, die Umstände zwingen uns eine andere Rolle auf.«

»Was wollen Sie damit sagen?« Der andere Captain klang besorgt.

Bryants Stimme war leise. »Die *Newton* verfolgt die Bahn des Nexus kontinuierlich und in Echtzeit. Seit einigen Monaten beobachten wir einen Kurs, der das Phänomen zunehmend von seinem bisher bekannten Orbit von neununddreißig Komma eins Jahren ablenkt und ihn auf eine völlig neue Bahn bringt. Zurzeit befinden wir uns im leeren Raum, der von niemandem beansprucht wird. Aber in weniger als einem Monat wird der Nexus diese Region verlassen haben und in eine Zone eintreten, die vom Heiligen Orden der Kinshaya beansprucht wird.«

Picard lief ein kalter Schauer über den Rücken. Er musste Bryant nicht fragen, ob er sicher war, der Captain der *Newton* schien ihm nicht der Mann zu sein, der eine solche Aussage traf, ohne sie vorher persönlich doppelt und dreifach überprüft zu haben. Auch wenn in der letzten Zeit die Kinshaya-Theokratie offenbar nicht mehr so strikt militärisch ausgerichtet war, wurde sie von der Föderation immer noch als potenzieller Gegner eingestuft. Und es gab Gerüchte, dass die konservativen Kräfte innerhalb des Ordens nur auf eine Gelegenheit warteten, wieder zu ihrer ursprünglichen Macht zurückzukehren. Aber damit nicht genug, was den Kinshaya, die ein Mitglied des Typhon-Pakts waren, in die Hände fiel, konnte sehr schnell zu einem Werkzeug dieses interstellaren Gegners der Vereinigten Föderation der Planeten werden.

Bryant konnte Picards Gedankengang an seinen Augen ablesen. »Nun wissen Sie, warum die Befehle so vage waren. Die Sternenflotte versucht, diese Information möglichst unter Verschluss zu halten. Und wir wollen nicht, dass Gerüchte über unsere Absicht irgendwelchen Spionen des Pakts zu Ohren kommen. Wenn sie die Kontrolle über den Nexus übernehmen, wenn sie herausfinden, wie er funktioniert, dann haben sie einen Freifahrtschein, die Geschichte umzuschreiben. Eine einzige Aktion, die gezielt vorbereitet wird, könnte die gesamte Föderation auslöschen.«

Picard verschränkte die Arme. »Ich bin nicht sicher, dass der Nexus so etwas zulassen würde.« Er hatte die Worte ausgesprochen, bevor er sich dessen bewusst war.

»Nein?« Bryant betrachtete ihn. »Waren Sie nicht derjenige, der ihn benutzt hat, um die Geschichte zu ändern?«

»Was ich getan habe, war auf der kosmischen Skala gesehen unbedeutend.«

Bryant wies hinaus auf das Band. »Sehen Sie sich das Ding doch nur an. Können Sie mir sagen, ob es irgendeiner Skala folgt, die wir verstehen können?«

Picard nickte langsam. »Da könnten Sie recht haben.« Er machte eine Pause und dachte nach. »Vielleicht sollten wir das als Chance betrachten, nicht als Problem. Wenn wir die Kinshaya darauf vorbereiten, ihnen die potenzielle Gefahr bewusst machen, die der Nexus darstellt ...«

»Der diplomatische Ansatz wurde bereits erwogen und dann verworfen. Wir können das Risiko nicht eingehen.«

Bryant stand auf und ging auf die Fenster zu. Er verfolgte das Band, wie es sich wand und fortbewegte.

»Nun gut«, sagte Picard. »Eine andere Möglichkeit wäre folgende: Meine Besatzung hat enorme Erfahrung mit ungewöhnlichen und anormalen Ereignissen. Sie werden sich mit vollem Einsatz dieser Sache widmen. Wir werden eine andere Lösung für das Dilemma finden.«

Bryant schüttelte den Kopf. »Nein. Dafür sind Sie nicht hier. Ich habe mich bereits mit dem Kommando der Sternenflotte abgestimmt, und dort ist man einverstanden. Ihrem Chefingenieur, La Forge, wurde bereits ein verschlüsseltes Datenpaket zugesandt, das alle relevanten Daten enthält, die er haben muss, um die Hauptdeflektorschüssel der *Enterprise* entsprechend zu modifizieren.«

»Mit welchem Ergebnis?« Picard reagierte ungehalten auf den Kommandotonfall des anderen Captains.

»Wenn die Anpassungen vorgenommen wurden, werden die *Newton* und die *Enterprise* in einer optimalen Entfernung zum Band in Stellung gehen. Wir werden unsere Deflektoren synchronisieren, um einen modulierten Subraumimpuls mitten in den Nexus zu schicken. Der Phaseneffekt des Bands sollte sich destabilisieren und einen Zusammenbruch im n-dimensionalen Raum verursachen.«

»Sie wollen es zerstören?« Picard war sprachlos angesichts dieses Vorschlags. »Das ist ein einzigartiges Objekt, das nichts ähnelt, dem wir je begegnet sind!«

»Es ist eine Bedrohung«, erwiderte Bryant knapp. »Ich bin mir der Konsequenzen durchaus bewusst, Picard, seien Sie sich dessen gewiss. Aber ich bin auch pragmatisch. Und wenn wir die Wahl haben, den Nexus zu vernichten oder ihn einer Gruppe von religiösen Fundamentalisten als Schlüssel zu einer Zeitmaschine zu überlassen ...« Er machte eine Pause. »Da haben wir doch eigentlich gar keine Wahl, oder?«

»Es muss eine andere Antwort geben«, gab Picard zurück. »Sie haben ja keine Ahnung, welche Nebenwirkungen solch ein Subraumimpuls auf das Band haben könnte! Das könnte eine Katastrophe auslösen.«

Bryants Gesichtsausdruck änderte sich nicht. Er hatte diese Unterhaltung offenbar erwartet und war entschlossen, sich nicht beirren zu lassen. »Um ehrlich zu sein, wollte ich nicht, dass die *Enterprise* herkommt. Ich habe der Sternenflotte gesagt, dass Ihre persönlichen Erfahrungen mit dem Nexus Ihr Urteilsvermögen beeinträchtigen könnten. Aber das Kommando war der Ansicht, dass Ihre Einsichten hier wertvoll sein könnten. *Ich* leite diese Operation, Picard. Ich habe meine Entscheidung getroffen, und die Sternenflotte hat zugestimmt. Ist das klar?«

»Durchaus.« Picard klang gepresst. »Aber Sie sollten wissen, dass ich eine formelle Beschwerde gegen diese Entscheidung einlegen werde.«

»Ich habe nichts anderes erwartet«, teilte Bryant ihm mit. »Aber ich erwarte auch, dass Sie meine Anweisungen befolgen.«

Er hielt für einen Augenblick inne, seine Miene wurde sanfter. »Sie wissen, wo wir stehen. Sie wissen besser als ich, was die Föderation in den letzten Jahren durchgemacht hat. Die Bedrohung durch die Maschine, die Invasion der Borg, das Entstehen des Typhon-Paktes ... Die Sternenflotte ist immer noch nicht wieder oben auf, sie befindet sich noch in der Erholungsphase. Wir haben viele gute Leute verloren. Wir haben nicht die Schiffe und Mannschaften, um mit dem Nexus und der Bedrohung, die er darstellt, anders fertigzuwerden. Die einfachste Lösung ist, das Phänomen auszuschalten. Wenn der Nexus erst einmal weg ist, ist auch die Gefahr gebannt.«

Sie schwiegen. Picards Gedanken rasten. Plötzlich ergab alles an diesem Auftrag, was irgendwie falsch geklungen hatte, Sinn, jedes Puzzlestück des Unbehagens, das er nicht hatte einordnen können, fügte sich ins Gesamtbild. *Wir wurden hergeholt, um etwas Wunderschönes zu zerstören*, erkannte er. *Das kann ich nicht einfach so hinnehmen.*

»Captain Bryant«, begann er. »Ich habe geschworen, der Sternenflotte zu dienen, daher werde ich Ihnen folgen, wenn das Kommando der Sternenflotte es befiehlt. Aber ich habe auch einen Eid geschworen, zu forschen und zu erhalten, was ich entdecke. Der Nexus ist eines der außergewöhnlichsten Objekte, die je von der Föderation entdeckt worden sind. Wir müssen jeden nur möglichen Versuch unternehmen, seine Einzigartigkeit zu bewahren.« Er ging auf den anderen Offizier zu. »Ich möchte gern eine Chance haben, nach Alternativen zu suchen.«

»Einige der besten Theoretiker der Föderation haben das bereits versucht und sind gescheitert. Was lässt Sie glauben, dass die Besatzung der *Enterprise* es besser kann?«

Picard straffte sich. »Ich glaube, unser Ruf spricht für sich.« Er wich dem Blick des anderen nicht aus. »Lassen Sie es meine Leute wenigstens versuchen, Bryant. So viel Zeit haben wir.«

»Nein«, erwiderte Bryant. »Die haben wir eben nicht mehr. Die Uhr läuft. Unsere Sensoren haben bereits vereinzelte Sonden entdeckt, die der Bauart nach von den Kinshaya stammen. Sie beobachten die *Newton* und auch den Nexus schon seit einigen Tagen. Ihre Schiffe werden bald hier sein, und wir befinden uns in neutralem Raumgebiet. Also können wir sie auch nicht daran hindern.«

Dann verzog er erneut das Gesicht. »Ich gebe Ihnen vierundzwanzig Stunden. Danach müssen wir handeln.«

Bryant entschuldigte sich und ließ Picard in der Gesellschaft eines caldonischen Ensigns zurück, der den Captain wieder in den Transporterraum der *Newton* bringen sollte. Doch als sich die Türen des Turbolifts öffneten, wartete ein weiteres bekanntes Gesicht im Korridor davor auf ihn.

»Jean-Luc!« Der Styrisianer war ein typisches Exemplar seiner Spezies, ein knochig wirkender Humanoid, der in kurze, viellagige Gewänder gekleidet war. Sie waren in einem Muster gestreift, das an einen irdischen Tiger erinnerte, dunkelbraunrötliche Streifen auf fleischfarbenem Grund. Der Wissenschaftler selbst jedoch hatte ganz und gar nichts mit einem Tiger gemein, er war eine gutmütige Seele und ein tiefsinniger Denker obendrein. Er und Picard kannten einander schon, seit Picard seinen Dienst als Captain der *Enterprise-D* angetreten hatte, auch wenn in den letzten Jahren ihre gelegentlichen Unterhaltungen immer seltener geworden waren.

Dennoch war Picard erfreut, seinen alten Freund zu sehen. »Kolb!«

Er klopfte sich mit der flachen Hand zwei Mal gegen die Brust, wie es die traditionelle styrisische Begrüßung erforderte, und der Wissenschaftler antwortete entsprechend. Trotz der Umstände wurde dem Captain beim Anblick des Astrophysikers warm ums Herz. »Das ist eine Überraschung ... und viel zu lange her! Ich wusste gar nicht, dass Sie an Bord sind. Ich dachte, Sie wären immer noch am Daystrom-Institut.«

»Das bin ich auch. Ich wurde von der Sternenflotte zur Unterstützung hergerufen. Astrophysik kann man an vielen Orten praktizieren.« Kolb warf dem Ensign einen bedeutungsvollen Blick zu und ging dann mit ihnen den Korridor hinab. »Vierzehn Monate bin ich nun schon am Nexus-Projekt beteiligt«, gestand er. »Ich muss sagen, dass es sich dabei um eines der erstaunlichsten Forschungsprojekte handelt, an denen ich je teilnehmen durfte.« Er hielt inne, seine Brauen zogen sich zusammen. »Es tut mir leid, dass ich mich so lange nicht bei Ihnen gemeldet habe. Aber es gibt so viel zu tun, und dann all die andere Arbeit ...« Seine Stimme verlor sich.

»Wir haben alle unser Päckchen zu tragen«, erwiderte Picard und beließ es dabei. *Schwere Zeiten verschieben eben die Prioritäten,* dachte er.

»Ich war sehr erfreut, als ich hörte, dass die *Enterprise* kommt«, fuhr Kolb fort. »Jean-Luc, wir müssen miteinander sprechen.« Er warf erneut einen Blick auf Picards Eskorte. »Unter vier Augen.«

Etwas in Kolbs Stimme machte klar, dass er ein Nein nicht akzeptieren würde.

»Ensign?« Der Captain legte den Kopf schief und sah zu dem schlanken, hochgewachsenen Caldonier auf. »Sie sind entschuldigt. Ich finde den Weg zu Transporterraum zwei auch allein.«

Die Junior-Offizierin zögerte eine Sekunde lang, nickte dann kurz und ging davon. In dem Augenblick, als sie außer Sichtweite war, beugte Kolb sich zu Picard hinüber und sprach schnell und eindringlich: »Denken Sie nicht schlecht von mir, aber ich werde den Small Talk überspringen. Hier geht es nicht darum, Erinnerungen auszutauschen.«

»Das habe ich mir gedacht«, stellte Picard trocken fest. »Lassen Sie mich raten: Sie sind mit Captain Bryants Plänen für den Nexus nicht sehr glücklich.«

»Nicht sehr glücklich?« Kolb stieß die Worte heftig hervor. »Mein Freund, unter den zivilen Wissenschaftlern braut sich eine Rebellion zusammen. Ärgerliche Diskurse, Protestschreiben, ein ganzer Stapel formeller Beschwerden an das Kommando der Sternenflotte!«

»Erzählen Sie mir davon.« Picard vermutete angesichts dieser Worte, dass seine Beschwerde sicher nur die Spitze des Eisbergs darstellen würde, was sie so gesehen wohl redundant machte.

Kolbs Miene verfinsterte sich. »Bryant ist ein hervorragender Offizier, daran besteht kein Zweifel. Aber er ist ein Techniker, kein Wissenschaftler. Er betrachtet die Dinge aus mechanischer Sicht. Welches Sprichwort benutzen die Menschen immer: Bei ihm ist alles entweder schwarz oder weiß.«

Picard nickte angesichts dieser treffenden Einschätzung des Astrophysikers. »Vielleicht haben Sie recht. Aber die Sternenflotte hat ihm nun mal das Kommando dieser Operation übertragen, und der Wissenschaftsrat der Föderation hat diese Wahl bestätigt. Wenn Sie mich bitten, diese Entscheidung zu übergehen, Kolb, dann kann ich das nicht, egal wie viele Sorgen mir das macht.«

»Ich kenne Sie, Jean-Luc. Ich weiß, dass Sie eine Vergangenheit mit dem Nexus haben. Und ich weiß auch, dass Sie den Gedanken verabscheuen, etwas so Erstaunliches und Einzigartiges auszulöschen.«

Der Captain seufzte. »Das ist alles richtig. Aber wenn wir nicht in Tolian Sorans Fußstapfen treten und Sterne in die Luft jagen wollen, die dem Band im Weg stehen, können wir nur wenig tun, um es zu retten.«

»Im Gegenteil«, sagte Kolb und betonte die Worte auf seltsame Weise. Aus den Falten seines Gewands zog er einen komplexen Trikorder hervor, ein stark modifiziertes Modell für komplizierte wissenschaftliche Operationen. Mit dem Daumen öffnete er auf dem Gerät ein Feld, unter dem sich ein kleiner Holoemitter befand, und nach einer Reihe von Eingaben projizierte der Emitter eine Reihe von Datenanzeigen, die in der Luft schwebten wie aufgefächerte Spielkarten. Kolb ordnete sie mit seinen langen Fingern. »Ich arbeite da an etwas, das das Problem zumindest für einige Zeit lösen könnte. Eine Verteronresonanzmembran, die sich selbst regeneriert und in der Lage ist, die gesamte Spanne des Nexus-Effekts zu umfassen!«

Die Berechnungen sahen äußerst komplex aus, selbst für einen Mann von Picards Kenntnissen, aber er erfasste die Grundidee. »Eine Energiehülle, die von außen nicht zu durchdringen wäre.«

»Ja!« Kolb nickte heftig. »Wir könnten den Nexus effektiv verschließen. Die Verteronresonanzmembran würde ihre Energie aus der Strahlung beziehen, die das Phänomen selbst emittiert, und es jedem unmöglich machen, in seine atemporale Matrix einzudringen. Der Nexus würde durch das Gebiet der Kinshaya hindurchdriften und auf der anderen Seite unberührt wieder herauskommen.«

»Und danach können Sie dieses ... Schloss wieder öffnen?«

»Theoretisch ja. Wenn wir eine spezifische Quantenfrequenz einbauen, könnte die Membran danach wieder aufgelöst werden. Ohne das korrekte Frequenzmuster - also den Schlüssel, wenn Sie so wollen - könnte sich niemand Zugang zum Nexus verschaffen.«

Picard verschränkte die Arme. »Wenn Sie das tun könnten, warum haben Sie es nicht getan?«

Die Begeisterung verschwand aus Kolbs Gesicht. Ein beinahe kindlicher Ausdruck der Verzweiflung machte sich stattdessen darauf breit. »Ich habe immer wieder dabei versagt, diese Verteronresonanzmembran zu erzeugen.« Er hob den Trikorder. »Die nackte Wahrheit ist, mir fehlen wichtige Datenelemente. Ohne sie kann ich nur raten.«

»Welche Daten fehlen Ihnen?«

»Daten, die man nur gewinnen kann, wenn man über den äußeren Rand des Nexus schaut. Daten aus dem Inneren.«

Er seufzte. »Unsere Sonden kehren nie zurück. Und die Sternenflotte hat uns verboten, eine bemannte Expedition hineinzuschicken.«

»Das Verbot wurde auf meine Empfehlung hin ausgesprochen«, bestätigte Picard. »Und glauben Sie mir, das geschah aus gutem Grund.«

Der Styrisianer nickte und blickte ins Leere. »Ich weiß, ich weiß. Ich ziele auch nicht darauf ab, dieses Verbot zu umgehen. Aber ich möchte, dass Sie das hier an sich nehmen.« Er zog einen isolinearen optischen Chip aus der Hülle des Trikorders und drückte ihn Picard in die Hand. »Ihr Ingenieur, La Forge, Ihre Besatzung ... Sie werden von allen im Institut in hohen Ehren gehalten. Alles, worum ich Sie bitte, ist, dass Ihre Leute sich das ansehen und versuchen, die Lücken zu schließen.«

Picard sah auf den Chip hinab und betrachtete ihn von allen Seiten. Er wusste, dass La Forge und sein Ingenieurteam mehrere Schichten hintereinander würden arbeiten müssen, um die Deflektorschüssel der *Enterprise* für den Subraumimpuls umzubauen, und dass er ihnen nicht zumuten durfte, sie nun auch noch mit dieser Nebensächlichkeit zu belasten. Als Bryant Picard gesagt hatte, dass er einen Tag hatte, um eine andere Lösung zu entwickeln, hatte er gewusst, dass die Besatzung der *Enterprise* keinen Augenblick Zeit dafür haben würde.

Es sind Momente wie dieser, dachte der Captain, *in denen ich wünschte, Data hätte sich nicht dazu entschieden, uns zu verlassen.* »Nun gut. Aber ich kann Ihnen nichts versprechen, Kolb.«

»Es kann funktionieren.« Der Wissenschaftler blieb hartnäckig. »Ich weiß es.«

»Das funktioniert nie«, sagte Commander Geordi La Forge und schob das Padd mit einer Hand über den Tisch. Mit der anderen massierte er sich den Nasenrücken. »Die Theorie ist korrekt, aber die Gleichungen weisen eine ganze Menge Löcher auf.«

Picards zweiter Offizier sprach leise, um die Frau des Captains im Nebenraum nicht zu stören. Beverly hatte ihren Sohn ins Bett gebracht und sang ihm nun ein Wiegenlied vor. Der Schlaf des kleinen René war in den letzten Tagen unruhig gewesen.

Picard nippte an einer Tasse Tee, die vor ihm stand, und runzelte die Stirn. »Das habe ich befürchtet.« Er schüttelte den Kopf. »Ich glaube, ich wusste es schon in dem Moment, in dem Kolb mir seine Daten vorführte. Er war verzweifelt, ich habe es in seinen Augen gelesen. Es war der gleiche Blick, den er schon an dem Tag hatte, an dem wir uns das erste Mal getroffen haben.«

»Der Ausbruch des Anchilles-Fiebers auf Styris IV.« La Forge nickte. »Ich erinnere mich.«

Picard tippte mit dem Finger auf das Padd. »Glauben Sie, Sie können die Lücken schließen?«

»Geben Sie mir einen Monat, vielleicht drei. Aber morgen? Keine Chance, nicht einmal mit der Hilfe von Lieutenant Elfiki. Das ist weniger solide Wissenschaft als vielmehr wilde Herumraterei. Das einzig wirklich Nützliche in diesen Berechnungen sind die Daten über die Schildharmonik.«

»Wie das?«

»Kolb hat einen Weg gefunden, Kraftfelder so zu modifizieren, dass ein künstliches Objekt den Ereignishorizont des Nexus überschreiten kann. Aber dieser Punkt hilft uns nicht weiter, denn alle ferngesteuerten Sonden, die er so hineinschickte, sind nicht wiederaufgetaucht.«

»Es gab keinen intelligenten Verstand, der sie wieder hinausgelenkt hätte«, vermutete Picard. Er setzte seine Teetasse ab. »In Ordnung, Geordi. Ich danke Ihnen, dass Sie es versucht haben. Was ist mit dem Subraumimpuls?«

»Ich lasse Taurik das gerade durchtesten. Wenn Bryant den Befehl gibt, werden wir bereit sein.«

»Glauben Sie denn, dass es funktioniert?«

Der Ingenieur nickte bedauernd. »Oh, der Puls wird sicher funktionieren, Captain. Mit einem Hammer, der groß genug ist, kann man so ziemlich alles zerschlagen.« Er hielt kurz inne. »Ich sollte Ihnen vielleicht sagen, dass ich mir die Daten des Nexus selbst einmal angesehen habe, Sir.«

»Und?«

»Es tut mir leid, aber ich sehe keine Alternative. Ich habe mir die theoretische Schöpfung einer gravimetrischen Schere angesehen, die für einen Kurswechsel des Phänomens sorgen soll, aber wir bräuchten die Energie einer Sonne der G-Klasse, um das zu erreichen. Wir könnten auch versuchen, den Kurs des Nexus mit Mikrosingularitäten zu pflastern, um ihn in eine andere Richtung zu lenken ...«

»Die Sternenflotte wird uns nicht gestatten, Schwarze Löcher über den ganzen Sektor zu verteilen, Commander, egal wie klein sie auch sein mögen.«

»Nein, wohl nicht.« Der Ingenieur blinzelte müde und wandte den Blick ab.

»Geordi, wann haben Sie zuletzt geschlafen?«

Picard sah auf. Beverly stand im Türrahmen.

»Ist eine Weile her.«

Sie warf ihm den gleichen Blick zu, mit dem sie René bedachte, wenn er nicht die Wahrheit sagte. »Ab sofort sind Sie außer Dienst. Ärztliche Anweisung. Bleiben Sie bis zur Alphaschicht im Bett.«

»Captain?«, Geordi suchte Hilfe bei Picard, aber der zuckte nur mit den Schultern.

»Meine Frau hat bereits einen jungen Mann zurechtgewiesen, Mister La Forge. Ich habe gelernt, dass es das Beste ist, sich auf keinen Streit mit ihr einzulassen.«

»Aye, Sir.« La Forge stand auf und ging zur Tür. »Ich sehe Sie dann morgen Früh.«

Als sich die Tür hinter ihm schloss, ließ Picard den Atem entweichen. »Hast du gehört, was er gesagt hat?«

»Habe ich«, antwortete seine Frau und ging zum Replikator, um sich ein Glas Wasser zu holen. »Was wirst du tun?«

»Was *kann* ich tun?«, gab er frustriert zurück. »Ich stehe vor vollendeten Tatsachen. Ich kann Thom Bryant nicht übergehen, nur weil er so kaltblütig ist, was das Phänomen angeht. Alles, was er über die Gefahren sagte, die der Nexus darstellt, entspricht der Wahrheit.«

»Das ist es doch aber nicht, was an dir nagt«, sagte sie, und nicht zum ersten Mal bewunderte er die unbeirrbare Gabe Beverlys, ihm direkt ins Herz zu sehen. »Hier geht es darum, was mit dir auf Veridian III passiert ist. Es geht um Soran und Kirk.«

»Ja, mehr, als mir lieb ist.«

Er schwieg, starrte ins Leere und erinnerte sich an den lebendigen Traum eines perfekten Weihnachtstages. »Ich muss mich fragen, ob ich vielleicht wegen meiner Erfahrungen im Nexus so dagegen bin, ihn zu zerstören? Erging es so vielleicht auch Soran, nur noch schlimmer?« Er stand auf und fühlte plötzlich das Verlangen, zu ihr hinzugehen und sich zu vergewissern, dass sie real war. Für einen Augenblick berührten sich ihre Hände, und sie schenkte ihm einen besorgten Blick. Sein Lächeln ließ den Ausdruck verblassen.

Picard zog die Hand zurück und ging zum Eingang von Renés Schlafzimmer.

René lag ausgestreckt im Bett und war bereits fest eingeschlafen. Er atmete leise ein und aus. Ein grimmiger Gedanke, der beinahe schmerzte, tauchte in Picards Kopf auf: *Wenn der Nexus von einem Feind der Föderation genutzt wird, könnte die Geschichte ungeschehen gemacht werden. Alles würde geändert, alles wäre fort.*

Und alles, was wir hier geschaffen haben, könnte verloren sein.

Seine Miene wurde finster. »Wir werden tun, was wir tun müssen.«

2

Die *Enterprise* glitt vorsichtig auf die ihr zugewiesene Position. Die massive Form des Raumschiffs wurde von den Manövrierdüsen, die an ihren Flanken angebracht waren, sanft in Stellung gebracht. Stimmte die Position nicht auf die Hälfte der Länge einer Warpgondel genau, würde die für die Operation so wichtige Synchronizität verloren gehen. Die oval geformte Untertassensektion hob sich sanft, bis die schimmernde Scheibe der Hauptdeflektorschüssel direkt auf das sich windende Energieband gerichtet war ... den Nexus.

Der *Enterprise* direkt gegenüber hatte sich die *Newton* bereits positioniert. Die Deflektorschüssel des Raumschiffs wurde heller, während das Subraumimpulsprogramm ablief, um sie auf den Abschuss vorzubereiten. Ohne Zeremonie oder irgendeine Pause bereiteten sich die beiden Raumschiffe darauf vor, die Existenz des fremdartigen Phänomens zu beenden.

»Alle Systeme sind bereit«, meldete La Forge von der Maschinenkontrolle. Er warf einen Blick zu Lieutenant Elfiki.

Sie nickte bestätigend. »Wir sind bereit, Captain.«

Picard nickte ihnen ernst zu und beugte sich in seinem Sessel vor. Er legte die Hände zusammen, seine Finger bildeten ein Dreieck, dessen Spitze er gegen die Lippen legte. »Status der *Newton*, Nummer Eins?«

»In Position«, brummte Worf. »Commander Rhonu berichtet, dass man auf unsere Bestätigung wartet.«

Der Captain spürte auf einmal den Drang, etwas zu sagen, doch für einen Augenblick wusste er nicht, was. *Einen Nachruf auf dieses einzigartige Objekt? Es sollte mehr von diesem Nexus übrig bleiben als nur eine Wolke auseinanderdriftender Partikel.*

Er fragte sich, wo Kolb sich in diesem Augenblick aufhielt. Der styrisianische Wissenschaftler hatte aufgebracht reagiert, als Picard ihm gesagt hatte, dass seine Daten zu lückenhaft seien, um sie zu verwenden. Es hatte hitzige Worte gegeben, etwas, das ihnen in den zwei Jahrzehnten ihrer Freundschaft nie passiert war.

Er seufzte. »Das ist dann wohl der Augenblick der Wahrheit. Lieutenant Chen, wären Sie so freundlich? Signal an die *Newton*. Sagen Sie ihnen, dass wir bereit sind.«

»Aye, Sir«, bestätigte die Frau. »Countdown beginnt ... jetzt.«

Picards Blick ruhte auf dem kleinen Monitor an seiner Seite. Ein Countdown zählte rasch auf null herunter, genau synchron zu der Anzeige auf der Brücke des anderen Schiffs. Er fragte sich, ob Bryant die gleichen Sorgen hegte wie er. *Unwahrscheinlich*, dachte er. Der Kommandant der *Newton* war nicht einmal auf der Brücke seines Schiffs, stattdessen war Bryant unten im Maschinenraum und überwachte persönlich die Ausführung des Impulseffekts.

Picard blickte zu seinem eigenen Chefingenieur, genau in dem Augenblick, in dem La Forge meldete: »Die Energiewerte sind bei sechsundsechzig Prozent und steigen. Schusssequenz bereit. Keine Fehlermeldungen.«

»Alle Decks, bereit für Subraumimpuls«, sprach Worf ins schiffsweite Interkom.

An anderer Stelle der *Enterprise* gingen die Systeme in den Bereitschaftsmodus oder wurden zeitweilig abgeschaltet, um den kurzen, aber kontrollierten Sturm im Subraum abzuwarten, der gleich ausbrechen würde.

»Energiewerte normal«, sagte La Forge. »Bereit, den Impuls zu aktivieren.«

Picard ließ die letzten Sekunden verrinnen, dann richtete sich sein Blick wieder auf den Hauptschirm, auf dem das schimmernde Energieband zu sehen war. Er unterdrückte den Impuls, die Augen zu schließen.

»Vier Sekunden. Drei. Zwei.« Worf zählte die letzten Sekunden des Nexus. »Eins.«

»Energie.«

Der Captain spie das Wort förmlich aus, dann brach ein funkelnder Storm silberblauen Lichts aus der *Enterprise* und schlug mit unglaublicher Kraft im Nexus ein. Ein zweiter Strahl, der in Form und Farbe identisch war, verband nun auch die *Newton* mit dem fremdartigen Objekt.

An den Treffpunkten brachen kränklich aussehende Energieentladungen aus der Oberfläche des Nexus und erfüllten die Leere um das Phänomen herum mit grellen Funken. Ein Zittern lief durch die gesamte Länge des Bands, dann begann es, sich aufzulösen. Es schien langsam zu zerbröckeln, zerfiel in seine Einzelteile, die dematerialisierten und zu Nichts verblassten.

Dann erklang ein Alarm aus La Forges Konsole. Der Chefingenieur wirbelte herum, um die Ursache zu erkunden. »Captain! Ich erkenne hier ein Phasenungleichgewicht.«

»Im Nexus?«

»Nein, Sir, an Bord der *Newton*. Ihr Impulsstrahl beginnt zu fluktuieren. Seine Werte verlassen die sicheren Parameter.«

»Können wir unseren Strahl verstärken, um das zu kompensieren?«, mischte Worf sich ein. Er wusste genau, was passieren würde, wenn der Impuls der *Newton* die Kohärenz verlor. Wenn die beiden Strahlen ihre Synchronizität verloren, konnte das ernste Folgen haben.

»Negativ!«

»Chen, rufen Sie die *Newton*«, rief Picard energisch.

»Ich versuche es, Sir. Keine Antwort«, erwiderte der Lieutenant. »Es könnten Interferenzen sein, die von ...«

Bevor Chen ihren Satz beenden konnte, begann der Strahl des anderen Raumschiffs auszuschlagen und sich zusammenzuziehen. Der konstante farbige Strom flackerte und krümmte sich.

»Das ist ein Umkehreffekt!«, rief La Forge. »Ihr Impuls bricht zusammen!«

»Commander La Forge, initiieren Sie Notabschaltung.« Picard gab den Befehl, ohne nachzudenken. Wenn der Impuls des anderen Schiffs zusammenbrach, dann konnte der Feedbackeffekt durch den Nexus auf die *Enterprise* wirken, und es gab keine Möglichkeit vorauszusagen, welchen Schaden das anrichten könnte. »Schneiden Sie uns ab!«

»Impuls abgeschaltet«, meldete Worf. »Sir, die *Newton* ...«

Picard sah gerade rechtzeitig auf, um zu sehen, wie das Raumschiff von einer Energieentladung getroffen wurde, die aus dem Nexus kam und auf der Hülle der Untertassensektion der *Newton* einschlug. Er wusste sofort, dass Rhonu den notwendigen Befehl der Abschaltung um einen Herzschlag zu spät gegeben hatte. Die Zeit schien sich zu dehnen, als der Schockeffekt in das Schiff der *Nebula*-Klasse einschlug und ein blauer Blitz nach dem anderen über die primäre und die sekundäre Hülle des Schiffs zuckte. Lichter flackerten auf und erloschen in ganzen Bereichen der gesamten Untertassensektion.

Ein zweiter Ausläufer kosmischen Lichts schien nun ebenfalls nach der *Enterprise* zu greifen, aber das Raumschiff kippte plötzlich zur Seite weg, da Lieutenant Faur heftig und nicht sehr elegant Schub auf die Manövrierdüsen backbord gab. Der Ausläufer griff ins Leere, nur die Spitze brachte die äußeren Schilde zum Flackern. Das Schiff erbebte.

Der Captain der *Enterprise* war plötzlich auf den Beinen. »Bericht!«, rief Picard.

»Wir sind in Ordnung«, meldete La Forge. »Die Schilde sind ausgefallen, aber keine Hüllenbrüche und keine Systemausfälle.«

»Ich scanne die *Newton*«, sagte Glinn Dygan. »Energieausfälle auf den meisten Decks. Schwerer Schaden an der unteren Hülle. Sie verlieren Atmosphäre.«

»Bestätigt.« La Forge runzelte die Stirn. »Systemversagen schreitet kaskadenartig fort. Sir, es scheint, als hätten sie schwere Fehlfunktionen an Bord.«

»Gelber Alarm. Schadenskontrolle und medizinische Notfallteams in die Transporterräume.« Picard gab die Befehle in rascher Folge und eilte zur Steuerkonsole hinüber. »Lieutenant Faur, bringen Sie uns näher an die *Newton.*«

Worf arbeitete bereits an seiner Konsole. »Captain, ich habe Commander Rhonu über Funk.«

»Auf den Schirm.«

Der Anblick der beschädigten *Newton* wurde von der trostlosen, rauchgeschwängerten Brücke des Wissenschaftsschiffs ersetzt. Die Betazoidin zuckte vor Schmerz zusammen, als sie sich aufsetzte und versuchte, Haltung zu bewahren. »Enterprise.« Sie atmete schwer. »*Können Sie uns helfen? Unsere Hauptsysteme sind ausgefallen, und wir treiben im All. Es gab eine Feedbackschleife, die vom Impuls ausgelöst wurde. Sie hat unsere Systeme überladen.*«

Sie unterbrach sich hustend.

»Wir kommen zu Ihnen, Commander«, bestätigte Picard. »Wir werden Sie ins Schlepptau nehmen und Ihr Schiff mit den Traktorstrahlen stabilisieren. Halten Sie sich bereit, um die Hilfsteams in Empfang zu nehmen.«

»Danke, Sir.« Rhonu wandte den Blick ab, als ein anderer Offizier der *Newton* im Blickfeld erschien und ihr ein Padd in die Hand drückte. Ihr Gesicht verfinsterte sich, als sie las, was daraufstand.

»Commander?«

Als Rhonu wieder aufsah, waren ihre dunklen Augen voller Trauer. *»Erster Schadensbericht, Captain. Sechs Verwundete, acht Tote, einschließlich Commander Vetro ... und Captain Bryant.«*

In Picard breitete sich ein allzu vertrautes dumpfes Gefühl aus.

»Verstanden«, erwiderte er. »Halten Sie durch, *Newton*. Hilfe ist unterwegs.«

Er verschränkte die Arme hinter seinem Rücken und sah aus dem Fenster in der Beobachtungslounge. Picard konnte die untere Hülle und die Sensorschüssel des anderen Raumschiffs sehen, die unterhalb der *Enterprise* durch einen glitzernden Lichtstrahl mit ihr verbunden war. Beide Raumschiffe wurden in das rosige bernsteinfarbene Licht des Nexus getaucht, der völlig unbeirrt seinen Kurs fortsetzte. Elfiki nach zeigten Scans des Energiebands, dass die zerstörerischen Effekte des unvollständigen Subraumimpulses bereits von einer unbekannten selbstheilenden Kraft im Inneren des Phänomens behoben worden waren. Der Nexus hatte ihren Versuch, ihn zu zerstören, einfach abgeschüttelt, und Picard fragte sich, was passieren würde, wenn die Fehlfunktionen an Bord der *Newton* sie nicht so bald gestoppt hätten.

Worf vervollständigte seine Zusammenfassung der gegenwärtigen Situation auf dem Wissenschaftsschiff mit einigen hoffungsvollen Worten. Die Besatzungsmitglieder, die von den Nebenwirkungen der Feedbackschleife verletzt worden waren, waren dank dem Eingreifen Beverly Crushers und ihres stellvertretenden Chefmediziners Doktor Tropp auf dem Weg der Besserung. Das medizinische Team der *Newton* hatte dankbar die Krankenstation der *Enterprise* benutzt, nachdem ihre eigene keine Energie mehr hatte, da dort eine EPS-Leitung in die Luft geflogen war. Trotzdem blieben acht Leute, die nicht mehr zu ihren Familien heimkehren würden, acht Leben, die innerhalb eines Augenblicks ausgelöscht worden waren.

Thom Bryant hatte kein würdiges Ende gefunden. Ein herabfallender Pfosten hatte ihn unter sich begraben, und der Captain der *Newton* war erstickt, als die Luft in seiner Schiffssektion durch einen Hüllenbruch ins All entwichen war. Die junge Ingenieurin Vetro hatte ihr Leben verloren, als sie versuchte, ihn zu retten.

Und nun, durch Unfall und Katastrophe, lag die Last allein auf Jean-Luc Picards Schultern. Er hatte eine Pflicht zu erfüllen, die ihn mit Unbehagen erfüllte, aber dennoch eine Pflicht, der er sich nicht entziehen konnte.

»Commander La Forge bleibt vorerst an Bord der *Newton*«, fuhr Worf fort, als Picard sich wieder zu seinen versammelten Offizieren umdrehte. »Er informierte mich, dass das Schiff innerhalb der nächsten drei bis fünf Stunden wieder in der Lage sein wird, mit niedrigem Impuls zu fliegen.«

»Was ist mit dem Warpantrieb?«, wollte Lieutenant Aneta Šmrhová wissen. Der tschechische Akzent war ihr deutlich anzuhören. »Und mit den Schilden und Waffen?«

Picard hob eine Braue. »Ist Letzteres denn notwendig, Lieutenant?« Šmrhová hatte die Rolle der Taktik- und

Sicherheitschefin auf der *Enterprise* erst kürzlich von ihrer Vorgängerin Jasminder Choudhury übernommen. Sie fand sich noch in ihren Job hinein, aber schon jetzt legte sie ihren Finger oft auf den wunden Punkt. »Glauben Sie, dass wir hier draußen angegriffen werden können?«

»Das muss ich ganz eindeutig bejahen, Captain«, gab sie zurück. »Wenn ich darf ...?«

Šmrhová wies auf die Kontrollen für den holografischen Bildschirm der Beobachtungslounge, und Picard bedeutete ihr, fortzufahren. »Sie erinnern sich sicher, dass Captain Bryant erwähnte, dass sich Sonden des Typhon-Pakts in diesem Raumsektor aufhalten.« Sie rief ein Datenpaket auf. Auf dem Bildschirm leuchtete eine taktische Darstellung des sie umgebenden Raums auf. Es erschien ein unscharfer Scan eines torpedoartigen Objekts, das aussah, als habe man es mitten in raschem Flug aufgenommen. »Das ist eine ferngesteuerte Missionssonde der Kinshaya, ein typisches Modell ihrer Kreuzzugflottenkräfte. Üblicherweise wird es verwendet, um Beobachtungen an Zielobjekten vorzunehmen, bevor diese von bemannten Schiffen angegriffen werden.« Sie tippte erneut auf die Konsolen. Ein gleichermaßen verschwommenes Objekt erschien. Es wies ganz klar eine Kugelform auf, die Standardbauart für Raumschiffe der Kinshaya. Ein zweites, ebenfalls kugelförmiges Raumschiff war dicht neben dem ersten sichtbar. »Das sind Liberator der *Iconoclast*-Klasse, ungefähr von der Größe eines Sternenflottenkreuzers der *Steamrunner*-Klasse. Diese beiden operieren mit einem ziemlich armseligen Strahlungstarngerät am äußersten Rand unserer Sensorreichweite.«

»Sie beobachten uns«, vermutete Dygan. »Und warten zweifellos auf eine passende Gelegenheit.«

»Sie haben jedes Recht, hier zu sein«, unterbrach Picard. »Wir haben keinen Streit mit den Kinshaya.«

Er wandte seine Aufmerksamkeit wieder Šmrhová und Worf zu. »Oder doch?«

Die beiden Offiziere tauschten einen Blick. »Noch nicht«, erwiderte der Klingone. »Aber der Tag ist noch jung.«

»Das ist wirklich beruhigend«, kommentierte Picard trocken. »Konzentrieren wir uns auf die Probleme, die wir tatsächlich haben, bevor wir uns denen zuwenden, die vielleicht noch vor uns liegen«, sagte er. »Worf, ich möchte, dass Sie die Untersuchung des Unfalls auf der *Newton* persönlich leiten. Ich möchte genau wissen, was dort schiefgelaufen ist.«

»Beabsichtigen Sie, Captain Bryants Mission fortzusetzen, Sir?« Lieutenant Elfiki beugte sich über den Konferenztisch nach vorn.

»Unsere Befehle sind eindeutig«, erklärte Picard der Runde, aber er konnte sein Unbehagen angesichts dieser Worte kaum verbergen. »Es könnte Wochen dauern, bis ein weiteres Raumschiff der Föderation hier draußen erscheint. Wir sind Parsecs von der galaktischen Ebene entfernt. Wir müssen mit dem arbeiten, was wir haben.« Er nickte einmal. »Melden Sie sich an Ihren Stationen.«

Seine Offiziere machten sich auf den Weg, doch Worf zögerte. »Captain, Wenn die Kinshaya sich entscheiden, auf unsere Anwesenheit aggressiv zu reagieren, sind wir klar im Nachteil. Die *Newton* ist nicht in der Lage, sich selbst zu verteidigen.«

»Dessen bin ich mir sehr wohl bewusst, Nummer Eins. Aber wir befinden uns mit dem Heiligen Orden oder seinen Verbündeten im Typhon-Pakt nicht im Krieg. Wir haben nichts gesehen, das uns gegenüber auf feindliche Absichten hinweist.«

»Wie gesagt der Tag ist noch jung, Sir. Ich bin Klingone, und mein Volk hat von den Kinshaya über Jahrhunderte hinweg nie etwas anderes erfahren als Hass und Aggression. Was auch immer sie in der letzten Zeit über einen moderaten Umgang versprochen haben mögen ... ich möchte Sie warnen, Captain. Glauben Sie ihnen nicht, sie haben es nicht verdient. Wenn sie eine Schwäche sehen, werden sie sie ausnutzen wollen.«

Picards Blick fiel wieder auf den Nexus. »Lassen Sie uns hoffen, dass es nicht dazu kommt.«

Der Erste Offizier musste sich bücken, um den zerstörten Maschinenraum zu betreten. Er duckte sich, um nicht mit dem Kopf gegen die zusammengebrochenen Sektionen über ihm zu stoßen. Worf schlängelte sich zwischen ein paar zerbrochenen Pfeilern hindurch und ging tiefer in die ruinierte Halle hinein. Der ätzende Geruch von verbrannten Hyperpolymeren und verkohlten ODN-Leitungen stieg ihm in die Nase, die Luft schmeckte bitter. Teile der äußeren Hülle fehlten und klafften wie eine ausgefranste Wunde, die von außen in das Schiff hineingestoßen worden war. Hinter der Öffnung breitete sich unendliche Dunkelheit aus. Nur ein tragbares Kraftfeld hinderte das Vakuum daran, alles aus der Halle hinaus in die tödliche Kälte zu reißen, doch es war zu schwach, um es in der Halle wärmer als winterlich kalt werden zu lassen.

Worf grüßte Lieutenant Taro mit einem Nicken und ging an ihr vorbei. Die Bajoranerin gehörte zu einer ganzen Legion von Technikern der *Enterprise* und erstellte mit drei Benziten aus der Besatzung der *Newton* einen strukturellen Scan des Bereichs. Sie suchten dabei auch nach Stellen, an denen der Schock des Feedbacks die Hülle des Wissenschaftsschiffs über Gebühr strapaziert haben mochte.

Worf runzelte die Stirn. Die Schäden, die die *Newton* davongetragen hatte, waren so groß, dass sie wahrscheinlich nur in einem Raumdock behoben werden konnten. Doch die nächste Sternenbasis war weit entfernt. Die *Newton* hatte in jedem Fall eine lange und langsame Reise vor sich, das Risiko, selbst kurze Strecken mit hoher Warpgeschwindigkeit zu fliegen, war zu groß.

Er fand Geordi La Forge im Zentrum der Trümmer über Geräteteile gebeugt, die aussahen wie die Überreste eines Energieregulators. »Commander?«

La Forge sah auf, und in seinem Gesicht spiegelte sich Sorge. »Worf, danke, dass Sie heruntergekommen sind.«

»Ich habe die forensische Spurensuche der Schiffslogbücher beaufsichtigt. Warum haben Sie um meine Anwesenheit gebeten?«

Der Ingenieur trat näher an ihn heran. »Ich wollte Ihnen das nicht über das Interkom sagen. Nicht, bevor ich mir nicht sicher bin.« Er hielt Worf einen Trikorder hin. »Die Phasenvarianz, die den Impuls der *Newton* zerstört hat, begann genau hier. Dieser Energieregulator ist einer von fünf auf dem Maschinendeck. An einer kritischen Stelle fiel die Energie für einen Augenblick ab, lange genug, um den Strahl zusammenbrechen zu lassen. Der Regulator hätte den Puls ganz abschalten müssen, aber die Resonanz begann bereits auf den Nexus einzuwirken, als der Energieabfall auftrat. Der Impuls konnte sich nicht mehr einfach abschalten.«

»Und so entstand der Feedbackeffekt«, ergänzte Worf. Er dachte darüber nach. Er kannte seinen Kollegen und Freund gut genug, um zu erkennen, dass dieser ihm nicht nur eine rührende Geschichte über einen unglücklichen technischen Fehler erzählen wollte. »Was sagen Sie mir nicht, Commander?«

»Ein Großteil des Regulators wurde von dem Schock zerstört, aber es ist noch genug übrig, sodass ich Teile der

Kontrollmatrix wiederherstellen konnte. Zuerst habe ich nach thermalen Ursachen für die Schäden gesucht, aber das würde nicht zu den übrigen Schäden hier passen.«

Er senkte die Stimme noch weiter. »Worf, das hier war Sabotage. Jemand hat diesen Regulator manipuliert.«

»Das ist eine schwere Anschuldigung, Geordi«, mahnte der Erste Offizier. »Können Sie das beweisen?«

La Forge hob den Trikorder. »Alles hier drin«, sagte er.

»Haben Sie Commander Rhonu oder irgendjemanden sonst von der Besatzung der *Newton* informiert?«

»Noch nicht. Wenn es einen Saboteur an Bord gibt, ist die Sicherheit des Schiffs möglicherweise gefährdet.« Er dachte kurz nach. »Wir müssen Aneta irgendwie hier rüberholen. Wenn ich recht habe, dann ist dieser ganze Bereich ein Tatort.«

Worf überlegte. »Dafür ist es zu früh. Die Ankunft eines Sicherheitstrupps könnte den Saboteur warnen. Wir müssen vorsichtig sein.« Er zog seinen eigenen Trikorder hervor und aktivierte ihn. »Haben Sie nach organischen Spuren auf Molekularebene gescannt?«

»Noch nicht.«

Der Klingone nickte, stellte den Trikorder darauf ein, nach biologischen Überresten zu suchen, und schwenkte ihn hin und her. Das Gerät piepte, dann erschienen auf seinem kleinen Monitor rasch aufeinanderfolgende Datenkolonnen. Worfs Augenbrauen zogen sich zusammen, dann tippte er auf seinen Kommunikator. »Worf an Krankenstation der *Enterprise*. Doktor Crusher, haben Sie eine Minute Zeit?«

Vorsichtig, um nicht über die zerbrochenen Überreste einer Computerkonsole zu stolpern, ging er in eine leere Nische des Maschinenraums hinüber.

»*Crusher hier*«, kam die Antwort. »*Mister Worf, kann das warten? Ich bin gerade auf dem Weg zu einer Operation.*«

»Ich brauche nur wenige Augenblicke Ihrer Zeit, Doktor. Bitte schalten Sie Ihr medizinisches Hauptterminal ein. Ich schicke Ihnen jetzt einige bioorganische Scans meines Trikorders.«

Er tippte einige Befehle ein, dann wurden die Daten auf Crushers Bildschirm auf dem anderen Raumschiff sichtbar.

»Da sind sie«, erwiderte sie. *»Teile von zwei DNA-Spuren.«* Die Ärztin schwieg für einen Augenblick. *»Worf, diese Spuren sind von Strahlung schwer beeinträchtigt. Was genau sehe ich mir hier an?«*

»Ich hatte gehofft, dass Sie mir das sagen«, erwiderte er.

»In Ordnung.« Er hörte die Skepsis in ihrer Stimme. *»Der erste Rest ist der zerfallenere. Er ist humanoid und basiert auf Kohlenstoff.«* Sie hielt wieder inne. *»Ich kann versuchen, die genetischen Sequenzen zu rekonstruieren, um so eine genauere Definition zu erhalten, aber das wird eine Weile dauern.«*

»Bitte tun Sie das. Was können Sie aus der zweiten Spur ersehen?« Worf starrte in seinen Trikorder, der zweite Scan war undeutlich, und er war sich nicht einmal sicher, was er da sah.

Crushers Antwort bestätigte seine Sorge. *»Das ist seltsam. ... Diese molekulare Struktur ist ganz anders. Das sind zwei Spuren, nicht eine einzelne.«*

»Zwei DNA-Spuren, die einander überlagern. Wie ist das möglich?« Doch er hatte bereits eine Ahnung.

»Jemand hat versucht, seine wahre genetische Herkunft zu maskieren. Worf, ich glaube, diese Spur könnte vom Orion stammen!«

Worf nickte grimmig. »Doktor, bitte lassen Sie die Daten, die ich Ihnen schickte, so schnell wie möglich vollständig analysieren. Und behandeln Sie alle Information als geheim.«

»Bestätigt. Ich werde Lieutenant Mimouni sofort darauf ansetzen.« Wieder hielt sie inne. *»Worf, heißt es das, was ich glaube?«*

»So bald wie möglich«, wiederholte der Erste Offizier. Seine Gedanken überschlugen sich angesichts der Bedeutung seiner Entdeckung.

Eine Stunde später stand der Erste Offizier der *Enterprise* vor Picards Schreibtisch im Bereitschaftsraum des Captains. Seine Hände hatte er hinter dem Rücken zusammengelegt, während sein kommandierender Offizier las, was Worf ihm an Erkenntnissen hastig zusammengefasst hatte.

Picards ohnehin schon durchdringender Blick intensivierte sich noch. Er las schweigend, bevor er schließlich wieder das Wort ergriff. »Es liegt kein Fehler vor.« Das war keine Frage, sondern eine Feststellung. »Sabotage.« Der Captain sprach das Wort aus, als wäre es ein Fluch.

»Doktor Crusher glaubt, dass sich auf der *Newton* ein männlicher Bewohner des Orion versteckt. Er tarnt sich mit einer genetischen Maske. Trotzdem sind die DNA-Spuren zu stark beschädigt, um mehr Informationen daraus zu extrahieren.«

»Das bedeutet, es könnte beinahe jeder sein. Vielleicht ist er ein Geheimagent, oder jemand, der einfach nur unter einer anderen Identität operiert. Wir können nicht einmal ausschließen, dass die Person ihr Geschlecht geändert hat.«

»Aye, Sir«, erwiderte Worf. »Wenn wir einen Verdächtigen in Gewahrsam nehmen, würde ein intensiver genetischer Scan wohl sofort die Wahrheit ans Licht bringen. Aber ohne jedes einzelne Besatzungsmitglied der *Newton* persönlich zu überprüfen, können wir den Kreis der Verdächtigen nicht einengen.«

Picard legte das Padd auf seinem Tisch ab. »Mit anderen Worten: Wir können niemandem auf diesem Schiff vertrauen, bis wir die Identität jedes Mannschaftsmitglieds überprüft haben. Und wenn wir mit einer Reihe von gezielten Scans und einer Durchsuchung der Decks beginnen, dann wird der Saboteur Bescheid wissen und entsprechend darauf reagieren.«

»Orionische Geheimagenten sind, was solche Operationen wie diese hier angeht, sehr gewieft.« Der Commander verzog den Mund beim Gedanken an solch unehrenhafte Tricks. »Ein Fluchtweg wäre sicher ein Teil ihres Plans.«

»Die Schiffe der Kinshaya«, vermutete Picard. »Was, wenn sie uns nicht einfach nur beobachten?«

Er dachte einen Augenblick darüber nach. »Ein freier Agent stünde im Einklang mit der martialischen Kultur des Heiligen Ordens. Bedenkt man den Körperbau ihrer Spezies, dann würde einer von ihnen wohl kaum in der Lage sein, eine Mannschaft der Föderation zu infiltrieren, ohne dabei aufzufallen.«

Worf nickte. Er hatte gehört, dass die Kinshaya von den Terranern mit einer Kreatur verglichen wurden, die aus der alten Mythologie der Erde stammte. Einem Wesen namens Greif, ein vierbeiniges Säugetier mit breiten Flügeln, einem Schwanz und einem auffallend grausam aussehenden Gesicht. Selbst ein personalisiertes Holotarnfeld wäre nicht in der Lage, einen von ihnen in der Enge eines Föderationsraumschiffs zu verstecken. »Das wirft aber auch die Frage auf: Arbeitet dieser Spion für den Typhon-Pakt oder den Heiligen Orden?«

»Die Kinshaya sind so etwas wie die armen Verwandten des Pakts, nach allem, was der Geheimdienst der Sternenflotte herausfinden konnte. Ihre aktuellen internen politischen Konflikte haben bisher verhindert, dass sie eine größere Rolle in der geeinten Front des Pakts spielen. Das könnte auch erklären, warum dieser Agent ein unabhängiger Söldner anstelle eines ... sagen wir, eines Breen-Agenten ist. Das könnte darauf hinweisen, dass die Kinshaya hier ohne das Wissen oder die Zustimmung ihrer Alliierten im Typhon-Pakt vorgehen.«

Picard hielt erneut inne. »Wir können uns mit den Gründen dieser Angelegenheit später befassen. Erst müssen wir diesen Spion fassen und verhören. Wenn er für die Explosion an Bord der *Newton* verantwortlich ist, könnte er ebenso gut fähig sein, etwas Schlimmeres anzurichten.«

»Ich habe mir die Freiheit genommen, Lieutenant Šmrhová von dieser Situation zu unterrichten. Sie hat zusätzliches Sicherheitspersonal an allen wichtigen Punkten an Bord der *Enterprise* postiert.«

»Danke, Worf. Aber ich fürchte, eine reaktive Haltung ist der falsche Weg. Die Schäden auf der *Newton* erfordern die Expertise der *Enterprise*. Auch der Nexus ist noch aktiv und verfolgt weiter seinen Kurs. Das lässt uns nicht viel Zeit.«

Picards Grimasse vertiefte sich. »Das ist genau, was ich befürchtet hatte, Nummer Eins. Captain Bryant hatte recht. Der Nexus wird von denen beansprucht, die alles tun werden, um ihn zu besitzen. Und es ärgert mich, dass wir das alles vor Commander Rhonu geheim halten müssen.«

»Zumindest für den Augenblick«, stimmte Worf zu. »In der Zwischenzeit arbeitet Dr. Crushers Team an der anderen genetischen Spur. Vielleicht stammt sie von einem Besatzungsmitglied der *Newton*, aber bis die Rekonstruktionen abgeschlossen sind, können wir da nicht sicher sein.«

»Wir können uns aber nicht leisten, einfach herumzusitzen und abzuwarten. Mit jeder Sekunde, die verstreicht, kommt der Nexus dem Territorium des Heiligen Ordens näher. Und wenn die Kinshaya wirklich für die Sabotage der *Newton* verantwortlich sind, dann stehen wir vor einer Kriegserklärung.« Picard stand auf und ging hinüber zum Fenster. Er starrte in die Schwärze hinaus. »Wir müssen in die Offensive gehen, Nummer Eins.«

Unwillkürlich lächelte Worf dünn. »Dazu bin ich immer gern bereit, Captain.«

Picard wandte sich zu ihm um und legte nachdenklich den Finger auf die Lippen. »Wir müssen auf den Busch klopfen, Commander. Den Spion aus der Reserve locken. Das ist ein Risiko, aber wir haben keine Wahl.«

»Was schlagen Sie vor, Sir?«

Der Captain erwiderte seinen fragenden Blick. »Wir sollten etwas aus Will Rikers Trickkiste versuchen. Ich denke da an Poker.«

Sie materialisierten ohne Vorwarnung auf der Brücke der *Newton.* Sechs Säulen blauweißen Lichts, das erlosch und Captain Jean-Luc Picard, seinen Ersten Offizier, die Sicherheitschefin und ein bewaffnetes Team von Sicherheitsoffizieren freigab.

Commander Rhonu war bereits aufgesprungen, als Šmrhová ihren Männern mit dem Kinn bedeutete, sowohl neben den beiden Turbolifttüren, die an steuer- und backbord von der Brücke abgingen, als auch am Alkoven im hinteren Teil des Raums Posten zu beziehen.

»Captain Picard?«, fragte die Betazoidin. »Was hat das zu bedeuten?«

Aber noch während sie fragte, spürte sie bereits den Grund des unerwarteten Besuchs. Ihre telepathischen Sinne berührten die Oberfläche seiner Gedanken.

»Bitte, bleiben Sie ruhig. Sie alle.« Picard hob eine Hand und nickte Worf zu. »Beginnen Sie, Commander.«

»Verstanden«, erwiderte der Klingone und zog einen Trikorder hervor. Er begann, rasch einen Scan aller Offiziere der *Newton* vorzunehmen, die an ihren Stationen standen.

Picards Blick fiel auf Doktor Kolb, der an einer der frei stehenden Konsolen stand und sich offenbar gerade mit dem vulkanischen Wissenschaftsoffizier der *Newton* unterhalten hatte.

»Jean-Luc, was geht hier vor?« Kolb warf einen verärgerten Blick zu Rhonu, aber sie schien es nicht zu bemerken.

»Captain, ich erwarte eine Erklärung von Ihnen!«, forderte sie.

»Nichts«, meldete Worf. »Die genetischen Scans sind in Ordnung, keinerlei Hinweise auf Biomaskierung waren zu finden.«

Picard nickte. »Danke, Nummer Eins.« Er wandte sich an die Betazoidin: »Ich entschuldige mich für den Überfall, Commander. Es war nötig, das Überraschungselement zu bewahren.«

Lieutenant Šmrhová stand bereits an der taktischen Konsole und hatte den tellaritischen Offizier, der daran Dienst tat, beiseitegeschoben.

»Meine Besatzung hat etwas Beunruhigendes entdeckt, und das hier war ein notwendiger Schritt, um diese Situation zu klären.«

»Sie haben einen Saboteur an Bord«, sagte Worf rundheraus, und die Spannung auf der Brücke der *Newton* stieg sprunghaft an.

»D... die Explosion im Maschinenraum?«, fragte Kolb. »Wollen Sie etwa sagen, es war kein Unfall?«

»Das frage ich mich auch«, sagte Rhonu. »Was macht Sie glauben, dass es sich um Vorsatz handelte? Und selbst wenn dem so wäre, warum glauben Sie, dass sich der Übeltäter auf diesem Schiff befindet?« Sie baute sich vor dem Captain der *Enterprise* auf. »Sir, ich möchte Sie daran erinnern, dass das Kaskadenversagen erst lange nach der Ankunft Ihres Schiffs hier draußen stattfand.«

»Wir haben Beweise.« Picard zog das Padd hervor, das Worf ihm gegeben hatte, und hielt es Rhonu hin. Sie las, was daraufstand. Er wusste, dass sie seine Absichten erkannte. Der Captain unternahm nichts dagegen, er wollte sehen, wie sie damit umging. Langsam zeigte sich Verständnis auf ihrem Gesicht, die Erkenntnis verdrängte ihre Irritation angesichts des Protokollbruchs.

»Ich muss mich nun an Ihre Besatzung wenden, Commander«, sagte er zu ihr.

Schließlich nickte sie. »Schiffsweite Kommunikation«, ordnete sie an. »Bitte, Sir.«

Picard straffte sich. »Achtung an alle Decks. Hier spricht Captain Jean-Luc Picard vom Raumschiff *Enterprise*. Als ranghöchster Offizier in diesem Sektor handele ich gemäß den Statuten der Sternenflotte und stelle die *U.S.S. Newton* unter mein Kommando. Eine gefährliche Anomalie ist an Bord der *Newton* entdeckt worden. Um sie zu isolieren und zu neutralisieren, muss das Schiff einem intensiven isophasischen Scan unterzogen werden. Bleiben Sie alle auf Ihren Stationen oder in Ihren Quartieren, bis Sie einen Gegenbefehl erhalten. Der Scan wird in fünf Sekunden beginnen. Picard Ende.«

»Isophasisch?«, fragte Rhonu und hob eine Augenbraue. »Ist das ein neues Protokoll oder Scansystem, das Sie an Bord der Schiffe der *Sovereign*-Klasse haben? Es ist mir nicht bekannt.«

Picard antwortete nicht und warf einen Blick auf seinen Ersten Offizier. Worf überprüfte seinen Trikorder. »Drei, zwei, eins. Los!«

Auf der Brücke der *Newton* erwarteten die Offiziere offenbar eine Art Effekt, aber nichts geschah. Rhonu sah auf den

Hauptschirm, wo die *Enterprise* über dem kleineren Schiff hing. Keine grellen Sensorstrahlen oder tastenden Energiewellen gingen von dem anderen Raumschiff aus.

Wieder wandte Rhonu sich Picard zu, tastete seine Gedanken ab und erfuhr so einen Teil der Wahrheit.

»Dieses bestimmte Spiel habe ich noch nie gespielt«, sagte sie dann in der Hoffnung, eine Antwort zu erhalten.

»Sie sollten es ausprobieren«, erklärte Picard. »Wenn Sie die richtigen Gegner finden.«

Kolb beugte sich über die wissenschaftliche Konsole und schnitt eine Grimasse. »Die Sensoren registrieren keinerlei Art von Scan. Jean-Luc, ich verstehe nicht ...«

Šmrhovás Kommunikator zirpte. Sie tippte darauf. »*Enterprise*? Was haben Sie gefunden, Sir?«

Es war Commander La Forges Stimme, die von der Brücke des anderen Raumschiffs aus antwortete: *»Wir haben eine Veränderung im Verhalten eines der Kinshaya-Schiffe entdeckt. Es hat Geschwindigkeit aufgenommen und kommt auf einem parabolischen Kurs auf uns zu.«*

Rhonu ging zur Ops-Station, in deren Nähe Picard stand, und sah über die Schulter des Steuermanns, der dort saß. Sie las die Anzeigen ab. »Ja, da ist es. Im vorderen Backbordquadranten, auf zwei Uhr. Es nähert sich mit hoher Impulsgeschwindigkeit, allerdings sind die Waffen nicht aktiviert.«

»Ein getarnter Annäherungsversuch«, sagte Worf. Der Klingone wandte sich an Picard. »Es scheint, als habe unser Ziel sich gerührt, Sir.«

Picard nickte. »Nun, da wir das wissen, sollten wir das auch nutzen.«

»Es gibt gar keinen isophasischen Scan«, stellte Rhonu rundheraus fest. »Keine ›Anomalie‹. Sie versuchen, unseren Saboteur aufzuscheuchen.«

»Korrektur, Commander«, warf Šmrhová ein. »Wir *haben* unseren Saboteur aufgescheucht.«

»Und meine Besatzung dabei in Gefahr gebracht!«, entgegnete Rhonu. Ihre Stimme war gedämpft, aber doch eindringlich. »Das ist rücksichtslos, Captain Picard.«

»Sie können eine formelle Beschwerde beim Kommando der Sternenflotte einlegen, wenn Sie das wünschen«, erwiderte er. »Aber in der Zwischenzeit würde ich vorschlagen, dass Sie die internen Sensoren der *Newton* dazu nutzen, um nach einem Subraumimpuls auf einer ultraniedrigen Frequenz zu suchen. Dieses Kinshaya-Schiff reagiert auf ein Signal, Commander.«

»Sie kommen, um ihren Spion abzuholen«, sagte sie und folgte dabei dem Pfad der Logik. Rhonu drehte sich um und warf dem Vulkanier einen Blick zu. »Sie haben ihn gehört, Sallos. Achten Sie auf jegliche Subraumfunksignale.«

Der blasse Wissenschaftsoffizier begann kommentarlos, dem Befehl zu folgen. Besorgt stand Kolb neben ihm und sah dabei zu.

»Das Kinshaya-Schiff nähert sich immer noch«, meldete La Forge. »Wenn sie den gegenwärtigen Kurs und die Geschwindigkeit beibehalten, dann werden sie in weniger als zwei Minuten Transporterreichweite erreicht haben.«

Rhonu wandte sich an Picard. »Wenn wir auf Roten Alarm gehen, ist der Spion gefangen. Er wird nicht in der Lage sein, durch unsere Schilde hindurchzubeamen.«

»Das wird er wissen und in seine Planung einbezogen haben. Vielleicht hat er sogar eine zweite Sabotage geplant«, wandte der Captain ein. »Wenn Sie jetzt die Schilde aktivieren, dann könnten Sie ein zweites Systemversagen einleiten.«

Der Commander runzelte die Stirn. »Wie im Namen aller Ringe erwischen wir ihn dann, bevor er flieht?«

»Unautorisierte Transporteraktivität«, meldete Sallos. Sein Ton klang unbeeindruckt und emotionslos. »Deck vier, Sektion sechs.«

»So«, antwortete Šmrhová auf Rhonus Frage und grinste wissend. »Captain?«

»Mister Worf, Sie und Lieutenant Šmrhová nehmen die Zielperson fest.« Picard warf seinem Ersten Offizier einen Blick zu. »Es ist von allergrößter Wichtigkeit, dass wir ihn für ein Verhör festnehmen, ist das klar?«

»Aye, Sir.« Der Klingone steckte seinen Trikorder an den Gürtel und zog dafür seinen Phaser aus dem Holster an der Hüfte.

Rhonu schnippte mit den Fingern und signalisierte ihrem eigenen taktischen Sicherheitsoffizier, einem dunkelhäutigen Deltaner, ihm zu folgen. »Lieutenant Haln, folgen Sie ihnen.«

Während Worf die Offiziere hinausführte, wandte sie sich wieder Captain Picard zu. Ihre dunklen Augen funkelten herausfordernd. »Ich glaube, Sie sollten mir genau sagen, was hier vor sich geht und was Sie wissen, Sir.«

Der Turbolift entließ sie auf Deck vier. Worf trat als Erster in den Korridor. Er hatte seinen Phaser gezückt. Šmrhová und Haln waren einen Schritt hinter ihm. Der Deltaner hatte einen Trikorder gehoben und benutzte ihn, um den mikrosekundenschnellen Puls des Subraumtransmitters zu suchen.

»Die Spur löst sich bereits wieder auf«, meldete er.

»Welche Richtung?«, fragte Worf und blickte den Korridor hinab. Es war eines der Wohndecks der *Newton*. Im Augenblick war es aufgrund von Captain Picards Ankündigung leer.

Haln wies die Richtung, und Šmrhová rannte los. »Hier sind drei Quartiere«, sagte sie, als sie an die Kabinen kam, die man den verheirateten Mitgliedern des Wissenschaftsschiffs zugewiesen hatte.

Das Gesicht des Deltaners verfinsterte sich, als sein Trikorder einen leisen Ton von sich gab. »Die Spur ist verschwunden. Es muss eines von diesen beiden Quartieren sein.« Er zeigte auf die betreffenden Türen.

Šmrhová presste nacheinander ihr Ohr an die Türen, beim zweiten Mal erstarrte sie. »Ich höre Stimmen«, flüsterte sie.

Worf wies auf die Tür. »Mister Haln, wenn Sie so freundlich wären.«

Haln nickte und befahl dem Computer der *Newton*, das Schloss zu öffnen. Die Tür ging zischend auf, und die drei stürmten Schulter an Schulter mit erhobenen Waffen das Quartier.

Drinnen saß eine dreiköpfige boslicische Familie gerade beim Essen. Panisch sprangen sie bei dem plötzlichen Überfall auf. Alle begannen gleichzeitig zu reden, bis ein kurzes Knurren von Worf für Ruhe sorgte.

Šmrhová ließ einen Bioscan durchlaufen. »Niemand hier hat sich, wie es aussieht, darauf vorbereitet, das Schiff zu verlassen«, verkündete sie dann. »Der Trikorder sagt, dass sie sind, was sie zu sein scheinen.«

»Was geht hier vor?«, verlangte die Boslicin zu wissen. Sie war einer der medizinischen Offiziere des Schiffs.

»Sie sind das Opfer einer List, Ensign«, erklärte Haln grimmig, der neben einem niedrigen Topf voller kaferianischer Päonien in die Hocke gegangen war. Er griff darunter und zog ein kleines sechseckiges Objekt hervor, das klein genug war, um in seine Faust zu passen. Haln hielt es zwischen Daumen und Zeigefinger in die Höhe. »Orionische Bauart. Ganz sicher. Ich erkenne diese Konstruktion.«

»Ein Kommunikationsmodul.« Šmrhová nahm das Gerät und betrachtete es finster. »Unser Spion muss es hier versteckt haben, um uns von seiner Spur abzubringen.«

»Er muss sich ganz in der Nähe befinden«, sagte Worf nach einigem Nachdenken. »Solche Module haben nur eine geringe Reichweite. Ich würde annehmen, dass unsere Zielperson sich irgendwo auf diesem Deck befindet.«

»Wie lange dauert es noch, bis die Kinshaya in Transporterreichweite sind?«, wollte Haln wissen. »Sechzig Sekunden?«

»Ich habe eine Idee«, erklärte Šmrhová und rasch verband sie das Modul mit ihrem Trikorder. Mit ein paar Eingaben aktivierte sie das Gerät. Dann hob sie den Kopf und sagte zu Worf, Haln und der boslicischen Familie: »Halten Sie sich bitte alle die Ohren zu. Das wird laut werden.«

Sie tippte auf eine Kontrolle, und plötzlich gab das Kommunikationsmodul ein lautes, statisches Kreischen von sich. Die Sicherheitsoffizierin hatte die Kreisläufe mit einem Feedbackimpuls überladen.

Beinahe sofort hörte Worf ein Echo eines ähnlichen Lärms aus einer Kabine ein paar Meter weiter.

Der Ort-zu-Ort-Transport versetzte den Ersten Offizier der *Enterprise* in dem Moment in die Nasszelle des Quartiers, als Haln und Šmrhová in die Kabine stürmten. Er sah einen Arkarianer in ziviler Kleidung zur Tür herumwirbeln, in seiner Faust hielt er eine messingfarbene Mesonenpistole. Der Klingone zögerte nicht. Er warf sich gegen den mutmaßlichen Spion und schleuderte ihn mit seinem vollen Körpergewicht gegen die Wand. Worf packte sein Handgelenk und verdrehte es brutal. Die Mesonenpistole fiel zu Boden, während der Arkarianer vor Schmerz aufschrie und in sich zusammensackte.

»Wir haben nicht viel Zeit«, sagte Haln.

Worf zückte seinen Trikorder, während Šmrhová den Lauf des Phasers an die Schläfe des Mannes drückte und ihn böse ansah. »In zehn Sekunden werde ich schießen.«

Der Arkarianer - der Worfs Trikorder zufolge ein Orioner war, den man chirurgisch in einen Arkarianer verwandelt hatte - grinste sie frech an. »Tun Sie das. In dreißig Sekunden werde ich hier rausgebeamt, ob ich nun bei Bewusstsein bin oder nicht. Und Sie werden die Schilde nicht aktivieren, denn wenn Sie das tun, dann wird die Bombe, die ich gelegt habe, eine Überladung des Emitters verursachen.«

»Na schön«, erwiderte Šmrhová und tat so, als würde sie ihren Phaser neu einstellen. »Dann bringe ich Sie eben einfach um.«

»Das werden Sie nicht tun«, stieß er verächtlich hervor. »Sie sind von der Sternenflotte. So etwas würden Sie nie tun!«

»Der Krieg hat es so an sich, dass er Menschen verändert«, widersprach Worf. Wider Erwarten klangen seine Worte sehr ernst.

»Zwanzig Sekunden bis Transporterreichweite«, warf Haln ein.

Worf riss den Eindringling herum und starrte ihn böse an, als suche er in seinem Gesicht die Wahrheit. »Es gibt keine Bombe«, erkannte er grimmig. »Sie hatten keine Zeit, eine zu legen.«

»Glauben Sie wirklich?« Der Spion versuchte, trotzig zu bleiben, doch ein winziges Zucken in seinem Mundwinkel verriet ihn. »Wenn Sie versuchen, mich aufzuhalten, dann explodiert dieses Schiff!«

»Sie stehen mit den Kinshaya in Verbindung.«

»Sie sind ja verrückt geworden, Klingone!«

Worf knurrte und riss das Hemd des Spions auf. Eine Tasche riss und ein zweites sechseckiges Kommunikationsmodul fiel heraus. Nun bekam der Spion sichtbar Angst und versuchte panisch, danach zu greifen, aber er war zu langsam. Worfs Stiefel trat fest auf den Mechanismus, sodass er in tausend Stücke zersprang.

Einen Augenblick später piepte Šmrhovás Kommunikator. Sie tippte darauf. »Sicherheitsteam hier.«

»*Lieutenant?*« Es war La Forge. »*Was auch immer Sie da gerade getan haben, es hat gewirkt. Der Liberator der Kinshaya hat gerade seinen Kurs um hundertachtzig Grad gewendet.*«

Als der falsche Arkarianer diese Worte hörte, sackten seine Schultern herab.

Worf betrachtete ihn. »Was wollten Sie gerade sagen?«

3

Als Picard den Raum betrat, wandte Worf sich von der offenen Wand der Arrestzelle ab, vor der er stand. Der Klingone hielt seinem Captain ein Padd hin und Picard überflog es rasch.

»Een Norgadd.« Picard las den Namen laut vor. Daneben war ein Bild eines lächelnden Arkarianers zu sehen. »Wissenschaftlicher Assistent an der Vega-Universität.«

»Wir überprüfen Norgadds Identität gerade«, versicherte Worf. »Bisherige Daten bestätigen, dass sie echt ist und nicht gefälscht wurde.«

Der Captain sah an Worf vorbei auf Haln und Šmrhová, die nebeneinander an der summenden Energiebarriere standen, die die Zelle vom Hauptraum trennte. Aus dem Inneren blickte ihm der Arkarianer von dem Bild entgegen, doch Picard wusste sofort, dass die beiden nicht identisch waren.

»Er hat einen Unschuldigen ersetzt?«

Picard wartete die Antwort auf diese Frage nicht ab. Sie war offensichtlich. »Commander Rhonu wird gleich hier sein. Gute Arbeit, Nummer Eins. Ich hätte ein Gefecht mit einem der Schiffe vom Heiligen Orden nicht begrüßt. Dass wir diesen Mann hier gefangen haben, hat uns wenigstens etwas Zeit erkauft.«

Worf zog die Brauen zusammen. »Die Kinshaya kommen sicherlich wieder, Sir. Davon können Sie ausgehen. Sie werden nun über ihre Optionen nachdenken, aber zu einem Angriff wird es sicherlich kommen.«

Picard gab ihm das Padd zurück. »Ein hervorragender Bluff übrigens, ihn wegen der Schilde unter Druck zu setzen. Will wäre stolz auf Sie.«

»Ich gebe zu, dass ich die Gelegenheit zu schätzen wusste, meine Pokerkenntnisse anzuwenden.«

Die Türen zum Arrestbereich zischten, und Rhonu kam herein. Ihr Gesicht war gezeichnet von Müdigkeit und Verwirrung. »Dann sehen wir uns den Herrn mal an«, sagte sie und schritt an Worf und Picard vorbei auf die Zelle zu.

Haln und Šmrhová machten ihr Platz und traten von dem Kraftfeld zurück, als die anderen Offiziere auf sie zukamen.

»Hat er schon etwas gesagt?«, wollte Rhonu wissen.

Šmrhová legte den Kopf schief. »Er winselte irgendetwas von ›Ich bin unschuldig‹. Offenbar hält er uns alle für Idioten.«

Der betazoidische Commander starrte den Gefangenen böse an. »Stehen Sie auf und kommen Sie näher, Mister Norgadd, oder wer auch immer Sie wirklich sind.«

»Hier fühle ich mich ganz wohl«, erwiderte er. Er saß im Schneidersitz auf der Pritsche. »Und dieser Name reicht für den Augenblick völlig aus.«

»Wie sind Sie durch die Überprüfungsprozesse der Sternenflotte gekommen?«

»Das ging leichter, als Sie vielleicht glauben, Commander.« Der Spion grinste sie trocken an. Es sah unecht aus.

»Mein Sicherheitsteam durchsucht in diesem Moment sein Quartier«, berichtete Haln. »Wir haben bereits interessantes Beweismaterial gefunden.«

»Als da wäre?«, wollte Picard wissen.

»Kopien der Dienstpläne des Kommandostabs der *Newton.* Unser Freund hier schien sich besonders mit den Schichten von Commander Rhonu zu befassen.«

»Natürlich«, warf diese ein. »Ich bin Betazoidin und die einzige Telepathin auf der *Newton.* Er wusste, wenn wir über längere Zeit zusammen Dienst tun, würde ich seine Absichten spüren.« Rhonu verschränkte ihre Arme vor der Brust. »Das erklärt, warum ich sein Gesicht nicht kenne. Er hat mich gemieden.«

»Das war nicht persönlich gemeint«, erklärte Norgadd. »Also. Sollen wir dann zur Sache kommen?«

Picard nickte. »In der Tat. Ich schlage vor, Sie kooperieren mit uns, oder ...«

»Oder was?« Norgadds Lächeln wurde zu einem schmierigen Grinsen. »Setzen Sie dann wieder Ihr klingonisches Schoßhündchen auf mich an? Ich gebe zu, das erste Mal haben Sie gewonnen, aber ich bin jetzt gewarnt. Ihre Drohungen erschrecken mich nicht.«

»Ich denke, Sie werden Ihre Meinung noch ändern«, sagte Šmrhová kalt. »Vielleicht sollten alle anderen jetzt eine Weile den Raum verlassen.«

»Sie können uns nicht täuschen«, erklärte Rhonu scharf. »Mich jedenfalls können Sie nicht anlügen. Ich würde es schon in dem Augenblick wissen, in dem Sie den Mund aufmachen. Tun Sie sich also selbst einen Gefallen. Fangen Sie damit an, uns zu sagen, für wen Sie arbeiten und warum Sie hier sind.«

Norgadds Lächeln verblasste. »Ich bin ein unabhängiger Spion von Rigel. Aber das haben Sie sich ja schon gedacht, oder?«

»Gehören Sie dem Orion-Syndikat an?«, fragte Picard.

»Nicht wirklich. Ich bezahle sie für meine ... Arbeitserlaubnis. Aber das ist alles. Dafür versorgen Sie mich mit Unterstützung, Ausrüstung und neuen Identitäten.«

»Wie die Een Norgadds?«, unterbrach Worf. »Der Mann, dessen Gesicht und dessen Leben Sie gestohlen haben, ist sicher tot.«

»Das kann ich wirklich nicht sagen.« Norgadd zuckte mit den Schultern, als sei ihm die Anschuldigung gleichgültig. »Ich versuche, mir über derartige Dinge keine Gedanken zu machen.«

Picard betrachtete den Gefangenen aufmerksam. »Die Kinshaya. Was wollen sie?«

»Sie wollen das, was ich weiß.« Der Spion hielt inne und fasste Rhonu bei seinen nächsten Worten ins Auge. »Dieses Band, dieser Nexus? Es gab Gerüchte, dass er auch temporale Eigenschaften hat. Und da die Föderation ihn so verzweifelt beschützen will, muss er wertvoll sein. Sie wollen wissen, wie das Ding funktioniert.« Er breitete die Hände aus. »Ich wurde bezahlt, um mich auf dieses Schiff zu schleichen und Informationen zu sammeln. Wenn Sie genau wissen wollen, was ich erfahren konnte, dann schlage ich vor, Sie bezahlen mir ein ...« Er hielt inne und fuhr dann beinahe stammelnd fort: »... größeres Honorar als der Heilige Orden.«

Rhonu horchte auf. »Was wollten Sie eigentlich sagen?«

Picard warf ihr einen Seitenblick zu. »Was ist los, Commander?«

»Er wollte eigentlich etwas anderes sagen, aber er hat sich noch rechtzeitig davon abgehalten.«

Sie beugte sich vor. »Für wen arbeiten Sie wirklich?«

»Das habe ich Ihnen doch gesagt: Die Kinshaya!«, stieß er hervor. »Das war keine Lüge!«

»Nein«, gab Rhonu zu. »Aber es ist auch nicht die volle Wahrheit.«

Schon von Anfang an hatte ein Verdacht an Jean-Luc Picards Verstand genagt, was die Anwesenheit der Kinshaya in diesem Sektor anging. Etwas, das nicht ganz zu seinem Wissen über den aktuellen politischen Zustand des Heiligen

Ordens passen wollte. Nach allem, was die Föderation wusste, waren die einst so radikal konservativen Fundamentalisten der Kinshaya-Theokratie von der eher gemäßigten Devotionalisten-Bewegung abgelöst worden, die die Gewalt und die Xenophobie ihrer Vorgänger verurteilte. Ein so offener Spionageakt wie dieser wollte so gar nicht zu ihrer neuen, weniger kriegerischen Einstellung passen. Das war es auch, was Picard aussprach.

»Kinshaya-Kriegsschiffe tauchen in der Regel in einer Gruppe von vier oder mehr auf. Und doch sind nur zwei in der Nähe.« Er wandte sich wieder nachdenklich dem Gefangenen zu. »Ich glaube nicht mehr, dass wir hier über die legitimierte Führung des Ordens sprechen. Ich glaube, dieser Mann arbeitet für die Fundamentalisten, jene, die vom alten Kinshaya-Episkopat noch übrig sind.«

Der orionische Spion zog eine Grimasse. Rhonu dagegen nickte, sie konnte seine Gedanken trotz all seiner Bemühungen, sie vor ihr zu verbergen, offen erkennen. »Sie glauben, sie stellten nach wie vor die legitime Regierung«, erklärte Norgadd schließlich. »Sie hassen die Devotionalisten noch mehr als Außenweltler. Sie wollen die alten Zustände wiederherstellen.«

Picard wechselte einen Blick mit seinem Ersten Offizier. *Und welche bessere Methode könnte es geben, die Uhr zurückzudrehen, als den Nexus?*

Worf nickte knapp. Er dachte dasselbe.

»Das würde erklären, warum es weniger Schiffe sind. Die Fundamentalisten sind Außenseiter und haben zu wenig Personal und Waffen«, stellte Haln fest. »Selbst der restliche Typhon-Pakt macht einen großen Bogen um sie.«

Norgadd schnaubte. »Sie haben, was Sie wollten. Ich habe kooperiert. Und jetzt reden wir über mich. Ich will freigelassen werden.«

Šmrhová warf ihm einen mitleidlosen Blick zu. »Ins All, wie ich hoffe. Ohne Raumanzug.«

Er ignorierte sie und sprach weiter. »Ich bin ein orionischer Bürger und unterliege nicht Ihrer Rechtsprechung. Sie dürfen mich nicht festhalten. Ich verlange, dass Sie mich meiner eigenen Regierung übergeben!«

»Meiner Erfahrung nach geht es im orionischen Recht eher darum, wie groß die Geldbörse ist, als um Gerechtigkeit oder faire Prozesse«, bemerkte Haln.

»Sie haben an Bord eines Föderationsraumschiffs schwere Verbrechen begangen«, erklärte Picard. Seine Geduld mit dem Spion schwand zusehends. »Sie haben Hunderte von Leben gefährdet und willentlich Verletzungen in Kauf genommen. Und Sie sind des vorsätzlichen Mordes an Offizieren der Sternenflotte schuldig. Sie, Sir, werden für das geradestehen, was Sie getan haben.«

»Was?« Auf Norgadds Gesicht breitete sich aufrichtiger Schrecken aus. »Sie ... Sie glauben, ich war verantwortlich für das, was im Maschinenraum passiert ist?« Er stieß ein bitteres Lachen aus. »Ich bin ein Spion, ja, aber kein Attentäter.«

»Aber Sie waren dort.« Worf blieb hartnäckig. »Wir haben DNA-Spuren gefunden, die zu der genetischen Maske passen, die Ihre orionische Herkunft verbergen sollte.«

»Das ist wahr.« Norgadd blinzelte und hob seine Hände in einer Geste der Selbstverteidigung. »Die Kinshaya wollten, dass ich Ihre Versuche, den Nexus zu destabilisieren, verhindere, aber ich konnte mir keinen Zugang zum Energieregulatorsystem verschaffen. Jemand anders kam in den Maschinenraum, und so wurde ich unterbrochen. Ich musste fliehen, um meine Tarnung aufrechtzuerhalten.« Der Spion schüttelte den Kopf. »Und um ehrlich zu sein, wenn ich an Ihrem Schiff herumgespielt hätte, dann hätte ich es von vornherein besser gemacht. Warum sollte ich mein eigenes Leben mit einem unkontrollierten Energieausbruch in Gefahr bringen?«

»Das ist eine sehr durchsichtige Lüge«, polterte Worf.

»Eigentlich ist sie alles andere als das.« In Rhonus Worten lag grimmiger Ernst.

Picard warf Worf einen Blick zu. »Die andere DNA-Spur, die Sie entdeckten ...« Dann wandte er sich wieder dem Gefangenen zu. »Wer hat Sie gestört? Haben Sie ihn gesehen?«

Norgadd schüttelte den Kopf. »Ich musste verschwinden, um mich selbst nicht zu kompromittieren. Ich habe nicht gesehen, wer es war.«

Commander Rhonu wandte sich ab und ging ein paar Schritte zum anderen Ende des Arrestbereichs. In ihrem Gesicht zeichneten sich sowohl Zorn als auch Frustration ab. »Jedes Wort, das er sagt, ist die Wahrheit«, erklärte sie, als Picard herangetreten war. »Der Orioner war da, aber er hat den Energieregulator nicht sabotiert.«

»Wenn er es nicht war, wer war es dann?«, fragte Worf.

Picard nickte langsam. »Und warum?«

Der Captain fand Beverly in ihrer Büronische neben der Krankenstation der *Enterprise*. Sie war in ihre Arbeit vertieft.

»Jean-Luc?« Wie so oft sah sie sofort, wie besorgt er war, und als er sich setzte, legte sie ihre Hand auf seine. »Was ist los? La Forge sagte, ihr habt einen Spion auf der *Newton* gefangen genommen.«

»Das haben wir«, erzählte er seiner Frau. »Aber wir mussten feststellen, dass er unschuldig ist.«

Er machte eine Pause. »Nun, zumindest für die Sabotage ist er nicht verantwortlich.«

Sie rief eine Datei auf und drehte den Monitor vor sich so, dass Picard ihn sehen konnte. Auf dem Schirm waren zwei unterbrochene DNA-Stränge zu sehen. »Die DNA deines sogenannten Mister Norgadd passt genau zu der ersten Spur, die Worf entdeckt hat. Nachdem ich einen kompletten Bioscan hatte, war der Vergleich sonnenklar.« Beverly legte einen weiteren DNA-Strang auf die erste Probe. Dieser war vollständig und lückenlos, und der Scan verriet, dass beide identisch waren. »Einer der beiden Grundstränge verbirgt orionische Biologie, einer eine synthetische Maske, die arkarianische Merkmale vermitteln soll. Mit Hautpigmenten und etwas oberflächlicher plastischer Chirurgie konnte er alle Scans täuschen, bis auf die wirklich invasiven.«

Sie waren allein, also gestattete sich Picard, seine gefasste Fassade für einen kurzen Augenblick fallen zu lassen. Er runzelte die Stirn und massierte sich die Nasenwurzel. »Wir haben geblufft und gewonnen. Aber wir wussten nicht, dass noch ein weiterer Spieler am Tisch sitzt. Der echte Spieler.«

Er beugte sich vor. »Die andere Spur - die noch zerfallenere -, sie muss dem eigentlichen Verbrecher gehören.«

Crusher seufzte. »Ich wünschte, ich hätte bessere Nachrichten für dich, Jean-Luc. Aber ich habe Lieutenant Mimounis Bericht gelesen und kann ihre Schlussfolgerungen nicht widerlegen. Es ist einfach nicht genug Material übrig, um die Struktur zu rekonstruieren. Alles, was wir extrahieren konnten, waren ein paar Teile von genetischen Markern.«

»Kannst du mir die zeigen?«

Sie nickte und gab einige Befehle in das Padd ein, das vor ihr lag. »Damit sind wir wohl wieder am Anfang. Wir würden von jedem Besatzungsmitglied einen vollständigen Scan brauchen, um auch nur eine teilweise Übereinstimmung zu finden. Und selbst dann würde ich vermuten, dass wir ein Dutzend Personen in der Mannschaft der *Newton* finden, die diese Marker teilen, und doppelt so viele an Bord der *Enterprise*.«

Picards Gesichtszüge drohten, sich zu verhärten. »Ich habe Worf die Brücke überlassen, bevor ich herkam. Glinn Dygan informierte mich darüber, dass unsere Kinshaya-Beobachter sich entschlossen haben, eine aktivere Haltung einzunehmen. Sie haben ihre Tarnung fallen lassen und die Schilde aktiviert.«

»Glaubst du, sie wollen uns angreifen?«

»Sie weigern sich, auf unsere Rufe zu antworten.« Jean-Luc schüttelte den Kopf. »Im Augenblick ist das nur Säbelrasseln. Auch wenn mein Erster Offizier sehr von der Idee entzückt zu sein scheint, zuerst zuzuschlagen.«

»Die Kinshaya haben die Klingonen schon immer verachtet. Ihre heiligen Texte sprechen von ihnen, als handele es sich um Dämonen, Kreaturen, die nicht einmal wirklich leben. Es kann nicht leicht sein, sich einem solch blinden Hass zu stellen.«

»Ja. Aber der Heilige Orden bestand auch nie aus Narren. Sie werden uns nicht angreifen, es sei denn, sie glauben, sie wären im Vorteil.«

Er hielt inne. »Wenn es nur wir gegen sie wären, dann könnte die *Enterprise* sich sicher durchsetzen. Aber wenn wir uns auch noch um die beschädigte *Newton* kümmern müssen ... dann verlieren wir unseren Vorteil.«

»Hier.« Crusher drehte ihm wieder den Schirm zu. Diesmal war dort eine Reihe von genetischen Markern zu sehen, die wie die Tasten eines Klaviers angeordnet waren. Viele Tasten fehlten jedoch, waren verloren oder nicht zu entdecken, andere waren fleckig, als seien sie korrodiert. Nur wenige waren intakt.

Picards konzentrierter Blick untersuchte jedes Detail auf ein Merkmal, das es mit den anderen verbinden könnte ...

Plötzlich erstarrte er. »Beverly.« Er tippte auf den Bildschirm und hob so ein paar der Marker hervor. »Diese Spuren hier, was könnte sie erscheinen lassen?«

»Siehst du da etwas?«

»Ich bin nicht sicher.« Aber ein eiskaltes Gefühl erfasste Picards Magen, die Ahnung einer Möglichkeit, die ihm alles andere als behagte.

Crusher betrachtete das Bild auf dem Schirm. »Marker wie diese würden in Menschen auftreten, die eine Mutation im Rahmen eines Gendrifts aufweisen. Es sind harmlose Varianten von Geburtsfehlern, die korrigierbar sind. Oder wie sie manchmal von bestimmten Virusinfektionen verursacht werden.«

»Ein Virus?«

In diesem Augenblick hörte er die strengen, klaren Worte seines Ersten Offiziers: »*Brücke an Krankenstation!*«

Commander Worfs Stimme hallte durch das Interkom. »*Captain Picard, bitte kommen!*«

Er tippte auf seinen Kommunikator. »Brücke, hier ist der Captain. Bericht.«

In Picards Kehle bildete sich ein Kloß. Er wusste beinahe sicher, was kommen würde, noch bevor es ausgesprochen wurde.

»*Ein Notsignal von der* Newton. *Die hinteren Tore des Shuttlehangars wurden geöffnet. Das Runabout* Cam *verließ den Hangar unautorisiert. Ein Lebenszeichen an Bord.*«

Picard spürte, wie sich das Gewicht absoluter Sicherheit auf ihn senkte. »Welcher Kurs, Commander?«

»*Ein direkter Abfangkurs mit dem Nexus. Die* Cam *hat die Schilde aktiviert und strahlt ein Streufeld aus, um unsere Sensoren abzulenken. Wir können keinen Traktorstrahl auf sie richten.*«

»Natürlich«, sagte Picard eher zu sich selbst. »Das wird er vorausgesehen haben.«

»Ihre Befehle, Sir? Sollen wir die Cam *verfolgen?«*

Der Captain sprang auf die Beine und hastete zur Tür. »Negativ, Mister Worf. Halten Sie die Stellung. Ich bin auf dem Weg zu Ihnen.«

»Jean-Luc, was ist los?« Beverly sah ihn an, dann wieder auf den Bildschirm. »Was hast du gesehen?«

»Jemanden, von dem ich dachte ... ich kenne ihn«, antwortete er.

Als er auf die Brücke kam, hatte Worf bereits Gelben Alarm angeordnet. Picard schritt zum Kommandosessel, doch er nahm nicht Platz. Sein Erster Offizier besprach sich gerade mit dem Chefingenieur an einer der seitlichen Konsolen.

»Captain«, meldete La Forge. »Die *Cam* wird die gravimetrische Verzerrungszone um den Nexus in drei Minuten erreichen. Wenn das Runabout einmal diesen Punkt erreicht hat, gibt es keine Möglichkeit mehr, es herauszureißen.«

»Optionen, Nummer Eins?«, fragte Picard in Worfs Richtung.

»Wir können die *Cam* nicht mit dem Traktorstrahl einfangen, aber es ist vielleicht möglich, sie abzuschalten. Ein Phaserschuss könnte den Antrieb ausfallen lassen.«

»Aber wenn Sie auch nur um eine Winzigkeit danebenschießen, wird die Hülle einen Riss bekommen!«, mischte sich Lieutenant T'Ryssa Chen ungefragt ein. »Sir, die Flugroute des Runabouts ist nicht ganz gerade. Ich würde sagen, das deutet darauf hin, dass der Pilot der *Cam* nicht besonders erfahren ist. Und damit auch unvorhersehbar.«

Worf bemerkte etwas in Picards Blick und presste die Lippen zusammen. »Sir. Wissen Sie, wer an Bord dieses Shuttles ist?«

Picard nickte resigniert. »Die Analyse der anderen DNA-Spur zeigt die Nachwirkungen einer Krankheit. Eine, die wir kennen: Das Erregervirus des Anchilles-Fiebers.«

Worf erstarrte. »Der Styris-IV-Notfall. Der *Newton* wurde nur ein Styrisianer zugeteilt.«

»Doktor Kolb?« Von ihrer Konsole meldete sich Lieutenant Elfiki. Sie warf einen Blick auf den Hauptschirm und das immer kleiner werdende Bild der *Cam.* »Kolb hat die *Newton* sabotiert?«

»Das befürchte ich.« Picard seufzte. »Er bestand darauf, dass Captain Bryants Plan, den Nexus zu zerstören, der falsche Weg sei, aber ich hätte niemals gedacht, dass er so weit gehen würde. Es muss sich um einen irregeleiteten Versuch handeln, das Phänomen zu erhalten.«

»Das verstehe ich nicht«, warf La Forge ein. »Kolb stand kaum drei Meter von Commander Rhonu entfernt, als wir auf die Brücke der *Newton* beamten. Warum hat sie seine Gedanken nicht gelesen?«

»Die Gehirnstruktur der Styrisianer ist für Telepathen nicht lesbar«, bemerkte Elfiki. »Kein Betazoid könnte sie lesen.«

»Als er erkannte, wie dicht wir davorstanden, die Wahrheit herauszufinden, floh er vom Schiff.« Worf ging zur taktischen Konsole hinüber. »Captain, lassen Sie mich den Schuss ausführen. Wir dürfen ihm nicht gestatten, in das Energieband zu fliegen.«

Picard dachte darüber nach. »Lieutenant Chen, rufen Sie die *Cam.* Ich will mit Kolb sprechen.«

Sie gab einige Befehle in ihre Konsole ein. »Keine Antwort, Captain.«

»Was ist mit den Zugangscodes des Runabouts?«

Chen schüttelte den Kopf. »Die wurden bereits geändert, Sir. Wahrscheinlich hat er das schon getan, bevor er abhob.«

»Warum tut Kolb so etwas?«, fragte Faur an der Steuerkonsole. »Die *Cam* wird zerfetzt, wenn sie dem Band zu nahe kommt.«

»Nein, wird sie nicht«, warf La Forge ein. »Kolb hat die Schildmodulationen neu kalibriert, um den temporalen Fluktuationen des Nexus widerstehen zu können. Wenigstens für kurze Zeit.«

Er zögerte und wandte sich Picard zu. »Sir, es gibt noch eine Möglichkeit. Das veränderte Energiemuster der Schilde erzeugt eine Lücke von einer Mikrosekunde, wenn die Schilde stark angegriffen werden. Sie könnten dann schwach genug sein, dass wir mit einem Materiestrom durchbrechen könnten.«

»Sie können Kolb also hinaustransportieren?«

La Forge schüttelte den Kopf. »Nein, das Streufeld gestattet das nicht. Aber ich denke, wir könnten etwas auf die *Cam* beamen.«

»Einen Kanister mit Betäubungsgas!« Worfs Antwort kam wie aus der Pistole geschossen. »Wir könnten dafür sorgen, dass er das Bewusstsein verliert.«

»Was uns das Problem eines führerlosen, außer Kontrolle geratenen Shuttles auf Kollisionskurs mit einer unberechenbaren Raumzeit-Anomalie bescheren würde.« Picard schüttelte den Kopf. Die Entscheidung war gefallen, bevor sie sich vollständig in seinem Kopf gebildet hatte. »Aber wir können etwas anderes versuchen.«

»Nein.« Das Wort war Worfs Lippen entschlüpft, noch bevor sein Captain etwas sagen konnte. »Ihr Mut ist bewundernswert, Sir, aber wenn ein Besatzungsmitglied diesen Transport wagen sollte, dann müsste ich das sein.«

»Ach?« Picard hob eine Augenbraue. »Mister Worf, der letzte Offizier, den ich Nummer Eins nannte, hat dieses Argument ebenfalls vorgebracht. Damals hat es mich nicht überzeugt. Und jetzt zieht es ebenfalls nicht.«

Worf zog einen kleinen Phaser vom Typ 1 aus einer verborgenen Tasche an seinem Gürtel. »Ich kann mich an Bord der *Cam* beamen, Kolb neutralisieren und die Kontrolle über das Shuttle wiedererlangen.«

Er richtete sich auf. »Ich darf Sie daran erinnern, Sir: Dieser Mann hat bereits getötet. Er muss als gefährlich angesehen werden.«

»Ich kenne ihn, Commander«, erwiderte Picard scharf. »Kolb ist kein Mörder.«

»Korrektur, Captain. Sie *kannten* ihn.«

»Unser Zeitfenster schließt sich schnell«, unterbrach La Forge den Streit und wies auf seine Konsole. »Wenn wir etwas unternehmen wollen, dann muss es jetzt gleich sein.«

»Ich gehe, Nummer Eins«, erklärte Picard, und sein Blick ließ erkennen, dass er keinen Widerspruch dulden würde. »Das ist ein Befehl.«

Auf einem Klingonenschiff hätte Worf einen Captain, der eine solch riskante Entscheidung traf, vielleicht einfach kaltblütig niedergeschossen und wäre zur Tagesordnung übergegangen, doch Jean-Luc Picard war kein Narr und niemals skrupellos. Er hätte diese Worte nicht ausgesprochen, wäre er nicht der Überzeugung gewesen, dass er den fehlgeleiteten Wissenschaftler aufhalten konnte.

»Nun gut, Sir.« Worf hielt ihm den Phaser entgegen. »Nehmen Sie den hier mit.«

»Ich werde ihn nicht brauchen. Dieser Mann ist mein Freund.«

»Sind Sie sicher?«

Seine Frage traf Picard wie eine Ohrfeige. Nach kurzem Zögern streckte der Captain die Hand aus und nahm die Waffe. »Mister La Forge, initiieren Sie den Ort-zu-Ort-Transport. Energie, sobald Sie bereit sind.«

»Dann mal los«, sagte La Forge und beugte sich über die Konsole. »Das könnte etwas ... holprig werden.«

»Sie haben die Brücke, Nummer ...«

Picards Worte verhallten, als er in einer Säule aus blauweißem Licht verschwand.

Jean-Luc Picard war in seinem Leben schon so oft mit dem Transporter gereist, dass er es nicht mehr zählen konnte. Vom Schiff auf eine Planetenoberfläche, von einem Ort zum anderen, mit Systemen der Föderation oder anderer Spezies, das Gefühl war ihm alles andere als neu. Das Kribbeln der Energie auf seiner Haut, das eigenartige Gefühl der Orientierungslosigkeit, diese schwebenden Augenblicke, in denen man sich tatsächlich auflöste ... er achtete nicht mehr darauf. Er erlebte das Beamen mittlerweile beinahe unterbewusst.

Aber dieses Mal war es anders. Auf eine bestimmte Art und Weise war er sich dem Geschehen während des Beamens fort von der *Enterprise* durch das Vakuum des Alls hin zu seinem Zielort, der davonfliegenden *Cam*, bewusster als sonst. Picards letzter Blick galt der Brücke und Worfs besorgter Miene, und als der Transportereffekt nach ihm griff, schien alles aufzuschimmern und zu verblassen. Es wurde zu einem Strom funkelnder Energie, die über ihn hinwegflutete, um ihn herumwirbelte und durch ihn hindurchströmte.

Ein Gedanke formte sich langsam und schwerfällig in seinem Gehirn. *Ich sollte das nicht miterleben.* Sein Verstand hätte wie der Rest seines Körpers dematerialisiert und im Materiestrom aufgelöst sein sollen. Wie konnte er noch denken, wenn sein organisches Gehirn doch nur eine Ansammlung von Partikeln war?

Er spürte ein seltsames Zerren an seiner geistigen Form, wie die Gezeiten am Meer zerrten, eine Welle der

Nichtschwerkraft, die ihren Ursprung ganz in der Nähe zu haben schien. *Ist das der Nexus? Erkennt er mich irgendwie?*

Picard fragte sich, ob das Phänomen erkannte, dass er sich ihm näherte. Spürte das Band, dass er hier draußen war und immer näher kam? Einer, der einst in es hineingeraten war und doch das, was er vorfand, zurückgewiesen hatte? Es gab wohl nur wenige, die das von sich sagen konnten.

Dann war der Augenblick des Nichtgefühls vorbei, und Picard spürte, wie er wieder körperlich wurde, Fragment für Fragment. Aber dieser Wechsel war nicht schmerzlos, wie er es gewohnt war. Stattdessen kochten Wellen purer Agonie in ihm hoch, als er begann, wieder Form anzunehmen, aber er hatte noch keinen Mund, mit dem er hätte aufschreien können. Für einen Moment schien er physisch abgestoßen zu werden, wie der entgegengesetzte Pol eines Magneten. Das Cockpit des Shuttles waberte vor seinen Augen wie eine Fata Morgana in heißer Luft. Er konnte nur darauf vertrauen, dass La Forge ihn durch die winzige Lücke im schützenden Kraftfeld der *Cam* hindurchschleuste, heil und in einem Stück.

Der Schmerz wurde schlimmer und verwandelte sich in ein Brennen seines Fleischs, auch als er schon spürte, dass die Bodenplatten des Runabouts unter seinen Stiefeln fest und stabil wurden. Die dröhnende Kaskade des Transportereffekts erreichte ihren Höhepunkt und verebbte. Erleichtert bemerkte Picard, dass der Schmerz mit ihm verschwand, und einen Herzschlag später war die grauenvolle Agonie nur noch ein Albtraum, vergangen und vergessen.

Picard taumelte und blinzelte, um wieder klar sehen zu können. Am anderen Ende der Kabine erspähte er eine Gestalt in farbigen Gewändern, die von der Seite des Pilotensessels herabhingen. Er ging darauf zu. Der kleine Handphaser, den Worf ihm gegeben hatte, war immer noch da. Argwöhnisch hob er ihn an.

»Kolb? Ich bin es, Jean-Luc Picard.«

Irgendetwas stimmte nicht. Zu langsam, da er immer noch unter der schwindelerregenden Wirkung des erzwungenen Transports litt, erkannte er, dass der Sitz des Piloten gar nicht besetzt war. Die traditionellen Gewänder der styrisischen Wissenschaftlerkaste waren so darüber drapiert, dass man annehmen musste, dort säße jemand. Picard hörte hinter sich ein Geräusch, spürte den Luftzug, als jemand sich bewegte, und wandte sich um.

Aber er war zu langsam. Immer noch.

»Verschwinden Sie!« Kolb hielt ein Medikit in der Hand und hieb damit auf Picards Schultern und sein Gesicht ein. Der Captain taumelte und verlor die Balance. Er fluchte im Stillen. Dann fiel er auf den Boden, der Aufprall schlug ihm den Phaser aus der Hand.

Kolb warf den zerbrochenen Koffer fort und hastete auf die Waffe zu. Er griff nach ihr, bevor Picard ihn aufhalten konnte. Über das zweifarbige Gesicht des Forschers liefen Streifen von leuchtendem Rot. »Nein!«, schrie er. »Sie hätten nicht kommen dürfen! Gehen, Sie, gehen Sie! Jetzt!«

Er zielte mit dem Phaser auf Picard, doch seine Hände zitterten.

Picard richtete sich auf und kam langsam wieder auf die Füße. Die Hände hatte er erhoben, die Finger gespreizt. »Sie wissen, dass ich das nicht tun kann, Kolb. Das muss aufhören.«

»Ich ...« Kolb verzog das Gesicht. Er schien in Tränen ausbrechen zu wollen. Dann schluckte er einen Schluchzer herunter und schüttelte den Kopf. »Lassen Sie mich gehen, Jean-Luc. Gehen Sie fort, beamen Sie sich wieder zur *Enterprise.* Und wenn ich fort bin, wenn ich im Nexus bin, dann können Sie tun, was immer Sie wollen. Zerstören Sie ihn!«

Er stieß mit einem Finger in Richtung des Kabinendachs aus transparentem Aluminium. Dahinter erfüllte das wirbelnde Band des Nexus bereits das Sichtfeld über der *Cam* und wurde mit jeder Sekunde größer. »Dann wird es auch keine Rolle mehr spielen.«

»Das kann ich nicht zulassen.« Picard sah sich im Cockpit um, bis sein Blick auf die Steuerkonsole fiel und die Anzeigen des eingeschalteten Autopiloten, die auf dem Bildschirm zu sehen waren. Wenn er sie nur erreichen könnte ...

»Bitte, halten Sie mich nicht auf«, bettelte der andere.

»Kolb, mein Freund. Bitte legen Sie den Phaser weg. Was wollen Sie denn erreichen? Sie haben die Situation nur schlimmer gemacht. Wir müssen umkehren. Hören Sie auf, bevor es zu spät ist.«

»Ich will Sie nicht hier haben!«, schrie Kolb. Er wurde wieder zornig. »Ihr Schiff soll Sie wieder zurückbeamen, auf der Stelle!«

»Das kann ich nicht«, erwiderte Picard. »Nicht, wenn Sie nicht die *Cam* anhalten und die Schilde senken.« Picard trat einen Schritt näher an ihn heran. Sein Tonfall blieb der gleiche, seine Haltung entspannt. »Bitte, erklären Sie es mir. Warum haben Sie das alles getan, Kolb? Was hat Sie da nur geritten?«

»Gerade Sie sollten das doch verstehen!«, schrie Kolb zurück. »Mehr als jeder andere sollten gerade Sie wissen, warum!« Er schüttelte fahrig den Kopf. »Sie waren im Nexus, Jean-Luc. Ich habe die Berichte gelesen, die Sie geschrieben haben! Ich weiß, was Sie gesehen haben!«

»Der Nexus ist nicht das, was Sie glauben«, gab Picard zurück. Immer noch ging er vorsichtig auf Kolb zu. »Das ist kein Leben. Es ist nur ein Schatten, Kolb. Eine große und überaus hinterlistige Illusion.« Er seufzte. »Es ist nicht für uns bestimmt. Wir sind nicht bereit dafür.«

»Nein«, wiederholte Kolb und umklammerte die Waffe nur fester.

»Warum tun Sie das?«, fragte Picard erneut. »Erklären Sie es mir.«

Kolb zögerte. Beinahe hätte er geantwortet, doch ein melodischer Klang ertönte von einem Gerät am Gürtel des Forschers - dem gleichen maßangefertigten Trikorder, den Picard schon vorher an ihm gesehen hatte. *Eine Annäherungswarnung*, vermutete er. *Wir müssen uns dem Ereignishorizont nähern.*

Der Klang reichte, um den Wissenschaftler für einige entscheidende Augenblicke abzulenken. Picard ergriff die Gelegenheit und warf sich auf Kolb. Er prallte auf den Styrisianer und erwischte ihn dabei nur halb. Die beiden Männer stolperten, Kolb versuchte, den Phaser festzuhalten. Er war stärker, als Picard erwartet hatte, aber er hatte keine Übung im Nahkampf. Der Captain hingegen war geübt in Selbstverteidigung. Er packte Kolbs Handgelenk und drehte es so, dass der Phaser von ihm wegzielte.

Aber dann schrie Kolb auf, als ein grelles Licht das Cockpit erfüllte und tanzende Schatten über die Konsolen warf. Für einen Augenblick glaubte Picard, der Forscher hätte an die Decke gefeuert, aber die Helligkeit strömte von außen in das Cockpit der *Cam*.

Er erhaschte einen Blick auf einen sich krümmenden Energiefaden, beinahe sonnenhell, der ihm ein verschwommenes Nachbild in die Retina brannte. Der Nexus griff nach ihnen.

Das leuchtende Band aus Sternenmaterie wickelte sich buchstäblich aus, durchbrach die Schutzschilde der *Cam* und tauchte sie in grelle Strahlung. Rote Warnanzeigen blinkten auf beinahe jeder Konsole der Kabine auf, das Runabout zitterte, die Hülle dröhnte wie eine angeschlagene Glocke.

Picard wusste, dass das Schiff dem Untergang geweiht war. Er spürte, wie der Faden sich durch die remodulierten

Schilde fraß, als wären sie gar nicht da. Er sah die plötzlichen Explosionen von Tritanium und das Elektroplasma, das steuerbord austrat, als der Faden eine der Warpgondeln des Shuttles zerriss und zerstörte.

Die *Cam* geriet außer Kontrolle und wirbelte in das grelle Herz des Bands hinein, das nun das gesamte Sichtfeld ausfüllte.

Trotz gegenteiliger Befehle hatte Worf die *Enterprise* nach Captain Picards Aufbruch weniger als eine Minute an Ort und Stelle belassen. Als Kommandant missachtete er den Befehl und wies Faur und Dygan an, sie so nahe an den Nexus zu bringen, wie sie es wagten.

Über die Konsole seines Sessels hatte Worf Zugang zu einem konstanten Datenstrom, lebenswichtigen Informationen, die die Komposition und das Verhalten des Energiebands betrafen. Es waren Daten, die sich aus den Ergebnissen von Monaten der Forschung seitens der *Newton* und auch aus Berichten des ersten Raumschiffs der Sternenflotte, das dem Phänomen begegnet war, der *U.S.S. Enterprise* NCC-1701-B, zusammensetzte. Es war die *Enterprise* Captain John Harrimans gewesen, eines der Vorgängerschiffe des Raumschiffs, das Worf nun kommandierte, die vor über neunzig Jahren beinahe vom Nexus vernichtet worden wäre. Nur das Opfer eines anderen *Enterprise*-Captains hatte verhindert, dass dieses Schiff auf seiner Jungfernfahrt mitsamt seiner Besatzung zerstört worden war. Irgendwie war der Nexus auch für das Ende der *Enterprise-D* verantwortlich, ein Raumschiff, das Worf als Heimat betrachtet hatte. Er beugte sich in seinem Sessel vor. Er war entschlossen, diesem verfluchten Phänomen nicht noch mehr Opfer der *Enterprise*, ihrer Gefährten und ihrer Besatzungen zu überlassen.

»Bericht!«, rief er. »Wo ist die *Cam* jetzt?«

»Das ist schwierig zu sagen«, erwiderte Elfiki. Ihre Hände flogen über die Sensorkonsole. »Gerade überschreitet sie den Ereignishorizont. Das Shuttle gerät aus der Phase, die Quanteninterferenzen explodieren geradezu!«

La Forge stand an seiner Station und bestätigte die Meldung. »Ich versuche, das zu kompensieren.« Die Maschinenkontrolle gab eine Reihe von Alarmtönen von sich, eine Warnung nach der anderen.

»Worf, wir verlieren sie.«

An Bord des Runabouts waren nur zwei Personen. Es wäre korrekt gewesen, die *Enterprise* an Ort und Stelle zu belassen und das Raumschiff und die Offiziere, die Besatzung und die Zivilisten nicht in Gefahr zu bringen.

Doch das konnte er nicht. Selbst angesichts eines so großen Risikos, konnte Worf nicht danebenstehen und nichts tun. Wie viele Male hatte Picard das Schicksal herausgefordert, um ein Mitglied seiner Mannschaft zu retten? Wie oft hatte er es getan, um Worfs Leben zu retten?

»Volle Impulskraft! Bringen Sie uns hinter die Sicherheitszone, und aktivieren Sie den Traktorstrahl!« Er wandte sich an La Forge: »Bringen Sie ihn zurück. Zielen Sie auf gut Glück, wenn es sein muss, aber bringen Sie das Runabout zurück!«

»Ein gravimetrischer Ausbruch!«, rief Dygan. »Halten Sie sich ...«

Der Nexus machte auf sich aufmerksam, indem er einen Ausläufer funkelnder Energie in Richtung der *Enterprise* schickte und ihn dann wieder zurückzog. Eine unsichtbare Druckwelle ging ihm voraus, die auf die *Enterprise* prallte und sie durch die Finsternis schleuderte. Worfs Hände umklammerten die Lehne seines Sessels bei dem Versuch, sich aufrecht zu halten, ebenso wie die Trägheitsdämpfer versuchten, das Schiff aufrecht zu halten. Die Lehne zerbrach unter seinen kräftigen Fingern.

Dann war die Gravitationswelle an ihnen vorbei, und Worf fletschte ärgerlich die Zähne. »Status?«

»Keine Schäden«, berichtete La Forge.

»Das Runabout«, verlangte Worf zu wissen. »Wo sind sie?«

Elfikis Miene verfinsterte sich, als ihr Scan immer wieder die Länge des Energiebands abtastete. »Da war noch ein Faden ...«, begann sie und unterbrach sich sofort. Sie setzte neu an und konnte doch die richtigen Worte nicht finden. Schließlich stieß sie die Worte einfach nur hervor: »Commander Worf, wir haben es nicht geschafft. Die *Cam* ist fort.«

»Zerstört?« Worfs Stimme war tonlos.

»Nein ...« La Forge konnte die Anzeigen auf seiner Konsole einsehen, und es klang, als könne er diese nicht einordnen. »Keine Trümmer, nicht einmal Mikropartikel. Das Runabout ist einfach ... verschwunden.«

Worf stand auf. »Bringen Sie uns wieder auf Sicherheitsabstand. Intensiver Scan des Phänomens, jetzt! Vielleicht haben wir etwas übersehen ...«

Ein Trillern von Šmrhovás taktischer Konsole unterbrach ihn. Der Klingone funkelte die Kollegin zornig an. »Was ist denn jetzt schon wieder?«, rief er.

»Die Kinshaya«, meldete sie und blieb dabei gelassen. »Sie haben gerade die Gefechtszone erreicht. Ihre Schilde sind auf voller Stärke und die Waffen bereit.«

Worf riss sich zusammen und schob die zornigen Gefühle beiseite, die in ihm kochten. Er trat in die Mitte der Brücke und wies mit dem Kinn zum Hauptschirm. »Auf den Schirm.«

Das Bild ruckte, dann manifestierte sich der Blick in einen reich geschmückten Raum, der eher einem Wallfahrtsort glich als dem Kommandodeck eines Raumschiffs. Der kuppelförmige Raum war mit farbenprächtigen Bannern und Standarten behangen. Arbeitsnischen, flache, konkave Vertiefungen im Boden, waren von kauernden Kreel-Leibeigenen besetzt oder von den greifartigen Kinshaya selbst. Jedes dieser flugfähigen Pferdewesen besaß Flügel unterschiedlicher Farbe und trug Schärpen oder Medaillons, bei denen es sich offenbar um Rang- oder Statusabzeichen handelte.

Aus dem Zentrum des Bilds starrte eine ältere Kinshaya den Fremden finster entgegen. Eine Bischöfin, vermutete Worf, falls er sich nicht irrte. Ihre Federn waren ergraut und verblasst, doch der offenbare Hass in ihren dunklen Augen trat klar zutage. Obwohl diese Spezies nicht menschlich war, konnte Worf dennoch an diesem Blick ablesen, dass die Bischöfin von dem, was sie auf der Brücke der *Enterprise* erblickte, abgestoßen war. Als wollte sie diesen Punkt unterstreichen, wandte die Kommandantin der Kinshaya den Kopf und spuckte aus. »*Dämon, Unlebender. Wertlose Kreatur. Du beschmutzt die Majestät des Vakuums mit deinem Sein!*«

»Wir haben das gleiche Recht, uns hier aufzuhalten wie Sie«, gab Worf prompt zurück. »Ich bin Commander Worf vom Raumschiff *Enterprise*. Identifizieren Sie sich.«

Die Kinshaya spreizte die Schwingen. »*Anmaßende, heidnische Made! Du wagst es, nach meinem Namen zu fragen? Ich gestatte nicht, dass du ihn besudelst, indem du ihn stammelst.*« Sie blickte ihn zornig an. »*Ihr habt an diesem Ort nichts mehr zu schaffen. Nehmt eure Schiffe und flieht in eure Föderation. Oder bleibt.*« Sie klackte mit dem Schnabel. »*Bleibt und zwingt mich zu Gewalt. Ich würde es begrüßen.*«

Worf verschränkte die Arme vor der Brust. Er hatte nicht die Absicht, auf die Forderungen einzugehen. »Sie haben hier keine Autorität, Kinshaya. Dieser Raum wird von niemandem beansprucht.«

»*Wir beanspruchen ihn jetzt!*«, heulte sie auf. »*Entsprechend dem Willen des Heiligen Ordens!*«

Worf erkannte eine Lücke in der Argumentation. »Aber Sie sind keine Abordnung des Heiligen Ordens, nicht wahr? Sie gehören zu den Fundamentalisten, Ihr Volk hat sich von Ihnen abgewandt. Sie haben nicht das Recht, irgendetwas zu beanspruchen.«

Worfs Bluff funktionierte. Seine Antwort machte die Kommandantin rasend. »*Die Devotionalisten sind Häretiker und allesamt Feiglinge und Narren! Sie sind nicht der wahre Heilige Orden.* Wir sind es! *Wir sind die Wahrheit und der Weg!*«

»Unsere Schiffe werden diesen Sektor nicht verlassen«, beharrte der Klingone und provozierte die Kinshaya damit nur noch mehr. »Unsere Mission ist friedlich, derzeit ist sie hauptsächlich eine ... Rettungsmission.«

»*Ich habe den Kurs deines Shuttles in die Anomalie verfolgt. Deine Besatzungsmitglieder sind tot, Dämon! Zerstört von der Gerechtigkeit selbst!*«

»Dieser Ansicht stimme ich nicht zu.« Worf blieb eisern bei seiner Position.

»*Das interessiert mich nicht!*«, zischte die Kinshaya. »*Hör gut zu, denn ich werde das nur einmal sagen. Wir erklären diese Anomalie als ein Werk der Götter. Sie ist göttlich und uns damit heilig! Nähert euch ihr noch ein Mal und ihr werdet für diese Dreistigkeit Gerechtigkeit erfahren, mit Feuer und Blut.*« Sie gab in ihrer Muttersprache einige Befehle.

»Beide Kugelschiffe gehen in Angriffsformation«, meldete Lieutenant Faur. »Sie greifen die *Newton* an.«

»*Zurück, du Tier!*«, grollte die Kinshaya-Kommandantin. »*Oder wir werden dein verkrüppeltes Schiff angreifen und danach unsere Waffen auf deines richten.*«

Worfs klingonisches Blut rauschte in seinen Ohren, er war begierig darauf, in die Schlacht zu ziehen und den Mut dieses arroganten Gegners zu testen. Dennoch entspannte er langsam seine geballten Fäuste und beruhigte seinen Atem. »Steuermann«, begann er. »Bringen Sie uns zur *Newton.* Ein Viertel Impuls.«

»*Da ist noch etwas.*« Worf hatte gerade die Verbindung mit einer Geste, als schneide er sich die Kehle durch, kappen wollen, aber die Kinshaya hatte noch etwas zu sagen. »*Du hast etwas, das uns gehört, Dämon. Der Orioner ist unser Eigentum. Übergib ihn uns. Dann wird dir gestattet, unversehrt von dannen zu ziehen.*«

Worf und La Forge tauschten einen Blick. »Das ist das Flaggschiff der Föderation. Sie glauben ernsthaft, dass Sie uns gewachsen sind?«

»*Wir glauben tatsächlich, dass wir dir gewachsen sind. Dieses Schiff und die sechs anderen, die innerhalb der nächsten Rotation zu uns stoßen werden.*«

Das Signal brach ab.

Šmrhová lehnte sich gegen ihre Konsole. »Weiß irgendjemand hier, ob die Kinshaya auch Poker spielen?«

4

»Ach komm schon, Jean-Luc. So müde kannst du doch gar nicht sein. Bleib wenigstens bis zum Ende des Abends wach!«

Die Stimme seiner Frau ließ ihn hellwach werden. Er grinste. »Ich dachte nur gerade daran, dass …« Sein Lächeln wurde brüchig und verblasste. *Dachte … woran bloß?*

Am anderen Ende des Tischs wurde Beverlys Miene besorgt. »Ist etwas nicht in Ordnung?«

Sie sah älter aus und doch alterslos. Immer noch die brillante, vitale und warmherzige Frau, in die er sich vor so langer Zeit verliebt hatte. In diesem Augenblick war er sicher, dass er sie nicht noch mehr hätte lieben können. »Alles ist in Ordnung«, sagte er. Er lächelte wieder und sah sich um.

Der Pavillon, der im Garten aufgestellt worden war, wurde von Hunderten Kerzenflammen erhellt, die die Abenddämmerung fernhielten. Echte Kerzen, keine holografischen, das hatte Beverly betont. Der Duft guten Essens und guten Weins lag in der kühlen Luft, und um sie herum lachten und scherzten die Hochzeitsgäste. Einige tanzten, andere waren in Gespräche vertieft. Alle waren fröhlich.

»Als ob Glück etwas Handfestes wäre.« Picard sagte die Worte, war sich aber nicht sicher, woher sie kamen.

»Als könne man sich darin einwickeln wie in eine Bettdecke?« Beverly lächelte ihn fragend an. »War es das, was du sagen wolltest?«

»Das weiß ich wirklich nicht.« Es war seltsam. Er war glücklich und wollte sich diesem Glück hingeben ... aber da war noch etwas anderes, ein schwaches Ziehen am Rand seiner Gedanken. Als bestünde sein Geist aus dünnen Spinnweben, die frei dahinfliegen wollten. Doch einer der Fäden hatte sich an einem Dorn verfangen.

Ein Stuhl kratzte über den Ziegelboden. Er wandte sich zu seinem Stiefsohn um, der sich mit einem leichten Lächeln neben ihn setzte. »Hallo, ihr beiden.«

»Hallo, Wes«, sagte Beverly und ihr Gesicht leuchtete in einer Weise auf, die nur ihr Erstgeborener hervorrufen konnte.

Wesley schlug Picard auf die Schulter. »Sieh dich nur an. Ich hätte nie gedacht, dass das zivile Leben dir so gut stehen könnte.«

»Und ich hätte niemals gedacht, dass ich dich noch mal in einer Uniform der Sternenflotte sehen würde.« Er wies mit dem Kinn auf die weiße Galauniform mit den Captainsinsignien am Kragen. »*Plus ça change.*«

Sein Stiefsohn lachte kurz auf, und für einen Augenblick fühlte Picard sich an Wesleys Vater Jack erinnert, als sie beide noch jung gewesen waren. Wenn Wes keinen Bart getragen hätte, hätte er Beverlys erstem Mann geglichen wie ein Ei dem anderen.

»Hast du schon mit der Braut getanzt?«, wollte Beverly wissen.

Wesley nickte mit gespieltem Ernst. »René bestand darauf. Die Pflichten eines Trauzeugen und so weiter.«

Picard runzelte die Stirn. »Und ich hatte noch keine Gelegenheit.«

Er wandte den Blick aus dem Pavillon hinaus zu seinem Sohn, hochgewachsen und elegant in seinem formellen Anzug, der angeregt mit den Rikers sprach. Renés frischgebackene Ehefrau - *meine Schwiegertochter!* - stand mit dem Rücken zu ihm und für einen seltsamen, entrückten Augenblick konnte er sich nicht an ihr Gesicht erinnern. Sein Sohn sah so gut aus, so selbstsicher. Picard spürte, wie Stolz auf René in ihm aufwallte. Er war ein feiner Mensch und würde ein guter Vater und Ehemann werden. Er war alles, was Picard sich gewünscht hatte, und mehr.

»Eine großartige Party«, sagte Wesley und spielte mit einem kleinen Gegenstand, der vor ihm auf dem Tisch lag. Jedem Platz war eine eigene Miniatur zugeordnet, es waren Gegenstände, die mit der picardschen Familiengeschichte zu tun hatten: Eine Weintraube, ein Segelboot, ein Heißluftballon, ein Raumschiff. »Ich bin froh, dass ich es geschafft habe.«

»Wo ... was wirst du als Nächstes tun?« Picard fand es schwierig, seinen Blick von Renés Frau abzuwenden. *Ihr Name. Ich* weiß *doch, wie sie heißt, oder?*

»Styris IV«, lautete die Antwort.

»Wir reden nicht über die Arbeit«, tadelte Beverly. »Sonst wird er sein Offizierspatent noch vor dem Ende des Abends erneuern.«

Doch die Frau im weißen Hochzeitskleid ... wollte sich nicht umdrehen. Er starrte sie hartnäckig an und wartete darauf, dass sie es tat, aber sie wandte sich nicht um.

Wieder wurde das Lächeln auf Picards Gesicht brüchig und verblasste. »Das ist ... nicht richtig«, murmelte er. Ihm wurde warm. Zu warm selbst für den schwülen Abend hier in La Barre. Auf einmal schien der Lärm des Fests laut und aufdringlich zu sein, das Gelächter gezwungen und der Duft der nahen Weinberge schien in seiner Nase kleben zu bleiben.

»Ist das der gute Merlot, von dem du mir erzählt hast?« Wesley goss seiner Mutter und seinem ehemaligen Captain ein großzügiges Glas des tiefroten Weins ein. »Sollen wir auf unser Hochzeitspaar trinken? Auf Frieden und ein langes Leben?«

Beverly hob ihr Glas in dem Augenblick, in dem Picard sich ihr zuwandte. »Das ist perfekt. Nicht wahr, Jean-Luc? Perfekt. Idyllisch und sicher.«

Picard nahm das angebotene Glas, ohne nachzudenken. »Sicher ...«, wiederholte er. Die anderen prosteten sich zu und nahmen einen Schluck.

Wesley nickte anerkennend. »Das ist wunderbar. Der Stoff, aus dem die Träume sind!« Er machte eine umfassende Geste. »Genau wie dieser Ort. Ich beneide dich, Captain.«

»Er ist kein Captain mehr«, bemerkte Beverly.

»Ich bin kein ...« Picard spürte, wie sich etwas in ihm löste. »Ich bin nicht hier.« Er stand urplötzlich auf. Ihm wurde schwindlig. Auf der Suche nach Halt packte er etwas Brüchiges, das unter seinem Griff zerbrach.

»Oh«, sagte seine Frau. »Jetzt hast du dein kleines Schiffchen zerbrochen.« Die Worte hallten in seinem Verstand wider, als kämen sie aus einer anderen Zeit und von einer anderen Person.

Eines der kleinen Modelle in Form eines Runabouts der *Danube*-Klasse lag in seiner Hand. Er hatte unabsichtlich so fest zugegriffen, dass eine der Warpgondeln abgebrochen war.

Wesley hob beide Stücke auf. »Das lässt sich leicht reparieren.«

»Nein.« Picard schüttelte den Kopf und trat zurück. »Das können wir nicht.«

Die Unruhe, die ihn erfasst hatte, wuchs weiter. »Ich muss gehen.«

»Bleibst du nicht mal für einen Tanz?«, wollte Beverly wissen.

Er antwortete nicht. Stattdessen ging Picard so schnell fort, wie er konnte. Die Menge der Hochzeitsgäste teilte sich vor ihm und ging ihm aus dem Weg. Dann erreichte er den hinteren Teil des Hauses, ergriff die Türknäufe der großen doppelflügeligen Türen und drehte sie. Picard fiel beinahe in das dunkle, kühle Hausinnere.

Plötzlich schlossen sich die Türen hinter ihm, und der Partylärm erstarb.

Das Haus, in dem er sich befand, war nicht seins. Nicht das Heim, in dem er aufgewachsen war. Dieses Gebäude gab es nicht mehr, es war ausgebrannt und zu Asche geworden. Dieses Haus hier wirkte unwirklich, wie die Illustration einer vergilbten Dickens-Ausgabe. Eine geschichtsträchtige Ruine, die im Jetzt seltsam fehl am Platz wirkte und doch auch wie eine idealisierte Vergangenheit aus den Büchern, die Picard als Junge so geliebt hatte.

Es gab keine Beleuchtung, nur den düsteren Schein des Mondlichts hinter den Fenstern. Als er weiterging, fühlte er sich anders. Jünger.

Noch vor einem Augenblick war er ein alter Mann gewesen, Jahrzehnte älter als jetzt. Jetzt war er wieder er selbst, jedenfalls schien es ihm so. Seine Schritte knirschten trotz des Teppichs, also sah er hinab. Er trug eine Uniform der Sternenflotte, aber von einer Art, die er nicht mehr getragen hatte seit dem Angriff der Borg-Königin auf die Erde und der Zeitreise zu Zefram Cochranes *Phoenix.*

Zerknülltes Einwickelpapier, das einstmals in Grün und Rot geleuchtet hatte, knisterte unter seinen Stiefeln. Nachdem seine Augen sich an die Dämmerung gewöhnt hatten, erkannte er, dass es sich um Weihnachtsdekorationen handelte, auch ein Weihnachtsbaum, der über und über mit Lametta und Christbaumkugeln geschmückt war, stand neben ihm. Alles sah alt und verblasst aus, als wären die Farben vom Sonnenlicht ausgebleicht worden. Alles, was noch zum Eindruck absoluter Vernachlässigung und Verlassenheit fehlte, war eine Staubschicht über allem und die seidenen Fäden von Spinnweben.

Er wusste instinktiv, dass dieser Ort vollkommen verlassen war. Nur bewohnt von den Geistern seiner Erinnerung. Und plötzlich erinnerte sich Picard.

Er erinnerte sich daran, in diesem Raum gewesen zu sein. Man hatte ihm eine Augenbinde abgenommen, und dann hatten ihn seine Frau und seine Kinder begrüßt, René war hereingekommen und hatte seine Hand genommen. Allerdings nicht sein Sohn René, sondern der Junge, nach dem er benannt worden war. Der Neffe, der mit Jean-Lucs Bruder Robert in den Flammen ums Leben gekommen war.

Tiefes Bedauern, stark und mächtig, wallte in ihm auf. Er hielt es fest, denn er wusste, dass es echt war. »Nicht wie dieser Ort«, sagte er laut. »Nichts hier.«

Der Nexus. Teile seiner Erinnerung fügten sich zusammen, wie Puzzlestücke aus Augenblicken, die sich von selbst zusammensetzten. Jetzt war es schwerer, schwerer als beim ersten Mal, als er in dieser Unrealität gelandet war, dem Sog des Traums zu widerstehen. In den Tagen nach dieser ersten Begegnung, nach der Zerstörung der *Enterprise-D* und dem endgültigen Tod James T. Kirks war es Picard leichtgefallen, seine Gedanken mit dem zu füllen, was getan werden musste, und den Berichten, die anzufertigen waren. Aber in stillen Augenblicken, in der Zeit zwischen dieser Mission und seinem neuen Auftrag hatte es Momente gegeben, in denen der Sog der Illusion ihm schwer zu schaffen gemacht hatte.

In den dunkelsten Stunden hatte er sogar teilweise begriffen, welche Macht Tolian Soran dazu gebracht hatte, so weit zu gehen, um unter allen Umständen in den Nexus zurückzukehren, egal wie schrecklich die Taten waren, die er dafür begehen musste. Deanna Troi hatte Picard geholfen, diese Gedanken zu ordnen, und dafür würde er ihr ewig dankbar sein.

Aber jetzt war er wieder hier und alles, was er zurückgelassen hatte, traf ihn mit voller Wucht. Was er am meisten gefürchtet hatte, sollte er wieder mit dem Nexus zusammentreffen, war eingetreten.

Ich kann hier nicht bleiben.

Er sah sich um und ging in dem verlassenen Haus von Zimmer zu Zimmer.

»Guinan?«

Das letzte Mal war sie hier gewesen, und dieses Echo seiner alten Freundin hatte Picard als Kompass und Führer gedient. Aber dieses Mal antwortete ihm niemand, und er erkannte langsam, dass, was auch immer Guinan zu ihrer Zeit im Nexus hinterlassen hatte und was ihn zuvor hinausgeleitet hatte, nicht mehr hier war.

Er begann zu begreifen. »Kolb.«

Ja, das war der Grund, warum er hier war. Nicht für sich selbst, sondern für seinen fehlgeleiteten Freund. »Ich muss ihn finden.«

Kolb war verloren und das in mehr als nur einem Sinn.

Nicht ohne Bedauern trat Picard vor das Haus, durch die schwere Eichentür, die in die Gärten hinausführte. Zu Beginn war es schwierig, die Türflügel zu bewegen - das Holz war verzogen und verklemmt -, doch er stemmte sich mit den Schultern dagegen, und mit einem für rostige Scharniere charakteristischen Quietschen schwangen sie auf.

Heißer, trockener Wind wehte ihm ins Gesicht. Er hob die Hand vor die Augen, um sie vor dem grellen Schein einer gelben Sonne zu schützen. Statt Steinen, Gras und Erde hatte er plötzlich Sand unter den Stiefeln und stolperte.

Als er wieder etwas erkennen konnte, sah er, dass nichts mehr vor ihm war. Kein Haus, aber dafür niedrige Dünen, die zu einem offenen, bernsteinfarbenen Strand hinabführten, an den ein tiefblaues Meer brandete. Er wandte sich um, nun hatte er die Sonne im Rücken. Auf der anderen Seite waren Hügel und schroffe braune Berge zu sehen. Nicht weit von ihm entfernt standen einige kuppelförmige Zelte und Jurten um einen Hain und einen kleinen Teich herum. Leben tummelte sich dort. Leute in weiten, grau-lila Gewändern gingen umher, einige beschäftigten sich mit Tieren, andere waren ins Gespräch vertieft.

Picard dachte noch darüber nach, was er tun sollte, als eine Frau, deren goldenes Haar ihr auf die Schultern fiel, ihn auf der Düne entdeckte. Selbst aus der Entfernung erkannte er, dass sich ihre Körpersprache änderte und dass sie nun breit lächelte. Sie hob die Hand und winkte ihm zur Begrüßung zu. Picard erwiderte die Geste. Die Frau bedeutete ihm, herunterzukommen.

»Sie hat sicher etwas zu trinken für uns«, sagte eine Stimme hinter ihm.

Picard wandte sich um. Die plötzliche Anwesenheit einer anderen Person verwirrte ihn. Ein Mann stand hinter ihm, auf einem höheren Grat der Düne als er selbst. Seine Kleidung glich in Stil und Farbe den Leuten im Zeltdorf. Die große, gelbe Sonne befand sich direkt hinter den Schultern des Mannes und ließ ihn halb zur Silhouette werden. Er trug eine dünne Kapuze, die seine Gesichtszüge in Schatten hüllte.

»Sie sehen durstig aus. Die Luft hier kann einen austrocknen, wenn man das nicht gewohnt ist.«

Die Stimme. Picard kannte diese Stimme, ihr Murmeln und die stille Intensität, konnte sie aber nicht zuordnen. »Ich glaube, Sie suchen jemanden, nicht wahr?«

»Ja«, antwortete Picard. »Ich kenne Sie.«

»Auf gewisse Weise.« Eine der Hände des Mannes verschwand in den Falten seines Gewands, und als er sie wieder hervorzog, hielt er eine altmodische Taschenuhr in der Hand, die ganz offenbar irdischen Ursprungs war. Er klappte den Deckel auf und las die Zeit ab, dann verschwand die Taschenuhr wie beim Trick eines Taschenspielers wieder. Der Mann sah auf und griff nach seiner Kapuze, als er die Düne herunterkam. »Die Sonne wird bald ihren Zenit erreicht haben. Wir sollten dann nicht mehr hier draußen sein.«

Die Kapuze fiel herunter, und Picard hielt den Atem an, als er in das Gesicht des Mannes sah, der Sterne zerstört, seine Besatzungsmitglieder gequält und in einer bestimmten Gegenwart Millionen Unschuldige getötet hatte. Ein Mann, den er in Feuer und Flammen hatte sterben sehen. »Soran ...!«

»Auf gewisse Weise«, wiederholte der El-Aurianer. »Kommen Sie, folgen Sie mir. Wir werden sehen, was wir tun können, um Ihren Freund zu finden.«

Argwöhnisch folgte Picard ihm die Dünen hinab ins Tal und in das Zeltdorf hinein. Ausschließlich El-Aurianer bevölkerten es und sie begrüßten Soran mit einem Lächeln oder einem Kopfnicken. Picard sah kein einziges sorgenvolles Gesicht, jeder hier schien zufrieden und mit sich im Reinen zu sein. Die Stimmung glich der im Hochzeitspavillon, aber sie war doch anders. Vielleicht konnte man sagen, es handelte sich um eine andere Art der Freude.

Die Frau mit dem goldenen Haar begrüßte Soran herzlich und führte sie in ein großes, kuppelförmiges Zelt. Für einen

Augenblick war Picard verblüfft, als zwei Kinder, beides Mädchen, aus dem Schatten geschossen kamen und sich dem El-Aurianer in die Arme warfen.

Soran brach in Gelächter aus, seine Miene strahlte, als er zuließ, dass sie ihn umwarfen, und eine kleine Weile balgte er sich gutmütig mit ihnen, bevor sie ihren Vater wieder gehen ließen.

Vater. Picard wusste es, ohne dass er fragen musste. *Und die Frau ist* seine *Frau?* Sie lächelte ihn an und kam ihm mit einem Tablett entgegen, auf dem einige Trinkschalen und ein Glaskrug standen.

»Altairwasser?«, bot sie an. »Es ist kühl.«

»Danke.« Picard nahm die angebotene Schale und nippte daran, es war angenehm erfrischend nach der trockenen Luft draußen.

»Ich bin Laya«, sagte sie. »Willkommen in unserem Heim.«

Soran beugte sich vor und küsste sie. »Meine Liebe, entschuldigst du uns kurz? Jean-Luc und ich haben ein paar Dinge miteinander zu besprechen.«

Er schien so lebendig zu sein, selbst in diesem kleinen, gewöhnlichen Augenblick, so verschieden von dem gehetzten und ernsten Mann, den Picard vor Jahren auf der *Enterprise-D* getroffen hatte.

Sie nickte. »Kommt, Mädchen, helft mir bei der Hausarbeit.«

Die beiden Kinder gaben ein halbherziges Stöhnen von sich, aber sie folgten der Mutter durch den verhangenen Zelteingang hinaus.

Picard sah ihnen hinterher. »Sie sind wirklich wunderbar. Es tut mir so leid.« Er erinnerte sich an den Blick in Sorans Augen, dort auf dem Gipfel des Felsens auf Veridian III, den Schmerz in der Stimme Sorans, als er von der Familie erzählt hatte, die man ihm genommen hatte.

»Das muss es nicht«, sagte Soran und bot ihm einen Platz auf einem ovalen Kissen an, das auf dem Boden lag. »Hier gibt es keine Trauer.«

»Aber was gibt es dann?«, wollte Picard wissen und betrachtete den anderen aufmerksam. »Sie sind nicht er. Ich war dabei, als er starb.«

»Sie haben ihn getötet.« Es war eine Feststellung, nichts weiter, keine Anschuldigung. »Ich weiß, dass er Ihnen keine andere Wahl ließ.« Soran schüttelte reuevoll den Kopf. »Der Schmerz in seinem Herzen war zu groß, Captain, ich denke, das haben Sie damals erkannt.«

»Dann sind Sie ... eine Art Echo von Tolian Soran?«

Der andere nickte. »Ich bin ein Teil von ihm. Alles, was noch übrig ist. Ich bin, was er hinterließ, als er das erste Mal in den Nexus geriet.« Er deutete in Richtung des Dorfes draußen. »Das sind sie auch. Einige von ihnen waren auf dem gleichen Schiff wie ich, der *S.S. Lakul.* Sie wurde in den Nexus gerissen und explodierte. Die anderen sind ebenfalls Echos, wie Sie es nennen.« Soran hielt inne. »Ich glaube, Sie verstehen ihn jetzt ein wenig besser, nicht wahr? Nun, da Sie Laya und die Mädchen gesehen haben, wissen Sie, wohin ich zurückkehren wollte.«

»Ja.« Picard hatte damals noch nicht am eigenen Leib erfahren, was es mit dem Band zwischen Eheleuten auf sich hatte, mit dem Band zwischen Vater und Kind. Obwohl er einmal dank einer kataanischen Erinnerungsspur ein ganzes Leben als Vater durchlebt hatte, war diese Erfahrung nicht so real wie die, Beverly zu heiraten und René als Sohn zu haben.

»Ich bitte Sie nicht, ihm zu verzeihen«, sprach Soran weiter. »Verstehen Sie ihn einfach nur.«

Der El-Aurianer nippte an seinem Wasser. »Tolian Soran hat damals bei der ersten Begegnung etwas von sich selbst im Nexus verloren. Ich glaube, es könnte der schönere Teil seines Geistes gewesen sein. Ohne diesen Teil, ohne sie ...« Er nickte in Richtung des Zelteingangs. »... stürzte er in die dunkleren Regionen seines Selbst. Wissen Sie, dass er, als er nach Veridian III wieder zurückkam, diesen Frieden nicht wiederfand?«

»Wie ist das möglich?«, wollte Picard wissen. »Dieses Ereignis fand doch nie statt. Die Geschichte wurde verändert.«

»Das wurde sie. Aber die Möglichkeiten sind hier an diesem Ort unendlich formbar. Soran bekam seinen Willen. Aber es war zu spät. Er hatte zu viel verändert.« Der Mann seufzte. »Und nun bin ich alles, was von einer guten Seele, die von Schicksal und Zeit gebrochen wurde, übrig ist.«

Plötzlich sah Picard eine seltsame parallele Reflexion des Mannes vor sich, der so schreckliche Dinge mit der Armagosa-Sonne und dem Veridian-System getan hatte. Dieser Tolian Soran war so, wie er hätte sein können, hätte er ein anderes Leben gelebt, eines in Frieden.

»Sind Sie deshalb hier?«, fragte er. »Um mir das zu erklären?«

Soran schüttelte den Kopf. »Nein. Ich werde Ihnen helfen. Sie sind zurückgekehrt, weil Sie nach jemandem suchen.«

»Ein Freund«, bestätigte Picard. »Sein Name ist Kolb. Ich weiß nicht, warum er das getan hat. Ich muss ihn zurückholen.«

»Müssen Sie das?« Soran legte den Kopf schief. »Sie wissen doch, wie der Nexus funktioniert, Captain. Was auch immer Sie wollen, Sie drücken einfach nur den Wunsch aus. Wenn Kolb bleiben will, warum lassen Sie ihn nicht einfach hier? Gestatten Sie ihm seinen Wunsch und kehren Sie allein zurück.«

»Er muss sich für das verantworten, was er getan hat.« Picards Miene verdüsterte sich. »Es gab Tote.«

»Und Sie müssen es ja wissen, nicht wahr?« Soran stellte seine Schale ab. »Sie sind entschlossen. Sie können ihn nicht hierlassen, bevor Sie den Grund nicht kennen, aus dem er handelte.«

Picard nickte. »Zum Teil, ja.«

Der El-Aurianer stand auf und klopfte sich ein wenig nicht vorhandenen Sand von seiner Tunika. »Ich kann Sie zu Kolb bringen, wenn Sie das wünschen. Aber versprechen Sie mir, dass Sie ihn nicht verurteilen. Lassen Sie ihn die Wahl treffen, die er treffen muss.«

»Ich werde es versuchen.« Picard stand ebenfalls auf. »Wo müssen wir hingehen?«

»Hier entlang.« Soran ging auf den Zelteingang zu, und Picard folgte ihm. Als Soran den Eingang öffnete, flutete blendendes Sonnenlicht herein, und für einen Augenblick war Picard so geblendet, dass er nichts erkennen konnte.

Er blinzelte, der Glanz verging und mit ihm auch der trockene Sand, der Strand und das Dorf der El-Aurianer.

Soran führte ihn durch einen üppigen Park mit perfekt geschnittenem blaugrünem Gras. Mitten in einer Stadtlandschaft dehnten sich große, parkähnliche Rasenflächen aus. Picard sah sich um und erblickte glänzende Wolkenkratzer aus Glas und Stahl hinter einem Horizont aus großen weidenähnlichen Bäumen, die den Park begrenzten. Überall standen Statuen in Gruppen oder große frei stehende Kunstwerke, die meisten von ihnen abstrakte geometrische Formen oder auch dünne, geradlinige Gestalten. Über ihnen erstreckte sich ein blauer Himmel mit kleineren weißen Wolkenformationen und dahinflitzenden Atmosphärenfliegern und Raumshuttles. Picard folgte Soran einen mit Steinen gepflasterten Weg entlang und nickte geistesabwesend, als ein anderer Offizier der Sternenflotte in der

Gegenrichtung an ihnen vorbeiging. Der Captain bemerkte, dass er und der Offizier eine etwas andere Flottenuniform trugen. Die grauen Schultern betonten das dunkelrote Shirt darunter.

»Sie kennen diesen Planeten«, sagte der El-Aurianer. »Sie sind schon ein paar Mal hier gewesen.«

Picard hatte erwartet, sich auf Styris IV, Kolbs Heimatwelt, wiederzufinden, doch dieser Planet war zu kühl, und am Himmel schien nur eine Sonne. Picards Blick sah einige schneebedeckte Berge am Horizont und plötzlich verstand er. »Das sind die Kodian-Berge«, sagte er. »Die Hauptstadt einer Kolonie auf Deneva.« Picard hielt den Atem an. »Wenigstens war sie das.«

»Nicht mehr«, bestätigte Soran. »Nicht außerhalb des Nexus.«

»Nein«, gestand Picard. Deneva war in der Realität nur noch ein verstrahlter Felsen, gehüllt in Aschestürme unter einer zerstörten, dünnen Atmosphäre, die nicht mehr in der Lage war, Leben zu erhalten. Ein massiver Borg-Angriff hatte den Planeten vor einigen Jahren als Teil des letzten schrecklichen Zerstörungsfeldzugs auf grausame Weise vernichtet.

Ein Schatten schob sich vor die Sonne, etwas Großes, das vor der Sonne herflog. Picard überlief ein plötzlicher Schauder. Auf seinen Armen bildete sich eine Gänsehaut. Er sah mit pochendem Herzen in den Himmel, voller Furcht, dass sein Blick auf einen gerade erschienenen riesigen Borg-Kubus fallen würde, der sich im Landeanflug befand, aber es war nur eine Wolke, die von den Höhenwinden vor die Sonne geschoben worden war. Der Schatten verschwand, und erneut breitete sich die Wärme der denevianischen Sonne aus.

Dann brandete ein herzliches Gelächter aus voller Kehle an sein Ohr. Er wandte sich dem Lachen zu und da, ein paar

Meter von ihm entfernt auf einem künstlichen Hügel, sprangen eine styrisische Frau und ein kleiner Junge von einer Picknickdecke auf, die auf dem türkisen Gras ausgebreitet war. Doktor Kolb war gerade aus einem Hain in der Nähe gekommen. Auf seinem Gesicht war offenes Entzücken zu sehen.

»Gatte!«, rief die Frau lächelnd. »Was für eine Überraschung! Ich wusste nicht, dass du auf dem Planeten bist!«

»Ich wollte keinen Augenblick länger von euch getrennt sein«, erwiderte er und zog sie in eine Umarmung, dann streckte er die Hand aus, um seinem Sohn übers Haar zu streichen.

»Ich verstehe ihn«, sagte Soran. Er blieb im Schatten einer flachen, runden Skulptur stehen, die aus weißem Stein gemeißelt war, und Picard trat neben ihn. »Ihr Freund und ich haben den gleichen Schrecken durchgemacht.«

»Seine Familie war auf Deneva.« Picard runzelte die Stirn und setzte das Puzzle zusammen. »Wenn sie dort waren, als die Borg kamen ...« Der Gedanke war beunruhigend. »Ich wusste das nicht. Davon hat er nie gesprochen.«

»Was Sie haben, ist real, Captain«, erklärte Soran. »Ihre Frau und Ihren Sohn. An diesem Ort könnten Sie sie mit einem Gedanken erschaffen, und so perfekt sie auch wären, Sie würden in Ihrem Herzen immer wissen, dass sie falsch sind. Es würde an Ihnen nagen.«

»Ja, ich wusste irgendwie, dass Beverly und René ... außerhalb waren. Sie würden ohne mich weiterleben. Aber damit könnte *ich* nicht leben.«

Der El-Aurianer wies auf Kolb, der nun mit seiner Familie auf der Picknickdecke saß, Obst aß und mit seinem Sohn scherzte. Der Junge war nicht viel älter als René. »Kolb kann nur in ein Leben zurückkehren, das das Gegenteil von dem ist, was Sie hier sehen, nämlich das sichere Wissen, dass all die, die er so sehr liebte, tot sind und dass nichts, was er tun könnte, sie wieder zurückholt.«

Picard sah auf. Die Sonne schien schneller über den Himmel zu ziehen, als sie sollte. Zu rasch wurde es früher Abend. »Das ist der Tag, an dem es passierte«, murmelte er. »Der Tag, an dem die Borg Deneva zerstörten.«

»Kolb wird nicht gestatten, dass das passiert«, sagte Soran. Der Abend wurde zu einem raschen Aufflackern der Nacht, dann erhob sich plötzlich wieder die Sonne. Dann lief alles wieder in normaler Geschwindigkeit. Niemand schien diese Veränderungen zu bemerken. »Er wird diesen Tag wieder und wieder erleben, zeitlos und perfekt ...«

»Und sicher.«

»Ja.« Soran zog wieder die Taschenuhr aus seinem Gewand und betrachtete sie. »Ich lasse Sie hier. Das ist nicht das Ende der Geschichte, Captain. Was als Nächstes geschieht, hängt von Ihnen ab.«

Er nickte Picard zu. »Auf Wiedersehen.«

Picard griff noch einmal nach ihm, bevor Soran davongehen konnte. »Soran. Ich möchte, dass Sie wissen, dass ich bedauere, was ... mit Ihnen geschehen ist.«

»Ich weiß. Ich auch«, erwiderte Soran und ging fort, ohne sich umzusehen.

Kolb hielt eine eiskalte Flasche mit geeistem Tee in der Hand, als Picard hinter der Skulptur hervor- und in das Sichtfeld des Wissenschaftlers trat. Der Mund des Styrisianers öffnete sich kurz vor Schreck. Dann ließ er den Behälter fallen, und der Inhalt ergoss sich über das Gras.

»Vater, ist alles in Ordnung?« Kolbs Sohn griff nach der Flasche, um sie aufzustellen, bevor der gesamte Tee gluckernd in den Rasen sickerte. Dann folgte er dem Blick seines Vaters und wandte sich zu dem Sternenflottenoffizier um, der sich ihm näherte. Sein Gesichtsausdruck verfinsterte sich. »Ist dieser Mann hier, um dich wieder mitzunehmen?«

»Nein«, sagte Kolb entschlossen und stand auf. »Das ist ein Fehler!« Er ging Picard entgegen, bevor dieser sich seiner Familie nähern konnte.

»Kolb ...«

»Ich kehre nicht zurück!«, knurrte er, und bevor Picard antworten konnte, stieß Kolb ihn ärgerlich in die Brust. »Sie können mich nicht zwingen! Sie sollten nicht einmal hier sein!«

Picard hielt dem Blick stand. »Ich bin Ihretwegen hier«, sagte er in neutralem Tonfall. »Was haben Sie denn erwartet, alter Freund? Dass ich Sie einfach gehen lasse?«

»Ja.« Die Antwort kam leise und schwach. »Warum mussten Sie sich einmischen?«

Der Captain richtete sich auf. »Weil Sie einen Akt der willkürlichen Sabotage an Bord eines Föderationsraumschiffs begangen haben. Einen Akt, der direkt zum Verlust von unschuldigen Leben führte.«

Kolbs Gestalt schien unter einem unsichtbaren Gewicht zusammenzusacken. Dann warf er einen besorgten Blick auf seine Familie, die weiter picknickte und sich der Tatsache, dass etwas nicht in Ordnung war, nicht bewusst war. Es war fast so, als hätte Kolb panische Angst davor, dass sie sich in Luft auflösen würden, wenn er sie nicht im Auge behielt.

»Ich habe etwas Schreckliches getan«, sagte er, und unterdrückte ein Schluchzen. »Und ich schwöre Ihnen, Jean-Luc, ich wollte nie jemandem wehtun, aber ich würde es auf der Stelle wieder tun.«

Picard nickte Kolbs Frau und seinem Sohn zu. »Die Borg?« Mehr sagte er nicht.

Kolbs Lippen zitterten. Er nickte. »Delka und Mortod waren hier, als die Invasion stattfand. Delka hat einen ehemaligen Lehrer besucht. Sie wollte sich auch nach einem Verleger für eine ihrer Monografien umsehen, und wir dachten beide, dass Mortod den Besuch auf einer anderen Welt spannend finden würde. Ich konnte nicht fort. Ich war beschäftigt.« Er erstickte fast an den letzten Worten. »Sie starben mit jedem anderen lebenden Wesen auf Deneva. Mein Leben wurde in diesem Augenblick zerstört, Jean-Luc. Alles brach zusammen.«

Der strahlende Sommertag verblasste, wurde dunkler, als übertrügen sich Kolbs Worte auf die Welt um sie herum. Picard stellte fest, dass er keine Worte fand. Wie Soran war Kolb von den Raubzügen der Borg jegliche Lebensfreude genommen worden, und er hatte sich von dem Schlag nie erholt. Für einen Augenblick versuchte Picard, sich die Dimensionen des Schmerzes vorzustellen, die er spüren würde, wenn man ihm Beverly und René wegnahm, doch sein Verstand zuckte vor der Monstrosität und dem Schrecken dieses Gedankens zurück. Er stellte sich vor, an Kolbs Stelle zu sein, und spürte plötzlich die unfassbare Trauer und eine Verletzlichkeit, die sein Herz gegen die Rippen hämmern ließ.

Als er wieder sprechen konnte, war sein Mund trocken. »Das haben Sie mir nie erzählt.«

»Ich habe es niemandem erzählt«, berichtigte Kolb. »Nicht in allen Details. Im Chaos nach dem Borg-Angriff herrschte nur Verwirrung, es dauerte Monate, bis sich die Föderation wieder aufrappelte. Sie wissen das, Sie haben es selbst erlebt. Nachdem sie fort waren, war ich ... taub. Ich stürzte mich in die Arbeit. Ich habe versucht, mich darin zu verlieren.«

Er schüttelte den Kopf. »Zuerst drückte mich die Schuld des Überlebens nieder. Ich erwog sogar Selbstmord. Ich konnte ohne sie nicht weiterleben.« Er warf seinem Kind und seiner Frau noch einen Blick zu. »Aber dann stieß ich zufällig auf ein Dossier, ein Teil eines geheimen Forschungsprogramms.«

»Das Nexus-Projekt.«

Kolb nickte wieder. »Stellen Sie sich meine Überraschung vor, als ich den Namen meines alten Freundes Jean-Luc Picard in den Logbüchern und Berichten entdeckte.« Er sah zum Captain auf, und eine neue Leidenschaft blitzte in seinen Augen auf. »Ich habe jedes Wort von Ihnen förmlich aufgesogen. Ich wusste, dieses Phänomen bedeutete für mich eine Chance, sie wiederzufinden.«

Er packte Picard am Arm. »Sie sind Teil meiner Seele, Jean-Luc! Teile, die ich verloren habe. Sie verstehen das doch, oder? Vielleicht nicht damals, aber jetzt verstehen Sie es.«

Picard ertappte sich dabei, wie er nickte. Er fragte sich, wie Kolb es fertiggebracht hatte, den Ausschuss der Sternenflotte hinters Licht zu führen. Jemandem, der so ein Trauma erlitten hatte, wäre in der Regel nie gestattet worden, in die Nähe einer temporalen Anomalie zu kommen, ohne eine ganze Reihe psychologischer Tests zu bestehen.

»Ich habe die Erinnerung an sie fest hier drin verschlossen«; sagte Kolb und tippte sich mit einem Finger auf die Stirn, als habe er Picards Gedanken erraten. »Ich weinte nur, wenn ich alleine war und nicht beobachtet wurde.« Die Hand des Forschers fiel wieder herab. »Ich hatte alles so sorgfältig geplant. All die Jahre, um mich mit dem Projekt vertraut zu machen, und dann noch viele Monate, um meinen Plan zu entwickeln, um ihn wasserdicht zu machen, sodass er gelingen musste. Ich wollte einen Transporterunfall vortäuschen und es so aussehen lassen, als sei ich im Transit verlorengegangen.«

»Obwohl Sie eigentlich in den Nexus hineinwollten?«

»Korrekt. Man hätte mich für tot gehalten und niemand hätte je erfahren, wo ich bin.«

»Bryant hat alles ruiniert, nicht wahr? Sie hatten keine Ahnung, dass er plante, dem Sternenflottenkommando die Zerstörung des Nexus vorzuschlagen.«

»Nein.« Kolbs Gesicht verdüsterte sich. »Mit einem Befehl war auf einmal alles, was ich in Bewegung gesetzt hatte, durchkreuzt. Mein so sorgfältig entwickelter Plan lag in Scherben. Dann kamen Sie mit der *Enterprise*, und ich bekam Panik. Ich musste Sie davon abbringen, den Nexus zu zerstören, also habe ich den Energieregulator manipuliert und den Subraumimpuls sabotiert. ... Ich habe mich verkalkuliert! Ich wollte niemals jemanden verletzen, nicht Bryant oder Vetro oder irgendjemanden sonst!« Seine Stimme war laut geworden. »Bitte, Sie müssen mir glauben.«

Picard antwortete nicht. Er versuchte, die Erinnerung an den warmherzigen Mann, den er zum ersten Mal während des Styris-Notfalls getroffen hatte, mit der geradezu panisch wirkenden Person in Einklang zu bringen, die gerade vor ihm stand. Wieder einmal blickte er Kolb an und sah eine verzerrte Reflexion von Tolian Soran.

»Ich kann nicht hierbleiben«, sagte er dann. »Und Sie auch nicht.«

»Nein.« Kolb schüttelte den Kopf. »Nein. Ich will hierbleiben.«

»Wollen Sie das wirklich?« Picard sah auf die imaginären Versionen von Delka und Mortod, die zufrieden und sorglos zu sein schienen. Er fühlte eine Welle des Mitgefühls, und für einen winzigen Augenblick schienen sich die Gesichter Beverlys und Renés über die von Kolbs Familie zu legen. Picard musste sich zwingen, sich abzuwenden, bevor der

Nexus die Befürchtungen und Hoffnungen in seinen Gedanken lesen und ihn dazu verführen konnte, zu bleiben.

»Wir lassen in unserem Leben so viele Dinge unerledigt zurück.« Die Worte tauchten aus den Abgründen seiner Erinnerung auf und klangen seltsam, als er sie aussprach. »Kolb, alles um Sie herum ist unwirklich und flüchtig. Es sind nur Träume, Illusionen.«

»Eine perfekte Illusion!« widersprach Kolb. »Besser als die Realität je sein könnte.«

»Aber dennoch ist sie falsch«, sagte Picard. »Ich habe Delka und Mortod nie getroffen, aber ich weiß, wie sehr Sie sie geliebt haben. Ich kann es in jedem Ihrer Wort erkennen.«

Er wies auf die Familie. »Aber das sind sie nicht. Sie sind tot, und ihr Verlust ist es, der Sie sie nur umso mehr lieben lässt. Unsere Erinnerung an die, die wir lieben, definiert sie, und wenn sie uns verlassen, definiert das wiederum uns. Wenn Sie beschließen, in diesem Augenblick zu leben, in diesem zeitlosen Augenblick, dann tun Sie ihnen unrecht. Delka und Mortod wären nichts weiter als Bilder. Repliken. Sie werden wirklich aufhören zu leben, Kolb, weil Sie selbst aufhören zu leben. Sie werden hier existieren, zurückgelassen in der Vergangenheit, und sowohl Sie als auch ... Ihre Erinnerungen werden für immer verloren sein.«

Für einen langen Augenblick sagte der Wissenschaftler nichts. Er versuchte, seine Gefühle in angemessene Worte zu fassen, aber er fand sie nicht. Dann beobachtete Picard seinen Freund dabei, wie er langsam in sich zusammensackte. Die Energie, die ihn bisher aufrecht gehalten hatte, schwand, und schließlich ergab sich Kolb seinem Schmerz und weinte.

»Es ist ein hohler Sieg«, sagte er, als er sich schließlich wieder fasste. »Das wusste ich immer. Alles, was ich wollte, war, mit ihnen zusammen zu sein.«

Kolb sah auf, und das pure Leid in seinen Augen ließ ihn um Jahrzehnte älter aussehen. »Sie sind gestorben, Jean-Luc, und ich war nicht bei ihnen.«

»Sie hätten sie nicht retten können«, erklärte Picard sanft. »Sie dürfen sich keine Schuld geben.«

»Ich weiß«, erwiderte Kolb. »Aber von allen Dingen, die in meinem Leben unerledigt blieben, zerfrisst diese eine unbeendete Sache meine Seele.«

Kolb sah noch einmal auf seine Familie. »Ich durfte mich glücklich schätzen, mein Leben mit ihnen teilen zu können«, sagte er. »Und jedes Mal, wenn ich glaube, der Schmerz kann nicht schlimmer werden, stehe ich vor einem neuen Abgrund.«

»Werden Sie mit mir zurückkehren?«

»Sie haben recht, Picard. Ich darf nicht hierbleiben.« Kolb drehte sich um und ging fort in Richtung der großen Skulptur aus weißem Stein.

»Gatte?« Delka rief nach ihm, während Picard an die Seite des Wissenschaftlers eilte. »Ist etwas nicht in Ordnung?«

»Alles ist gut!«, rief Kolb zurück. »Wir sind bald wieder zusammen.«

Er wandte sich dem Captain zu und griff in die Falten seines Gewands. »Jean-Luc, bevor wir fortgehen, ist da etwas, das ich Ihnen geben möchte.« Der Wissenschaftler zog seinen maßangefertigten Trikorder aus der Tasche und drückte ihn Picard in die Hand.

Der Captain betrachtete den Gegenstand. Auf dem Bildschirm leuchteten Kolonnen von komplexen Anzeigen und Datenströmen auf.

»Was ist das?«

»Das ist der Nexus«, sagte Kolb, als sie dem mit Steinen gepflasterten Weg folgten. »Sowohl, wie man ihn von außen sieht, als auch, wie er von innen wahrgenommen wird.

Nehmen Sie das mit zur *Enterprise*, zu La Forge. Es enthält alles, was ich den Sonden, die man in das Band geschickt hat, nicht entnehmen konnte. Ein echtes Fenster in die Struktur dieses Phänomens.«

Picard hielt an und blätterte durch den Datenspeicher, dessen Kapazität mit Daten und Informationen bis zum Rand gefüllt war. Es waren genug Rohdaten, um die Analysten des Daystrom-Instituts auf Jahre hinaus zu beschäftigen.

»Das wird die Lücken in unserem Wissen füllen. Wir könnten es gebrauchen, um die Gleichungen für Ihre Energiemembran zu komplettieren. Und so den Nexus verschließen.«

»Davon bin ich überzeugt«, sagte Kolb und seine Miene verschloss sich wieder.

Picard hatte plötzlich das Gefühl, dass sein alter Freund etwas tief in sich verbarg. Aber diesmal war es weder ein Gefühl, noch Trauer, sondern eine bestimmte Absicht. Kolb wich zurück und raffte seine Roben um sich.

Picard hob die Hand. »Warten Sie. Was tun Sie da?«

»Was ich schon die ganze Zeit hätte tun sollen«, antwortete der Styrisianer. »Folgen Sie mir nicht, Jean-Luc. Das ist nichts für Sie.«

»Kolb, nicht!« Picard griff nach dem anderen, doch plötzlich brach ein grellweißes Licht buchstäblich aus dem Nichts hervor, direkt vor dem Wissenschaftler. Obwohl es eigentlich unmöglich war, öffnete sich ein Vorhang aus greller Energie und wurde zu einem schimmernden, glasigen Portal. Picard versuchte, zu erkennen, was sich in dem verschwommenen Glühen befand. Doch die Kraft des Lichts ließ ihn zurückweichen, als sei sie eine physische Barriere, auch wenn Kolb nicht davon betroffen schien. *Er hat das Portal gerufen*, erkannte Picard. *Der Nexus ist psychoaktiv.*

Er reagiert auf uns.

»Keine Illusionen mehr«, sagte Kolb. »Ich werde bei meiner Familie sein.« Er schenkte Picard noch ein letztes bedauerndes Lächeln und trat über die Schwelle in einen anderen denevanischen Park, einen anderen perfekten Tag.

Wieder glitt ein Schatten über die Sonne, aber es war nur eine vom Höhenwind dahingetriebene Wolke. Der Schatten glitt weiter, und die Wärme der denevanischen Sonne umgab ihn wieder.

Kolb lächelte unwillkürlich und lachte, als er aus dem Hain der großen Bäume auf den Hügel trat. Seine Frau und sein Sohn sahen bei diesem bekannten Geräusch auf, und der Ausdruck der Freude und Überraschung auf ihren Gesichtern war das Vollkommenste, was er je erblickt hatte. Er wollte weinen, doch dieses Mal vor Freude. Die langen Jahre des Verlusts waren augenblicklich verschwunden und vergessen.

Delka lief auf ihn zu und lachte mit ihm. »Gatte! Was für eine Überraschung! Ich wusste nicht, dass du auf dem Planeten bist!«

»Ich wollte keinen Augenblick länger von euch getrennt sein.« Er zog sie in seine Arme und streckte die Hand aus, um Mortods Haar zu zerwühlen. »Hallo, mein Freund!«

Der Junge war glücklich, aber er war auch ein wenig verblüfft. »Ich dachte, du wärst zu Hause, am anderen Ende des Quadranten.«

»Das war ich auch«, gestand Kolb. »Aber jetzt bin ich hier.«

Wieder tauchte ein Schatten vor der Sonne auf. Dieser war würfelförmig und tauchte den Park langsam in Dämmerlicht. In der Ferne waren leise die Alarmsirenen zu hören, und im Park selbst klangen die Stimmen der Leute nun aufgeregt und angsterfüllt.

Kolb drückte seine Frau und seinen Sohn eng an sich und hielt sie so, dass sie nicht aufblicken und das Ende kommen sehen konnten.

»Denn hier gehöre ich hin«, sagte er ihnen.

5

In einem Augenblick hatte er noch nach Kolb gegriffen, im nächsten hatte er ein intensives Gefühl, in Bewegung zu sein, weggerissen zu werden, dann wurden Picards Sinne kurz von einem grellen, weißen Licht davongeschwemmt.

Als der Glanz wieder abebbte, stolperte er einen Schritt vorwärts. Er blinzelte, damit sich seine Augen wieder an das normale Licht gewöhnen konnten, und spürte die Festigkeit eines Raumschiffbodens unter den Füßen. Türen zischten auf, als er sich ihnen näherte, dann trat der Captain aus dem Turbolift auf die Brücke der *Enterprise*.

Daheim. Der Gedanke ließ ein knappes Lächeln über seine Lippen huschen, aber dann verging der Augenblick, denn er erkannte, dass sich das Schiff mitten in einem Roten Alarm befand. Sirenen heulten, die Besatzung beschäftigte sich mit ihren Aufgaben.

Worf wandte sich zu ihm um. »Captain auf der Brücke.«

Picard hatte hundert Fragen, aber er hielt sie für den Augenblick zurück und ging mit raschen Schritten auf seinen Ersten Offizier zu. Wenn der Nexus ihn hier abgesetzt hatte, dann, weil er es sich gewünscht hatte, ob dieser Wunsch nun bewusst war oder nicht.

»Commander, Bericht.«

Der Klingone wies auf den Hauptschirm. »Wir wollten gerade den Subraumimpuls aktivieren, als die *Newton* einen allgemeinen Energieausfall überall an Bord erlitt.«

Das Wissenschaftsschiff war zu sehen, es hatte Schlagseite und trieb backbord vor dem Rund der Untertassensektion der *Enterprise* hilflos im All. Etwas entfernt setzte die wirbelnde Masse des Nexus unbeirrt ihren ruhigen Weg durch den Raum fort. »Erste Scans legen nahe, dass die Fehlfunktion absichtlich verursacht wurde.«

»Das wurde sie«, bestätigte Picard. Plötzlich erinnerte er sich an den Trikorder, den er in der Hand hielt, und warf einen kurzen Blick darauf. »Nummer Eins, wo befindet sich Doktor Kolb?«

»Wer?« Die dichten Brauen des Klingonen zogen sich zusammen. »Den Namen kenne ich nicht.«

»Der styrisische Astrophysiker.«

Lieutenant Elfiki sah von ihrer Konsole auf und war offenbar genauso verwirrt wie der Commander. »Wir haben keine Styrisianer an Bord der *Enterprise*, Sir. Und die *Newton* ebenfalls nicht.«

»Nein.« Picard nickte in sich hinein und dachte dabei laut. »Natürlich nicht. Er war nie hier. Er hat nie mit dem Impuls herumgespielt.«

»Jemand hat es aber getan«, gab Worf zurück. »Captain, wissen Sie, was da vor sich geht?«

»Ich habe eine Idee«, erwiderte er. »Rufen Sie die *Newton.*«

»Öffne einen Kanal«, rief Lieutenant Chen.

Das Bild auf dem Hauptschirm wechselte zu einem Blick auf die Brücke des anderen Raumschiffs und zu Thom Bryant. Er war sehr lebendig und warf Picard einen ärgerlichen Blick zu. »Enterprise, *kann das warten? Wir sind hier ein wenig beschäftigt.*«

Hinter Bryants Schulter war zu sehen, dass auf der Brücke der *Newton* Chaos herrschte: Rhonu und die anderen Offiziere versuchten, ihr Schiff wieder in den Griff zu bekommen. Gedämpfte Notlampen warfen im Raum lange, dunkle Schatten.

»Kann es nicht«, gab Picard scharf zurück und reagierte damit auf Bryants ablehnenden Tonfall. »Hören Sie zu. Ihre Priorität muss sich auf die sofortige Reparatur der Schilde und die Wiederherstellung der Energie richten.«

Wenn die Geschichte tatsächlich geändert worden war und Kolb sich in dieser Realität nicht mehr auf dem Wissenschaftsschiff befand, konnte es nur eine andere Erklärung dafür geben, wer für den Zustand der *Newton* verantwortlich war. »Sie haben einen Spion an Bord Ihres Schiffs, Sir. Einen orionischen Agenten, der als ein Arkarianer namens Een Norgadd verkleidet ist.«

»*Norgadd?*« Bryant warf Rhonu einen Blick zu, aber die Betazoidin rief auf einer flackernden Konsole bereits die entsprechenden Daten auf.

»*Unsere internen Sensoren funktionieren noch*«, sagte Rhonu gerade. »*Suchparameter eingestellt ... ich habe ihn gefunden.*« Sie wirkte plötzlich aufgeregt. »*Da stimmt etwas nicht. Er ist im Shuttlehangar, aber dieser Bereich ist für den zivilen Stab der Wissenschaftler gesperrt. Captain, ich glaube, er versucht, an Bord eines der Runabouts zu gelangen!*«

Bryant schlug förmlich auf seinen Kommunikator. »*Sicherheit in Shuttlehangar eins, schnell! Sperren Sie den Bereich, sofort! Keiner kommt da raus.*«

Er wandte sich wieder Picard zu. »*Ein orionischer Spion? Woher zum Teufel wissen Sie das?*«

»Captain Bryant!« Picard blieb hartnäckig. »Ihre Schilde. Sonst wird Norgadd von seinen Auftraggebern von Ihrem

Schiff weggebeamt, und die Daten zum Nexus-Projekt wird er mitnehmen. Das dürfen wir nicht zulassen.«

Der andere Captain schnitt eine Grimasse. »*Vetro arbeitet bereits daran, aber es wird ein paar Minuten dauern. Wir könnten etwas Hilfe gebrauchen.*« Den letzten Satz fügte er mit großem Widerwillen hinzu.

La Forge meldete sich von der Maschinenkontrolle. »Ich kann die Deflektoren der *Enterprise* ausdehnen, um die Lücke zu überbrücken, bis sie so weit sind.«

»Tun Sie das«, sagte Worf. Während La Forge sich an die Arbeit machte, wandte sich Picards Erster Offizier seinem Captain zu. Seine Brauen hatten sich zusammengezogen. »Captain Bryants Frage wurde noch nicht beantwortet, Sir. Sie scheinen plötzlich im Besitz von Informationen zu sein, an denen wir anderen nicht teilhaben.«

»*Erklären Sie uns das, Picard!*«, fügte Bryant hinzu.

Picard hielt Kolbs Trikorder in die Höhe. »Die kurze Antwort lautet: eine temporale Anomalie.«

»*Der Nexus? Sie sind erneut hineingeflogen?*« Bryant war fassungslos.

»*Das ist er*«, mischte sich Rhonu ein, die Picards Miene und seine an der Oberfläche liegenden Gedanken selbst über die Entfernung zwischen ihnen lesen konnte. »*Ich glaube aber, dass es gegen seinen Willen geschah.*«

Worf warf Picard einen Seitenblick zu. »Wurde das Schiff wieder zerstört?«

»Diesmal nicht«, gestand Picard. »Ich werde einen vollständigen Bericht sowohl an das Kommando der Sternenflotte als auch an die Behörde für temporale Ermittlungen schicken, wenn wir uns in Sicherheit befinden. Für den Augenblick müssen Sie mir einfach vertrauen.«

Er ging hinüber zu La Forges Station und überreichte ihm den Trikorder. »Geordi, können Sie den Speicherinhalt des

Geräts überspielen? Er enthält Messungen aus dem Inneren des Nexus-Phänomens.«

Der Chefingenieur nickte und schloss den Trikorder an einen Port an. Sofort übertrugen sich die Dateien des Datenstroms, den Kolb gesammelt hatte, eine nach der anderen auf die tertiären Konsolen.

La Forge pfiff anerkennend vor sich hin. »Jackpot!«, sagte er. »Das sind mehr Informationen, als wir über Jahre durch sämtliche Außenscans sammeln konnten!«

»Sie werden im Speicher auch eine Reihe von Gleichungen finden, Projektionen, um eine sich selbst regenerierende Verteronresonanzmembran um den Nexus ...«

Picards Worte wurden von einem Warnruf von Lieutenant Faur unterbrochen. »Kinshaya-Kriegsschiffe nähern sich mit Angriffsgeschwindigkeit. Kurs drei eins sechs Komma drei!«

»Auf den Schirm!«

Picard wirbelte herum, als Worf den Befehl gab.

Aus dem Nichts erschienen vor ihnen mit einem Flimmern zwei kugelförmige Schiffe. Kaum hatten sie die Tarnschilde abgestellt, feuerten beide sofort eine Salve Energiestrahlen ab. Die hellen Lanzen durchschnitten die Schwärze des Alls und erreichten auch die Schilde der *Enterprise*, doch der Hauptangriff war eindeutig auf die *Newton* gerichtet.

»Schakale!«, spie Worf hervor. »Die Kinshaya suchen sich immer zuerst die schwächsten Ziele aus.«

»Erwidern Sie das Feuer«, befahl Picard. »Einen Schuss vor den Bug, als Warnung.«

»Erwidere den Angriff«, meldete Lieutenant Šmrhová von der taktischen Station.

Lanzen aus orangerotem Feuer rasten aus dem Kollimatorring der Untertassensektion der *Enterprise* zu den beiden kugelförmigen Schiffen des *Liberator*-Typs, doch sie glitten ab und wechselten die Richtung. Den Rest absorbierten die Schilde der Kinshaya und verteilten die Energie entlang ihres Wirkungsbereichs.

»Sie wenden. Sie greifen wieder an«, berichtete Glinn Dygan. »Ihre Befehle, Captain?«

»Bringen Sie uns näher an die *Newton* und versuchen Sie, uns zwischen Bryants Schiff und das der Kinshaya zu bringen. Wir müssen ihnen noch etwas Zeit verschaffen.«

»Quantentorpedos in allen Rohren geladen und feuerbereit«, meldete Šmrhová. »Zielerfassung errechnet. Wir können das Leitschiff mit einer einzigen Salve abschießen.«

»Wir wollen das Gefecht nicht schlimmer machen, als es schon ist«, wiegelte Picard ab. »Wenn wir den Verlust von Leben verhindern können ...«

»Sie werden schon sehen«, kam Worf wieder auf seinen ursprünglichen Gedanken zurück. »Die Kinshaya sind ein vorhersehbarer Gegner.«

Ein Warnton erklang aus Chens Konsole. »Wir werden gerufen. Die Kinshaya.«

»Sie halten den Finger am Abzug«, sagte Picard zu Šmrhová. »Nur für alle Fälle. ... T'Ryssa, auf den Schirm.«

Auf dem Hauptschirm ersetzte nun das Bild des kathedralenähnlichen Kontrollraums der Kinshaya die Außenansicht der *Enterprise*. Eine Bischöfin des Heiligen Ordens stand mit deutlich erkennbarem Zorn im Schnabelgesicht im Zentrum der Brücke. Die mit grauen Federn geschmückte Kinshaya gab einen knurrenden Schrei von sich, den die Universalübersetzer nicht in Föderationsstandard übertrugen, dessen Bedeutung jedoch durch den Laut an sich klar wurde.

»*Geht fort!*«, stieß sie dann hervor. »*Verlasst diesen Ort auf der Stelle, Häretiker! Ihr haltet euch auf eigene Gefahr im Territorium des Heiligen Ordens auf.*«

»Ich bin Captain Picard vom Föderationsraumschiff *Enterprise*, und wir befinden uns in neutralem Raum. Sie haben keinerlei Jurisdiktion hier, *Ay'eh.*«

Picard hatte geglaubt, dass seine Verwendung des traditionellen Kinshaya-Ehrentitels die Fremde besänftigen würde, aber genau das Gegenteil war der Fall. Die Bischöfin spreizte kriegerisch die Schwingen. *»Du wagst es, meinen heiligen Titel ohne Erlaubnis auszusprechen? Ich werde dich für deine Dreistigkeit ausweiden und die Überreste an meine Nestlinge verfüttern!«*

»Ich wollte nicht respektlos erscheinen«, erwiderte Picard. »Doch es besteht kein Grund für weitere Gewalttätigkeiten.«

»Ich bin diejenige, die darüber entscheidet, was nötig ist und was nicht«, lautete die schrille Antwort. *»Du hast einen Dämon in unsere Mitte gebracht.«* Sie starrte Worf vom Schirm her an. *»Wir sollten euch in eure Atome auflösen und über die Ehre dieses Tuns eine Hymne dichten. Preist euch glücklich, Menschen, dass wir uns dazu herablassen, euch heute die Gnade des Heiligen Ordens zuteilwerden zu lassen. Nehmt eure Schiffe und flieht heim in eure Föderation. Das ist eure einzige Chance, mit dem Leben davonzukommen.«*

»Das ist ein durchaus großzügiges Angebot«, gestand Picard, und es klang fast so, als meine er es ernst. Aus dem Augenwinkel sah er Worf auf einen der Computerbildschirme neben sich blicken.

»Der Preis für dieses Geschenk ist der Orioner. Übergebt ihn uns und Ihr seid frei, diesen Sektor unbehelligt zu verlassen.«

»Oh.« Picard setzte ein reumütiges, hinterhältiges Lächeln auf. La Forge gab ihm unauffällig von der Seite ein Zeichen: Er tippte kurz auf Kolbs Trikorder. Picard warf einen Blick auf Worf, und Chen schaltete den Kanal automatisch stumm.

»Status der *Newton?*«

»Commander Rhonu meldet, dass die Schilde und die Impulskraft in ein paar Augenblicken wieder einsatzbereit sind, aber der Warpantrieb nicht«, berichtete der Klingone hastig.

Wieder sah Picard auf den Hauptschirm, die Bischöfin schien nicht bemerkt zu haben, dass man sie für wenige Sekunden abgewürgt hatte. Chen schaltete die Verbindung wieder ein.

»Es tut mir leid, aber Ihr ... Angestellter ... steht nicht zur Verfügung. Er muss sich uns gegenüber für seine Handlungen verantworten.«

»Wir haben ihm ein Gegenangebot unterbreitet«, knurrte Worf. »Eine kleine, aber komfortable Zelle.«

Die Klauen der Kinshaya-Kommandantin klackten hörbar auf dem Boden ihres Kommandoraums. Sie klapperte zwei Mal mit dem Schnabel, als beiße sie auf Luft. *»Dann werdet ihr alle sterben. Ich erkläre die Bandanomalität als das Werk unserer Götter und gebe ihr den Status eines Heiligen Objekts. Eure Besudelung dieses gesegneten Phänomens ist größte Häresie, die nur Blut wieder reinwaschen kann.«*

»Captain?« Šmrhovás Stimme war leise, aber grimmig. »Wir haben gerade noch sechs weitere Kinshaya-Liberator am Rand unserer Sensoren entdeckt. Sie sind auf Annäherungskurs.«

»Sterbt jetzt!«, sagte die Bischöfin und schloss den Kanal. Eine Sekunde später waren nur noch die Sterne in der Leere des Alls auf dem Schirm zu sehen.

Erneute Energiesalven schossen durch die Dunkelheit und trafen mit voller Wucht auf die Schilde der *Enterprise*, als die beiden Kinshaya-Schiffe ihr Feuer auf den gleichen Punkt konzentrierten. Sie wollten ihr Angriffspotenzial maximieren, indem sie die Deflektoren des Föderationsschiffs an einem Punkt zu durchschlagen versuchten. Genug, um durchzubrechen und das Schiff ernsthaft zu beschädigen.

Hätte er allein gegen die beiden Kinshaya-Schiffe antreten müssen, hätte Picard den Angriff leicht abwehren können, aber nun, da er gezwungen war, die *Newton* zu schützen, konnte die *Enterprise* nur wenig mehr tun, als standzuhalten und die Treffer einzustecken.

Er wandte sich der taktischen Station zu. »Lieutenant, verpassen Sie denen eine blutige Nase, mal sehen, ob sie das dazu bringt, sich zurückzuziehen.«

»Feuer«, meldete Šmrhová.

Zwei Quantentorpedos schossen aus den Feuerrohren und flogen auf das feindliche Schiff zu. Jeder detonierte mit einem Blitz, der sonnenhell aufglühte. Der erste war ein direkter Treffer, der zweite ein Streifschuss.

»Die Schildkapazität des zweiten Schiffs ist um fünfzig Prozent gesunken«, berichtete Worf. »Das Führungsschiff hat die Hauptenergie des Treffers abbekommen und kommt immer noch auf uns zu.«

Er sah zu seinem Captain hinüber. »Die werden hinter uns her sein, bis wir uns zurückziehen oder sie vernichtet haben.«

Picard nahm auf dem Kommandosessel Platz, als die *Enterprise* von einer weiteren Salve getroffen wurde. »Wir werden noch nicht verschwinden.«

»Bericht von der *Newton*«, rief Chen. »Sir, sie aktivieren ihre Schilde, aber ihre Waffen sind immer noch inaktiv.«

»Ein Schiff der *Nebula*-Klasse in einem solchen Zustand ist kein Gegner für zwei Kinshaya-Liberatoren«, stellte Dygan fest.

Picard nickte grimmig. »Ich weiß. ... Geordi, haben Sie die Gleichungen für die Verteronresonanzmembran?«

Der Ingenieur tippte mit einem Finger auf die Konsole. Seine künstlichen Augen waren weit aufgerissen. »Aye, Sir.

Ich hatte bereits an etwas Ähnlichem gearbeitet, aber meine Daten waren viel zu lückenhaft. Captain, wissen Sie, was mit dem Nexus passieren wird, wenn wir das hier benutzen?«

»Er wird von außen versiegelt. Gewissermaßen von außen abgeschlossen.«

Worf runzelte die Stirn. »Captain Bryant wird damit nicht einverstanden sein.«

»Ich habe nicht vor, ihn um Erlaubnis zu bitten, Nummer Eins«, erwiderte Picard. Er dachte an Kolb, wo oder wann auch immer er sein mochte. Wenn sie die Arbeit, die der Wissenschaftler begonnen hatte, fortsetzen konnten, dann würde das das Gleichgewicht der Kräfte in dieser Situation wiederherstellen und den Nexus unbrauchbar machen. Wenigstens für absehbare Zeit.

»Wenn wir das tun, dann sind wir vielleicht nicht in der Lage, den Verschlusseffekt wieder aufzuheben«, fügte Lieutenant Elfiki hinzu.

»Das Risiko werden wir eingehen.« Picard beugte sich in seinem Sessel vor. »Rekonfigurieren Sie die Hauptdeflektorschüssel so, dass wir einen initialen Verteronstrom daraus abfeuern können.«

»Wir werden dazu näher an das Phänomen heranfliegen müssen«, sagte der Chefingenieur, der immer noch an seiner Station arbeitete. »Und wir haben nur einen Versuch.«

»Dann sollten wir dafür sorgen, dass es gelingt.« Der Captain wandte sich an Dygan und Faur. »Auf meinen Befehl volle Kraft voraus. Bringen Sie uns an die äußere Peripherie des Nexus.«

Er sah auf Lieutenant Šmrhová. »Alle Kraft auf die vorderen Schilde, Lieutenant. Lassen wir es krachen.«

»Bereit«, meldeten seine Offiziere einer nach dem anderen.

»Energie!«

Die hinteren Antriebsspulen der *Enterprise* flammten auf, dann kam das Raumschiff mit einem Ruck in Bewegung. In Nanosekunden ging es von vollem Stopp auf maximale Impulsgeschwindigkeit und stellte die strukturellen Integritätsfelder auf die Probe, als es sich von der *Newton* fortriss. Das Wissenschaftsschiff schoss mit Höchstgeschwindigkeit auf einem Fluchtvektor davon, aber die *Enterprise* tauchte direkt in das Herz der feindlichen Formation ein und schnitt durch das Angriffsmuster der Kinshaya-Schiffe hindurch wie ein Messer durch weiche Butter.

Die kugelförmigen Raumschiffe reagierten rasch, ein Zeugnis der Aufmerksamkeit der Kreel-Sklaven an den Steuerungen. Wären sie einen Augenblick langsamer gewesen, wären die Schiffe wahrscheinlich kollidiert. Impulsantriebe stießen Fusionsenergie aus, als die Schiffe des Heiligen Ordens Notfallmanöver ausführten, um dem Angriffsmuster des Föderationsschiffs auszuweichen. Die Hüllen der Kinshaya-Schiffe waren mit Dutzenden halbrunden Artillerieeinheiten versehen, von denen jede einzelne eine tödliche Energiekanone oder eine Raketenabschussstation beherbergte. Die Gefechtstürme zuckten und verfolgten die *Enterprise*. Sie feuerten ihre Strahlen ab, um das Schiff der *Sovereign*-Klasse abzufangen. Die verstärkten Schilde flackerten auf, als das Schiff sich durch die feindlichen Linien bohrte. Phaserfeuer zielte auf die Quellen des gegnerischen Feuers und reduzierte einige der automatischen Gefechtstürme zu rußigen, schwarzen Flecken, die sich nun über das ganze Kugelschiff der Kinshaya zogen.

Hinter ihr wirbelten die Schiffe des Heiligen Ordens herum, als sie vom Antriebsrückstoß der *Enterprise* getroffen wurden, und sie verloren lebenswichtige Sekunden, um sich wieder zu erholen, als ihr Angriffsziel in Richtung des Nexus davonschoss.

Das Energieband hatte auf dem Hauptschirm nun bedrohliche Größe angenommen, und Picards Hände umklammerten angespannt die Lehnen seines Sessels. Ein Teil seines Selbst schreckte vor dem zurück, was der Nexus repräsentierte: ein offenes Tor in eine Welt utopischer Träume und endlosen Friedens. Es fiel ihm schwer, es sich einzugestehen, aber in jeder Sekunde, die er im Nexus zugebracht hatte, hatte die Macht desselben wie eine Flutwelle oder wie Gravitation an ihm gezerrt. Diese Kraft war etwas, dem sich nie jemand hätte aussetzen dürfen.

»Zeit bis zum Zielobjekt?«, fragte er.

»Zwanzig Sekunden«, erwiderte Worf. »Mister La Forge, sind Sie bereit?«

»So bereit, wie ich nur sein kann«, antwortete der Chefingenieur. »Hauptdeflektorschüssel rekonfiguriert. Verteronladung bereit zum Abfeuern.«

Ein eindringlicher Warnton erklang von Lieutenant Faurs Konsole. »Die Kinshaya kommen immer näher. Sie aktivieren die Waffen.«

Die *Enterprise* erbebte, als sie über die äußeren Schwerkraftfelder des Nexus hinwegflog. Die Stürme und turbulenten Kräfte im Inneren des Bands zerrten an den Schutzschilden des Schiffs. Plasmaausbrüche schossen in die Dunkelheit und wirkten dabei wie Triebe einer Pflanze, die sich nach dem Sonnenlicht ausstreckten. Dichter wagten sie sich nicht an das Objekt heran. Noch näher und sie riskierten, in das Phänomen einzutauchen, wie die *Cam* oder das unglückliche el-aurianische Schiff *Lakul.*

Picard lag der Befehl auf den Lippen, aber er zögerte für den Bruchteil einer Sekunde. Er starrte auf den herumwirbelnden Faden des Nexus und fragte sich unwillkürlich, was passieren würde, wenn er das Kommando gab. Was würde mit Sorans Echo und all den anderen Wesen geschehen, die noch im Phänomen existierten und in der Zeitlosigkeit lebten?

Das ist nicht das Ende der Geschichte, Captain. Sorans Worte fielen ihm wieder ein, und er riss sich zusammen.

»Commander La Forge, initiieren Sie die Ladung ... *jetzt.*«

Im Zentrum der Deflektorschüssel der *Enterprise* flackerte ein smaragdgrüner Funken auf, der in wenigen Sekunden zu einem glühenden Feuerball aus reiner Energie wurde. Als er den kritischen Massepunkt erreichte, schoss die in sich wirbelnde Masse von gebündelten Verteronpartikeln davon und begann, sich auszudehnen. Das Knäuel öffnete sich und wurde zu einem Strang dünnster Fäden; jadegrüne Blitze, die heftig Funken sprühten, als sie die Energiefäden berührten, die aus dem Nexus schossen.

Die beiden fantastischen Energien trafen sich und explodierten zu einem Lichtimpuls von einer Kraft, die heller leuchtete als eine Supernova. Eine plötzliche Schockwelle freigesetzter Strahlung brach in perfekter Kugelform aus dem Nexus heraus und erfasste die *Enterprise*, gerade als ihr Steuermann versuchte, das Schiff aus der Gefahrenzone zu bringen. Von der Druckwelle gefangen wie ein Stück Treibholz wurde das Raumschiff vom Kurs abgebracht und davongetragen. Die Manövrierdüsen waren in der Entladung nutzlos geworden. Die Welle traf auch die beiden Kinshaya-Schiffe, die sich dicht hinter der *Enterprise* befanden, und zerrte sie aus dem Explosionsradius, der sich immer weiter ausbreitete. Keines der beiden Schiffe des Heiligen Ordens war darauf vorbereitet gewesen, beide mussten nun Schäden an der Außenhülle einstecken, als sich die Hüllenplatten verbogen und die Kühlmittellager in den Antriebssektionen aufgerissen wurden.

Für lange Sekunden rollten die sich ausbreitenden Turbulenzen weiter, bevor sie endlich ihre Kraft verloren. Dann lösten sie sich in einem Strom funkelnder, kurzlebiger Partikeleffekte auf. Die *Enterprise* flog aus der jetzt nur noch dahindümpelnden Energiewelle und gesellte sich zur *Newton*, deren Besatzung Zeuge des Ausbruchs geworden war. Die Kinshaya-Schiffe drifteten in der Schwärze, sie trieben in Wolken von Atemgas und Hüllenfragmenten dahin.

Hinter ihnen veränderte sich der Nexus.

Picard verzog das Gesicht und rappelte sich langsam auf. Die Schockwelle war viel stärker gewesen, als er erwartet hatte, und die rasch wechselnde Gravitation hatte ihn mit solcher Wucht gegen seine Armlehne geworfen, dass sein Arm nun wahrscheinlich grün und blau war.

»Captain, ist alles in Ordnung?«, fragte Worf und zog seine Schärpe vor seiner Brust zurecht.

Picard winkte ab und blickte fragend in die Gesichter seiner Mannschaft. »Beri…«

Das Wort erstarb auf seinen Lippen, als sein Blick auf den Hauptschirm fiel.

Das Energieband hatte sich völlig verändert. Die Bewegungen, mit denen es beinahe wie ein Lebewesen das All durchquert hatte, waren unverändert, aber nun war es von einem geisterhaft grünen Schimmer umgeben, wie ein Elmsfeuer. Immer noch brachen Entladungen aus der Oberfläche des Nexus hervor, doch nun stießen sie gegen die Verteronhülle. Blitze begleiteten die Kollisionen, aber keine Schockwelle brach mehr hervor.

»Ich glaube, es hat funktioniert«, murmelte La Forge nach einer Weile.

»Ich scanne«, meldete Elfiki. Über ihrer Konsole sprang der hintere Bildschirm an und zeigte eine Grafik des Phänomens an. Um es herum befand sich eine ungefähr eiförmige Hülle aus schimmernden Partikeln.

»Bestätigt. Die Verteronresonanzmembran ist aktiv. Sie erhält sich selbst. Die Zerfallsrate beträgt null Komma null Prozent.« Sie schürzte die Lippen und schnaubte kurz ungläubig. »Scheint, als wäre der Nexus nunmehr geschlossen.«

»Was wird passieren, wenn irgendwelche Schiffe versuchen, sich dem Nexus zu nähern?«

»Dann werden sie auf ein Schwerkraftgefälle treffen, das umso stärker wird, je weiter sie sich ihm nähern«, erklärte La Forge. »Es wird sie abstoßen, in die Richtung, aus der sie gekommen sind. Wie eine Flutwelle im Ozean.«

»Gute Arbeit, Commander La Forge«, sagte Picard. Er hielt sich immer noch den Arm und wandte sich an Worf. »Nummer Eins, sichern Sie das Schiff und bringen Sie uns neben die *Newton*.«

»Captain Bryant wird nicht sehr erfreut sein«, bemerkte der Klingone.

»Das bezweifle ich nicht. Aber wir kommen dem Raum der Kinshaya mit jeder Minute näher, und da sind auch noch die anderen Liberator, die bald hier eintreffen werden. Wir haben genug getan. Wir sollten von hier verschwinden.«

Chens Konsole gab ein Zirpen von sich. »Ein Ruf von unserer Freundin, der Bischöfin, Sir. Soll ich mit Statik antworten?«

Picard zog seine Uniformjacke zurecht und schüttelte den Kopf. »Wir wollen doch nicht unhöflich sein.«

Als die Kinshaya-Kommandantin auf dem Schirm erschien, wurde sichtbar, wie sehr ihr Schiff unter der Schockwelle gelitten hatte. Offener Zorn schwang in ihrem Schrei mit. »*Was hast du getan, du häretisches Tier? Wie kannst du es wagen, ein heiliges Objekt ...*«

Neben Picard machte sein Erster Offizier durch seine steife Haltung deutlich, dass die ständige Aufgeblasenheit der Bischöfin die Grenze dessen, was er zu tolerieren bereit gewesen war, überschritten hatte.

»Sie haben kein Recht, den Nexus für sich zu beanspruchen oder ihn nach Laune ›heilig‹ zu titulieren, damit Sie das tun können! Wir schützen das Energieband vor denen, die es missbrauchen würden! Sagen Sie Ihren Vorgesetzten Folgendes«, sagte Picard und erwiderte den Blick aus den schwarzen Augen der Kinshaya-Kommandantin unverwandt. »Der Nexus gehört nicht Ihnen. Er gehört niemandem. Wir haben ihn Ihrem Zugriff entzogen. Es steht Ihnen frei, ihn aus der Entfernung zu untersuchen, wenn er Ihren Raum durchquert, und wenn Sie das wünschen, werden wir uns freuen, mit Ihnen in einen wissenschaftlichen Dialog zum Austausch unserer Erkenntnisse zu treten. ... Aber welche Pläne Ihre Gruppe auch immer haben mochte, das Band auszubeuten, um in Ihrer Gesellschaft wieder die Oberhand zu gewinnen, sie sind hiermit unterbunden.« Den letzten Satz sagte er mit wesentlich strengerer Stimme.

»*Das ist eindeutig eine Kriegserklärung!*«

»An wen?«, verlangte Picard zu wissen. »Den Typhon-Pakt? Ich bezweifle, dass die Regierungsstellen des Pakts überhaupt über Ihre Anwesenheit in diesem Sektor informiert wurden. Die rechtmäßige Regierung der Kinshaya? Für diese sprechen Sie nicht. Bestenfalls sind Sie eine kleine Gruppe von rückwärtsgerichteten Agitatoren, die nicht bereit sind, Fortschritt und Veränderung zu akzeptieren.«

»*Wir sind die wahren Kinshaya!*«, brüllte die Kommandantin. »*Wir werden einst unseren rechtmäßigen Platz wieder einnehmen und die Usurpierer hinwegfegen, und wir werden Sie für Ihre Einmischung bestrafen!*« Sie ging noch einen Schritt vor, sodass ihr zorniges Gesicht den gesamten Bildschirm ausfüllte. »*Sie haben sich heute einen mächtigen Feind gemacht.*«

»Ich bezweifle nicht, dass Sie dieser festen Ansicht sind«, erwiderte Picard kalt. Dann bedeutete er Chen: »Kanal schließen.«

Er stellte fest, dass Worf ihn mit einem trockenen Lächeln auf den Lippen ansah. »Das war beinahe klingonisch von Ihnen, Captain.«

»Beinahe?«

»Ja. Aber ein klingonischer Kommandant hätte nach einer solche Beleidigung ihres Heldenmuts wohl noch ihre Schiffe ausgelöscht.«

Picard bedachte den Kommentar mit einem abwehrenden Winken. »Sie haben verloren, und das wissen sie. Ihre Schiffe treiben antriebslos im All, also sollen sie doch ihre Wunden lecken und ihr Getöse an jemand anderem auslassen.«

Er warf noch einen Blick auf das Energieband, das nun weit hinter ihnen lag. Es flog weiter auf seinem unendlichen Kurs, unberührt von den Konflikten und Fragen, die es zurückließ. »Der Nexus wird wieder zurückkommen. Und dann werden wir ihn erwarten.«

»Sie haben gegen meine Befehle gehandelt«, sagte Bryant und starrte Picard vom anderen Ende des Bereitschaftsraums an. Hinter ihm, durch das bodentiefe Fenster, konnte der Captain der *Enterprise* die Vorderkante der Untertassensektion der *Newton* sehen. Kurs und Geschwindigkeit des Wissenschaftsschiffs waren synchron mit denen der *Enterprise*, an beiden Schiffen streiften die Sterne in Warpgeschwindigkeit vorbei. La Forge und Bryants Chefingenieurin Vetro hatten es geschafft, den Antrieb der *Newton* in kürzester Zeit zu reparieren. Nun waren beide Schiffe wieder auf dem Weg zur Föderationsgrenze.

Picard konnte nur nicken. »Es schien mir zu diesem Zeitpunkt das Richtige zu sein.«

Bryant verschränkte die Arme vor der Brust. »Es wäre mein gutes Recht, eine formelle Beschwerde beim Kommando der Sternenflotte einzureichen.«

»Das ist in der Tat Ihr Recht«, sagte Picard. »Ich werde nicht versuchen, Sie davon abzubringen.« Die Ironie, dass sich in diesem Gespräch ihre erste Unterhaltung so ins Gegenteil verkehrte, entging ihm dabei nicht.

»Sie hatten gerade erst eine temporale Anomalie verlassen«, fuhr der andere Captain fort. »Ist Ihnen gar nicht in den Sinn gekommen, dass Ihr Urteilsvermögen vielleicht beeinträchtigt sein könnte?«

»Das ist mir durchaus durch den Kopf gegangen«, gab Picard zurück. »Aber ich habe diese Erfahrung bereits gemacht, Captain. Wir hatten nur wenig Zeit zur Verfügung, also habe ich die Initiative ergriffen. Nun ist der Nexus ... man könnte sagen: ein Objekt der Entspannungspolitik. Wir haben ihn nicht, aber die anderen haben ihn auch nicht.«

Bryants Miene verfinsterte sich noch weiter. »Ihr Bericht ist unterhaltsam zu lesen, Picard. Nach allem, was Sie sagen, waren in der originalen Zeitlinie sowohl ich als auch mehrere Mitglieder meines Stabs tot.« Er hielt inne, als verfolge er den Gedanken. »Ich schätze, ich schulde Ihnen Dank dafür, die Geschichte neu geschrieben zu haben.«

»Ich bedaure nur, dass ich Doktor Kolb nicht davon überzeugen konnte, mit mir zurückzukehren.« Picard warf einen Blick auf den Trikorder des Wissenschaftlers, der nun deaktiviert auf seinem Tisch lag.

»In den Styris-IV-Datenbanken der Föderation ist ein Astrophysiker namens Kolb verzeichnet, der auf dem Planeten wohnte. Aber offenbar wurde er ungefähr zur selben Zeit als vermisst gemeldet, als die Borg-Invasion stattfand.« Bryant hielt wieder inne. »Seltsam, wenn man bedenkt, dass das Styris-System keinerlei direkte Angriffe der Borg erlitten hat.«

»Vielleicht hat die Zeit sich selbst reguliert«, schlug Picard vor. »Ich bin sicher, dass die Agenten der temporalen Ermittlungsbehörde diesbezüglich eine Theorie entwickeln werden.«

»Die werden nicht erfreut sein, Sie schon wieder zu treffen. Wie ich höre, machen Sie langsam aber sicher Kirk den Rekord streitig, was temporale Verstöße angeht.« Bryants strenger Gesichtsausdruck entspannte sich etwas. »Ich verstehe, warum Sie den Nexus versiegelt haben, Picard, auch wenn mir nicht gefällt, was Sie getan haben. Sie waren immerhin im Inneren, Sie wissen besser als jeder von uns, wozu das Ding fähig ist. Vielleicht können wir, wenn das Band den Raum der Kinshaya verlassen hat und wieder durch neutrales All trudelt, zu ihm zurückkehren. Und versuchen, da wieder anzufangen, wo wir aufgehört haben.«

Picard spürte, dass Bryant etwas unausgesprochen ließ, und musterte ihn eingehend. »Sie wollen mich etwas fragen.«

Bryant nickte. »Antworten Sie mir ehrlich. Glauben Sie, wir sollten das Ding ein für alle Mal versiegelt lassen und so vor der gesamten Galaxis schützen?«

»Ich glaube, wir werden es wissen, wenn wir bereit dafür sind«, erwiderte Picard.

»Das steht zu hoffen.« Der andere Captain straffte sich und wurde wieder formell. »Mast- und Schotbruch, Sir.«

»Ihnen auch, Sir«, gab Picard den alten Seemannsgruß mit einem Nicken zurück.

Bryants holografischer Avatar schimmerte auf und verschwand. Der Captain der *Enterprise* blieb allein in seinem Bereitschaftsraum zurück. Er sah wieder aus dem Fenster und beobachtete, wie die *Newton* den Kurs wechselte und die Formation verließ. Sie flog zur nächsten Sternenbasis.

Er sah ihr eine Weile hinterher und nach einem langen Augenblick tippte Picard auf das Interkom und schickte eine Nachricht an seine Frau.

René kniete im Gras und pflückte mit aller Vorsicht, die nur ein Zweijähriger aufbringen konnte, eine Pusteblume. Er barg den weißen Blütenkopf in den kleinen Händen und blies vorsichtig darauf. Als die schirmartigen Samen davonschwebten, brach er in überraschtes Gelächter aus, als wäre es das Erstaunlichste, was er je gesehen hatte.

Picard beobachtete seinen Sohn aus der Nähe und schenkte Beverly ein Lächeln. Dann griff er in den Picknickkorb und zog eine Flasche Weißwein und den Korkenzieher daraus hervor.

»Das war eine schöne Überraschung«, sagte Beverly. »Dabei wollte ich heute Abend etwas kochen.«

»Lass diesmal den Replikator die Arbeit tun«, erwiderte Picard und öffnete die Flasche. Er goss eine kleine Menge Wein in ein Glas, kostete und erklärte ihn für gut. Dann füllte er auch das Glas seiner Frau. »Ich wollte uns eine Abwechslung gönnen. Wir essen immer in unserem Quartier.«

Sie warf ihm einen Blick zu, der ihm wieder einmal bewusst machte, dass sie ihn so leicht las, wie es sonst nur ein Telepath konnte. »Aber warum hier?« Beverlys Geste umfasste die runden Wände des Arboretums der *Enterprise*, die Pflanzgärten, die sich um die Stützpfeiler der Raumschiffhülle herum ausbreiteten und die großen, bodentiefen Fenster, die einen Blick in die Tiefen des Weltalls gestatteten. »Es gibt so viele Parks, die wir in den Datenbanken des Holodecks haben, von Dutzenden von Welten. Der Erde, Andor, Pacifica ...«

Er verzog das Gesicht. »Ich wollte etwas Echtes«, erklärte er und legte die Hand auf den Boden. Die Grashalme kitzelten seine Handfläche. »Ich habe die Nase voll von Illusionen.«

Beverly rutschte näher an ihn heran und setzte ihr Weinglas ab. »Erzähl mir davon«, sagte sie ohne weitere Einleitung. Ihre Hand legte sich auf sein Gesicht.

Was soll ich dir sagen? Er sprach die Worte beinahe laut aus, der Widerstand kam fast automatisch und ohne dass er es bewusst gewollt hätte. Aber es wäre töricht gewesen, so zu tun, als habe er nichts zu sagen. Sie war seine Frau und seine Freundin und sie kannte ihn besser als jeder andere.

»Du liest in mir wie in einem Buch«, sagte er leise.

»Nur, wenn du es zulässt«, gab sie zurück.

Picard stieß einen leisen Seufzer aus. »Kolb. Meine Gedanken kehren immer wieder zu ihm zurück, zu dem, was er getan hat. Und den Gründen, warum er es tat.«

Instinktiv warf Beverly einen Blick auf René, der jetzt eine Ameise inspizierte, die über seine Finger krabbelte. »Er hat so viel verloren«, sagte sie. Beverly hatte den gleichen Bericht gelesen, den Picard auch an Bryant übergeben hatte, und sie kannte die Unterhaltung, die die beiden Männer im Nexus geführt hatten.

»Ich kann nicht anders, ich muss mich fragen, was ich an seiner Stelle getan hätte.« Picard sah aus dem Fenster zu den Sternen. »Hätte ich unter den gleichen Umständen die gleiche Wahl getroffen? Ich möchte Nein sagen, aber das fühlt sich an wie eine Lüge.«

»Wir geben alles für die, die wir lieben«, antwortete sie.

Picard wandte sich wieder ihr zu, und Beverly erwiderte seinen Blick. »Jean-Luc, was hast du im Nexus erlebt? Da war der Bericht sehr vage, und zwar mit Absicht. Unterschied es sich von der Familie, die du das erste Mal gesehen hast?«

»Sehr«, gestand er. »Die Frau zuvor, die Kinder, mein Neffe, das Haus zu Weihnachten ... es war nicht real, eine Fantasiewelt. Es war die Synthese von Träumen und halb vergessenen Geschichten.«

»Und dieses Mal?«

»Dieses Mal warst du da.« Er nahm ihre Hand und wies mit dem Kinn zu René. »Und er auch. Und Wes, Will, Deanna und Tasha, Worf, Data, Geordi und alle unsere Freunde. Allen ging es gut und sie waren zufrieden. Älter und weiser, aber sie waren bei uns.«

Beverly zögerte. »Das klingt ... perfekt.«

Er rief sich den Augenblick wieder ins Gedächtnis und war nicht in der Lage, in Worte zu fassen, was er sah. Dann brach Picard plötzlich in Gelächter aus, ein Lachen der guten Laune, das direkt aus seinem Herzen kam. Es war ansteckend, seine Frau lächelte und auch René lachte mit.

»Nein«, widersprach er. »Es war gar nicht perfekt.«

Plötzlich kam ein klarer Moment der Sicherheit über ihn. Eine Einsicht, die so deutlich war, dass es ihm beinahe den Atem nahm. »Ich habe nicht geglaubt, dass dieser Traum Realität war«, erklärte er und hob die Hand, um ihr eine Strähne des terrakottafarbenen Haars aus dem Gesicht zu streichen. »Denn er war keinen Deut besser als die Realität, die ich hier habe.« Picard beugte sich zu ihr hinüber und küsste sie. Sie war lebendig und echt und dieser Augenblick ... dieser Augenblick war perfekt.

»Ist Papa weggegangen?« René kam nun auf sie zu. Sein kindliches Gesicht sah nachdenklich aus. Er wies zu den Sternen hinter dem Fenster.

»Ich war fort«, bestätigte Picard und nahm seinen Sohn in die Arme. »Für eine kleine Weile. Aber ich werde immer wieder zurückkommen.«

Denn hier gehöre ich hin.

Star Trek – Titan

ABWESENDE FEINDE

von John Jackson Miller

HISTORISCHE ANMERKUNG

Die Haupthandlung dieses Romans findet im November 2385 statt, nach dem Rückruf des Raumschiffs *Titan* und der Wahl des neuen Föderationspräsidenten in STAR TREK – THE FALL *»Königreiche des Friedens«*.

1

Ralph Waldo Emerson war den Breen nie begegnet.

Frieden, so hatte der Poet behauptet, könne niemals durch Gewalt erreicht werden, nur durch Verständnis. Christine Vale wusste nicht viel über Emerson, der vor beinahe vierhundert Jahren gestorben war, aber sie kannte dieses Zitat. Es war eines von mehreren, die auf ihrem Offizierspatent der Sternenflotte niedergeschrieben waren. Und sie wusste, dass es in der Praxis ein beinahe nicht umsetzbarer Ratschlag war. Zumindest, was die Breen betraf. Denn niemand konnte die Breen verstehen.

Niemand war den Breen ebenbürtig, wenn es um Verschleierung und Intrigen ging, so viel hatten Geheimagenten der Föderation bereits herausgefunden. Die Konföderation der Breen, die aus vielen Völkern bestand, sicherte Gleichheit dadurch, dass ihre Mitglieder ihre physische Erscheinung hinter Rüstungen zu verstecken hatten. Ebenso zwang man sie, elektronische Vokoder zu benutzen, um ihre Stimmen zu verfälschen. Natürlich hatte Vale keinen Helm, um die schnarrenden Krächzlaute zu dekodieren, die das Wesen mit den leuchtenden Augen auf dem Hauptschirm der Brücke des Raumschiffs *Titan* von sich gab. Er (wenn es denn ein »er« war) wiederholte zornig seine schon zuvor geäußerte Forderung - wenn er überhaupt zornig war, und falls es überhaupt eine Forderung war.

Vale hatte keine Ahnung.

»Modan?«

Die goldhäutige Kryptolinguistin saß am anderen Ende der Brücke an ihrer Station und zuckte mit den Schultern. »Ich weiß auch nicht mehr als Sie«, meldete Ensign Y'lira Modan. Die türkisfarbenen Augen der Selenianerin weiteten sich entschuldigend. »Sie haben die Codes schon wieder geändert.«

Vom Kommandosessel aus richtete Vale ihren Blick wieder auf den einzelnen Sehschlitz des Breen, eine grün leuchtende horizontale Öffnung im grauen Helm des Fremden. Das seltsame Wesen ließ nun einen weiteren Schwall der ärgerlich klingenden Krächzer verlauten. »Er weiß doch, dass wir nichts verstehen. Ich schwöre, er redet nur, um uns zu ärgern.«

Modan warf die Hände in die Luft. »Er könnte genauso gut versuchen, uns ein Kochrezept zu übermitteln.«

»Das bezweifle ich stark«, stellte der dunkelhäutige Vulkanier fest, der im Sessel zu Vales Rechter saß. »In diesem Fall bestünde für die Breen-Schiffe wohl keine Notwendigkeit, mit erhobenen Schilden und aktivierten Waffen zu reisen.«

»Danke für diese Analyse, Tuvok.« Vale verdrehte die Augen. Der Vulkanier stellte immer wieder mit pedantischer Genauigkeit das Offensichtliche fest, aber es konnte andererseits nicht schaden, wenn sie sich daran erinnerte. Die Breen-Schiffe, denen die *Titan* sich hier gegenübersah, gehörten nicht der normalerweise verwendeten Klasse der Schlachtkreuzer an, sie waren etwas kleiner. Die Klasse musste noch identifiziert werden. Der Bauart nach schien es sich um Truppentransporter zu handeln, die auf einen

Kampf im Weltall spezialisiert waren. Die Besatzung der *Titan* hatte sie vorläufig als »Lander« bezeichnet und war sicher, dass sie eine Bedrohung darstellten.

Aber Vale hatte ihre Befehle. Und sie hatte auch einen Plan, den sie in die Tat umsetzen würde, sobald sie diesen fruchtlosen Kommunikationsversuch mit diesem Breen hinter sich hatte. Ihr Blick war immer noch auf die schnarrende Gestalt auf dem Bildschirm gerichtet, doch sie beugte sich vor und faltete entschlossen die Hände. »Also gut. Wir werden jetzt Folgendes tun ...«

»Admiral auf der Brücke!«

Endlich ein Satz, den sie verstand. Christine Vale wandte sich um, als William T. Riker die Brücke betrat. Er hatte den Blick auf den Hauptschirm gerichtet und ging um die taktische Konsole herum darauf zu.

Vales sah zu ihm und lächelte schuldbewusst. »Hier ist besetzt.«

»Ich benehme mich schon wie ein Admiral«, grinste Riker. »Ich weiß nicht, was ich mit mir anfangen soll.«

Der frischgebackene Admiral der Sternenflotte sah auf die Sessel, die sich links und rechts von Vale befanden. Commander Tuvok, der Veteran der *Voyager* war vorübergehend der Erste Offizier und beschäftigte sich eingehend mit der Konsole, die sich in der Lehne seines Sessels befand. Deanna Troi, Schiffscounselor und oberste Diplomatin, blickte ihm aus dem anderen Sessel entgegen und warf ihrem Gatten einen seltsamen Blick zu. »Ich schätze, wir haben den Sitzplan noch nicht ausgearbeitet«, stellte sie fest.

»Vergiss es.« Riker wandte sich dem Hauptschirm zu. »Wie ist der Stand der Dinge?«

»Wie es aussieht, sollten Sie sich schnell eine Sitzgelegenheit suchen«, sagte Vale. »Ich werde Roten Alarm anordnen.«

Der Breen auf dem Schirm verstummte, verschwand und wurde vom Blick ins All ersetzt, den die Außenkameras einfingen. Die Breen-Lander hatten eine kreisförmige Formation eingenommen und umringten den Grund dieser Konfrontation: Zellmans Fund. Der Asteroid, der wie eine Yamswurzel aussah, strotzte nur so vor Trilithium. Und er hatte das Pech, dass man ihn in umstrittenem Raum gefunden hatte, der von den Breen und ihren Verbündeten im Typhon-Pakt, den Romulanern und den Tzenkethi, beansprucht wurde. Ungefähr sechstausend Siedler, die den unterschiedlichsten, nichtalliierten Völkern angehörten, nannten die Minenkuppeln, die sich auf dem Asteroiden drängten, ihr Zuhause, und die *Titan* war ihr einziger Beschützer.

»Die Breen machen keine Anstalten, den Asteroiden zu bedrohen«, sagte Tuvok und rief auf seiner Konsole diverse Daten auf. »Ich würde sagen, wir sind gerade rechtzeitig gekommen.«

»Rechtzeitig für ein Patt«, bemerkte Riker.

Tuvok legte die Fingerspitzen zusammen und blickte den Admiral unverwandt an. »Zwei Parteien wünschen, den gleichen Ort zu besetzen. Physisch unmöglich. Ohne Kommunikation ist ein Konflikt unvermeidlich.«

»Das haben wir doch schon versucht.« Vale starrte auf die Szene, die sich ihr bot. »Steuermann, bringen Sie uns in eine elliptische Umlaufbahn um den Himmelskörper. Geodätische Krümmung, lassen Sie sie per Zufallsmoment über dem Zentrum des Asteroiden oszillieren. Sie werden versuchen, Truppen und schweres Gerät immer auf der Seite landen zu lassen, auf der wir uns gerade nicht befinden. So können wir überall gleichzeitig sein.«

Sie warf einen Blick zurück zu Riker und stellte fest, dass er in respektvoller Entfernung, aber sehr aufmerksam neben dem Junior-Offizier an der taktischen Konsole stand. »Klingt das gut für Sie, Admiral?«

»Sie sind der Captain«, sagte er und kratzte seinen Bart. Nur wenig Grau war darin zu sehen. »Ich bin nur ein Zuschauer.«

Vale wusste, dass das nicht der Wahrheit entsprach, aber es war auf alle Fälle gut zu hören. Sie war nicht offiziell der Captain der *Titan*, das Kommando hatte sie nur zeitweilig inne. Will Riker war zum Föderationsrepräsentanten befördert worden. Gegenwärtig setzte der Admiral sein altes Kommando als Flaggschiff ein, um die Buschfeuer im Beta-Quadranten auszutreten, die von den Aktivitäten der Paktmächte entfacht worden waren.

Sich einen Kommandosessel zu verdienen, war das Ziel der meisten Kadetten der Akademie, doch nur wenige erreichten es wie Vale schon mit Anfang vierzig. Aber es auf diese Weise zu bekommen, war nicht sehr zufriedenstellend. Vielleicht lag es an den Schauergeschichten, die sie in der Vergangenheit gehört hatte. Selbst Captains, die so angesehen waren wie James T. Kirk hatten bereits die unwürdige Situation ertragen müssen, dass ihre Kompetenz von den Abgeordneten der Föderation infrage gestellt wurde, die sie zu transportieren hatten. Aber wenigstens hatten diese Besserwisser nicht in der Sternenflotte gedient. Vales ehemaliger Captain hatte eine reibungslose Übergabe versprochen, und bisher hatte Riker sich an dieses Versprechen auch gehalten. Er hatte selbst mit den gleichen Problemen zu tun gehabt, sowohl als Commander als auch als Captain. Aber es wäre wohl für jeden Offizier schwer gewesen, die Aufmerksamkeit seiner Besatzung während einer direkten Konfrontation eines Schiffs auf sich zu ziehen, wenn der Erfinder des »Riker-Manövers« sich auf der Brücke befand.

Noch ist es ja keine echte Konfrontation, dachte Commander Vale, und das traf sowohl auf ihre Beziehung zu Riker als auch auf die Situation mit den Breen dort draußen zu.

»Sieht aus, als würde es funktionieren«, sagte sie dann. »Kein einziges dieser Schiffe will es mit uns aufnehmen. Sie scheinen sich zurückzu...«

Ein Annäherungsalarm erklang.

»Ein weiteres Schiff nähert sich«, verkündete Tuvok.

»Sie scheinen sich zurückzuziehen, um Platz für Verstärkung zu schaffen, wollte ich sagen.«

»Nein. Es ist die *Aventine*, Captain.«

»Die *Aventine*?« Das war Ezri Dax' Schiff. Und eigentlich hatte es hier nichts verloren. Vale blickte Riker an.

»Sehen Sie mich nicht an.« Der Admiral schien genauso verwirrt zu sein wie sie.

»Öffnen Sie einen Kanal«, befahl Vale. »Captain Dax, wir sind gerade sehr beschäftigt. Was kann die *Titan* für Sie tun?«

»Ich glaube, es ist eher umgekehrt: Ich kann etwas für Sie tun«, erwiderte die dunkelhaarige Trill, die nun auf dem Schirm erschien. *»Wir überwachen die andere Seite des Asteroiden.«*

»Danke für die Hilfe. Uns wurde schon ganz schwindlig.« Vale rieb sich die Hände. »Mit einem zweiten Schiff können wir alle Annäherungen erkennen und abwehren ...«

Dax unterbrach: *»Admiral Riker, wir haben eine Nachricht vom Kommando der Sternenflotte. Wir übermitteln sie auf einem sicheren Kanal.«*

»Dafür wurde die *Aventine* geschickt?« Rikers Miene verfinsterte sich.

Vale wurde klar, dass es sich um etwas Wichtiges handelte.

Riker wandte sich um. »Ich nehme sie in meinem ... dem Bereitschaftsraum des Captains entgegen.« Er machte sich auf den Weg.

»Er steht Ihnen zur Verfügung«, erwiderte Vale. Doch er war schon verschwunden.

Vale seufzte und wandte sich wieder Ezri zu. »Haben Sie in der letzten Zeit ein paar neue Witze aufgeschnappt? Diese Breen sind nicht gerade angenehme Gesprächspartner …«

Christine Vale hatte schon oft dieses lange, verlegene Schweigen erlebt, wenn man auf eine Antwort wartete, aber niemals bei Rotem Alarm. Die *Aventine* hatte sich der Patrouille um Zellmans Fund herum angeschlossen, und auch wenn die Gegenwart eines zweiten Föderationsraumschiffs die Breen nicht in die Flucht geschlagen hatte, kamen ihre Lander zumindest auch nicht näher. Doch auch Vale war einer Erklärung, warum die *Aventine* eigentlich gekommen war, keinen Schritt näher. Wenn Dax irgendetwas wusste, sagte sie es nicht.

Admirals und Captains, dachte sie. *Scheint, als gehörst du noch nicht zum Club, Christine.*

Vale sah wieder zur Tür des Bereitschaftsraums hinüber. Immer noch geschlossen. Kein Laut drang heraus, wie es von einem Raum, in dem Gespräche geführt wurden, die privat bleiben sollten, auch zu erwarten war. Zum zweiten Mal dachte sie darüber nach, ob sie vielleicht einen Statusreport zu Riker bringen sollte, in der Hoffnung, einen Hinweis darauf zu bekommen, was los war.

Dann hörte sie plötzlich ein dumpfes Geräusch. Einen Aufprall auf die Tür. An der Ops-Station hob der cardassische Ensign, Zurin Dakal, prompt den Kopf. »Das klang, als hätte jemand einen Stuhl geworfen.«

»Behalten Sie bitte die Breen im Auge.« Aber Vale selbst sah nun auch den besorgten Ausdruck auf Trois Gesicht. Sie wollte die Frau nicht fragen, ob sie empathisch überprüfen konnte, was mit ihrem Gatten los war, aber die Miene der Betazoidin sprach Bände.

Troi holte tief Luft, als wolle sie etwas sagen, als ihr Kommunikator piepte. Es war Riker. *»Deanna, ich brauche dich.«*

Sie sprang sofort auf. »Wenn Sie mich entschuldigen wollen, der Admiral ...«

Vale nickte bedeutsam. »Mh-hm.«

Der Captain sah dem Counselor hinterher. Ihre Locken wippten bei jedem Schritt. In der Sekunde, in der Troi die Tür erreichte, glitt sie auf und Rikers Hand zog sie hinein. Gedämpfte Konversation war zu hören. Nach einem Augenblick des Schweigens steckte Riker seinen Kopf aus der Tür.

»Sie kommen besser auch rein, Christine ... äh, Captain.« Das Gesicht des Admirals war aschfahl. »Und Mr. Tuvok ebenfalls.«

Der Vulkanier wies auf den Hauptschirm. »Aber Admiral, die Breen ...«

Tuvok unterbrach sich mitten im Satz, als Rikers Augenbrauen sich zusammenzogen und damit unmissverständlich klarmachten, dass er nicht an einer Diskussion interessiert war.

»Die Breen ...«, begann Tuvok noch einmal langsamer, »... werden wohl nicht weglaufen.«

Vale nickte. »Mister Gibruch, Sie haben das Kommando«, befahl sie.

Riker verschwand wieder im Bereitschaftsraum. Vale stand auf und ging mit Tuvok zur Tür. »Sie lernen langsam, in seinem Gesicht zu lesen«, wisperte sie.

Der Vulkanier nickte. »Diesen Ausdruck kenne ich von Kathryn Janeway. Ich nenne ihn: ›Voller Stopp‹.«

Die Tür des Bereitschaftsraums schloss sich hinter Vale, als sie und Tuvok über den umgestürzten Stuhl stiegen. Riker hatte ihnen den Rücken zugewandt und stemmte sich mit den Handflächen gegen die hintere Wand. »Die *Aventine* soll unseren Platz hier einnehmen«, grollte er. Er drehte nicht zu ihr um. »Wir wurden von diesem Auftrag abgezogen.«

Troi sah ihren Gatten besorgt an. »Das ist nicht gut, oder?«

»Es ist noch schlimmer«, sagte Riker. Er wandte sich zu ihnen um und biss die Zähne zusammen. Dann zwang er sich zu einem Lächeln. »Die Föderation will, dass ich der Friedensabgesandte für Garadius IV werde.«

Troi blinzelte und schien endlich zu verstehen. »Oh.«

»Oh, ja.« Riker schüttelte den Kopf.

»Oh, nein«, widersprach sie leise. Sie griff hinter sich, tastete nach der Sessellehne und ließ sich in den Sitz fallen. »Oh.«

Verwirrt verschränkte Vale ihre Arme vor der Brust. »Garadius IV? Was ist denn an Garadius IV so schlimm?«

»Was an Garadius IV ist *nicht* schlimm?«, fragte Riker zurück und suchte sich nun seinerseits einen Sessel, um sich hineinfallen zu lassen. Er starrte mit leerem Blick gestikulierend an die Decke. »Ich wäre glücklicher, wenn ich hierbleiben und mich mit den Breen anlegen dürfte. Oder die Heimatwelt der Gorn unbewaffnet angreifen könnte. Irgendwas tun ... alles, aber nicht das!«

Will Riker war dafür berüchtigt, unter Druck immer kühl zu bleiben. So aufgeregt hatte Vale ihn noch nie gesehen. Und das angesichts einer Friedensmission? Sie ging auf den Schreibtisch zu und sah sich die schematische Darstellung auf dem Schirm an. Garadius IV war eine größtenteils von Wasser bedeckte Welt, die man wegen ihrer unterseeischen Ressourcen schätzte.

»Soweit ich mich erinnere, beschränkt sich die Meinungsverschiedenheit auf Garadius IV auf zwei verhältnismäßig kleine Siedlergruppen«, stellte Tuvok fest und hob den umgestürzten Stuhl wieder auf.

»Achtzigtausend Einwohner«, las Vale laut vor. »Klingt nicht gerade nach einem besonders schweren Konflikt.«

»Es waren einst achthunderttausend Personen«, erklärte Troi. Sie suchte den Blick ihres Mannes, doch er starrte weiter ins Leere.

»Ich habe mit einem Raumschiff der *Galaxy*-Klasse eine Bruchlandung hingelegt. Das würde ich mit Freuden für den Rest meines Lebens - stündlich.« Er sah Troi an und fummelte an den beiden rechteckigen Rangabzeichen mit den beiden Pins darauf, die an seinem Kragen befestigt waren, herum. »Ich sag dir, wenn es bei der Beförderung darum ging ...«

Troi rückte mit ihrem Sessel näher an ihn heran und streckte tröstend die Hand aus, doch dann besann sie sich und sank wieder in ihren Sitz. »Ausgerechnet Garadius.«

»Admiral, ich verstehe nicht«, stellte Tuvok fest. »Wie kann eine Friedensmission denn etwas anderes sein als ein Kinderspiel, verglichen mit den Feindseligkeiten, denen wir uns hier gegenübersehen?«

Troi seufzte und schüttelte den Kopf. »Wir waren bei der letzten Friedenskonferenz dort, mit der *Enterprise-D* unter Captain Picard. Das ist nun sechzehn ... nein, siebzehn Jahre her. Das hätten Sie erleben sollen ...«

2

2368

»Hier stinkt's!«

»Nummer Eins, seien wir doch diplomatisch, ja?«

Commander William T. Riker atmete aus. Er war froh, jedes Bisschen von Garadius IV aus seinem Körper zu bekommen, auch wenn es nur eine Sekunde anhielt. »Wow.«

Es war eine von vielen Begleiterscheinungen, wenn man mit dem Transporter reiste. Ja, beamen hatte keinen negativen Effekt auf den Körper. Aber menschliche Lungen waren nicht an dramatische Veränderungen der Temperatur und der Luftzusammensetzung von einem Atemzug auf den nächsten gewöhnt. Der Übergang von der gefilterten Atemluft der *Enterprise* zu dem dampfigen, schwefelhaltigen Gemisch, das hier auf Garadius als Atmosphäre durchging, schnürte Riker die Kehle zu, und seine Augen tränten. Troi ging es nicht viel besser, wie er mit einem Blick über seine Schulter feststellte. Sie blinzelte rasch, sah ihn schwach an und versuchte, zu lächeln.

Er wusste nicht, ob Jean-Luc Picard gewusst hatte, was sie erwartete, oder ob er einfach nur besser darin war, mit solchen Veränderungen zurechtzukommen. Aber der Captain, der in seiner Uniform sehr adrett aussah, holte tief Luft und beobachtete die Szenerie um sie herum. Dort ragte der riesige zentrale Turm in den Nebel, unter ihnen waren nur noch die Überrest der im Krieg zerstörten Stadt zu sehen.

Und hier waren wie erwartet die Ekorr: gedrungene Humanoide in Kampfrüstung, die die Transporterplattform umringten.

Eine von ihnen trat auf die Besucher zu. Riker konnte sehen, dass die Ekorr keine Nase unter ihrem Kampfhelm hatte. Nur ein v-förmiges Stück Haut, das nach außen hin vibrierte, wenn sie sprach.

»Föderation?«, fragte sie. Es klang wie ein hohes Jammern.

»Korrekt«, erwiderte Picard.

»Reparaturteam?«

»Diplomatische Abordnung.«

Die Ekorr-Wache gurgelte zornig. Ihre schwarzen Augen verdrehten sich in ihren Höhlen nach oben. »Ihr wisst einfach nicht, wann ihr aufgeben müsst, nicht wahr?«

Picard straffte sich. »Wenn Sie unsere Hilfe wünschen, bitten wir als Gegenleistung nur um ein paar schmerzlose Gespräche.«

»Sie verschwenden Ihre Zeit und unsere.« Die Ekorr seufzte. Ihre Haut, die einst die Farbe von Elfenbein gehabt haben mochte, war fleckig und dreckig. Das war an einem Ort, an dem Krieg ein permanenter Zustand war, nicht verwunderlich. Sie wies mit ihrem Disruptorgewehr nach Osten. »Nun gut. Zorrayn erwartet Sie im vorderen Bunker am Platz der Propheten. Ihre anderen Teams sind bereits eingetroffen. Sie werden Sie dort treffen, wenn sie ihre Arbeit beendet haben.«

»Ausgezeichnet«, erwiderte der Captain. »Dann sehen wir sie also beim Gipfeltreffen.« Er sah mit einem kleinen Lächeln die Wache an. »Und wie lautet Ihr Name?«

»Orica! Gehen Sie. Und versuchen Sie, sich nicht erschießen zu lassen.«

Eine Gasse bildete sich zwischen den Wachen, und Picard führte seine Gefährten eine Art Straße hinab, die sich zwischen rostfarbenen Ruinen hindurchwand. Jedes dritte Gebäude war ausgebombt. Riker sah Rauch über den Dächern aufsteigen. Schüsse erklangen im Norden, dann auch im Süden.

»Die Einwohner haben uns zuliebe also keinen Waffenstillstand geschlossen«, stellte Riker fest.

»Dann bedarf es der Vermittlung umso mehr.« Troi sah sich sorgenvoll um. »Der Ort scheint viel zu klein für solche Kämpfe zu sein.«

»Klein ist der richtige Ausdruck. Es ist, als würden sich zwei Hunde um einen Knochen balgen!«

Riker fand das nicht übertrieben. Die größte Landmasse auf Garadius IV war aus dem Orbit betrachtet winzig, wenn man sie überhaupt erkennen konnte. Die Insel Sanktum war eine erdnussförmige Hochebene, die von einem Ende zum anderen vielleicht dreißig Kilometer maß und die einsam aus einem in permanenten Nebel gehüllten, blutroten Meer herausragte. Eine Goldgrube aus seltenen Elementen lag unter der ölig glänzenden Oberfläche des Ozeans verborgen, doch das stark säurehaltige Wasser machte ihre Ausbeutung schwer. Den Planeten zu zähmen, wäre selbst für Genies eine Herausforderung gewesen.

Und das war es tatsächlich gewesen. »Die Vulkanier haben vor über einem Jahrhundert hier eine Kolonie errichtet«, erklärte Picard. »Sie haben versucht, den Planeten mit den Maschinen, die Sie hier sehen, zu terraformen. Oder besser: zu vulkanformen.« Der Captain wies auf den großen, zylindrischen Turm, der im Zentrum der Insel aufragte. »In den Ecken dieser Landmasse befinden sich außerdem vier große Gebäude, die das Wasser für den Verbrauch der Bürger aufbereiten. Die Atmosphäre wurde atembar gemacht ...«

»Darüber lässt sich streiten«, bemerkte Riker und wagte ein schwaches, ironisches Lächeln.

»... doch die Vulkanier waren seinerzeit technologisch nicht in der Lage, die Ozeane effektiv zu nutzen«, fuhr Picard fort. »Also haben sie die Anlage wieder verlassen.«

»Und dann kamen die Siedler«, ergänzte Riker. »Ich habe die Informationen gelesen.«

»Es ist schon etwas Besonderes, das selbst zu sehen.« Picard schien sich trotz ihres Zustandes für die Gebäude, die sie umgaben, zu begeistern. »Zuerst gab es nur eine Fabrik, dann eine Stadt, hauptsächlich erbaut aus lokalen Materialien. Eine Stadt, die beinahe von Anfang an geteilt und zerrissen war.«

Riker warf einen Blick auf die kleinen Wachen, die man entlang der Straße postiert hatte. Die Ekorr reichten ihm allesamt gerade bis zur Schulter. Es waren Überlebende einer Zivilisation, die die Föderation erst noch kennenlernen musste. Die Siedler hatten Garadius IV vor neunzig Jahren entdeckt, hatten Geschmack an dem Planeten gefunden und sich auf Sanktum niedergelassen.

Keine Nasen zu haben, kam ihnen dabei sicher zupass, dachte Riker.

Doch zur gleichen Zeit hatte auch eine andere raumfahrende Kultur Anspruch auf die Insel erhoben. Picard erklomm eine steinerne Treppe, die in eine lange Kolonnade mündete, die die Stadt, und damit auch die Insel, buchstäblich in zwei Hälften teilte.

Auf der anderen Seite der Lichtung waren einige große, grüne Gestalten zu sehen, von denen sich einige versteckt hatten. Alle schienen bewaffnet zu sein.

»Das sind Lurianer, nicht wahr?«, wollte Riker wissen und kniff die Augen zusammen, um sie besser erkennen zu können. Auf diese Entfernung war es schwer, mehr zu erkennen als die Tatsache, dass sie ungefähr doppelt so groß waren wie die Ekorr, doch er kannte diese Spezies. Ihre Gesichter schienen nur aus Kinn zu bestehen, die kleinen Ohren saßen weit oben an ihrem Kopf.

»Ich habe einmal einen in einer Bar getroffen, bei irgendeiner Mission«, erzählte Picard. »Sein Name war Morn. Hat mir ein paar sehr interessante Geschichten erzählt.«

»Aber die Lurianer sind eine friedliche Rasse.«

»Unsere Freunde dort drüben nicht. Es sind Ausgestoßene, nehme ich an. Aus welchem Grund auch immer haben sie sich hier niedergelassen und den Namen ›Baladonier‹ angenommen. Sie mögen es nicht, zu teilen. Sagt man jedenfalls.«

Riker schüttelte den Kopf. Er hatte den Eindruck, dass er Zeuge des Vorabends einer Napoleonischen Schlacht sei. Die Ekorr standen mit feuerbereiten Waffen auf einer Seite des Platzes, den die Wache den Platz der Propheten genannt hatte. Ihnen gegenüber, auf der anderen Seite des Platzes, hatte sich eine Reihe von Baladoniern aufgestellt. Beide Parteien waren hundert Meter voneinander entfernt, und Riker konnte die Leichen sehen, die auf dem Platz dazwischen lagen. Eine Barrikade aus Pflastersteinen, die schon halb niedergerissen war, war zwischen ihnen errichtet worden. Dahinter konnte er einen einzelnen Ekorr erkennen, der sie zu sich herüberwinkte.

Picard hob eine Augenbraue in Rikers Richtung. »Wollen wir?«

Der glatzköpfige Captain wandte sich um und betrat einfach so das Niemandsland. Riker warf Troi einen Blick zu, bevor sie beide ihm folgten.

»Siebzehn vergebliche Expeditionen«, flüsterte Riker. »Wie ist das nur möglich?«

»Ich spüre nichts als Misstrauen und negative Gefühle«, erwiderte Troi. Es war nicht nur die faulige Luft, die der

Empathin Kopfschmerzen bereitete, sondern auch die örtlichen Emotionen. »Das ist unverkennbar.«

»Nun, ich denke, wir werden wissen, wenn wir Erfolg hatten«, sagte Picard. »Wir sind auf einer Hilfsmission hier, also können wir auch eine Konferenz einberufen.«

Riker nickte wieder und blickte zur Spitze des zylindrischen Turms, den die Vulkanier hinterlassen hatten. An seiner fünfzig Meter hohen Spitze blies der Luftreiniger Ströme reiner Luft in die Landschaft, der intensive Nebel darüber sorgte dafür, dass ihre Zirkulation sich auf Bodennähe beschränkte. Sowohl die Luft- als auch die Wasserkläranlagen, die alte vulkanische Technologie nutzten, erforderten alle paar Jahre Reparaturen und Wartung. Dieser Besuch, wie auch die vorangegangenen, erfolgte aus dieser Notwendigkeit heraus. Doch so erhielt die Föderation eine Chance, zwischen den Parteien verhandeln zu können.

»Merken Sie es, Nummer Eins? Mister La Forges Teams haben da oben mit ihrer Arbeit begonnen. Wir können endlich durchatmen.«

»Da rund ein Dutzend Disruptoren auf mich gerichtet sind, kann ich das nicht gerade behaupten«, erwiderte Riker und ging langsam weiter. »Beide Parteien verfügen über Warptechnologie. Warum sie bleiben, wenn nicht genug Platz ist für beide ...«

»Noch mehr geniale Analysen von den genialen Föderationsgenies!« Ein helmloser Ekorr stapfte von der Barrikade aus auf sie zu. Eine spiralförmige braune Haarlocke lag eng an seinem Kopf an ... und seine Stimme klang noch verärgerter als die der Wache vorhin. Falls das überhaupt möglich war. »Natürlich bleiben wir! Sie wollen, dass wir den heiligsten aller heiligen Ekorr-Orte dem Feind überlassen? Und das wagen Sie, hier auszusprechen? Hier? Wissen Sie, wo Sie stehen, Föderationsmann?«

Riker biss sich auf die Lippe und sah sich um. »Den alten Bauplänen nach war dieser Platz als Hauptlandezone für die vulkanischen Transporter gedacht, damals, vor Jahren ...«

»Er nennt den Platz der Propheten, unsere ehrenvolle und heilige Promenade der Erleuchtung eine ›Landezone‹! Hervorragend! Warum nehmen Sie nicht Ihre ›Experten‹-Expertise und bringen sie woanders an den Mann?«

Riker fuhr angewidert zurück, aber Picard sprach schnell und streckte dabei die Hand in einer friedlichen Geste vor. »Friedensvermittler Zorrayn, nehme ich an.«

Der Ekorr ergriff die Hand nicht. »Warten Sie!«, verlangte er in einem Ton, den selbst ein Ferengi wohl schrill gefunden hätte. »Ich will Ihre Dokumente sehen. Sie könnten feindliche Agenten des Feindes sein.«

»Kein Problem.« Picard fischte ein Padd aus der Tasche seiner Uniform.

»Zeitverschwende Zeitverschwender!«

Verwirrt untersuchte Riker seinen Kommunikator. »Ist etwas mit dem Universalübersetzer nicht in Ordnung? Es hat den Anschein, als sagten Sie alles doppelt.«

Zorrayn riss Picard das Padd aus der Hand. »Wenn Ihr heiligster Ort mit dummen und hohlköpfigen Dummköpfen bevölkert wäre, dann würden Sie sich auch wiederholen.« Für eine halbe Sekunde warf er einen Blick auf das Padd. »Diese Informationen sind wertlos. Also müssen Sie von der Föderation sein!«

Er warf den Datenspeicher in die Luft. Überrascht streckte Riker den Arm aus, um ihn aufzufangen, dann gab er ihn an Picard zurück und bemerkte dabei die Miene, die der Captain aufgesetzt hatte.

Ich kenne diesen Blick, dachte sich Riker. *Er bedeutet: Das kann ja heiter werden!*

Sie gingen los, um als Nächstes mit dem Kriegsherrn Jakoh zu sprechen, am anderen Ende des Kampfgebiets. Jakoh hatte ein giftgrünes Gesicht und war so muskulös wie seine Gefährten, doch er hatte viel mehr Haare als der glatzköpfige Lurianer, den Picard vor Jahren getroffen hatte. Der Kriegsherr behauptete, er entstamme einer ehrenvollen Blutlinie, war er doch der Enkel des großen Baladon, der seine lurianischen Gefolgsleute vor Jahren nach Garadius geführt hatte.

Die Baladonier bezeichneten die Landmasse ebenfalls als Insel Sanktum, aber Riker stellte beinahe sofort fest, dass das auch schon die einzige Gemeinsamkeit der beiden miteinander im Clinch liegenden Parteien war. Der stämmige Jakoh machte innerhalb der ersten Minute klar, wie schwer es sein würde, einen Kompromiss zu erreichen. »Ich bin nicht sicher, wer diese Ekorr sind, über die Sie sprechen.«

»Wie bitte?«, fragte Picard.

»Diese ›eeh-korr‹.« Er sprach das Wort mit einer unfassbar tiefen Stimme aus. »Wissen Sie, ich glaube, ich habe diese Bezeichnung noch nie gehört.«

Riker lächelte. »Ist das ein Scherz? Das sind die Leute, die sich auf der anderen Seite des Platzes befinden. Die Leute, mit denen zusammen Sie die halbe Stadt zerstört haben.«

Jakoh schien nun ernstlich verwirrt zu sein und sah zu seinen bewaffneten Leuten hinüber. »Versteht ihr, was er meint? Irgendeiner von euch?«

Die anderen Baladonier ließen die Ekorr-Barrikaden nicht aus den Augen und zuckten mit den Schultern.

»Keine Ahnung«, sagte einer.

»Ekorr? Das ist neu«, stimmte ein anderer ein.

Picard musste sich zurückhalten, um keine Grimasse zu ziehen. »Aber ich bitte Sie, Sie müssen doch ...«

»Oooh!«, fiel es Jakoh nun ein. Das Wort grollte tief in

seinem Brustkorb. »Warten Sie, das war dieses ... dieses Ungeziefer, das mein Großvater vorgefunden hat, als er herkam. Ein paar kleine Nager, die er zertrat. Ekorr, ja ja.«

Er sah Riker und Picard nun direkt ins Gesicht. »Die sind schon lange ausgerottet.«

Troi starrte ihn an. »Sie stehen keine hundert Meter von Ihnen entfernt!«

»Und Sie zielen auf sie, mit Ihren Waffen!«, fügte Riker hinzu.

»Tut mir leid. Ich kann Ihnen da nicht helfen.«

Picard lächelte kurz und hob einen Zeigefinger. »Entschuldigen Sie uns kurz.«

Die drei Offiziere der Sternenflotte traten zur Seite, während die Baladonier sich gegenseitig zuriefen, was sie über die Ekorr zu wissen vorgaben. »Das waren keine Nager, Kriegsherr.«

»Waren das nicht Käfer?«

Picard beugte sich zu Troi hinüber. »Die machen nur Witze, oder? Ich meine, da besteht doch keine kognitive Dissonanz. Sie sehen die Ekorr doch in Wirklichkeit, oder?«

»Dessen bin ich sicher«, gab der Schiffscounselor zurück. »Was Sie hören, nennt sich auch Wunschvorstellung, die von den eigenen Vorurteilen verstärkt wird. Für sie sind die Ekorr weniger als nichts, Verunreinigungen, von denen sie sich gern fernhalten würden. In gewissem Sinne also lügen sie Sie zwar an, aber sie glauben auch, was sie Ihnen erzählen.«

»Wundervoll«, sagte der Captain. Er zwinkerte Riker zu. »Willkommen in der Kunst der Diplomatie, Nummer Eins. Ich glaube, das wird einige Zeit dauern.«

3

»Deanna, pass auf!«

Disruptorschüsse zischten wieder über dem Platz der Propheten hin und her. Riker packte Trois Schulter und stieß sie nach vorn, aus dem Kreuzfeuer. Die beiden fielen auf den zerbrochenen Beton vor der provisorischen Barrikade der Baladonier.

»Feuer einstellen!«, befahl Jakoh.

Es würde helfen, wenn er das auch der anderen Seite befehlen könnte, dachte Riker, als weitere Schüsse den Boden ganz in seiner Nähe trafen. Er kam hastig auf die Beine. Troi erreichte den sicheren Raum hinter der Barrikade Sekunden vor ihm selbst.

»So viel zum Thema ›Promenade der Erleuchtung‹«, murmelte Troi.

Riker warf Jakoh, der gerade seine Schützen beglückwünschte, einen zornigen Blick zu. »Verdammt, Jakoh! Wenn die Ekorr nicht existieren, worauf schießen Sie dann?«

»Jeder muss ab und an mal üben«, stellte der Baladonier klar und grinste breit.

»Ja, sicher.« Riker beließ es grollend dabei.

Picard, erkannte er, war bereits hier. Und er war nicht zufrieden, obwohl er alles richtig vorhergesehen hatte. Es hatte tatsächlich Zeit gekostet: Stundenlang waren die Möchtegern-Diplomaten zwischen den rivalisierenden Parteien hin- und hergelaufen. Bisher jedoch hatten ihre Bemühungen nichts erreicht, es sei denn, man zählte ein paar verkohlte Stellen an Rikers Hose. »Wir sollten beim nächsten Mal besser von einem Lager ins andere beamen, Captain. Diese Waffenstillstände sind ungefähr so viel wert wie ein Ferengi-Vertrag!«

»Ich versuche nur, Repräsentanten beider Gruppen an einen Ort zu bringen«, erklärte Picard. »Zwischen ihnen liegen nur hundert Meter, aber es könnten genauso gut Lichtjahre sein!«

Er winkte Jakoh zu und übergab ihm ein Padd. »Kriegsherr, die Ekorr haben mir etwas gegeben, was man Bedingungen für ein Treffen unter vier Augen nennen könnte. Wenn Sie es sich bitte ansehen würden ...«

Jakoh warf einen Blick auf das Dokument und schnaubte verächtlich. »Dieses Gekritzel sagt mir nichts!«

Picard nickte geduldig. »Ich bin sicher, dass wenigstens einige Punkte in der Liste zu finden sind, mit denen Sie sich einverstanden erklären können.«

»Nein, ich meine, die Zeichen selbst sagen mir nichts! Alles ist in Ekorr geschrieben.«

Nun war es an Riker, zu schnauben. »Ich dachte, Sie hätten nie von den Ekorr gehört?«

Picard wandte sich Riker mit finsterer Miene zu. Riker hob die Hände. *Okay, ich bin ja schon still.*

Der Captain sah wieder auf das Dokument. »Haben Sie keine Möglichkeit, es für sich zu übersetzen?«

»Warum würde ich so etwas wohl brauchen?«, dröhnte Jakoh. »Ich habe Ihnen doch gesagt, die Ekorr ...«

»Natürlich«, unterbrach ihn Picard und tippte auf seinen Kommunikator. »*Enterprise*, verbinden Sie mich mit dem Lager der Ekorr.« Ein Piepen erklang. »Zorrayn, wenn Sie auf diesem Kanal mithören ... könnten Sie uns eine Kopie Ihrer Bedingungen in der Schrift der Baladonier besorgen?«

Zorrayns Aufheulen war laut und deutlich zu hören. »*Baladonisch? Aber natürlich, das kann ja jeder sprechen.*«

»Nun, dann ...«

»*Nnnaaaaahhh!*«

Picard runzelte die Brauen, als der grässliche Laut aus seinem Kommunikator drang. »Verzeihung?«

»*Nnnaaaaahhh! Nnnaaaaahhh! Die Baladonier klingen genau wie* eltorfs, *brüllende Packtiere aus dem Land unserer Ahnen. Das ist die einzige Art, wie man mit solchen Wesen kommunizieren kann! Nnnaaaaahhh!*«

Einige andere Stimmen aus dem Lager der Ekorr fielen mit in die Kakophonie ein.

Jakoh schnaubte. »Was haben diese Geräusche zu bedeuten?« Er baute sich zornig vor Picard auf. »Was soll das heißen?«

»*Nnnaaaaahhh! Nnnaaaaahhh! Nnnaaaaahhh!*«

»Nun hören Sie aber auf«, versuchte Picard den Lärm aus seinem eigenen Kommunikator zu übertönen. »Das ist wirklich kindisch!«

»*Kindisch?*«, rief Zorrayn über den Kanal. »*Ich habe Sie wissen lassen, dass es sich um Laute aus dem Land unserer Ahnen handelt! Warten Sie, ich hole den Kommunikator näher heran, dann können Sie es besser verstehen.*«

Als das Brüllen wieder begann, schaltete Picard seinen Kommunikator ärgerlich ab. Er sah zu Jakoh auf und zuckte mit den Schultern. Der Kriegsherr stampfte davon.

»Das ist die Diplomatenversion des *Kobayashi-Maru*-Tests«, erklärte Riker.

»Wir geben uns noch nicht geschlagen«, erwiderte der Captain. Plötzlich hellte seine Miene sich auf. »Ah, endlich jemand, der uns freundlich gesinnt ist!«

Lieutenant Commander Geordi La Forge erschien östlich von ihnen. Er hatte einen silbernen Werkzeugkasten bei sich. Er rückte seinen Visor zurecht und wies auf einen Fleck im Nebel hinter sich. »Wasserreinigungsanlage Nummer vier arbeitet wieder normal.«

»Schön, Sie zu sehen«, sagte Riker.

»Schön, gesehen zu werden.«

Riker kicherte. Nur auf einer Mission wie dieser waren La Forges kürzliche Erfahrungen etwas, über das man lächeln konnte. Der Besuch der *Enterprise* auf Garadius IV hatte verschoben werden müssen, um einem beschädigten Schiff der Romulaner zu helfen. Die Romulaner hatten versucht, einen molekularen Phaseninverter zu benutzen, um eine interphasische Tarnvorrichtung zu kreieren. Wenn ihnen das gelungen wäre, wären sie nicht nur in der Lage gewesen, ihre Raumschiffe vor der Föderation zu verstecken, sie hätten sie auch in Materie verbergen können, wie zum Beispiel in Sternen, Asteroiden oder sogar in anderen Raumschiffen.

Stattdessen war bei dem Experiment einiges schiefgelaufen. Geordi La Forge und Ensign Ro Laren waren aus der Phase des Rests des Universums verschoben worden. Stundenlang waren sie durch die Korridore der *Enterprise* geirrt, hatten die Besatzung gesehen und gehört, waren aber nicht in der Lage gewesen, sich ihnen verständlich zu machen. Sie konnten auch durch Wände gehen, ein Vorgang, der Chronitonstrahlung im »normalen« Universum hinterließ. Dieses Phänomen erwies sich als ihre Rettung: Data konnte dank dieser Strahlung schließlich ihre Anwesenheit erkennen und für ihre Rückkehr in die Realität sorgen.

Riker hatte damals kein Wort darüber verloren, aber diese ganze Episode hatte ihn verunsichert. Als Ensign auf der *Pegasus*, ein Jahrzehnt zuvor, war er dabei gewesen, als Captain Erik Pressman ein ähnliches Tarngerät getestet und so den Vertrag von Algeron verletzt hatte. Dieser Vertrag verbot Tarnvorrichtungen auf Raumschiffen der Föderation. Der Vorfall damals hatte schwere Konsequenzen nach sich gezogen, und Riker hatte von Glück reden können, mit dem Leben - und seiner Karriere - davonzukommen. Der Zwischenfall gehörte zu den wenigen Dingen, über die er mit Picard nie gesprochen hatte. Er konnte es nicht.

La Forges Erfahrung allerdings war für Riker sowohl faszinierend als auch grauenvoll. Wie es wohl gewesen war, in jeder Hinsicht ein Geist zu sein?

»Haben Sie eigentlich schon herausgefunden, wie Sie überhaupt atmen konnten?«, wollte er wissen.

»Ich habe da ein paar Ideen«, sagte La Forge. »Ich versuche auch, herauszufinden, wie die Schwerkraft uns genau beeinflusste. Angesichts der Tatsache, dass unsere Körper nicht in der Lage waren, mit normaler Materie zu interagieren, hätten wir eigentlich durch den Boden fallen oder Purzelbäume im All schlagen sollen. Die *Enterprise* hätte uns zurücklassen müssen.«

»Damit sie diesem armen Romulaner Gesellschaft leisten?« Riker schüttelte den Kopf. Es war beinahe ein Witz, aber wenn er an den ebenfalls phasenverschobenen Romulaner dachte, den Ro Laren ins All hinausgeschleudert hatte, dann lief es ihm kalt den Rücken herunter. Was er wohl durchgemacht hatte?

»Das ist auf alle Fälle bemerkenswert«, gab Riker zu. »Vielleicht sollten Sie ein Buch darüber schreiben.«

»Ich bin beinahe schon so weit, es zu vergessen. Ich hatte

Angst, ich würde verhungern, während ich Ihnen allen beim Essen zusah ... und nichts davon berühren konnte!«

La Forge sah zum Captain hinüber. »Datas und Barclays Teams sollten mit ihren Reparaturen bald fertig sein. Die Technik ist ziemlich abgenutzt.«

Picard starrte auf die Frontlinie der Ekorr und nickte. Dann nahm er Riker beiseite. »Will, wir werden hier das Prinzip ›Teile und herrsche‹ anwenden müssen. Wenn er hier ankommt, werden Data und ich mit den Baladoniern sprechen. Gehen Sie wieder zurück, beamen Sie diesmal, und versuchen Sie mit Troi, den Ekorr wenigstens rudimentäre Konzessionen für einen diplomatischen Austausch abzuringen.«

»Das erinnert mich an die Grundschule. Ich wäre schon froh, wenn sie aufhören, Tierlaute nachzumachen.«

»Wir sollten unsere Ziele nicht zu hoch stecken«, sagte Picard und ließ dabei die Ekorr nicht aus den Augen. »Wir sollten nehmen, was wir kriegen können, und uns dann Schritt vor Schritt vorarbeiten.«

Fünf Tage waren auf Garadius IV vergangen. Riker wusste das, weil er, so lange er wach war, alle fünf Minuten auf das Chronometer gesehen hatte. Die Reparatur der letzten Wasserregenerationsanlage hatte sich als schwierig erwiesen, doch das hatte den Verhandlungsführern von der *Enterprise* Gelegenheit gegeben, mit beiden Parteien weiterzuarbeiten. Auch wenn Riker das Gefühl hatte, dass ein zusätzliches Jahrzehnt mit Verhandlungen nicht ausgereicht hätte. In den letzten zweiundsiebzig Stunden hatten er und Picard alles versucht, was ihnen nur eingefallen war.

Ihr höchstes Ziel, sowohl Zorrayn als auch Jakoh an Bord der *Enterprise* einzuladen, damit sie dort ein Gespräch unter vier Augen führen konnten, hatte sich als Totalausfall erwiesen. Jakoh hatte eine Liste mit so großen Mengen angeblich notwendiger Lebensmittel eingereicht, dass schon bald klar war, dass er Nahrungsmittel für seinen gesamten Kommandostab erschwindeln wollte. Zorrayn seinerseits hatte so exakte Bedingungen an die Beschaffenheit des Verhandlungsraums gestellt, dass sie bezweifelten, ob das Holodeck groß genug war.

»Garadius ist unser heiliger Ort«, hatte Zorrayn erklärt. »Und der Altar von Bothmune ist das Symbol all unserer Hoffnungen und Ziele. Kein wahrer Ekorr könnte lange von ihm getrennt sein. Ich verlange, dass er im Verhandlungsraum präsent ist. Lebensgroß und aus echter Materie. Keine von ihren gefälschten holografischen Fälschungen!«

Der Altar von Bothmune, das wusste Riker, war ein Stück Stahl, das beinahe so groß wie ein Shuttle war. In Wirklichkeit war es nichts weiter als ein massiver Amboss, Teil einer enormen Industriepresse, die die Vulkanier in ihrem Fabrikationszentrum zurückgelassen hatten. Wahrscheinlich wussten die Ekorr das auch, aber es kümmerte sie nicht: Sie hatten das Ding irgendwie in das Garadius-Lyzeum gewuchtet (das ehemalige vulkanische Meditationszentrum), wo es zum Zentrum der Ekorr-Religion geworden war.

Die Verhandlungen waren somit oberflächlich geblieben. Picard und Riker tauschten jeden Abend die Parteien. Es war frustrierend. Die Baladonier hatten gezeigt, dass ihre Vorstellungskraft zu wünschen übrig ließ, sie verpackten alles in martialische Begrifflichkeiten und missverstanden alles andere.

»Also«, hatte Jakoh gefragt, »in diesem ›Frieden‹, den Sie beschreiben, könnten wir die Ekorr doch weiterhin umbringen, oder?«

Riker hatte nicht gewusst, wie er darauf antworten sollte. Data war nach ein paar Stunden, die er mit beiden Parteien verbracht hatte, verschwunden, denn die Verwirrung drohte, sein neurales Netz zu beschädigen. Wenigstens blieb dem Androiden so erspart, mit den Baladoniern zu dinieren. Beim Geschmack ihres Essens verstand Riker auf einmal ihre Tendenz, mit dem Essen den Mund zu verfehlen.

Heute stand ihm die dritte Runde mit den Ekorr bevor, und hier, in Zorrayns Unterschlupf, wünschte er sich, dass er phasenverschoben durch Materie gehen und verschwinden könnte. Er lehnte sich auf seinem Metallstuhl, der zu klein für ihn war, zurück. Er war erschöpft und konnte sich nicht mehr richtig konzentrieren. Stehen war keine Alternative, denn alle Gebäude der Ekorr waren für ihre eigene Größe konstruiert, und ihre niedrigen Decken zwangen einen durchschnittlichen Menschen, sich zu bücken. Riker, der selbst für einen Menschen groß war, hatte diese schmerzhafte Erfahrung mehr als einmal gemacht.

Troi saß am anderen Ende des Tisches. Ihre Augen waren offen, doch Riker war klar, dass sie schlief. Er beneidete sie.

»Okay, dann gehen wir alles noch einmal durch. ... von vorne«, sagte er zu Zorrayn. »Captain Picard ist der Ansicht, dass wir uns ansehen sollten, wo derzeit die Grenzen auf dieser Insel verlaufen.« Er hielt sein Padd hoch. »Unsere Sensoren zeigen diesen Verlauf. Unsere Lebenszeichen sind darübergelegt. Sieht das für Sie richtig aus?«

Der Ekorr mit den dicken Füßen sah kurz von seiner Pediküre auf. Zuerst warf er einen Blick auf das Padd, dann hob er seinen Arm. »Wissen Sie, Föderationsmann, ich mag Ihr Haar nicht.«

»Ich bitte um Verzeihung?«

»Ihr Haar. Es ist eine Beleidigung. Und der Bart! Das geht einfach nicht. Haben Sie ihn nur wachsen lassen, um mich zu beleidigen? Das macht diesen unmöglichen Prozess unmöglich. Die Baladonier haben ebenfalls Haar dort, wo es nicht hingehört. Da sind wir uns sicherlich sicher. Das macht auch die Filtersysteme kaputt. Ich kann den Frieden nicht mit einer so haarigen Person besprechen!«

»Noch haben Sie gar nicht über Frieden gesprochen«, stellte Riker fest. Er seufzte. »Und Sie nennen sich Friedensvermittler?«

»Ich nenne mich Friedens*brecher*. Ihr von der Föderation versteht immer alles falsch. Wir wurden auf dieser Welt geboren. Dieser einen Welt. Diese eine Welt im Universum wurde für uns gemacht …«

»Abgesehen von Ihrer Heimatwelt«, unterbrach Riker. Den Gedanken ›*Ich glaube fast, dort hat man Sie rausgeworfen*‹ sprach er nicht laut aus.

»Abgesehen von Ihrem wahrhaft haarsträubenden Unsinn ist das unsere Welt und die Vorstellung, Frieden mit irgendwelchen dahergelaufenen Wesen zu schließen, ist ein Sakrileg. Ein Betrug der zeitlosen Wahrheit, wie die Inschrift auf dem Heiligen Altar uns sagt!«

»Ich habe diese Inschrift gelesen. Das ist die Adresse des Herstellers auf Vulkan, Zorrayn. Es ist ein Amboss!«

»Ja, für Sie! Für uns …«

Riker schüttelte den Kopf. »Vergessen Sie's. Ich geb's auf.«

Er stand auf und schaffte es dieses Mal, sich nicht schmerzhaft den Kopf zu stoßen. Er sah Troi an, der die Augen zugefallen waren. »Kommen Sie, Counselor.«

Sie zuckte zusammen. »Was?«

»Gehen wir an die frische Luft«, sagte er, duckte sich unter dem Türrahmen hindurch und trat hinaus ins düstere Tageslicht. Die Atmosphäre war immer noch faulig, und doch war es eine wahre Erleichterung, im Freien zu stehen.

Müde trat Troi neben ihn. Sie schüttelte den Kopf. »Es gibt immer noch den Captain, Will. Niemand ist besser darin, durch so schwierige diplomatische Gewässer zu steuern. Und das sage ich als Betazoidin. Er ist der Beste darin. Vielleicht hat er sogar schon eine Lösung. Du wirst schon sehen!«

»Das hoffe ich doch.« Riker ließ den Blick über den Platz schweifen, auf dem Picard gerade den Kontrollposten der Ekorr passiert hatte. »Vielleicht hat er ja gute Nachrichten.«

Sie schlenderten zu ihm hinüber. Picard starrte zurück auf die baladonische Front und war sich offenbar nicht bewusst, dass seine beiden Offiziere auf ihn zukamen. Als er sich endlich zu ihnen umwandte, sah er müde aus. Er rieb sich die Stirn mit der Handfläche. »Wissen Sie, ich glaube, ich werde aufgeben.«

Riker und Troi tauschten einen Blick.

»Sie sind einfach unmöglich«, beschwerte sich Picard. »Das ist ein unlösbarer Konflikt, zwischen unmöglichen Leuten!«

Er ließ seinen Blick zwischen den feindlichen Linien hin- und herwandern. »Die werden nicht miteinander reden. Sie reden noch nicht einmal übers Reden. Sie geben ja kaum zu, dass die jeweils andere Seite existiert!«

Erschöpft wandte er sich seinen Offizieren zu. »Das reicht, um einen zweifeln zu lassen, ob Frieden die richtige Lösung ist.«

Riker nickte. »In einer klingonischen Blutfehde könnte man mehr erreichen.«

Die erschöpften Männer traten etwas beiseite, um an den Rand eines Gefechtspostens zu treten. Hier konnten sie durch die Deckung sehen, wie die Ekorr und die Baladonier sich gegenseitig beschossen, während um sie herum alles, was in den Ruinen der Stadt noch brennbar war, wieder in Flammen aufging.

»Wissen Sie, ich dachte, ich könnte das lösen«, sagte der Captain. »Doch das war wohl meine Hybris. Neunzig Jahre Krieg und ich habe geglaubt, dass ausgerechnet ich ...«

»Das hätte wohl nicht einmal Botschafter Spock geschafft.«

»Dann wissen Sie es gar nicht? Spock hat den Anfang gemacht. Er schlug vor, dass die Föderation wieder jemanden herschickt.« Er sah zum Turm hinauf. »Er dachte, die Tatsache, dass die Umweltsysteme regelmäßig gewartet werden müssen, wäre ein guter Ansatzpunkt.«

Er schüttelte den Kopf. »Der Himmel helfe den Leuten auf diesem Planeten ... und dem, der als Nächstes versuchen wird, ihnen zu helfen.«

Riker schüttelte den Kopf und atmete tief durch. »Ich weiß, dass solche Vermittlungen Teil unserer Arbeit sind, Captain, aber ...« Er musste nicht weitersprechen. *Der Himmel verbiete, dass solche Situationen je meine Hauptaufgabe werden. Dann gebe ich mein Patent zurück und werde Frachtercaptain!*

»Das ist schon in Ordnung, Nummer Eins. Genießen Sie Ihre Entdeckerjahre. Schon bald werden Sie sehen, dass solche Aufgaben der Höhepunkt einer Beförderung sind.« Picard seufzte und straffte sich wieder. »Also, wo wir schon von den Klingonen sprechen ...« Er tippte auf seinen Kommunikator. »Mister Worf, ich glaube, wir sind hier unten fertig.«

»*Verstanden, Captain*«, erwiderte eine ferne und grummelige Stimme auf der *Enterprise*. »*War Ihre Mission erfolgreich?*«

»Das kann ich entschieden verneinen.«

»Dem kann ich nur zustimmen«, ergänzte Riker.

»Hat Mister La Forge seine Arbeit an der letzten Wasserreinigungsanlage beendet?«, wollte Picard wissen.

Worf bestätigte das. »*Aber er ist immer noch mit der Inventarisierung auf dem Planeten beschäftigt. Einige Gegenstände werden vermisst.*«

»Sagen Sie ihm, er soll sie lassen, wo sie sind. Diese Leute unterliegen nicht der Ersten Direktive. Genau genommen unterliegen sie wohl keiner Direktive.«

»*Könnte ich Ihnen bei der Mission vielleicht behilflich sein?*«, fragte Worf. »*Wenn ich mich dem Außenteam anschließe …*«

»Nein!«, riefen Picard und Riker gleichzeitig. »Picard Ende.« Der Captain tippte zwei Mal auf seinen Kommunikator.

Erschöpft tauschten Picard und Riker einen Blick aus. Dann lachte Picard unwillkürlich leise.

»Können Sie sich Mister Worf hier unten vorstellen?«

Riker lächelte. »Da könnte man auch gleich eine Bombe auf die Stadt werfen.«

Picard kicherte. »Er würde die Baladonier …«

»… wahrscheinlich mit den Ekorr bombardieren.«

Nun lachten beide Männer laut. Troi trat zu ihnen und sah die beiden an, als seien sie verrückt geworden.

»Ist alles In Ordnung?«, wollte sie wissen.

Picard blinzelte sich die Lachtränen aus den Augen und tippte erneut auf seinen Kommunikator.

»*Enterprise*, beamen Sie uns rauf. Aber schnell.«

4

2385

Auf der Brücke der *Titan* herrschte reges Treiben.

»Ich will, dass alle Teams bereit sind«, rief Admiral Riker. »Keine Fehler, keine Verzögerungen. Jede Sekunde zählt.«

»Aye, aye, Admiral.«

»Jede Sekunde, haben Sie verstanden?«

»Aye, Admiral, wir sind alle bereit.« Commander Vale sah ihm hinterher, als er in *ihren* Bereitschaftsraum zurückstapfte.

Ensign Dakal entspannte sich. »Dürfen wir wieder atmen?«

»Darauf würde ich nicht wetten.« Vale antwortete dem cardassianischen Ensign mit einem Kopfschütteln. »Fragen Sie das besser in ein paar Tagen noch mal.«

Vale hatte schon an vielen Schlachtvorbereitungen teilgenommen. Gegen die Borg, gegen die Mächte des Typhon-Paktes ... sie wusste, wie es in den Tagen und Stunden vor einem großen Kampf zuging. Es gab nie genug Zeit, um alles zu tun, was nötig war. Je besorgter eine Besatzung war, umso emsiger bereitete sie sich vor, um nur ja keine Sekunde auf Angst oder Ähnliches verschwenden zu müssen.

Das hier allerdings war etwas anderes. Nach allem, was sie wusste, gab es auf Garadius IV nichts, um das man sich hätte Sorgen machen müssen. Ja, Riker hatte als Mitglied der Friedensabordnung der *Enterprise* ein paar ermüdende Tage mitmachen müssen. Als Troi die Geschichte im Bereitschaftsraum erzählt hatte, hatte Vale die Grimassen des Admirals deutlich sehen können. Bevor sie ihre Erzählung beendet hatte, hatte Riker sich bei Doktor Ree gemeldet und ein Mittel gegen Kopfschmerzen verlangt. Auch der Counselor, der normalerweise in sich zu ruhen schien, hatte über ähnliche Symptome geklagt. Ihre Stimme hatte gegen Ende des Berichts ein wenig brüchig geklungen. Die Baladonier und die Ekorr schienen in der Tat richtige Schätzchen zu sein.

Aber nicht gefährlich, solange man außerhalb ihrer Waffenreichweite blieb.

Und doch hatte Riker nach dem Ende von Trois Erzählung keine Zeit verschwendet und die Besatzung rasch auf diesen erneuten Besuch vorbereitet. Die Sternenflotte hatte Dax wegen ihrer Erfahrung mit den Breen geschickt, um die Wache vor Zellmans Fund zu übernehmen. Die *Titan* hatte es also der *Aventine* überlassen, die Breen-Lander zu blockieren und war auf schnellstem Wege nach Garadius IV geflogen. Jede Sekunde dieser Reise war darauf verwendet worden, herauszufinden, wie man die Anweisungen der Föderation wortgetreu umsetzen konnte, ohne sich in einer weiteren Runde des Verhandlungswahnsinns wiederzufinden.

Der Admiral übernahm die Führung. Auf die Gefahr hin, seinen Verstand und seine Psyche auf Dauer zu schädigen, wie Troi es ausgedrückt hatte, war er noch einmal alle Logbücher der vorangegangenen Friedensmissionen durchgegangen, angefangen von der *Enterprise-D* bis hin zu Botschafter Spock. Als er damit fertig war, sah er blasser aus als Ensign Dakal. Aber er schien es für notwendig zu halten.

Er kam zu dem Schluss, dass die vorangegangenen Fehlschläge allein auf die verfeindeten Parteien zurückzuführen waren, aber im Falle seiner eigenen Mission erkannte er nun auch ein Dutzend Dinge, die er besser hätte machen können. »Wir mussten eben den Romulanern helfen. Zudem hatten wir La Forge und Ro zeitweise in diesem Phasenunfall verloren und hatten daher keine Zeit, uns so vorzubereiten, wie wir es hätten tun sollen.«

Nun hatte er jede Idee, die ihm in den Jahren darauf durch den Kopf gegangen war, in die Tat umgesetzt.

Er kam wieder aus dem Bereitschaftsraum und hatte zwei Padds in der Hand. »Sind wir auch wirklich dreifach sicher, was diese vulkanischen Wasser- und Luftaufbereitungsanlagen betrifft?«

»Ja, Admiral«, erwiderte Tuvok. »Mister Ra-Havreiis Ingenieurteams sind eingeteilt und stehen bereit. Alle fünf Abordnungen haben sämtliche Daten, nicht nur die der ursprünglichen Systeme, sondern auch die von jeder Modifikation, die seither gemacht wurde.«

»Ich möchte für jedes der Teams ein Ersatzteam haben, das sich bereithält!«

»Für jedes?« Vale räusperte sich. »Admiral, ich könnte vielleicht ein Ersatzteam zusammenstellen für den Fall, dass einem Team irgendetwas ...«

»Wir wissen nicht, was passieren kann«, sagte Riker. »Inzwischen sind weitere Jahre der Kämpfe vergangen. Unsere alten Landepunkte könnten mittlerweile unter Tonnen von Schutt begraben sein. Wenn ein Außenteam Schwierigkeiten hat, das Objekt zu erreichen, das repariert werden muss, dann muss ein anderes bereitstehen.«

Ensign Dakal blinzelte. »Das ... das ist doch nur eine Wartungsmission, oder? Wir schicken doch keine Truppen dorthin, die eine Festung erobern sollen.«

Riker wandte seine Aufmerksamkeit dem Cardassianer zu. »Nein, Mister Dakal, das ist eine Friedensmission. Aber die Friedensmission dauert nur so lange, bis die Wartungen abgeschlossen sind. Wir beenden sie schnell und dann sind wir weg.«

»Das ... das klingt, als erwarteten Sie, dass die Friedensmission scheitert.«

Riker sah zurück zu Vale. »Erzählen Sie ihm bitte die ganze Geschichte. Ich habe keine Zeit dafür.«

Doch der Admiral und Troi hatten nur die grausigsten Details der *Enterprise*-Mission mit ihr und Tuvok geteilt.

Der Admiral wandte sich jetzt demonstrativ zur taktischen Station. »Mister Tuvok, lassen Sie uns noch einmal unser Vorgehen bezüglich der beiden Parteien durchgehen.«

Der Vulkanier nickte und warf Vale einen verstohlenen besorgten Blick zu. Dann folgte er dem Admiral. Die Tür glitt hinter den beiden zu.

Hinter der taktischen Station zischten nun die Türen zum Turbolift. Troi trat heraus und wirkte aufgeregt. »Commander ...«

Vale verschränkte die Arme. »Wirklich Deanna, das wird langsam ein wenig verrückt.«

Troi schüttelte den Kopf und stellte sich neben Vale. Sie spürte echte Angst bei ihrem Gatten. »Sie müssen verstehen, Will ist ein ... nun, er hat die Situation gern unter Kontrolle«, sagte sie leise. »Unser Ausflug nach Garadius war, als trete man durch einen Spiegel in eine Welt, in der nichts einen Sinn ergibt und man mit niemandem vernünftig reden kann.« Sie hielt inne und suchte nach Worten. »Es war als ... versuche man, Katzen etwas über Vernunft beizubringen. Katzen, die mit Phasern bewaffnet sind.« Sie biss sich auf die Lippe. Offensichtlich war sie sich bewusst, dass das ein seltsamer Vergleich war.

»Sie sind doch Eltern eines kleinen Kindes. Sie werden mit Natasha fertig, da sollten Sie auch mit solchen Verhandlungen fertigwerden«, schmunzelte Vale.

»Geben Sie dem Admiral nur etwas Zeit. Er wird sich schon wieder fangen.«

Vale sah über ihre Schulter. »Vielleicht hat er das schon.«

Riker stand im Türrahmen des Bereitschaftsraums. Er schien etwas ruhiger zu sein. »Tut mir leid, wenn diese Situation jemanden beunruhigt hat«, verkündete er und begann, vor dem Bereitschaftsraum auf und ab zu gehen. »Das sollte es nicht. Tatsache ist, ich hätte niemals erwartet, dass die Föderation im nächsten Jahrzehnt überhaupt eine weitere Friedensabordnung nach Garadius schickt. Die Reparaturen, die von den Commandern La Forge und Data durchgeführt worden sind, hätten wenigstens so lange halten müssen, aber jemand hat uns offenbar signalisiert, dass Hilfe benötigt wird.«

Er legte die Hände hinter dem Rücken zusammen. »Das allein würde schon ausreichen, um eine Abordnung dort hinzuschicken. Diesen Auftrag haben nun wir erhalten, denn die Föderation ist besorgt, dass der Typhon-Pakt sich auf Satellitenwelten ausdehnen will. Dann wäre Garadius ein Zielobjekt. Ich kann mir zwar gar nicht vorstellen, dass sich überhaupt jemand mit diesem Zankapfel befassen will, egal was für Mineralien sich in diesem Ozean befinden mögen, aber das ist nicht meine Entscheidung.«

Er stellte sich vor der Brückenbesatzung auf. »Aber ich kann dafür sorgen, dass die Außenteams die Lage überprüfen und ihre Arbeit schnell erledigen, sodass wir uns rasch auf den tatsächlichen Konflikt konzentrieren können, ohne uns mit dem lokalen Unsinn befassen müssen. Verstanden?«

»Wir erreichen das Garadius-System«, meldete Lieutenant Lavena von der Steuerung.

Riker sah seltsam gelassen aus. »In Ordnung. Dieses Mal werden wir es richtig machen. Ensign Modan, Sie kommen mit mir. Sind Sie bereit?«

Die goldhäutige Kryptolinguistin salutierte, die dünnen Fühler an ihrem Hinterkopf raschelten. »Ich habe wie verlangt sowohl die gesprochenen als auch die geschriebenen Sprachen der Ekorr und der Baladonier studiert, Admiral, für den Fall, dass es erneut Probleme mit den Verträgen gibt.«

»Da unten wird zusätzlich noch ›Unsinn‹ gesprochen ... Aber gut. Tuvok, Sie kommen ebenfalls mit mir. An Logik mangelt es in diesem Konflikt ganz besonders. Sehen wir mal, was Sie dagegen tun können.«

Er sah sich um. »Deanna ...«

»... kommt ebenfalls mit«, sagte seine Frau. »Du musst mich nicht davor beschützen. Wenn du das aushältst, schaffe ich es auch.«

Der Admiral schüttelte lächelnd den Kopf. »Ich hoffe, du bereust das nicht.«

»Vielleicht ist es dieses Mal ja nicht so schlimm. Dinge ändern sich. ... Sollen wir?«

Es ist schon seltsam, welche Dinge man sich merkt und welche nicht, dachte Riker. Er erinnerte sich daran, vor dem Beamen tief durchgeatmet zu haben. Er hatte wieder ausgeatmet, als sie auf Garadius IV materialisiert waren. Er ließ probeweise kleinere Atemzüge folgen, sodass ihn der Gestank nicht schockierte. Es stellte sich heraus, dass es nicht so schlimm war wie in seiner Erinnerung. La Forges Arbeit an den Luftreinigern erwies sich offenbar auch nach Jahren noch als nachhaltig.

Erwartungsgemäß präzisierte Tuvok diesen Eindruck. »Ich lese Werte von schädlichen Gasen, die fünfunddreißig Prozent über dem Normalwert liegen, Admiral.« Er hielt seinen Trikorder in die Höhe. »Es ist besser als damals, als die *Enterprise-D* hier war, aber Mister Ra-Havreiis Teams werden dennoch einiges zu tun haben.«

Riker nickte und sah sich um. Auch wenn die Luft sich marginal verbessert hatte, die Landschaft der Insel Sanktum hatte es nicht. Trümmerhaufen türmten sich nun an der Stelle in der Nähe des Landeplatzes auf, an der damals noch Gebäude gestanden hatten. Und Krater klafften dort, wo einst Ruinen gewesen waren.

»Vor uns bewegt sich etwas«, sagte Tuvok und wies auf einige Gestalten, die die Straße herunterkamen. »Vielleicht ein Begrüßungskomitee?«

»Das glaube ich nicht.« Riker versuchte, durch den Dunst etwas zu erkennen, der dieses Mal ein ganz natürliches Phänomen zu sein schien. Nirgendwo brannten Feuer. Er brauchte nicht lange, um zu erkennen, dass die Gestalten Baladonier waren.

»Sie sehen uns«, sagte Troi, die neben Ensign Modan stand. »Aber sie haben es nicht eilig, uns zu begrüßen.«

»Ich nehme an, dass die Ekorr die Kontrolle über diesen Stadtteil verloren haben«, stellte Tuvok fest. Sein Blick schweifte wachsam über die Umgebung.

»Hier verschieben sich die Grenzen und Territorien ständig«, sagte Riker. Und doch sah er auch Baladonier durch andere Gassen gehen. Plötzlich zweifelte er daran, dass das einfach nur ein normaler Tag auf Garadius IV war.

»Irgendetwas stimmt nicht«, erkannte auch Troi. »Irgendetwas fehlt.«

Riker schlug auf seinen Kommunikator. Der piepte. »Vale, geben Sie mir einen Überblick über die Lebensformen auf dieser Insel. Sensoren auf volle Stärke.«

Beim Eintritt in die Umlaufbahn war kein genauerer Scan gemacht worden, es war nur festgestellt worden, dass die

Anzahl der Bewohner sich verringert hatte. Doch das war als natürliche Folge der langen Kämpfe abgetan worden. »Ich möchte genaue Zahlen der verschiedenen Spezies.«

Tuvok blinzelte in die Luft. »Das könnte sich angesichts der hohen Kohlenstoffwerte in dieser Atmosphäre als schwierig erweisen, Admiral.«

Aber Vale zögerte keine Sekunde. »*Wir haben siebenundzwanzigtausend metabolische Muster gefunden, die den erwarteten Parametern für Lurianer entsprechen. Vielleicht dreihundert mehr oder weniger.*«

Riker nickte. »Das sind die Baladonier. Und wie viele Ekorr?«

»*Einen Augenblick, Sir.*«

Vale wurde still. Und genau in diesem Augenblick sah sich Riker etwas genauer um. Es war nicht nur so, dass es Baladonier dort gab, wo vorher die Ekorr geherrscht hatten. Die Baladonier waren ganz und gar unbekümmert ... und außer einigen wenigen waren sie alle unbewaffnet.

»Was ist los, Chris?«, wollte Riker wissen, obwohl er die Antwort kannte und das Gefühl hatte, dass sie bereits an ihm nagte. »Sagen Sie's schon.«

»*Ich habe es nur noch einmal überprüft, Admiral. Die Zahl der Ekorr beträgt null.*«

5

»Passen Sie auf, Modan!«

Y'lira Modan duckte sich. Der Metallpfahl, den die baladonischen Arbeiter auf den Schultern trugen, verfehlte nur knapp ihren Kopf. Riker zerrte sie aus dem Gewusel der Fußgänger an die Seite.

»Tut mir leid, Admiral«, sagte sie, und auf ihren Wangen erschien ein zartes Orange.

»Ich will Sie nur so lange am Leben erhalten, bis wir etwas für Sie zum Lesen finden.«

Der ehemalige Sektor der Ekorr war zu etwas geworden, das man auf Garadius IV wohl seit Generationen nicht erlebt hatte: Er war eine Baustelle. Die von der Schlacht beschädigten Bruchbuden, die der Größe der Ekorr entsprachen, wurden abgerissen und neue Gebäude errichtet. Für ihre neuen Bewohner, nahm Riker an.

»Dem Sieger die Beute«, sagte er laut, sodass die vorbeigehenden baladonischen Arbeiter es hören konnten.

Sie antworteten nicht. Keiner der Baladonier hatte das bisher getan, weder auf seine noch auf die Fragen Modans die Ekorr betreffend. Stattdessen hatten die ersten Baladonier, die sie getroffen hatten, die Abgesandten der Sternenflotte auf ein Gebäude westlich von hier verwiesen, das einstige Hauptgebäude der Ekorr.

Der Transporterraum der *Titan* hatte berichtet, dass ein Eindämmungsfeld verhinderte, dass sie dort hingebeamt wurden. *Schon wieder neue Technologie für Garadius IV*, dachte Riker. Aber Laufen machte ihm nichts aus, immerhin glaubte er, unterwegs einiges herausfinden zu können.

Dem war nicht so. Das meiste hatten Modan und Deanna in Erfahrung gebracht, indem sie eine alte Baladonierin befragt hatten, die ihnen begegnet war und behauptet hatte, die Ekorr hätten Garadius »verlassen«. Aber er wusste, dass das nicht der Wahrheit entsprach. Die Scans der *Titan* hatten bestätigt, dass die Kolonieschiffe der Ekorr, die vor ungefähr hundert Jahren hier angekommen waren, immer noch eingemottet und unbenutzt waren. Die Baladonier hatten nicht einmal versucht, seine Untersuchung des Hangars zu verhindern.

»Endlich ist hier Frieden eingekehrt«, sagte Troi. »Erleichterung. Das ist alles, was ich fühle. Erleichterung und Hoffnung.«

»Tolle Art, das zu erreichen«, bemerkte Riker, und seine rechtschaffene Entrüstung wuchs. Er tippte auf seinen Kommunikator. »Riker an Xin. Weisen Sie Ihre Teams an, die Position an den Filteranlagen zu halten und erst einmal nichts zu tun.«

»*Nichts? Gibt es ein Problem, Admiral?*«, fragte der efrosianische Ingenieur. »*Die Reparatur hier sieht recht einfach aus.*«

»Vielleicht hat es hier einen Genozid gegeben. Wir tun nichts für die Baladonier, bevor wir nicht mehr wissen. Riker Ende.«

Er sah Tuvok an, der wiederholt mit seinem Trikorder die Stadt scannte, während sie weitergingen. »Den Berichten der *Enterprise* zufolge gab es vierzigtausendsechshundertdreißig Ekorr hier«, sagte der Vulkanier. »Ich kann DNA-Spuren in einigen dieser ehemaligen Wohngebäude feststellen. Tote Hautzellen, wie man sie jeden Tag verliert.«

»Wie lange sind sie schon fort?«

»Der zellulare Verfall lässt auf Wochen, nicht Jahre schließen. Nicht mehr als einen Monat. Aber die Fehlertoleranz ist relativ hoch. Eine detailliertere Analyse ...«

»... wird warten müssen. Wenn ich von Jakoh nicht einige Antworten bekomme, werde ich genug Personal anfordern, um hier das Unterste zuoberst zu kehren.«

Die Ekorr waren vielleicht nicht seine besten Freunde gewesen, aber die Vorstellung, dass sie total ausgerottet worden waren, drehte Riker den Magen um. »Ich sehe keine Massengräber. Ich frage mich, wie lange es dauert, bis der Ozean eine Leiche zersetzt hat.«

»Admiral, darf ich Sie daran erinnern, dass beide Kulturen über eine fortgeschrittene Technologie verfügen, selbst wenn sie es vorziehen, diese Welt nicht zu verlassen. Sie haben Transporter und hätten die Leichen überallhin transportieren können.«

»Warum Leichen? Sie hätten die Ekorr auch lebend ins All beamen können.« Riker fand, das sei eine besonders schmutzige Art zu kämpfen. Wenn die Baladonier tatsächlich ein Eindämmungsfeld gegen Transporter installiert hatten, bevor die Ekorr das getan hatten, dann erklärte das vielleicht alles.

Aber sie werden nicht damit durchkommen, dachte Riker. Die Baladonier erwarteten mit ihrem unangefochtenen Anspruch auf den Planeten wohl auch weiterhin, dass die Föderation ihre kleinen Hilfsmissionen fortsetzte. Vielleicht würden sie versuchen, Handelsbeziehungen aufzunehmen, oder gar die Aufnahme in die Föderation beantragen. Aber wenn William Riker irgendetwas zu sagen hatte, würde das sicher nicht passieren. Trotz des etwas albernen diplomatischen Schaustücks, das er vor einigen Jahren hatte mitmachen müssen, wusste er, dass die Kämpfe zwischen den Ekorr und den Baladoniern blutig und verlustreich gewesen waren. Er hatte es in den Augen sowohl der baladonischen als auch der ekorrianischen Kinder gesehen, die er während dieser Mission gesehen hatte.

Was auch immer hier passiert war, war wahrscheinlich etwas anderes. *Feinde verschwinden nicht einfach!*

Das Außenteam der *Titan* bog um eine Ecke und erreichte einen großen Platz. Das Garadius-Lyzeum stand am anderen Ende. Ein großes Gebäude, das der spirituellen Entwicklung der vulkanischen Arbeiter gewidmet war, für die Garadius ein Zuhause gewesen war. Es handelte sich um einen riesigen elfenbeinfarbenen Kuppelbau, der zwanzig Meter höher aufragte als der Rest des Gebäudes und auf dessen Scheitelpunkt die Friedensstatue durch einen seltsam fehl am Platz wirkenden Kommunikationsmast der Ekorr ersetzt worden war. Eine wahrscheinlich erst kürzlich gehisste baladonische Flagge flatterte als Zeichen der neuen Herrschaft darauf.

Das Garadius-Lyzeum war drei Generationen lang das kulturelle und politische Hauptquartier der Ekorr gewesen, die Heimat all ihrer wichtigsten Reliquien. Es war ein Ort, den sie trotz der ständigen Bombardierung durch die Baladonier mit allen Mitteln in gutem Zustand gehalten hatten. Und auch jetzt herrschte emsige Betriebsamkeit: Die Baladonier warfen sämtliche Ekorr-Artefakte hinaus, um ihre eigene Einrichtung aufzustellen.

Riker hielt lange genug vor dem Lyzeum an, um die *Titan* zu rufen. »Wir gehen jetzt rein.«

Vale war besorgt. *»Seien Sie vorsichtig, Will«*, warnte sie. *»Sie haben sie in flagranti erwischt.«*

»Das kommt darauf an, wie dumm sie wirklich sind und wie dumm sie waren. Ich hoffe, dadurch, dass unsere Reparaturteams erst einmal nichts tun, werden wir ein Druckmittel haben.«

»*Wir halten die Augen offen*«, sagte sie und meinte damit die *Titan*. »*Viel Glück.* Titan *Ende.*«

Wenn man sich gut vorbereitet hat, braucht man kein Glück, dachte Riker. *Aber wir nehmen es gern, wenn es uns angeboten wird.*

Der Admiral ging voran, als sie die Treppe hinaufgingen.

Es war ein Amboss.

Ein enormer Amboss. Gigantisch. Größer als alles, was man je hätte brauchen können. Sechs Meter, vom Boden bis zur Oberfläche, mit einer Standfläche, die so breit war, dass man eine ganze Familie auf der anderen Seite hätte verstecken können. Samt ihrem Shuttle. Die Oberseite maß schwindelerregende fünfzehn Meter vom einen Ende bis zu dem aggressiv aussehenden Horn, sodass sie die ganze Halle ausfüllte. Es sah aus, als wolle das Horn die Kuppel geradezu durchstechen.

Der Amboss sah genauso aus, wie Riker ihn in Erinnerung hatte: ein tausend metrische Tonnen schwerer Metallblock, der mitten im Saal stand. Die vulkanischen Zeichen waren schon längst aus den Nischen gemeißelt worden und die Wandbehänge von den Wänden gerissen, um einem Heiligtum der Ekorr zu entsprechen. Jetzt plünderten die Baladonier alles, dessen sie habhaft werden konnten. Aber nicht den »Altar von Bothmune«. Er war einfach zu groß.

Tuvok sah sich mit einem Anflug von Unbehagen in der runden Halle um. »Es ist unlogisch, dass die Ekorr dieses industrielle Werkstück so wertschätzten, aber die vulkanischen Artefakte missachteten.«

»Die Leute suchen sich eben immer selbst aus, welche Besitztümer sie in Ehren halten und welche nicht«, erwiderte Troi. »Ich glaube, das liegt daran, dass die Ekorr Industrie sehr schätzen, wenn sie nicht kämpfen. Das hier würde dafürsprechen.«

»Das ist Müll«, sagte eine etwas heisere weibliche Stimme hinter ihnen. Riker und seine Gefährten wandten sich um. Eine große baladonische Frau mit grüner Haut und langem, zu Zöpfen geflochtenem braunem Haar kam auf sie zu. Im Gegensatz zu den Arbeitern im Raum und auch draußen trug sie militärische Kleidung. Sie ging zum Amboss und schlug mit der Hand darauf. »Das ist ein Monster, so viel steht fest. Können Sie sich vorstellen, dass diese mickrigen Ekorr ihn je bewegt haben?«

Riker straffte die Schultern. »Ich möchte mit Jakoh reden.«

»Und er will Sie sehen«, erwiderte sie. »Oder irgendjemanden von Ihnen. Ich bin Shayla, seine Tochter. Folgen Sie mir.«

Shayla führte die Besucher durch eine Halle in einen anderen großen Raum: die ehemalige Bibliothek der vulkanischen Siedler. Hier, in einem Stuhl von baladonischer Größe, der eindeutig nicht hierher gehörte, saß Jakoh, der Anführer, den Riker schon damals getroffen hatte. Seine Haut war faltig und blass, er trug einen Verband über den Augen. Einige stämmige Wachen standen an beiden Seiten des improvisierten Throns, während andere Einrichtungsgegenstände durch den Raum schleppten.

»Tut mir leid wegen des Chaos«, sagte Jakoh in den Raum hinein. »Ich weiß nicht, wer das Föderationssignal für die Reparaturen ausgelöst hat, wir waren es nicht. Wir sind nicht bereit, jemanden hier zu empfangen.«

»Kriegsherr Jakoh«, begann Riker.

»Ist das der junge Herr Riker?« Der stämmige Baladonier lachte herzlich. »Willkommen, willkommen.« Er klopfte sich auf die Bandage. »Ich würde Sie ja ansehen, wenn ich könnte, aber da war diese ekorrianische Erschütterungsgranate vor ein paar Jahren. Ich wurde von Splittern getroffen.«

»Tut mir leid. Aber ...«

»Sie hatten doch das letzte Mal einen Ingenieur bei sich«, sprach Jakoh hoffnungsvoll weiter. »Er hatte einen Visor, der ihm half zu sehen. Haben Sie nicht noch ein paar von den Dingern auf Ihrem Schiff?« Er lächelte und enthüllte so einen Mundvoll abgebrochener Zähne.

Riker straffte sich. »Bitten Sie um medizinische Hilfe, Jakoh? Ich frage mich, was aus den vierzigtausend Ekorr geworden ist. Haben sie Sie auch um Hilfe gebeten?«

»Will!«, flüsterte Troi. Riker wandte sich zu ihr um. Sie sprach leise und behielt dabei die Wachen im Auge. »Ich spüre hier keine Hinterlist.«

»Es gibt auch keine«, sagte Shayla und trat an den Besuchern vorbei an die Seite ihres Vaters. »Außer auf der Seite der Föderation, Kriegsherr. Ich habe Berichte darüber, dass Ihre Reparaturteams sich weigern, an den Filtersystemen zu arbeiten.«

»Wir wollen wissen, was mit den Ekorr passiert ist«, erklärte Riker bestimmt.

Jakoh grinste. »Ich sehe keine Ekorr.«

»Bitte nicht schon wieder«, sagte Riker. »Das ist nicht besonders lustig, denn wir sehen sie auch nicht. Ich wäre bereit, darauf zu wetten, dass sie das Signal geschickt haben, das unseren Besuch hier ausgelöst hat.« Seine Stimme dröhnte jetzt durch die Halle, die hohe Decke reflektierte sie. »Also, wo sind sie?«

»Weg«, erklärte Jakoh. Er hob die Hände in einer Unschuldsgeste. »Verschwunden, *puff*.« Seine Hängebacken zitterten vor Schadenfreude. »Gute Reise.«

Tuvok trat einen Schritt vor. »Wollen Sie sagen, dass sie sich wegtransportiert haben?«

Jakohs Lächeln verschwand. »Das ist eine neue Stimme.«

»Ein Vulkanier«, ergänzte Shayla.

»Großartig, vielleicht kann er uns sagen, wie wir unsere Ausrüstung selbst reparieren können.« Jakoh schnaubte. »Die Erklärung ist eigentlich ganz einfach. Wir haben vor ein paar Wochen die Frontlinien durchbrochen. Niemand war da. Ein ganzes Stadtviertel war verlassen.«

»Sie sind geflohen?«, fragte Riker.

»In was? Wohin?« Shayla wies auf eine Karte der Insel, die auf der anderen Seite der Halle an der Wand hing. »Wie Sie wissen, gibt es kein anderes Land auf dieser Welt ... es ist unmöglich, unter dem Meer zu bauen. Und es gibt keinerlei unterirdische Höhlen.«

Riker warf Tuvok einen Blick zu. Der Vulkanier war tief in Gedanken versunken.

»Könnte es mittlerweile Höhlen geben? Vielleicht wurden sie gegraben ...«

»Na los, benutzen Sie schon Ihre schlauen Geräte und technischen Spielereien«, sagte Jakoh gleichgültig. »Sie werden das Gleiche finden wie wir. Sie sind nicht hier. Selbst unsere Gefangenen sind verschwunden!«

Er schüttelte den Kopf. »Sonst war nichts ungewöhnlich. Ein paar Energieabfälle des Reaktors und ein paar Diebstähle. Aber das waren nur Baladonier, die gefeiert haben.«

»Gefeiert?«

»Natürlich!« Jakoh setzte sich aufrecht hin. »Der Krieg auf Garadius IV ist vorüber, Riker. War es nicht das, was Sie wollten? Nun, wir haben, was wir wollten: Sie sind fort. Was uns betrifft, waren sie nie hier. Wir haben, was mein Großvater und seine Leute wollten: eine Heimat.«

Rikers Brauen zogen sich zusammen. Die ganze Sache stank zum Himmel, und das lag eindeutig nicht an der Luft. Plötzlich fiel ihm eine hohe Lampe auf, die an der Seite stand. Es handelte sich nicht um einen Beleuchtungskörper, fiel ihm auf. »Dieses Gerät erzeugt ein Dämpfungsfeld gegen Transporterstrahlen«, erklärte er. »Die hatten Sie das letzte Mal, als ich hier war, nicht.«

»Wie geht es dem alten Picard eigentlich? Haben sich seine Kopfschmerzen gebessert? Als er sich beim letzten Mal verabschiedete, waren sie wirklich schlimm ...«

»Jakoh!«

Der Baladonier brummte unwillig. »Das Alter bekommt Ihnen nicht, Riker. In Ordnung: Ja. Vor einer Weile gingen die Ekorr dazu über, Bomben in unser Lager zu beamen. So haben sie unter anderem mich erwischt. Also haben wir diese Dämpfungsfelder gegen Transporterstrahlen errichtet, um uns dagegen zu wehren.« Er schüttelte den Kopf. »Das Problem war, dass sie ebenfalls solche Inhibitoren hatten.«

»Woher hatten sie die? Und woher haben Sie Ihre?«

Tuvok stand dicht vor dem Inhibitor und warf dem baladonischen Anführer einen Blick zu. »Sie haben diese Technik nicht selbst entwickelt, und kein Mitglied der Föderation hätte Ihnen ein solches Gerät ohne entsprechenden Beschluss zur Verfügung gestellt.«

Jakoh rieb sich die Stirn über seinem Verband. »Der da drückt sich sehr kompliziert aus. Konnten Sie die Hübsche nicht mitbringen?«

»Ich bin hier«, meldete sich Troi. »Und danke. Könnten Sie bitte die Frage beantworten?«

Shayla trat schützend vor ihren Vater. »Ich glaube nicht, dass Ihr noch etwas sagen müsst, Kriegsherr!«

Riker starrte sie an. »Wenn irgendjemand angefangen hat, eine der beiden Parteien einseitig in diesem Krieg zu unterstützen, dann will die Föderation das wissen. Und wenn das irgendetwas mit dem Schicksal der Ekorr zu tun hat ...«

Der baladonische Kriegsherr seufzte laut. »Genau wie das letzte Mal. Schwatzen, schwatzen, schwatzen. Werden Sie nun meine Augen heilen oder nicht?«

Riker runzelte die Stirn. »Ich bin nicht sicher, dass die Medizin heilen kann, woran es bei Ihnen und Ihrem Volk krankt.«

Jakoh seufzte. »Also gut, wenn Sie es nicht anders wollen. Shayla, unser anderer Freund hat uns so geholfen. Was würde er wohl zu einem Geschenk sagen?«

Shayla warf einen Blick nach rechts und schmunzelte. »Fragt ihn selbst. Er war die ganze Zeit hier.«

Riker und seine Kollegen wirbelten herum, als eine Gestalt in einer Rüstung hinter einem der wenigen Wandbehänge hervortrat, die den Saal noch schmückten.

»Ich hätte es mir denken können!«, rief Riker. »Die Breen!«

»Sein Name ist Thot Roje. Jedenfalls behauptet er das«, erklärte Jakoh. Seine Wachen richteten jetzt ihre Disruptoren auf das Außenteam der *Titan.* »Er ist unser neuer Handelspartner. Und heute werden wir ... mit Ihnen handeln, Riker!«

6

»Das ist unerhört!«, sagte Riker und hasste sich im gleichen Augenblick dafür, dass er das gesagt hatte.

Es war das, was Botschafter in so einer Situation eben sagten. Botschafter, Föderationsabgesandte und Bürokraten aller Art. Und Rear Admiral Riker gehörte jetzt zu ihnen. »Das ist unerhört!« schleuderte man in diplomatischer Entrüstung sowohl Kaisern als auch klingonischen Kanzlern entgegen. Riker war sich sicher, dass jemand auch Alexander dem Großen das Gleiche gesagt hatte. Mit genau dem gleichen Effekt.

Kadett Riker, Commander Riker, auch Captain Riker ... diese Männer hätten sich auf die Bewaffneten gestürzt und sich einen der Disruptoren erkämpft. Nicht auf dumme oder leichtsinnige Weise, sondern wenn sich die Gelegenheit ergeben hätte, wenn sie gerade um eine Ecke bogen oder durch eine Tür gingen. Die eigenen Waffen hätten diese drei auf keinen Fall nur mit einer so harmlosen Phrase hergegeben.

Aber er war nicht mehr nur Will Riker. Er repräsentierte nicht einfach nur die *Enterprise* oder die *Titan*. Er war das Instrument und das Gesicht der Vereinigten Föderation der Planeten auf dieser Welt. Und auch wenn er vielleicht Offiziere der Sternenflotte dazu brachte, ihre Leben zu riskieren - was er auch schon getan hatte und auch wieder tun würde -, bestand seine Pflicht nun darin, am Leben zu bleiben, sein Außenteam am Leben zu erhalten und dafür zu sorgen, dass die Politik der Sternenflotte umgesetzt wurde.

Das Problem war nur, dass die Baladonier das ebenso wussten. Und das machte Riker auch noch zu etwas anderem: einem Ziel, einem Einsatz in einem Spiel. Der Handelsware, von der Jakoh gesprochen hatte. Riker fragte sich nun, ob die Baladonier die Bitte um Reparaturen ausgesandt hatten, um damit einen Captain der Sternenflotte in die Falle zu locken. Jetzt hatten sie einen Rear Admiral bekommen. Für die Breen war er sicher von großem Wert. Nachdem man ihr geheimes Slipstream-Projekt hatte fallen lassen, war ihre Position im Typhon-Pakt ins Wanken geraten. Riker würde gefangen genommen, verhört und schließlich für etwas ausgetauscht werden, das der Typhon-Pakt wirklich haben wollte.

Sicher war es das, was ihnen vorschwebte. Aber dazu würde es nicht kommen, denn Riker war kein Diplomat. Ihm standen Waffen zur Verfügung, die wirkungsvoller waren als alles, was sich diese Leute hier vorstellen konnten, und Ressourcen sowohl hier am Boden als auch in der Luft. Selbst jetzt, da man das Außenteam in eine unterirdische Gefängniszelle brachte.

»Inventur«, befahl er, kaum dass die Schritte der Wache vor der versiegelten Tür verklungen waren.

»Sie haben den hier übersehen«, sagte Troi und zog ihren Kommunikator aus ihrem Hosenbund.

»Und den«, ergänzte Riker und ließ seinen Trikorder aus dem Ärmel gleiten, wo er ihn aufbewahrt hatte. »Unserer Familie sollte man eben nie den Rücken zukehren.«

Tuvok nahm dem Admiral den Trikorder ab und begutachtete ihn. »Es ist bedauerlich, dass Sie nicht auch einen Phaser auf diese Weise verstecken konnten.«

Riker schmunzelte. »Das werde ich mir fürs nächste Mal merken.«

»Es wäre unlogisch, wenn es ein nächstes Mal ...« Tuvok hielt inne. Er hatte erkannt, dass es sich um einen Scherz handelte. Er wandte sich an Ensign Modan. »Haben Sie noch etwas?«

»Nein, Sir. Ich habe alles abgegeben«, sagte die Linguistin. »Ich hatte die Befürchtung, es sähe in meinem Lebenslauf nicht gut aus, wenn man mich umbringt.«

Riker nahm sich Trois Kommunikator. »Normalerweise werden wir von deutlich besseren Leuten gefangen genommen. Das hier? Hier ging es eher darum, die Wahrheit zu vertuschen. Dafür, dass Jakoh sich laufend über leeres Gerede beschwert, haben seine Tochter und er viel Zeit darauf verschwendet, mir viel von dem zu verraten, was ich wissen wollte.« Er tippte auf den Kommunikator. »Hier Riker. Ich melde mich aus der Höhle des Löwen. Oder um genau zu sein: aus dem Keller.«

Riker glaubte nicht wirklich, dass er leise in den Kommunikator sprechen musste, aber er tat es trotzdem. Das Komm-Signal wurde von dem Dämpfungsfeld, das das Beamen verhinderte, nicht beeinträchtigt, doch die *Titan* meldete einige andere ungewöhnliche, wenn auch harmlose Strahlungsarten in der Umgebung.

Riker lehnte Vales Vorschlag, sofort ein Rettungsteam auf den Planeten zu schicken, rundheraus ab. »Jakohs Tochter scheint den Laden zu schmeißen. Sie ließ durchblicken, dass die Breen ein Schiff schicken werden.«

»Ein Kriegsschiff?«

»Das weiß ich nicht. Sie kommen, um ihren Repräsentanten Roje zu holen, und sie haben, was auch immer sie brauchen, um diesen Handel perfekt zu machen, mit den Baladoniern bereits abgesprochen. Ich glaube, die Breen sind verantwortlich für das, was mit den Ekorr passiert ist.«

Vale war der gleichen Meinung. »*Die Breen kümmern sich in der Regel nicht um Höflichkeiten. Sie wollten einen Sieger, mit dem sie dann verhandeln können. Das ist das Vorspiel zu einer Allianz. Aber wissen die Baladonier nicht, dass sie nur eine Nebenrolle spielen?*«

»So schlau sind sie nicht.« Riker lachte leise und spielte mit dem Kommunikator. »Die Baladonier sind sich nie im Klaren darüber, was sie nicht wissen, und ich will, dass es auch so bleibt. Bereiten Sie unsere Befreiung vor, aber tun Sie nichts, bevor ich Ihnen den Befehl dazu gebe. Sagen Sie Shayla, Sie sorgen dafür, dass Xins Techniker anfangen, die Filteranlagen zu warten. Aber Chris ... sie sollen langsam machen.«

»*Während Sie herumschnüffeln und versuchen, herauszufinden, was mit den Ekorr passiert sein könnte.*«

»Sie haben's erfasst«, sagte Riker. Er war froh, dass er und Vale ähnlich dachten. So wichtig es sein mochte, Garadius IV zu verlassen, bevor das Kriegsschiff der Breen eintraf (oder auch bevor das baladonische Abendessen serviert wurde, was wahrscheinlich sogar das größere Übel war), es war genauso wichtig zu wissen, was mit den Ekorr geschehen war. Wenn die Breen eine Möglichkeit gefunden hatten, eine komplette Spezies von einer Welt zu tilgen, ohne dass eine Spur von ihnen zurückblieb, musste die Föderation darüber Bescheid wissen. »Erst wenn das Schiff der Breen eintrifft, holen Sie uns hier raus. Riker Ende.«

Tuvok war mit dem Trikorder zugange. »Die *Titan* hatte recht. Besonders in diesem Bereich messe ich eine große Menge unerwarteter Partikel. Faszinierend.«

Troi hatte sich an die steinerne Wand gesetzt und war offenbar ganz und gar nicht fasziniert. »Dieser Ort scheint direkt aus einem Holoroman entsprungen zu sein. Das Verlies einer primitiven Hochkultur.«

»Meine Theorie wäre, dass diese Zellen einst Wohnhöhlen der vulkanischen Mönche darstellten«, sagte Tuvok, ohne aufzublicken. »Diese brauchten nur wenig Bequemlichkeit.«

Modan fuhr nachdenklich mit dem Finger die Kritzeleien nach, die Gefangene am anderen Ende der Zelle in den Stein gekratzt hatten. »Admiral, ich sollte etwas anderes tun, als diese Graffitis zu übersetzen.«

»Betrachten Sie's als Übung«, schlug Riker vor und wollte sich schon neben seine Frau an die Mauer setzen. Doch dann fiel ihm etwas ein. »Modan, in welcher Sprache sind diese Graffitis verfasst?«

Die Selenianerin ließ erneut ihre Finger über die Inschriften gleiten. Einige der Nachrichten hatte man mit spitzen Steinen in das poröse Mauerwerk geritzt, andere waren mit Kreide gekritzelt. »Die meisten sind baladonisch.«

»Wie zu erwarten war«, bemerkte Tuvok. »Immerhin war das hier für viele Jahre das Hauptquartier der Ekorr.«

»Aber nicht alle«, sagte sie. Sie wies auf einige neuere Inschriften. »Diese hier sind in Ekorr. Hier, hier und hier.«

Riker und Troi sahen sich an. Der Counselor erhob sich und ging zu Modan hinüber. »Die sind offenbar frischer als die anderen, in der Tat«, sagte sie. »Und über ein paar der anderen geschrieben. Was bedeuten sie?«

»Vermutlich nicht ›Schön, hier zu sein‹«, vermutete Riker.

»Das sagt keines von ihnen«, erwiderte Modan. »Die Botschaften der Baladonier drücken ihr Missfallen aus, gefangen worden zu sein. Der Tenor der Ekorr-Botschaften ist eher einer der Überraschung, dass man sie in ihr eigenes Gefängnis gesperrt hat.«

Das erregte Tuvoks Aufmerksamkeit. »Also was auch immer das Gleichgewicht der Kräfte hier auf Garadius gestört hat, es kam nicht plötzlich. Einige Ekorr überlebten die Eroberung ihres Hauptquartiers.«

Modan kniete sich hin und wies auf eine Inschrift. »Das ist die neueste, die mit dem Pfeil hier.«

»Ein Pfeil?« Riker riss die Augen auf.

»Ja, sie besagt: ›Freund, finde die Freiheit‹. Und der Pfeil ...« Ihre Stimme verlor sich, als sie der Gravur nach unten folgte. Sie endete an einem Stein, der sich rührte, wenn man ihn anstupste. »Bei den Knochen der heiligen Mutter! Dahinter ist etwas!«

Der Ensign zog an dem Stein. Er gab sofort nach, und zwar aus dem einfachen Grund, dass er nur zur Hälfte in dem Loch steckte. In der Höhlung, die das fehlende Stück ergab, fand sich ein schmaler, silberner Zylinder, ein wenig größer als ein Whiskyglas.

»Da ist eine Inschrift«, sagte sie und hielt das Objekt in das schwache Licht, das die Kammer erhellte.

Riker stand auf und ging zu den beiden hinüber. Er kniff die Augen zusammen. »Ist die Inschrift in Ekorr? Es sieht aus wie ein Schriftzeichen, das man immer wieder darauf eingraviert hat.«

Modan begutachtete das Schriftzeichen. »Eigentlich sind es Ausrufezeichen. In Massen. Die Ekorr sind leicht erregbar, im wahren Leben offenbar ebenso wie in ihren Schriftzeichen.«

»Das ist mir schon aufgefallen.« Riker schüttelte den Kopf.

Modan las laut. »Drücke ... Ekorr ... und sei erlöst.«

»Lassen Sie mich mal sehen.« Riker nahm Modan den Zylinder ab und schüttelte ihn. Nichts war zu hören. »Scheint, als wäre etwas darin.« Doch ein Drücken auf die beiden Enden ergab nichts. »Verstehe ich nicht.«

Die Linguistin überlegte, dann erhellte sich ihre Miene. »Warten Sie mal. Vielleicht wurde das Geheimnis nicht in Ekorr geschrieben, sondern in Elbisch.«

Riker war verwirrt. »Verzeihung?«

Tuvok erhob sich jetzt ebenfalls und kam zu ihnen hinüber. »Der Ensign bezieht sich auf eine Kunstsprache, die sich in den Werken von John Ronald Reuel Tolkien findet, einem menschlichen Schriftsteller.«

Riker kannte den Namen, wusste jedoch nichts damit anzufangen. »Na und?«

»Lassen Sie mich etwas versuchen«, sagte Modan und hob einen Strohhalm vom Boden auf. »Darf ich, Admiral?«

Riker gab ihr den Zylinder wieder zurück. Er, Troi und Tuvok sahen zu, wie die Linguistin den Text der Inschrift untersuchte. Schließlich fand sie, wonach sie suchte und legte den Strohhalm in eine kleine Vertiefung. Mit einem leisen Zischen öffnete sich eines der Enden des Zylinders plötzlich.

Selenianer blinzelten nicht unwillkürlich, aber jetzt tat Modan es. »Ich kann's nicht glauben, es hat funktioniert!«

Riker starrte sie an. »Wie haben Sie das angestellt?«

Tuvok war beeindruckt. »Die Ekorr haben sich anscheinend eine Idee aus einem altertümlichen menschlichen Buch entliehen.« Er wies auf den Zylinder. »Die Instruktion lautete ›Drücke Ekorr‹. Es war keine Anrede, sondern eine Aufforderung, also hat sie *auf* das entsprechende Schriftzeichen gedrückt. Es scheint, die Ekorr haben, bevor sie die Bibliothek meines Volkes hier plünderten, einige der Bücher gelesen.«

Troi lächelte. »Woher wussten Sie das, Y'lira?«

»Bei einem Fernkurs für Kryptolinguistik hat einer meiner Lehrer - Bart Faulwell - mich auf Elbisch hingewiesen, als eine Art Übung«, erwiderte Modan. »Er war der Ansicht, wenn man eine Kunstsprache lernen kann, ist Klingonisch plötzlich sehr einfach.«

»Gut gemacht«, grinste Riker. Das Ganze ergab Sinn: Ein Baladonier hätte schon die Sprache nicht verstanden, und die Botschaft selbst noch viel weniger. *Das war eine gute Methode, einem gefangenen Ekorr eine Botschaft zu hinterlassen*, dachte er. Riker fragte sich, wie das Gerät wohl überhaupt in die Wand der Zelle gelangt war. »Was ist darin? Ein Schlüssel?«

Modan packte vorsichtig den fest verpackten Inhalt des Zylinders aus. Sie drehte das schwarze Objekt in ihrer Hand. »Ein Armband.«

Riker nahm es. »Das sieht eher aus wie eine alte Armbanduhr.« Aber dort, wo das Zifferblatt hätte sein sollen, befand sich eine kleine runde Platte mit einem einzigen roten Knopf in der Mitte. »Ein Signalgeber, vielleicht?« Als er jedoch den roten Knopf drückte, geschah nichts. »Tuvok?«

Der Vulkanier nahm das Armband und unterzog es einer Untersuchung mit dem Trikorder. »Unterhalb der Scheibe hat man Sensoren installiert«, erklärte er. »Ich nehme an, dass Hautkontakt mit dem Träger notwendig ist, damit es korrekt funktioniert.« Er drehte das Band hin und her. »Es ist für einen Ekorr gemacht, aber ich könnte es vielleicht so modifizieren, dass es einem von uns passt.«

Der Vulkanier steckte den Trikorder ein und wand seine Hand in das Armband. Er sah Riker an und wollte ihn um Erlaubnis bitten, drückte dann den Knopf und ...

... verschwand!

Die anderen Gefangenen standen nur da und starrten mit offenem Mund auf die Stelle, an der Tuvok gerade noch gestanden hatte.

»Er ist ... einfach verschwunden!«, stellte Troi fest.

Riker runzelte die Stirn. »Was ist hier eigentlich los?«

»Keine Ahnung«, sagte Modan, die ebenso verwirrt war. »Aber ich glaube, hier sind einige Kapitel von Tolkien durcheinandergeraten!«

7

»Physikalische Realität ist gleichbedeutend mit allgemeinen Naturgesetzen«, hatte Spock einst gesagt. »*Wo diese Gesetze nicht gelten, gibt es auch keine Realität.*«

Tuvok war als Besatzungsmitglied der *Voyager* schon in einige seltsame Situationen geraten. Aber so plötzlich nur aufgrund eines Knopfdrucks immateriell und darüber hinaus unsichtbar für seine Gefährten zu werden, war auch für ihn etwas Neues. Nicht nur die Physik basierte auf gewissen Konstanten, auch seine Weltsicht. Und dass sich das alles nun innerhalb einer Sekunde geändert hatte, war ein durchaus beunruhigender Gedanke.

Und doch war es passiert. Er hatte gesprochen und dem Admiral sowie den beiden Kolleginnen mehrfach zugewunken. Doch sie waren sich seiner Gegenwart in keinster Weise bewusst.

»Ob er wohl irgendwie teleportiert wurde?«, fragte Troi.

»Dafür haben wir keine Anzeichen gesehen«, erwiderte Riker unruhig. »Er war einfach von jetzt auf gleich nicht mehr da!«

Das klang übertrieben. Unter anderen Umständen hätte Tuvok das auch geäußert, aber ihm war nun klar, dass die anderen ihn weder hören noch sehen konnten, und er würde keine wiederholten vergeblichen Versuche unternehmen, sich verständlich zu machen. Doch noch schlimmer war, dass er nicht sicher war, ob Admiral Rikers Feststellung tatsächlich inkorrekt war. Er trat wieder an die Wand, in der sie den Zylinder gefunden hatten, und legte die Hand auf die Mauer aus Stein. Tuvok sah, wie seine Hand die Steine berührte, aber er fühlte nichts ... und einen Augenblick später schob er seine Finger, seine Hand und dann den gesamten Arm durch die Wand. Sie war nicht materiell.

Oder vielleicht war er es.

Er trat einen Schritt zurück. Tuvok konnte die Stiefel an seinen Füßen spüren, die Uniform auf seiner Haut, das Gewicht seines Trikorders in der Tasche und das Armband an seinem Handgelenk. Er drückte den Knopf erneut. Nichts Offensichtliches geschah, aber das war zuvor ja auch so gewesen. Auch schien es keinen Effekt zu haben, das Armband abzunehmen.

Tuvok warf einen Blick auf die Tür. Er wollte seinen neuen Zustand testen. Er entschuldigte sich nicht bei Admiral Riker, obwohl sein Instinkt ihm gebot, seine Absicht zu gehen anzukündigen. Er ging um Riker herum, denn es schien nicht angemessen, einfach durch den Körper eines vorgesetzten Offiziers hindurchzugehen. Dann war er an der Tür seiner Arrestzelle und ging einfach hindurch.

Zwei baladonische Wachen standen davor. Sie sahen gelangweilt aus. Wie seine Kollegen schienen sie sich seiner Anwesenheit nicht bewusst zu sein.

»Ich bin phasenverschoben«, flüsterte der Vulkanier, obwohl er sehr wohl wusste, dass es keinen Grund gab, leise zu sprechen.

»Ich bin irgendwie verschoben worden.«

Commander Troi hatte in ihrem Bericht der misslungenen *Enterprise*-Mission auf Garadius IV vor vielen Jahren die Rettung des romulanischen Schiffs erwähnt. Doch Tuvok war mit dieser Rettung bereits vertraut gewesen, denn sie war in Geheimdienstkreisen der Sternenflotte geradezu legendär. Commander La Forge und Ensign Ro waren aus der Phase der Realität verschoben worden. Während dieser Zeit hatten sie erlebt, was Tuvok gerade am eigenen Leib erfuhr. Intensive Bestrahlung mit Anyonen hatte sie wieder normal werden lassen. Commander La Forge hatte einen Artikel darüber geschrieben.

Dieser Artikel hatte die wissenschaftliche Gemeinde in Aufruhr versetzt. Einige Forscher begannen, das phasenverschobene Universum das La-Forge-/Ro-Kontinuum zu nennen. Der Ingenieur der *Enterprise* hatte diesen Begriff zunächst abgelehnt und nachdem Ro sich dem Maquis angeschlossen hatte, war er von den wissenschaftlichen Journalen der Föderation dann stillschweigend fallen gelassen worden. Es war nicht klar, ob das, was La Forge und Ro erlebt hatten, tatsächlich auf ein eigenes Kontinuum zurückzuführen war, es schien eher ein ganz eigener materieller Zustand zu sein.

Tuvok war von La Forges Erfahrungen fasziniert. Er empfand die Wissenschaft nicht als seine Berufung, aber er war wie jeder Vulkanier sehr neugierig, und dieser Zustand hatte Auswirkungen auf den Sicherheitsbereich. Phasenforschung war innerhalb der Föderation ein kontroverses Thema. Als der *Pegasus*-Zwischenfall an die Öffentlichkeit gelangt war, war es zu einem Militärgerichtsverfahren und einer Verurteilung Admiral Pressmans gekommen. Es handelte sich dabei um einen der wenigen schwarzen Flecken auf der weißen Karriereweste William Rikers, der als unerfahrener Ensign versucht hatte, Admiral Pressman vor einer Meuterei zu bewahren, die von seinen illegalen Erforschungen einer interphasischen Tarnvorrichtung ausgelöst worden war. Tuvok war der Ansicht, dass die Sternenflotte korrekt gehandelt hatte, Riker nicht anzuklagen, einen Mann, der ansonsten ein Vorbild für alle Offiziere war.

Aber während seines Dienstes auf der *Voyager* hatte Tuvok Gelegenheit gehabt, die Spionagemöglichkeiten, die die Phasenforschung eröffnete, neu zu überdenken. Er war den Voth begegnet, einer technisch fortgeschrittenen Spezies, die das Schiff ausspioniert hatte, indem sie ein individualisiertes interphasisches Tarngerät benutzte. Die Interaktion der *Voyager* mit den Voth war zu kurz gewesen, um Antworten auf seine zahllosen Fragen zu bekommen.

Wenn ein phasenverschobenes Individuum unbehelligt durch normale Materie dringen konnte, hatte sich Tuvok gefragt, wie konnte er oder sie auf den Decks eines Raumschiffs gehen und stehen? Und was hatten La Forge und Ro geatmet, wenn die Atmosphäre des Schiffs sich noch im »normalen« Universum befand? Wie erreichten Lichtwellen aus der realen Welt die phasenverschobenen Beobachter? Sie hätten nicht in der Lage sein dürfen, irgendetwas zu sehen.

La Forge hatte in seinem Artikel einige Hypothesen entwickelt, aber nur wenig davon war tatsächlich getestet worden. Phasenforschung war immer noch unbekanntes Territorium.

Da bin ich wohl ein Vorreiter, dachte Tuvok trocken. Und aus welchem Grund er auch phasenverschoben war, ob man es als Experiment, als Unfall oder sonst wie bezeichnete, er war es nun einmal.

Er ging durch die gegenüberliegende Wand des Verlieskorridors und betrat eine Art Küche. Niemand war hier, es sah aus, als könne er sich hier eingehender mit seiner Lage befassen. Tuvok zog seinen Trikorder hervor und scannte damit seinen eigenen Körper.

Die Anzeigen gaben ihm erste Antworten. Der Trikorder und alle solide Materie, die mit Tuvok in Kontakt gewesen war, als er verschwand, wurde als belastet mit Chronitonpartikeln ausgewiesen. Die Scheibe auf dem Armband, schloss er, musste irgendwie einen Puls von Chronitonen in seine Gestalt gepumpt haben, ohne die anderen um ihn herum zu beeinflussen. *Vielleicht kann ich deshalb den Vorgang nicht umkehren*, dachte er. Dazu wäre ein Anyonen-Emitter notwendig, der aus der normalen Welt auf ihn gerichtet wurde.

Das Instrument enthüllte ebenso, dass der Prozess die Atmosphäre rund um seinen Körper nicht phasenverschoben hatte. Und doch atmete er irgendwie nichtverschobene Luft. Er schloss die Augen und versuchte, sich die exakten Formulierungen aus La Forges Artikel wieder ins Gedächtnis zu rufen.

»*Chronitisierung verändert die Parameter für Materie innerhalb eines Systems*«, hatte der Ingenieur geschrieben. »*Einige Bedingungen der nichtverschobenen Welt beeinflussen verschobene Materie, genau wie diese einige nichtverschobene Partikel beeinflusst.*« La Forges Rettung vor Jahren hatte Letzteres bewiesen. Sein geisterhafter Zustand hatte Chronitonfelder auf der *Enterprise* erzeugt, die Commander Data schließlich bemerkt hatte. Nun registrierte Tuvoks Gerät dasselbe Phänomen. Verschobenes Kohlendioxid wurde der Existenzebene um ihn herum hinzugefügt. Sein eigener Atem verwandelte nichtverschobene Luft in verschobene Materie.

Dennoch entwich sein Atem nicht explosionsartig in eine luftlose, verschobene Leere. Auch das war aufgrund der Erfahrungen der *Enterprise* zu erwarten gewesen. Das

La-Forge-/Ro-Kontinuum, falls es ein solches überhaupt gab, mochte vielleicht leer sein, aber es war etwas anderes als ein Vakuum. Im normalen Universum hatte Materie mit niedriger Dichte, also auch Gase, anscheinend einen zweiten Quantenzustand, der sowohl Temperatur und Druck gestattete, die verschobene Welt zu beeinflussen.

»Faszinierend«, stellte Tuvok fest. Er hörte das Wort sogar. Die Schallwellen zogen sich durch ein Medium, das nur in der realen Welt existierte, und veränderten dabei offenbar die Quantenzustände der Moleküle so, dass man sie nur im verschobenen Raum wahrnehmen konnte. Er konnte seine Stimme hören, auch die der Wachen außerhalb der Küche, aber eine Person, die nicht auch selbst verschoben war, würde ihn nicht hören. Wahrscheinlich verhielt es sich mit Lichtwellen ähnlich: Nichtverschobene Photonen erreichten seine Augen in einer Art zweitem Stadium, das es ihm ermöglichte, sie wahrzunehmen. Gleichzeitig setzten sie sich auch in der realen Welt ungebrochen fort, nachdem sie seine verschobene Gestalt durchquert hatten. Er konnte sehen, wurde aber nicht gesehen.

Es *war* faszinierend. Tuvok dachte über die wundersame Natur des Universums nach. Es war Heimat von Partikeln, die eine geheimnisvolle Existenz führten und teilweise in vielen Dimensionen gleichzeitig wahrnehmbar waren. Eine Symphonie der Wissenschaft, die in einem grenzenlosen Saal aufgeführt wurde und die niemand sonst anhörte. Aber in Tuvoks taktisch denkendem Gehirn hatte das auch Folgen für die Sicherheit. Dass aus der normalen Realität Luft in die verschobene sickerte, konnte möglicherweise helfen, sich zukünftig gegen phasenverschobene Spione zu schützen. Beobachter der realen Welt würden das Verschwinden geringer Luftmengen in einem Raumschiff nicht spüren, aber die internen Sensoren des Schiffs konnten es. Garadius IV war ein Planet. Aus diesem Grund würde niemand den zusätzlichen Verbrauch von Sauerstoff wahrnehmen.

Riker und die anderen waren sich der Tatsache bewusst, dass Tuvok nicht da war, aber der Vulkanier wollte sich dennoch nicht zu weit vom Zellenblock entfernen. Er ging durch eine Wand wieder in die Richtung, aus der er gekommen war, und durch die nächste in sein ehemaliges Gefängnis. Er erwartete, dass Riker dort mit Vale über Tuvoks Verschwinden sprach, aber stattdessen standen die baladonischen Wächter im Raum. Sie hatten den Gefangenen Wasser bringen wollen und schienen nun eine arithmetische Krise zu haben.

»Nein, im Ernst. Waren Sie nicht zu viert?«, fragte Wächter Nummer eins. Er war neu.

»Nicht, wenn jemand nicht zwei Mal gezählt wurde«, erwiderte Riker.

Auch der zweite Wächter war noch nicht hier gewesen. »Warten Sie mal. Wenn jemand zwei Mal gezählt wurde, dann dürften Sie ja nur zu zweit sein, oder nicht?«

»Das wäre nur, wenn Sie jeden von uns zwei Mal gezählt hätten. Sie haben nur einen von uns doppelt gezählt.«

»Wen von Ihnen genau?«, fragte Wächter Nummer eins verwirrt.

»Das ist eine gute Frage«, entgegnete der Admiral. »Kein Wunder, dass Ihnen das zu schaffen macht.«

Die Debatte driftete in sinnlose Mathematik ab. Beide Wächter waren nicht im Stande, ihr zu folgen. Tuvok hatte gewusst, dass die Baladonier selten Genies hervorbrachten, aber der Gesprächsverlauf bewies dem Vulkanier noch etwas anderes: Der Admiral wusste, dass etwas mit Tuvok geschehen war, doch er glaubte den Vulkanier nicht in akuter Gefahr.

Er glaubt, er hat ein As im Ärmel, dachte Tuvok und erinnerte sich an das Lieblingsspiel des Admirals. Unglücklicherweise konnte er dem Admiral keine Bestätigung seiner Ansicht zukommen lassen. Er war nicht in der Lage, seine Kollegen zu kontaktieren, eine Möglichkeit, die La Forge und Ro zur Verfügung gestanden hatte, indem sie ihre Hände in Gegenstände gesteckt und somit eine eindeutige Spur von Chronitonfeldern erzeugt hatten. Doch der einzige Trikorder des Außenteams, der das hätte feststellen können, war in Tuvoks Besitz.

Er starrte erst Riker, dann die empathische Troi an. War es möglich, eine Gedankenverschmelzung mit jemandem zu etablieren, der sich in einer anderen Phase befand? Es hätte unmöglich sein sollen, das wusste Tuvok. Aber der Geist war ein ungewöhnliches und überraschendes Konzept, und mentale Energie war grenzenlos und besaß viele Facetten.

Er verwarf die Idee schnell wieder. Wenn es funktionierte, barg es Gefahren, und eine Verbindung mit einem unvorbereiteten Geist, der nichts davon ahnte, verletzte die vulkanische Ethik.

Plötzlich erklangen Schritte draußen im Korridor. *Ob das wohl jemand ist, der zählen kann?*, fragte sich Tuvok.

Er trat in den Korridor hinaus und erblickte an dessen Ende eine zweibeinige, gedrungene Gestalt, die einen Disruptor in der Hand hielt. Eine weitere Gestalt erschien nun am anderen Ende, rechts von ihm. Er wusste, dass sie für ihn in seiner jetzigen Form keine Gefahr darstellten, aber nichtsdestotrotz sprang er unwillkürlich durch die Wand vor ihm, in die Küche.

Nun stand er mitten in einem Tisch, auf dem normalerweise sicher das Essen vorbereitet wurde. Als er sich umsah, erkannte er zwei Frauen, die durch die Wand kamen und ihre Waffen auf ihn richteten.

»Keinen Schritt weiter«, rief eine mit schriller Stimme. »Wir sehen Sie. Und wir versprechen Ihnen, diese Waffen funktionieren. Keine Bewegung!«

»Ich denke gar nicht daran«, sagte Tuvok ruhig. »Ich nehme an, Sie beide sind Ekorr.«

8

»Na, eins ist jedenfalls sicher«, sagte Troi und sah auf den bläulichen Breiklecks, der ihr in einer Blechschale serviert worden war. »Das Essen ist nicht besser geworden. Das ist das gleiche Zeug, das man uns auch schon vor siebzehn Jahren serviert hat.«

Modan hielt beim Essen inne. »Das gleiche Rezept?«

»Nein, wahrscheinlich sogar genau der gleiche Eintopf«, sagte Riker und lächelte schwach. »Ich erinnere mich an das Aroma. Aber ich bin froh, dass wenigstens Sie es mögen.« Er weigerte sich, das Essen überhaupt anzurühren, aber die Linguistin schlang es hungrig hinunter. *Selenianer müssen stärkere Mägen haben*, dachte er.

Er konzentrierte sich wieder auf das aktuelle Problem. Nachdem die völlig verwirrten Wachen aus der Zelle getrottet waren, hatte er Tuvoks Verschwinden der *Titan* gemeldet, die sich immer noch in der Umlaufbahn um Garadius befand. Die Scans nach seinen Lebenszeichen hatten ergeben, dass von dem Vulkanier keine Spur auf dem Planeten zu finden war.

Und Tuvok war nicht der Einzige, den die Sensoren der *Titan* nicht entdecken konnten. Vale hatte versucht, mithilfe der Langstreckensensoren irgendwelche Hinweise auf Thot Roje und seine Bewegungen zu erfassen, aber die Breen-Rüstung verschleierte die Anwesenheit ihres Trägers offenbar sehr gut.

»Ich verstehe diese Wachen immer noch nicht«, sagte Modan und stellte ihre leere Schale ab. »Sind die wirklich auf unser Gerede hereingefallen?«

»Sie sind wohl einen Admiral, der sich als Schwindler erweist, nicht gewohnt, was?«, fragte Riker grinsend.

Troi lachte. »Ich sag's ja nicht gern, Will, aber das warst nicht nur du. Ich habe gespürt, dass die Wachen angesichts der Möglichkeit, jemand könnte aus dem Gefängnis verschwinden, überhaupt nicht überrascht waren. Ich glaube sogar, sie haben es irgendwie erwartet. Und es hat sie nicht sonderlich aufgeregt.«

»Dann sollten sie uns einfach gehen lassen«, fand Modan.

»Das meinte ich nicht«, entgegnete Troi. »Sagen wir mal, die Ekorr sind wirklich einfach so verschwunden, aus welchem Grund auch immer, wie Jakoh meinte. Sogar ihre Arrestzellen leeren sich. Wenn man die Meinung der Baladonier über die Ekorr bedenkt, dann würde sie das nicht im Geringsten kümmern.«

»Aber wir wissen, dass diese Geräte, die irgendwie hier hereingeschmuggelt wurden, die Ursache sind«, stellte Riker fest und hob den leeren Zylinder auf. Er strich sich über den Bart und dachte einen Augenblick nach.

Plötzlich erinnerte sich an etwas, das vor Jahren passiert war. Es war eine Tatsache, die er in all seinen Berichten über seine letzte Mission auf Garadius ganz vergessen hatte.

Er legte den Behälter wieder ab und tippte auf den Kommunikator. »*Titan*, werfen Sie noch mal einen Blick auf diese ungewöhnlichen Partikel, die Sie in der Umgebung gefunden haben, und stellen Sie fest, ob es Chronitonen waren oder sind.«

Ihr Name war Orica, hatte Tuvok erfahren. Sie war eine Veteranin des Ekorr-Wachkorps. Orica hatte bereits ein paar der Föderationsabgesandten kennengelernt, als diese das letzte Mal auf Garadius gewesen waren, also war sie von der Erscheinung des Vulkaniers nicht wirklich überrascht. Seine Fähigkeit, sie zu sehen, allerdings beunruhigte sie sehr.

»Schande über meine Truppen!«, sagte sie, als sie das Armband inspizierte, das Tuvok trug. »Sie hätten alle unbenutzten Behälter einsammeln sollen.«

»Darf ich daraus schließen, dass Ihre Leute diese Armbänder überall an die Ekorr verteilt haben?«, fragte Tuvok. »Und sie auch in die Gefängnisse geschmuggelt haben?«

»Dort waren die letzten Ekorr, die wir noch erreichen mussten«, sagte sie und nahm ihm das Armband ab. »Zorrayn hat uns gesagt, dass es das Ende der ersten Phase ist ... tut mir leid, ein kleines Wortspiel.«

»Worin besteht die zweite Phase?«

»Ich wüsste nicht, dass es eine gäbe«, erwiderte Orica grimmig. »Nun ja. Jetzt sind Sie eben hier. Das hier ist jetzt nutzlos.« Sie warf Tuvoks Armband weg. Es wirbelte durch die nächste Wand hindurch und verschwand.

»Sie sprachen von den ›letzten Ekorr‹. Darf ich das so verstehen, dass Sie die gesamte Ekorr-Bevölkerung phasenverschoben haben?«, wollte Tuvok wissen. »Das scheint mir unmöglich zu sein. Sie könnten in dieser Form nicht alle überleben.«

»Halten Sie die Klappe und überzeugen Sie sich selbst.«

Die Ekorr marschierte hinter Tuvok die Treppe hinauf in die große Kuppelhalle, die einst das Hauptquartier ihres Volkes gewesen war. Der Vulkanier brauchte nicht lange, um zu erkennen, dass es das immer noch war. Denn obwohl überall Baladonier herumrannten, um Jakohs und Shaylas Befehle auszuführen und dabei das Gebäude umzubauen, waren die

Ekorr ebenfalls hier, wenn auch auf diese fantastische Art und Weise.

Nach zwanzig Ekorr hörte Tuvok auf, sie zu zählen. Einige hingen einfach nur herum, machten sich über die nichtsahnenden Feinde lustig und rissen Witze über sie. Andere beschatteten die Baladonier und belauschten sie, wenn sie über ihre Pläne sprachen, und machten sich Notizen darüber, wer sich wo befand. Es war ein surrealer Anblick: Sie waren Spione, die aber nicht die geringsten Anstrengungen machten, sich zu verstecken. Ekorr standen direkt neben und teilweise sogar in ihren Feinden und sahen zu, während die Baladonier ihre Arbeit verrichteten.

Der Albtraum jedes Sicherheitschefs, dachte Tuvok. Die kleinen Ekorr-Kundschafter bewegten sich mühelos, nichts an ihrem Phasenzustand schien sie zu beunruhigen. Normalerweise würde jeder, der in einen festen Gegenstand trat oder sein Gesicht hineinbewegte, zurückzucken, aber die Ekorr gingen durch Türen, Wände, Tische und Stühle, ohne sich dabei auch nur im Geringsten unbehaglich zu fühlen.

Tuvok wandte sich an Orica. »Ihre Leute sind schon seit einiger Zeit in diesem Zustand«, stellte er fest.

»Einige von uns schon seit Wochen«, sagte sie. »Weitergehen.«

Sie durchquerten langsam den Saal und plötzlich schoss ein magerer, rothaariger Ekorr aus einer Ecke auf Tuvok zu. Dieser hielt an, um den Ekorr vorbeizulassen, doch der Ekorr lief weiter ... und prallte direkt auf den Vulkanier. Er fiel zu Boden und starrte Tuvok überrascht und ärgerlich an.

»Ich entschuldige mich«, sagte Tuvok. »Aber Sie haben versucht, durch mich hindurchzulaufen.«

»Tut mir leid«, mischte sich Orica ein. »Er ist wie wir phasenverschoben. Jemand hat wirklich richtig Mist gebaut.«

»Was Sie nicht sagen!«, stieß der Ekorr brummelnd hervor und klopfte sich den Staub von der Kleidung.

Eine vergebliche Geste, dachte Tuvok bei sich. Hier war kein Staub, abgesehen von den paar Hautzellen, die der Ekorr verloren hatte.

Orica wies nun auf eine graue Wand, die sich vor ihnen befand. Artig ging Tuvok hindurch. Für einen Augenblick erwog er, zu fliehen, denn Orica konnte zwar durch die Wand gehen wie er, jedoch nicht hindurch*sehen*. Aber er wusste, dass das Feuer ihres Disruptors die Wand durchdringen konnte so wie er, und das wäre tödlich. Und immerhin war sie bereit, mit ihm zu reden. Also wartete er ab.

»Wir nennen diese Realität den ›exotischen Raum‹«, sagte sie und trat aus der Wand hinter ihm.

»›Fantastischer Raum‹ wäre vielleicht treffender, da man von hier aus in der wirklichen Welt nichts bewirken kann. Und für uns beide besteht die sehr reale Gefahr zu verhungern oder zu verdursten.«

»Ach wirklich? Dann schauen Sie mal da rüber.« Sie wies Tuvok an, nach links zu gehen. Ein paar Schritte und eine Wand weiter fand er sich in einem großen, gut ausgestatteten Schlafzimmer innerhalb des Garadius-Lyzeums wieder. Nur dass dieser in der verschobenen Version mit Kisten, Kartons und Säcken gefüllt war. Einiges überschnitt sich mit der realen Möblierung, es sah aus, als ob ein chemischer Filmstreifen zwei Mal belichtet worden wäre, einmal mit einem Schlafzimmer, das nächste Mal mit einem Lagerhaus, wobei das Schlafzimmer das Hauptbild war.

Orica lachte leise. »Diese Idiotin Shayla hat ihre Baladonier angewiesen, nach uns zu suchen, und gleichzeitig haben wir ihr eigenes Quartier zu einem Warenlager umfunktioniert!«

Ein dreiköpfiges Ekorr-Arbeitsteam kam durch die gegenüberliegende Wand herein. Tuvok sah zu, wie sich die

Arbeiter je ein Fass suchten und es dann einer nach dem anderen durch die Wand rollten, durch die sie gekommen waren.

»Sehr raffiniert«, gestand er. »Sie haben auch die Vorräte, die Sie benötigen, chronitonisiert. Ich nehme an, dass Sie einen größeren Interphasengenerator dafür haben, der in der normalen Umgebung der Stadt versteckt ist. Ein Armband wäre dafür nicht ausreichend. Es enthält nur die für ein Individuum nötige Menge des Reaktants. Die Energie und die aktivierende Strahlungsquelle kommen von woanders her.«

»Sie sind wirklich neugierig, was?«

»Ich versuche nur, zu verstehen. Das würde sowohl die fehlenden Vorräte als auch den Energieabfall erklären, den Jakoh beschrieb ...«

Eine Bewegung im Augenwinkel ließ ihn zusammenzucken. Die Tochter des baladonischen Kriegsherrn kam durch die Tür herein. Shayla ging sowohl durch Tuvok als auch durch einen Stapel Kisten hindurch, um zu ihrem Schrank zu gelangen. Sie suchte sich ein paar Sachen zum Wechseln heraus und schloss die Schranktür wieder.

»Gehen wir«, sagte Tuvok in dem Bewusstsein, dass Shayla, die sich nun auszog, ihn nicht hören konnte. »Ich habe einige berechtigte Fragen, Orica, aber ich habe nicht wie Sie alle den Wunsch, mich als Voyeur zu betätigen.«

Orica lachte herzlich. »Glauben Sie mir, kein Ekorr findet einen nackten Baladonier aufregend. Was Ihre Leute angeht, bin ich nicht sicher. Es sieht allerdings nicht so aus, als hätten die Vulkanier ausschweifend gelebt, als sie hier waren.«

Sie bugsierte Tuvok aus dem Lagerraum/Schlafzimmer. Draußen hörte Tuvok ein lautes Zirpen. Er wandte sich um und sah, dass Orica ihren langen Ärmel aufrollte. Sie trug eine Art Manschette aus Metall. Eine hohe und schrille

Stimme drang aus dem Gerät: »*Kommen Sie noch dieses Jahr, Wache? Oder soll der Vulkanier vorher an Altersschwäche sterben? Oder gar ich?*«

»Nur ein paar Minuten, Friedensvermittler«, erwiderte sie. Tuvok erkannte den Titel des Anführers der Ekorr - und nahm auch den Armreifkommunikator zur Kenntnis. Der rothaarige Ekorr, mit dem er zusammengestoßen war, hatte ebenfalls einen solchen getragen, erinnerte er sich. Wie bei dem von Orica hatte es auch auf diesem einen großen blauen Knopf gegeben.

Orica bemerkte Tuvoks Blick und rollte hastig ihren Ärmel wieder herunter. »Wir haben schon zu viel Zeit mit Reden verschwendet. Wir nehmen eine Abkürzung.« Sie grinste. »Das wird Sie richtig beeindrucken!«

Nachdem sie durch zwei weitere Wände gegangen waren, standen sie draußen in einer engen Gasse, die hinaus auf den großen Platz führte. Tuvok dachte daran, dass er erst vor wenigen Stunden über diesen Platz gegangen war. Er war voller triumphierender Baladonier gewesen, die ihre neue Welt auf dem aufbauten, was die angeblich abwesenden Feinde hinterlassen hatten. Aber jetzt sah er noch mehr Ekorr dazwischen, die den gleichen Raum einnahmen. Hunderte, wenn nicht gar Tausende von ihnen. Zelte und Bettrollen waren über den Platz verteilt, und viele Ekorr feierten, als handele es sich um einen Festtag.

Es schien, als halte die gesamte Ekorr-Zivilisation ein Picknick ab.

In der Mitte des Platzes stand eine Gestalt, die er aus den Besprechungen mit Admiral Riker kannte. Sie stand auf einer provisorischen Bühne, die man aus leeren Fässern gebaut hatte.

»Ah, der Föderationsmann!«, rief die schneidende Stimme, die Tuvok aus dem Kommunikator gehört hatte.

Friedensvermittler Zorrayn lächelte den Vulkanier breit an. »Kommen Sie hier herüber. Sie treffen gerade rechtzeitig ein, um sich meine Rede anzuhören.«

9

»*Wir haben hier ein paar unserer Tanzpartner verloren*«, berichtete Ezri Dax über den Bildschirm in Commander Vales Bereitschaftsraum. »*Zwei Landeschiffe der Breen waren plötzlich verschwunden. Vielleicht kommen Sie zu Ihnen.*«

»Danke, Captain!«, erwiderte Vale. »Wir haben schon gehört, dass wir Gesellschaft bekommen. Grüßen Sie die Bewohner von Zellmanns Fund von uns.«

»*Und grüßen Sie mir den Admiral.*«

»Wenn wir ihn wiedersehen.«

»Aventine *Ende.*«

Was ihren Wachposten in der Umlaufbahn anging, schien Dax sich weiter keine Sorgen zu machen. Vale dagegen wartete angesichts ihres ähnlich gelagerten eigenen Dienstes weniger gelassen auf Instruktionen des gefangenen Admirals. Vielleicht hatte Ezri, eine vereinigte Trill mit einem viele Leben zählenden Symbionten, einfach schon alles gesehen. Vale dagegen nicht. Und auch der nichtvereinigte Trill, der nun vor ihr stand, ihr Sicherheitschef, hatte das nicht.

»Das ist doch lächerlich«, schimpfte Ranul Keru und lief unruhig im Büro auf und ab. Er rieb sich aufgeregt den gefleckten Nacken. »Es gibt überhaupt keinen Grund, warum wir nicht mit einem Team hinunterbeamen und den Admiral befreien sollten. Die Baladonier haben vielleicht moderne Waffen, aber ich habe die Aufzeichnungen über sie analysiert. Ihre Taktik besteht zumeist daraus, einfach auf alles zu treten, was ihnen in die Quere kommt.«

»Ich weiß«, sagte Vale und sackte in ihrem Stuhl zusammen. »Wir sollten in der Lage sein, sie abzulenken, indem wir einfach Bonbons unters Volk werfen. Aber wir haben unsere Befehle.«

»Ich verstehe nicht, warum man kein Sicherheitsteam mitgenommen hat.«

»Ich glaube, das haben wir dem Versuch des Admirals zu verdanken, so wenig Leute wie möglich zu involvieren. Und dass er genau wusste, was wir gerade sagten: Er wird keinerlei Schwierigkeiten haben, zu entkommen.« Vale wusste, Riker wollte, dass die Techniker Zeit gewannen, um herauszufinden, was mit den Ekorr passiert war. Bis Tuvoks Verschwinden den Zeitplan geändert hatte. Für Riker mochte das vertretbar sein, für sie jedoch war es die Hölle. Was würde mit ihrer Karriere geschehen, nachdem sie einen Admiral auf einer seiner ersten diplomatischen Missionen verloren hatte?

»In Ordnung, Ranul«, sagte sie und setzte sich gerade auf. »Bereiten Sie alles vor. Ich werde keine Befehle missachten, aber es kann nicht schaden, eines Ihrer Teams heimlich auf die Oberfläche zu lassen für den Fall, dass wir sie brauchen.«

»Das ist schon eher nach meinem Geschmack.« Der Sicherheitschef wandte sich zum Gehen. Doch im Türrahmen stand Chefingenieur Xin Ra-Havreii.

Der Efrosianer mit dem weißen Schnurrbart hob die Hand. »Was auch immer Sie gerade tun wollten, ich würde damit warten.« Er sah zu Vale hinüber. »Sie werden nicht glauben, was wir gefunden haben.«

»… ist dieser Ort, unser gelobtes Land!«

Erschöpft sah Tuvok auf, als Zorrayn das letzte Wort aussprach. Die Rede des Anführers der Ekorr hätte auch in drei Minuten gehalten werden können, doch er sprach schon seit drei Stunden. Und nun überschlug sich seine Stimme zu einem beinahe unhörbaren Quieken.

»Aber es ist nicht das Ende! Nein, und endlich soll eure Geduld mit Belohnungen belohnt werden, meine lieben Mit-Ekorr. Ich erlitt die gleichen Verzögerungen wie ihr, habe die gleichen abscheulichen Abscheulichkeiten erduldet. Seit Jahren haben wir alle gewartet. Und gewartet. Und gewartet …«

Tuvok schloss die Augen und holte tief Luft. Er suchte seine Mitte. Der Anführer der Ekorr war in der Tat so, wie Riker und Troi ihn beschrieben hatten. Tuvok hatte zumindest Übung darin, Leute wie ihn aus der eigenen Wahrnehmung zu verdrängen.

Nun öffnete er wieder die Augen und sah sich um, während der Sprecher weiter schwadronierte. Nur sehr wenige Ekorr schienen ihre Aufmerksamkeit auf die Ansprache zu richten, eine erlernte Reaktion, die für sie sprach.

Er hatte geschlussfolgert, dass die Ekorr eine strukturierte und regulierte Gesellschaft waren. Das mussten sie sein, um wirklich alle phasenzuverschieben. Jedes einzelne Mitglied dieses Volks auf Garadius IV hatte sich dem gleichen interphasischen Exodus unterzogen. Und sie alle befanden sich in engem Kontakt mit ihrer Regierung: Sie alle trugen das gleiche Kommunikationsarmband, das er schon von Orica kannte.

Und doch hatte Tuvok noch etwas anderes während seines Gesprächs mit Orica bemerkt (das übrigens auch während der Rede stattgefunden hatte: Dass die politische Struktur der Ekorr Stagnation förderte. Debatten wurden nicht durch bessere Argumente gewonnen, sondern durch längeres Durchhaltevermögen. Somit lag die Macht in den Händen derer mit dem längsten Atem - und die hatten offenbar am wenigsten zu sagen, weshalb Politiker alles so oft wiederholten, nahm Tuvok an).

Aber mit dem einfachen Fußvolk wie Orica war vernünftiger zu reden.

Er sah die Leute an. *Deswegen hatte der Konflikt also so lange gedauert: Nachgeben ist für die, die die Entscheidungen treffen, immer antithetisch, da sie so nicht an die Macht gekommen sind.* Die Baladonier dagegen schienen einfach nur Brutalität zu schätzen. Sie schlugen zurück, wenn sie geschlagen wurden. Er erkannte, warum Captain Picard von einem unlösbaren Konflikt gesprochen hatte. Seine Gedanken wurden von mehr als schwachem Applaus unterbrochen. Zorrayn kletterte von seinem Rednerpult herunter und rief: »Das war doch wohl mal eine Rede, oder etwa nicht, Föderationsmann?«

»Ich denke, man könnte es durchaus als Rede bezeichnen.«

»Verdammt richtig.« Zorrayn nahm eine Wasserkaraffe entgegen, die einer seiner Untergebenen ihm hinhielt. »Importiert aus der richtigen Welt«, sagte er und trank durstig. »Ahh.« Er ließ die leere Wasserkaraffe einfach auf den Boden fallen, wo sie, ohne zu zerbrechen, auf dem Pflaster liegen blieb.

Tuvok sah darauf hinab. »Da ist etwas, das ich nicht verstehe, Zorrayn. Die Schwerkraft.«

»Ha! Sie klingen wie ein Baladonier! Die wissen auch nicht, wo oben und unten ist.«

»Nein. Mister La Forge vermutete, dass es sich in seinem Fall um die künstliche Schwerkraft in Kombination mit den Trägheitsdämpfern der *Enterprise* handelte, die irgendwie auf seinen verschobenen Zustand einwirkte und dafür sorgte, dass er mit beiden Beinen auf dem Boden blieb. Wir dagegen befinden uns auf einem Planeten. Wie funktioniert das genau?«

Der Ekorr wischte sich über sein Gesicht und sah dann den Vulkanier neugierig an. »Ich glaube ... ich glaube, das überlassen wir besser Ihnen.«

»Ich verstehe«, erwiderte Tuvok. »Sie wissen es also nicht.«

»Frechheit!«

Irritiert sah Zorrayn auf Orica. »War er der Einzige, den ihr gefangen habt?«

»Die übrigen Armbänder wurden gefunden und registriert«, gab sie zurück.

»Auch gut. Ich habe Sie alle gesehen, als Sie ankamen. Sie haben diesen dummen Riker-Mann mitgebracht. Und die Frau mit den Locken.« Zorrayn hatte inzwischen sein Haar verloren. Er schnaubte verächtlich. »Ihr Leute verschwendet hier Eure Zeit«, erklärte er. »Ihr könnt euch ja selbst davon überzeugen, dass wir einen friedlichen Frieden erreicht haben.«

Er machte sich auf in Richtung des Lyzeums.

Tuvok folgte ihm, doch Orica bewachte ihn auch weiterhin. »Ich frage mich, ob Sie überhaupt begreifen, was Sie hier getan haben«, sagte der Vulkanier. »Zufällig stießen Sie auf einen Weg, wie zwei rivalisierende Fraktionen gleichzeitig den gleichen geografischen Raum einnehmen können. Das Blut zahlloser Völker, die sich nicht einigen konnten, wurde vergossen. Aber Sie haben eine neue Ebene der Koexistenz erreicht. Oder präziser ausgedrückt: Sie haben eine neue Quantenebene erreicht.«

»Blablabla«, antwortete Zorrayn. »Sie plappern daher wie die Breen.«

»Sie sind sich der Anwesenheit des Breen bewusst?«

Zorrayn hielt an und blickte zurück. »Wir sehen ihn.«

»Thot Roje hat die Baladonier beraten. Das wissen Sie sicher.«

»Vielleicht.«

»Was haben sie miteinander besprochen?«

»Den Breen kann man nur verstehen, wenn er selbst das will.« Zorrayn wandte sich rasch wieder dem Gebäude zu. Als sein Blick auf die bulligen baladonischen Wachposten fiel, die vor dem Garadius-Lyzeum Aufstellung genommen hatten, schritt der Anführer der Ekorr auf sie zu. Er begann, den Baladoniern mit seinem phasenverschobenen Fuß in den Hintern zu treten. Ein Benehmen, dass Zorrayn und auch die Ekorr um ihn herum in schallendes Gelächter ausbrechen ließ.

»Das ist doch kindisch«, erklärte Tuvok.

»Aber es ist immer wieder witzig!« Zorrayn kam langsam wieder zu Atem und grinste. »Und was noch besser ist: Wir haben unsere Latrine in Jakohs Schlafzimmer eingerichtet.«

Tuvok zuckte mit den Schultern.

»Ich vergaß«, sagte Zorrayn, und sein Gesicht nahm wieder einen verächtlichen Ausdruck an. »Ihr Vulkanier lacht ja nie. Ich gebe Ihnen einen Grund, so ernst dreinzublicken.«

Zorrayn führte Tuvok und seine Wachen durch eine Wand, dann durch eine weitere und kam schließlich in den runden Saal, den der Vulkanier schon zuvor besucht hatte. »Der Altar von Bothmune«, erklärte Zorrayn.

»Ja, der Amboss...«

»Der Altar!«

»Wie Sie meinen.« Tuvok verschränkte die Arme. »Aber er wirft eine wichtige Frage auf: Sie haben phasenverschobene Vorräte, sodass Sie in dieser Existenzebene leben können. Und vielleicht, wenn Sie genügend Ausrüstung haben, können Sie sich sogar selbst erhalten und brauchen nur noch das Licht, die Luft und die Wärme der natürlichen Welt.« Er wies auf den riesigen Metallblock, der größer als jeder von ihnen war. »Aber das hier ... kann niemals bei Ihnen sein. Für Sie ist es eine Phantomerinnerung an das, was Sie verlassen haben, nicht wahr?«

Zorrayn hatte sich neben seine geliebte Reliquie gestellt. »Sie sind wohl doch nicht so schlau. Berühren Sie es.«

Tuvok hob eine Augenbraue. Er trat neben den Amboss und berührte ihn mit den Fingern. Der Block war fest. Irgendetwas war da. Es war zwar kein Metall, doch der Amboss besaß Masse. Er warf Zorrayn einen Blick zu. »Wie?«

»Wie fühlt es sich denn an?« Tuvok ließ die Finger über die Oberfläche des Ambosses gleiten. Ab und an verschwand seine Hand teilweise.

»Sie haben einen zweiten Altar aus Ihren Frachtcontainern geschaffen. Aber was Sie gebaut haben, kann nicht gesehen werden, weil das Bild der realen Welt diese überlagert.«

»Hier haben wir unsere leeren Container gelagert«, erklärte Zorrayn. »So bleibt alles ordentlich, und für einen Ekorr wäre es nicht akzeptabel, durch den heiligen Altar zu gehen. Etwas, das solche Bedeutung hat, sollte auch Substanz haben.«

»Nicht alles, was Bedeutung hat, verlangt danach«, gab Tuvok zurück. Er erwiderte Zorrayns Blick und legte die Hände auf den Rücken.

»Zorrayn, sicher ist das nicht die Art und Weise, in der ich Sie gerne getroffen hätte, aber mein Admiral gab mir die Weisung, mit Ihnen zu ver...«

»Es gibt nichts zu verhandeln! Wir sind hier und mit den Baladoniern ein für alle Mal fertig. Ein für alle Mal!«

»Ich bin ebenso angehalten, zu erfahren, was genau vor sich ging. Sie hatten diese Technik noch nicht, als die *Enterprise* das letzte Mal hier ...«

»Die *Enterprise*!« Zorrayn klatschte in die Hände. »Wie geht es Picard, der alten Hakennase?«

»*Captain* Picard«, betonte Tuvok nachdrücklich. »Wie haben Sie von dieser Technologie erfahren? Stammt sie von den Breen?«

»Wir kannten sie schon lange, bevor dieses Schnauzengesicht hier aufgetaucht ist!«

»Wie also?«

Zorrayn ging um den Amboss herum. Schließlich tauchte er auf der anderen Seite wieder auf und starrte Tuvok an. »Sie würden mit einem Bart besser aussehen«, verkündete er. »Ja, ich verlange, dass Sie sich auf der Stelle einen wachsen lassen, jetzt sofort!«

»Sie versuchen, mich vom Thema abzulenken, wie Sie es ja auch schon mit der Besatzung der *Enterprise* getan haben. Ich versichere Ihnen, bei mir funktioniert das nicht.«

»Pah! Wir haben sogar Ihren albernen Androiden verwirrt.«

»Aber ich kann zwischen Ihren unlogischen Kommentaren und den Themen, über die Sie tatsächlich sprechen wollen, unterscheiden. Ich bin sicher, dass Commander Data früher oder später gelernt hätte, wie man mit Ihnen umgeht, hätte er wie ich jahrelang die Gelegenheit gehabt, sich mit dem Unlogischen auseinanderzusetzen. Ein zweifelhafter Vorteil, wie ich zugeben muss. Aber ich frage Sie nochmals: Woher haben Sie diese Technik überhaupt?«

»Ich gebe Ihnen einen Tipp«, sagte Zorrayn und griff in die Tasche seines langen Mantels. »Fangen Sie!«

Mit einer knappen Drehung des Handgelenks warf Zorrayn einen Gegenstand an den Hals des Vulkaniers. Tuvok streckte den Arm aus und fing das Objekt im Flug.

»Ein Datenspeicher mit persönlichem Zugang. Ein Padd.«

»Sie sind ein Genie!«, schnaubte Zorrayn.

»Das ist ein Föderationsgerät«, stellte Tuvok fest und beäugte es genau. »Ein älteres Modell.« Ein paar Eingaben verrieten ihm mehr. »Es gehörte einst zur Ausrüstung der *Enterprise*.«

»Ist das schon alles?« Zorrayn schüttelte den Kopf. »Ich wusste, dass Sie nicht in der Lage sein würden, es herauszufinden!«

»Im Gegenteil«, antwortete Tuvok. »Sie haben dieses Padd gestohlen, und zwar von einem der Sternenflotteningenieure, die hier die Wartungen an den Atmosphärenreinigern vornahmen.«

Zorrayn schürzte die Lippen und sagte nichts.

»Ich ziehe es vor, seine persönlichen Aufzeichnungen nicht weiter zu lesen, aber ich vermute, dass es einen ersten Entwurf des Artikels ›Über die Natur der chronitonisch phasenverschobenen Materie‹ enthält und somit Geordi La Forge gehört.« Tuvok sah Zorrayn nun direkt an. »Sie wussten von seinen Erlebnissen und seinen Schlussfolgerungen, lange bevor sie veröffentlicht wurden.«

»Sie sind nicht so dumm wie die anderen Föderationsleute.«

»Ich stimme mit Ihrer Prämisse nicht überein, also kann ich Ihr Kompliment leider nicht annehmen.« Tuvok ließ das Padd unauffällig in die Tasche seiner Uniform gleiten. »Wenn nichts weiter ansteht, würde ich jetzt gerne zu meinen Gefährten zurückkehren.«

Zorrayn lachte laut. Und doch hallte seine Stimme nicht in dem großen Raum wider, da er in dieser Realität kein Dach hatte. »Das ist frech! Eine freche Frechheit, wenn ich das sagen darf! Warum glauben Sie, dass Sie zurückkehren können?«

»Sie haben sicher aus Mister La Forges Aufzeichnungen erfahren, dass ein Beschuss mit anyonischen Partikeln die

Chronitonfelder eliminiert. Und es muss unter Ihnen Leute geben, die immer wieder in die normale Welt zurückkehren, da Sie Nachschub für Ihre Vorräte brauchen.«

Zorrayn lächelte nicht mehr.

»Lügen Sie nicht. Ich weiß, dass Sie diese Fähigkeit haben«, sagte Tuvok. Er wies auf Orica. »Ich nehme an, dass jeder Ekorr diese Möglichkeit hat. Sie ist sicher in diese Armreifen eingebaut. Sie werden mir einen überlassen.«

»Ich kann Sie nicht wieder gehen lassen!« Der Anführer der Ekorr schien einen Wutanfall nur mühsam zu unterdrücken. »Sie werden uns verraten!«

»Dann werde ich mich bemühen, den Effekt selbst umzukehren.« Tuvok drehte sich um und ging an dem gigantischen Amboss vorbei. Vielleicht gab es im Vorratsraum der Ekorr etwas, das ...

»Nein, nein, nein!« Zorrayns faltiges Gesicht war rot angelaufen vor Wut. Er drückte einen Knopf auf seiner eigenen Manschette. »Die Audienz dieses Föderationsmanns ist vorüber! Sie können nun aus Ihrem Versteck kommen!«

Tuvok spürte eine Bewegung hinter sich. Bewaffnete Mitglieder von Zorrayns Wache traten überall im Saal aus den Wänden.

»Ich schicke Sie zurück, Vulkanier - wenn Sie tot sind! Ich will nicht, dass unser kleines, sauberes Reich mit Leichen überschwemmt wird, solange wir hier sind.«

Zorrayn streckte den Finger aus. »Ergreift ihn!«

10

Tuvok kannte sich mit Phaserkämpfen aus. Ein phasenverschobener Kampf war jedoch etwas völlig Neues. Kein Training hatte ihn auf das vorbereiten können, was ihm nun bevorstand, denn wie er annahm, hing sein Überleben von einem einzigen Umstand ab: Seiner Erinnerung daran, wo er war und wie dort die Regeln lauteten.

Als die Ekorr sich ihm näherten, war die nächste Wand, durch die er hätte hindurch fliehen können, weit entfernt. Aber er erinnerte sich daran, dass etwas Physisches sich direkt hinter ihm befand: Ein riesiger Amboss, der in diesem Zustand der Realität einen beachtlichen Stapel von Containern verbarg. Er machte einen Satz darauf zu und war kurz darauf von Dunkelheit umgeben. Die Form des Ambosses ragte nur ein wenig über die des Containerhaufens hinaus, und obwohl Tuvok nichts sehen konnte, konnten die außerhalb des Ambosses ihn zumindest auch nicht mehr sehen.

Er tastete nach Griffen und Halt für die Füße und begann in der Hoffnung, dass die Behälter ihn tragen würden, zu klettern. Überraschenderweise taten sie das, immerhin waren sie angeblich leer. Hinter ihm waren laute Schritte und Handdisruptoren zu hören, die sich aufluden.

Aber Zorrayn rief sofort: »Nicht schießen, ihr Narren! Ihr könntet es aus Versehen treffen!«

Sein Plan hatte also besser funktioniert, als Tuvok gedacht hatte. *Zorrayn kann nicht schießen, denn obwohl ich auf Müll herumklettere, ist der Amboss auch sein Heiligtum!* Tuvok nahm allerdings an, dass das die Ekorr nicht lange vom Schießen abhalten würde, und kletterte noch höher. Er machte sich Sorgen, ob der Stapel vielleicht innen hohl war und dass er einbrechen könnte, aber die Behälter blieben stabil.

Schließlich kam er auf dem Gipfel des immensen Containerstapels an. Tuvok streckte den Kopf aus der Dunkelheit, die in der realen Welt die Oberfläche des Ambosses markierte, und spähte in die Tiefe. Die Ekorr versuchten auf gut Glück, die äußeren Grenzen des massiven Blocks abzutasten und in der Finsternis irgendetwas zu fassen zu bekommen.

»Da ist er!«, schrie Zorrayn gellend. Aber Tuvoks Gesicht versank schon wieder in den Tiefen des Ambosses. Er kletterte weiter. Er hatte die Seite gefunden, an der sich die wenigsten Ekorr befanden, sprang von dem verehrten Containerstapel und landete direkt auf den Schultern einer nichtsahnenden Wache. Er riss sein Opfer zu Boden, der Disruptor der Ekorr schlitterte über den Boden. Mit einem Tritt schaltete Tuvok eine weitere Wache aus, doch bevor er die Waffe der Ekorr-Soldatin ergreifen konnte, sah er einen Dritten, der auf ihn zulief. Der Vulkanier wich der Attacke aus und versetzte dem Angreifer einen festen Hieb auf die Schulter. Er griff nach dem Ekorr, hob die zu kurz geratene Kreatur auf und schleuderte sie in den Amboss hinein.

Mit gewaltigem Krachen fiel eine Seite des Stapels, die von Tuvoks Klettertour ins Wanken gebracht worden war, in sich zusammen. Hinter sich hörte Tuvok, wie Zorrayn kreischte: »Nicht auf den Altar! Nicht auf den Altar!«

Tuvok nutzte die Ablenkung, um sich nach dem Disruptor der ersten Wache umzusehen. Er war vor einem rechteckigen Sockel liegen geblieben, der sich vor der nördlichen Wand befand. Einst hatte eine Büste von Surak darauf gestanden. Die Ekorr hatten die Skulptur entfernt, nicht aber den massiven Sockel, auf dem man Sprüche des Vaters der Logik eingraviert hatte. Tuvok hechtete darauf zu, doch ein Stiefel erschien plötzlich aus dem Sockel und stellte sich auf die Waffe.

»Ihre Flucht hat hier ein Ende«, sagte eine ihm bekannte weibliche Ekorr. Der Rest von Oricas Gestalt erschien mit erhobener Waffe aus der Deckung des Sockels. »Ich will Sie nicht verletzen, Vulkanier. Sie sind unterhaltsam. Aber Zorrayn hat befohlen, dass Sie ...«

Bevor sie den Satz beenden konnte, packte Tuvok mit einer Hand ihren Schenkel und stieß mit der anderen gegen ihren Torso. Das bewirkte, dass die Frau wieder in den Sockel fiel. Phaserschüsse des anderen Ekorr erklangen hinter ihm in der Leere. Er ergriff rasch den fallen gelassenen Disruptor und sprang selbst in den Sockel hinein. Orica war immer noch »in« dem Objekt und versuchte, wieder auf die Beine zu kommen. Tuvok rammte sie, er war zwei Mal so schwer wie sie und schaffte es spielend, sie nach hinten aus dem Sockel zu stoßen. Der Schwung ließ sie beide durch die Mauer dahinter taumeln.

Tuvok löste sich von ihr und sah sich um. Es war ein weiterer Raum im ehemaligen vulkanischen Lyzeum, aber kein Heiligtum, wie sie beide rasch herausfanden, als Disruptorschüsse durch die Wand drangen, durch die sie gekommen waren.

»Brüder und Schwestern, ich bin hier«, schrie Orica und hob ihre Waffe. »Ich kann ihn verhaften! Nicht schießen!«

»Laufen Sie!«, rief Tuvok, als noch mehr Schüsse durch die Wand brachen und nur knapp an ihnen vorbeizischten.

Orica erkannte, dass ihre Rufe nutzlos waren, und folgte ihm auf der Flucht durch die nächste Wand und die dahinter.

»In Ordnung, ich habe genug gehört«, sagte Riker, nachdem er Vales erstaunlichem Bericht gelauscht hatte. »Einen Augenblick, *Titan*.«

Er tippte zwei Mal auf seinen Kommunikator und sah seine Frau an. »Kannst du das glauben? Die ganze Insel strotzt nur so vor Chronitonfeldern. Die Sensoren der *Titan* konnten sie aus dem Orbit nicht erkennen, aber nachdem Xins Leute erst einmal wussten, worauf sie achten mussten, haben sie sie überall gefunden. Sie mussten nicht einmal lange suchen. An Orten, wo die Ingenieure ihre Arbeit taten, war die Konzentration besonders hoch, aber auch sonst überall.«

Trois Miene hellte sich auf. »Das ist genau das, was damals mit Ro und La Forge geschah. Das bedeutet, dass es Tuvok gut geht!«

»Wenn wir ihn wiederfinden.« Riker runzelte die Stirn. »Ich mache mir allerdings eher Sorgen darüber, wie das alles passiert ist.«

Seine Gedanken rasten, seit er das erste Mal diese Möglichkeit in Betracht gezogen hatte. Immer gelangte er zur gleichen Antwort: Die Breen hatten eingegriffen und irgendwie die Interphasentechnik in den lokalen Konflikt eingebracht.

Phasentechnologie! Sie hatte ihn schon seit dem *Pegasus*-Zwischenfall verfolgt, bei dem sich erwiesen hatte, wie weit ein verdienter Offizier gehen konnte, um sie für militärische Zwecke zu nutzen. Er hatte auch gesehen, wie gefährlich sie war und was sie mit einem Raumschiff angestellt hatte. Beinahe hatte er zwei Freunde in dem schiefgelaufenen

Experiment der Romulaner verloren. Und jetzt war es wiederum Phasentechnologie, die drohte, die Politik des Beta-Quadranten auf den Kopf zu stellen. Er wusste nicht, was die Breen motivierte - noch nicht. Aber sie hatten sicherlich einen Grund, hier zu sein. Riker wusste, wenn sie Erfolg hatten, würden Phasenwaffen für sehr lange Zeit in der Trickkiste der Breen sein.

»Glaubst du, dass die Baladonier die Ekorr phasenverschoben haben, um sie loszuwerden?«, wollte Troi wissen.

»Aber das hier ist doch in Ekorr geschrieben.« Modan hielt den leeren Zylinder hoch. »Das ergäbe doch keinen Sinn.«

Riker schüttelte den Kopf. »Wir haben lange genug gewartet.« Der Admiral stand auf und klopfte sich den Staub von der Kleidung. »Wir haben allein durch Herumsitzen mehr erfahren, als wir uns je hätten vorstellen können, aber es ist an der Zeit, von hier zu verschwinden und Ordnung zu schaffen. Und unseren Vermissten zu finden. Wo auch immer er sein mag.« Er schenkte Troi ein Lächeln. »Wir haben ja auch ein Kind, das uns bestimmt vermisst.«

»Wenn ich Christine richtig einschätze, hat Natasha nichts zu befürchten«, gab Troi zurück. »Ich bin sicher, dass sie bereits ein Team in einem der Transporterräume stehen hat, um uns herauszuholen.«

»Dann wollen wir sie nicht warten lassen.« Riker tippte auf den Kommunikator. »*Titan*!«

Schweigen antwortete ihm.

»Vale!«, rief Riker. »Vale! *Titan*, hier ist Riker. Bitte kommen!«

»Sie verschwenden Ihre Zeit, Admiral«, erklang nun eine tiefe weibliche Stimme.

Riker wandte sich um. In der offenen Tür standen Shayla und Thot Roje. Beide hielten Disruptoren im Anschlag. Der Breen schnaubte verächtlich und quakte etwas. Shayla, die einen Ohrhörer in einem ihrer smaragdfarbenen Ohren trug, übersetzte: »Er sagt, dass Ihre Besatzung gerade etwas beschäftigt ist. Die Breen sind angekommen!«

»Roter Alarm! Schilde hoch!«

Die Breen-Schiffe hatten den Warp mit einem Lichtblitz verlassen, die Waffen waren bereits aktiviert. Die *Titan* hatte nicht einmal Zeit, die Neuankömmlinge zu identifizieren, als bereits eine erste Salve Photonentorpedos auf sie zuraste und einschlug.

»Vordere Schilde bei fünfundachtzig Prozent!«, meldete Ensign Dakal. »Sie halten.«

»Erwidern Sie das Feuer auf den Angreifer, der uns am nächsten ist«, befahl Vale und versuchte dabei, ihre Fassung wiederzuerlangen. Sie hatte sich mit ihrer Wissenschaftsoffizierin Melora Pazlar mit den Berichten der *Enterprise* über den Interphasenzwischenfall beschäftigt, als die Breen eingetroffen waren. Admiral Riker hatte gesagt, dass die Baladonier wohl ein Schiff der Breen erwarteten, das ihren Abgesandten aufnehmen sollte. Von vieren, die auf der Stelle losfeuerten, war nicht die Rede gewesen.

»Ich identifiziere zwei der Breen-Lander von Zellmans Fund«, rief Tamen Gibruch, der Wachoffizier der dritten Schicht und rannte auf den Sessel zur Rechten des Commanders zu. »Ein dritter Breen-Lander, den wir nicht kennen. Es sieht aus, als sei auch der Schlachtkreuzer *Gor Taboka* dabei.«

»Sie haben ein gutes Auge«, sagte Vale. »Konzentrieren Sie das Feuer auf die *Taboka*. Und achten Sie darauf, dass sich die anderen Lander nicht entfernen!«

Innerhalb einer Sekunde versuchten die Lander genau das und brachen in drei unterschiedliche Richtungen aus der Formation aus. Alle waren immer noch unterwegs nach

Garadius IV, aber sie waren weit voneinander entfernt. Vielleicht waren die Breen nicht zu verstehen, aber es war dennoch klar, was sie nun zu tun versuchten. Ihre Lander bei Zellmans Fund konnten es mit der *Titan* nicht allein aufnehmen. Doch wenn der Schlachtkreuzer die *Titan* in Schach hielt, konnten die Breen den Versuch unternehmen, zur Insel Sanktum durchzukommen. Sie zählten einfach darauf, dass zumindest ein Lander es schaffte.

»Ich denke, wir können wohl annehmen, dass diese Schiffe nicht nur hier sind, um ihren Abgesandten nach Hause zu holen«, sagte Gibruch. »Sie sind hinter dem Admiral her.«

»Wenn das mal alles ist«, gab Vale zurück und hieb auf ihren Kommunikator. »Mister Dakal, rufen Sie den Admiral. Sagen Sie ihm, dass er wahrscheinlich Gesellschaft bekommt!«

»Sie stören unsere Frequenzen«, erwiderte Dakal. »Aus zwei Richtungen. Die Breen hier oben und die Baladonier unten!«

Sind sie wohl endlich draufgekommen. Wir können also nicht mit Riker sprechen, dachte sie. Das Gleiche galt dann wohl auch für den Plan, ihn wieder an Bord zu holen. Die Transporterinhibitoren im Garadius-Lyzeum funktionierten also noch.

»In Ordnung. Warten Sie mal«, sagte Vale. Sie packte ihre Armlehnen fester, als eine weitere Salve das Schiff erschütterte. »Vergessen Sie die *Gor Taboka*. Geben Sie mehr Energie auf die Heckschilde. Wir verfolgen die Lander!«

Es war die seltsamste Verfolgungsjagd, die Tuvok je erlebt hatte. Vor allem, weil es ihm tatsächlich gelungen war, dieser beachtlichen Zahl an Verfolgern zu entkommen.

Es gab viele von ihnen, das war sicher, und nichts Solides stand zwischen Jäger und Beute. Aber die Wände sahen immer noch aus wie Wände, und das hatte ihnen einige kostbare Sekunden verschafft, während derer sie durchaus vorankamen.

Nach ein paar Minuten wurde die Zielgenauigkeit der Ekorr schlechter, die Schüsse seltener. Vielleicht besaßen die Ekorr die Geistesgegenwart, sich zu erinnern, dass sie auf Bereiche schossen, in denen sich ihresgleichen aufhielten? Diese Gefahr hatte auch Orica dazu bewogen, sich nicht zu weit von Tuvok zu entfernen. Das und ihre Pflicht, ihn festzunehmen. Aber sie hatte bisher keine Zeit gehabt, es zu versuchen.

Schließlich erreichten sie einen Raum, den Tuvok wiedererkannte: Die Bibliothek, in der Jakoh Hof hielt. Der baladonische Anführer war hier, erkannte er, und auch einige seiner Wachen. Der Abgesandte der Breen war ebenfalls hier, und wie die anderen war er sich der Anwesenheit der phasenverschobenen Gäste nicht bewusst. Shayla war nicht hier.

Dann fiel Tuvoks Blick auf das, was er suchte. Er merkte sich die Stelle, an der es lag, denn er würde sich daran erinnern müssen, egal was in den nächsten Augenblicken geschah.

Orica blickte keuchend über ihre Schulter. Die Jagd hatte die Frau erschöpft, immerhin waren ihre Beine gerade einmal halb so lang wie seine eigenen. Die Disruptorschüsse waren nicht länger zu sehen und sie klangen auch weiter weg. Dann wandte sie sich wieder Tuvok zu, der direkt neben ihr stand und sich mit den Einstellungen auf dem gestohlenen Disruptor beschäftigte. Als er die Waffe in sein Holster steckte, richtete sie ihren eigenen Disruptor auf ihn.

»Das ist genug ... Tuvok«, keuchte sie. »Danke, dass Sie mich gerettet haben ... aber ich habe meine Pflichten.«

»Ich ebenso«, antwortete er. Er trat näher auf sie zu, was sie irritierte. »Und es tut mir leid, dass ich das tun muss.«

Seine Rechte schoss vor und packte ihren freien Arm.

»Warten Sie, was ...«, begann Orica. Aber bevor sie ihren Satz beenden konnte, zog er sie an sich und presste den blauen Knopf auf ihrem Armreif.

Im gleichen Augenblick setzte wirklicher Schmerz ein. Sie beide spürten ihn.

11

»Das ist eine Unverschämtheit!«, sagte Riker wieder einmal und ganz ohne einen Sinn für Ironie. Es war wirklich unverschämt, wie man ihn mit Troi und Modan den langen Verlieskorridor entlang zu einem Ort schubste, von wo aus man sie abtransportieren würde wie Figuren in einem Schachspiel. Die Pläne der *Titan*, ihn zu befreien, waren höchstwahrscheinlich durchkreuzt worden, wahrscheinlich dank der plötzlich aufgetauchten Schiffe der Breen. Er hatte die Dinge eben zu lange schleifen lassen, teilweise in der Hoffnung, dass er eine Gelegenheit bekommen würde, die Baladonier zu bearbeiten.

Das machte Riker wütend. Es erinnerte ihn an Zeiten, in denen die *Enterprise* und andere Schiffe von Möchtegern-Politikern in Gefahr gebracht worden waren, die Ziele zu erreichen suchten, die mit Vernunft nichts zu tun hatten. Dieser dumme Fehler hatte bereits mehrere Mitglieder seiner Besatzung in Gefahr gebracht. Wann würde die Föderation »Admiral« Riker etwas befehlen, das »Captain« Riker niemals getan hätte?

Die einzige Möglichkeit, die Dinge wieder ins Lot zu bringen, das wusste Riker, bestand darin, sicherzustellen, dass alles, was er von der Besatzung der *Titan* verlangte, letztendlich etwas bewirken würde. Und dass jedes Opfer, das er von ihnen verlangte, auch eine Bedeutung hatte und den Ausschlag gab. Er konnte nicht handeln wie einst Pressman, der alle nur aufgrund einer Ahnung, was in der Zukunft wohl passieren mochte, in Gefahr gebracht hatte. Er musste sichergehen, dass die Risiken, die er einging, es wert waren. Aber er war noch nicht einmal sicher, dass das nun der Fall war. Ein Team, das zu ihrer Rettung kam, war nicht zu hören. Nur die stampfenden Schritte Shaylas und ihrer Wachposten, die vor und hinter ihnen hergingen.

»Ihre Eskorte wird gleich eintreffen, Admiral«, sagte die Baladonierin. »Thot Roje ist schon vorausgegangen, um meinem Vater zu danken.«

»Ich verstehe nicht«, sagte Riker, der nun die letzten Stufen erklomm. »Ich habe Ihnen doch erklärt, wie die Föderation darauf reagieren wird. Was haben die Breen Ihnen anzubieten?«

Shayla hielt an. Sie hatte den Treppenabsatz erreicht. »Die Breen brachten uns Frieden«, erklärte sie. »Die Ekorr sind verschwunden. Wir wissen nicht, wie die Breen das angestellt haben, aber wir sind ziemlich sicher, dass sie dahinterstecken. Thot Roje ging zu meinem Vater und sagte ihm, was passieren würde, und es geschah.« Sie warf Riker einen bösen Blick zu. »Nach Jahrzehnten, in denen von der Föderation nichts kam als dummes Geschwätz, haben die Breen unser Problem innerhalb von Monaten gelöst. Die Baladonier respektieren Stärke. Sie respektieren die, die etwas erledigen. Sie, Admiral, und Ihre Leute sind einfach nur ein Ausdruck unserer Dankbarkeit.«

»Aber wir werden nicht der einzige Dank bleiben, Shayla. Die Breen werden Zugang zu diesem Planeten haben wollen, zu den Ozeanen und ihren Reichtümern.«

Die Baladonierin zuckte mit den Schultern. »Na und? Wir sind doch selbst gar nicht in der Lage, sie zu abzubauen.«

»Weil Sie ständig mit Krieg beschäftigt waren«, konterte Troi. »Wenn Sie Frieden gehabt hätten, dann hätten Sie und die Ekorr vielleicht zusammen einen Weg finden können, die Meere zu erforschen und auszubeuten.«

Shayla rollte mit den Augen. »Das ist doch lächerlich.« Sie wies auf die großen Flügeltüren zur Bibliothek, die vor ihnen lagen. »Los jetzt. Mein Vater möchte sich von Ihnen ... verabschieden.«

»Ziel zwei erledigt.«

Vale jubelte, als der zweite Breen-Lander auf Garadius und seine sauren Meere zutaumelte. Zahllose Fluchtkapseln lösten sich aus dem Schiff, während es auf den Planeten stürzte. Das war besser gelaufen, als sie gedacht hatte. Der erste Lander war der Einzige, von dem sie überhaupt erwartet hatte, ihn vernichten zu können. Es war ein kalkuliertes Risiko, das die Breen wohl beabsichtigt hatten: Der *Titan* ein Schiff zu opfern, während die anderen abdrehten, um zur Insel Sanktum zu gelangen.

Aber die Breen hatten dennoch einen Fehler gemacht. Zellmans Fund war mit Siedlungen übersät, die den Breen unterstanden, aber die Lander waren alle zu einem einzigen Ziel unterwegs. Und so war es der *Titan* gelungen, während sie dem schlimmsten Beschuss, der von der *Gor Taboka* hinter ihr ausging, auswich, den ersten Lander in die Richtung zu treiben, in die die anderen beiden ohnehin wollten.

Nun blieb nur noch einer übrig, und der war bereits vom Phaserfeuer der *Titan* getroffen. Der Breen-Lander legte nun etwas mehr Abstand zwischen sich und die Insel Sanktum, offenbar hatte der Kommandant des Schiffs Sorge, ihn könnte dasselbe Schicksal wie seine beiden Vorgänger ereilen.

Eine Entscheidung, die für die *Gor Taboka* zum falschen Zeitpunkt kam.

»Hart beidrehen!«, kommandierte Vale.

Die untere Hülle der *Titan* glühte auf, als das Schiff die Exosphäre des Planeten streifte, um sich selbst herumwirbelte und wieder ins All flog, wie ein Stein, der übers Wasser hopste. Der Schlachtkreuzer, der sie immer noch verfolgte, machte keinerlei Anstalten, abzubremsen, doch nun sorgte sein steilerer Anflugwinkel dafür, dass er an der Atmosphäre abprallte. Nur für einen Augenblick verlor er die Kontrolle ...

... und konnte dem Sperrfeuer der *Titan* nicht mehr ausweichen.

Schwerfällig kämpfte sich die *Titan* in eine höhere Umlaufbahn, während die *Gor Taboka* an der turbulenten Atmosphäre unter ihr zerschellte. Wäre die Luft über der Insel Sanktum sauberer gewesen, wusste Vale, hätten sie und die *Taboka* allen dort unten ein grandioses Schauspiel geboten. Nun füllte sich der Raum um sie herum mit Fluchtkapseln der Breen.

Das ist für einen Tag nicht schlecht. Allerdings ist gerade kein Admiral hier, der mich loben könnte. Vale lehnte sich in ihrem Sessel zurück. Der Rote Alarm pulsierte noch, und das Schiff hatte auf der Flucht einige Schäden davongetragen.

»Status?«

»Der letzte Breen-Lander hat bei der Insel Sanktum Position bezogen«, meldete der taktische Offizier. »Sie reagieren nicht auf unser Angebot eines Waffenstillstands.«

Als ob wir die Antwort nicht kennen würden. »Machen sie Anstalten, die Stadt zu bedrohen?«, wollte Vale wissen.

»Nein. Der Lander hält sich in einem geostationären Orbit über der Insel. Er nimmt die ankommenden Fluchtkapseln auf. Ihre hinteren Photonentorpedorohre wurden auf den Boden ausgerichtet, aber sie sind nicht geladen.«

»Schlaue Kerlchen. Sie wollen uns wissen lassen, dass sie auf die Stadt feuern können, wenn wir uns rühren. Wir haben sie ausgetrickst. Können wir sie abschießen, bevor sie zurückschlagen?«

»Unsicher«, meldete sich nun Dakal zu Wort. »Und wenn wir Erfolg hätten, könnte das Breen-Schiff auf eine bevölkerte Region der Insel stürzen.«

Wieder mal ein Patt, dachte Vale. Aber vielleicht war es auch nur eine Eröffnung. »Transporterraum«, sagte sie. »Mister Keru, ist Ihr Team bereit?«

»*Bestätigt*«, erwiderte der Sicherheitschef. »*Der dem Garadius-Lyzeum nächste Transporterpunkt ist einen halben Kilometer entfernt.*« Die Kommunikation wurde für einen Augenblick unterbrochen. »*Es wird einen Kampf geben.*«

Vale wusste, das war eine Untertreibung. Die letzten Scans der *Titan* zeigten, dass gerade dieser Bereich der Insel von Baladoniern nur so wimmelte. Und alle waren sicher schon in Alarmbereitschaft. Aber es gab keine Möglichkeit, mit dem Shuttle zu landen, nicht, solange es noch all diese Artillerie auf der Insel Sanktum gab.

Es ging nur mit dem Transporter.

»Beruhigen Sie sich, beruhigen Sie sich«, sagte Jakoh zu dem quakenden Abgesandten der Breen. Riker wusste in dem Augenblick, als er den Raum betrat, dass Thot Roje ernsthaft über etwas verärgert war.

»Shayla!«, rief der baladonische Kriegsherr so laut, dass seine Leibwächter zusammenzuckten. »Worüber regt dieser Kerl sich eigentlich auf?«

Shayla berührte den kleinen Übersetzer in ihrem Ohr und lauschte, als der Breen weiter protestierte. Riker sah, wie ihre Augen sich weiteten. »Die *Titan* hat sich mit Thot Rojes Begleitschiffen angelegt«, sagte sie. »Und nur die *Pell Togah* ist noch übrig.«

Troi und Modan sahen zu Riker hinüber. Ein schadenfrohes Grinsen breitete sich auf seinem Gesicht aus.

»Da haben Sie wohl aufs falsche Pferd gesetzt.«

Shayla fuhr zu ihnen herum. »Was ist ein ...«, begann sie. »Vergessen Sie's.« Sie drehte sich ganz um und packte Riker an seinem Uniformkragen. »Sie können uns nichts tun, solange wir ihn haben«, sagte sie zu Roje.

Aber Roje sah sie nicht an. Stattdessen blickte der Breen auf einen Fleck rechts neben ihr. Eine leere Stelle auf dem Boden. Shayla folgte seinem Blick. Etwas flackerte in der Luft, tanzte in den Schatten, die im Rauch des Kohlebeckens des Kriegsherrn entstanden.

»Was ... was ist das?«

Schmerz!

La Forge und Ro hatten großen Schmerz empfunden, als sie aus ihrem phasenverschobenen Zustand wieder in die Realität zurückgekehrt waren. Sie waren von Anyonen bombardiert worden, die chronitonisierten Moleküle hatten sich neu ausgerichtet und sie wieder in ihren natürlichen Status zurückgeführt. Der Vorgang verlief alles andere als rasch ... und darüber hinaus äußerst schmerzhaft. Es war, als sei die Natur selbst ärgerlich, dass man den von ihr bestimmten Zustand einfach so überging, und ließe nun ihre Wut an ihrer sterblichen Hülle aus. Als verlange die Wirklichkeit einen Wegzoll dafür, dass man wieder in sie hineingelassen wurde.

Tuvok und Orica waren sich jeder Sekunde bewusst. Da er das Gerät an ihrem Arm fest umfasste, war natürlich auch er von dem Effekt betroffen. Einem Effekt, der ... woher eigentlich kam? Er wusste es nicht, und tatsächlich stellte er fest, dass Logik mit zunehmender Qual unmöglich wurde. Er hatte sich selbst in verschiedenen Disziplinen geübt, die es ihm hätten erlauben sollen, Schmerz zu ignorieren, doch diese waren nun vollkommen nutzlos. Seine Knochen selbst standen offenbar in Flammen, ebenso wie die verrückten Bilder um ihn herum.

Natürlich war auch Orica da. Im Gegensatz zu Tuvok hatte sie keine Ahnung, wie ihr geschah. Und ihr Gesicht schien in einem andauernden grauenvollen Schrei erstarrt.

Dann tauchten hinter ihr (oder durch sie hindurch?) die Wachen der Ekorr auf, sie drifteten durch die Wand, mit gezückten Disruptoren. Sie starrten zu ihnen herüber, verwirrt und offenbar unsicher, was sie tun sollten.

Tuvok krümmte sich vor Schmerz und sah die Phantomgesichter von Jakoh und Thot Roje und neben ihnen Shayla. Alle starrten ihn an. Oder an ihm vorbei? Durch ihn hindurch?

Dann tauchte Zorrayn auch wieder auf, gemeinsam mit den Gefolgsleuten, die er zu sich gerufen hatte. Er schrie offenbar schon wieder und versuchte, seine Wachen dazu zu bringen, zu schießen, wobei er sich nicht um Orica scherte.

Und da war auch Admiral Riker, der neben Commander Troi stand und Tuvok direkt ansah. Auf seinem Gesicht war ein Ausdruck des Erkennens zu sehen. Und der Entschlossenheit.

Das brachte Tuvok wieder zu Verstand. Es erinnerte ihn trotz der Schmerzen daran, wer er war und was er gerade tat. Und dass er eine ganz bestimmte Aufgabe hatte.

Sobald er wieder konnte.

»Was ist da los?«, schnaubte Jakoh. Er zerrte an seinen Bandagen und wand sich auf seinem Stuhl. »Was ist das? Sag doch irgendjemand was!«

Doch niemand antwortete. Die Blicke von Shayla und den anderen Baladoniern hingen wie gebannt an den beiden leuchtenden Figuren, deren Erscheinung in ihrer Mitte flackerte, aufglomm und wieder verschwand. Das war kein bekannter Transportereffekt. Shayla starrte mit offenem Mund, auch dann noch, als der Abgesandte der Breen sich bewegte.

Riker und Troi wechselten einen Blick. Aber nur einen. Das hatten sie schon einmal gesehen. Sie kannten das.

Auch Thot Roje wusste Bescheid ... und hob den Disruptor. Doch Riker überraschte seinen Kidnapper damit, dass er mit einem Satz auf ihn zusprang. Und zwar genau in dem Augenblick, als die unwirklichen Figuren für einen Augenblick verschwanden. Riker packte den Arm des Breen und schleuderte ihn daran herum. Die Waffe entlud sich und traf die Seite von Jakohs improvisiertem Thron.

»Gaah!« Der baladonische Kriegsherr schrie auf und taumelte von seinem Thron, unverletzt, aber ganz offenbar geschockt. Seine Leibwachen stürzten auf ihn zu. Rikers Kidnapper kam ebenfalls wieder auf die Beine und sprang auf ihn zu, um ihn festzuhalten. Troi und Modan griffen nun ebenfalls nach ihren Wachen, die sie festgehalten hatten, warfen sie zu Boden und hinderten sie so daran, sich an dem Tumult zu beteiligen.

Riker rang mit dem Breen und spürte dann, wie kräftige Hände ihn packten. Es war der baladonische Wächter, der ihn hergebracht hatte und der nun versuchte, ihn wieder in seine Gewalt zu bringen. So konnte Riker die Waffe des Breen nicht ergreifen, der gerüstete Krieger umklammerte sie zu fest. Aber es ging auch nicht um eine Flucht, das war Riker bewusst. Es ging nur darum, sich etwas Zeit zu erkaufen.

Nur einen Moment ...

Tuvok holte Luft. Echte Luft.

Orica hatte ihn immer noch umklammert. Sie war totes Gewicht, denn sie war verwirrt und benommen. Nachdem er sich auf dem Boden kauernd wiedergefunden hatte, stieß er sie von sich und stand auf, um sich umzusehen.

Shayla half Jakoh.

Die Wachen rangen mit Troi und Modan.

Der Admiral war unter Baladoniern und Rüstungen begraben, da immer mehr der Leibwachen Jakohs herbeieilten.

Tuvok nahm den ekorrianischen Disruptor aus dem Holster, richtete ihn auf eine silbrige Anlage hinter dem umgestürzten Thron und feuerte. Ein Funkenregen ergoss sich über die Anwesenden. Troi schaffte es nach einem Handgemenge schließlich, ihrem Wächter einen Beutel zu entreißen. Sie presste einen Finger darauf. Der Kommunikator, den die Wache Riker abgenommen hatte, piepte einmal.

»*Titan*!«, schrie Troi. »Die Transporterinhibitoren sind außer Funktion!«

»Die Transporterinhibitoren sind außer Funktion!«, rief Dakal an Bord der *Titan*.

»Planänderung!«, befahl Vale. Auf einmal sah alles viel besser aus. »Transporterraum, haben Sie das Außenteam?«

»*Zu viele Interferenzen. Wir können sie nicht genau erfassen.*«

»Na schön, dann gehen Sie eben runter.«

Orica sah sich um und blinzelte. Dann packte sie Tuvoks Schulter. »Was haben Sie getan?«, schrie sie. »Ich bin hier, bei ... denen!«

Tuvok antwortete nicht. Er suchte nach einem Ziel. Den Transporterinhibitor hatte er sofort zerstören können, doch der nächste Schritt war komplizierter. Shayla hatte ihren

Disruptor gezückt, und Riker kämpfte immer noch mit dem Breen und den anderen Baladoniern. Immer mehr Wachen strömten in die Bibliothek. Aber ihre Aufmerksamkeit war beinahe sofort auf Orica gerichtet, die verhasste Ekorr, die plötzlich aufgetaucht war. Orica erinnerte sich mit einem Mal an ihren eigenen Disruptor und begann, wild in ihre Richtung zu feuern.

»Runter!«, schrie Troi und packte Modan. Die Selenianerin rang immer noch mit ihrem eigenen Leibwächter, als bereits Disruptorfeuer um sie herum die Luft zum Kochen brachte.

»Was zur Hölle geht hier vor?«, hörte Tuvok Jakoh schreien. Der Vulkanier hatte sich derweil für ein Vorgehen entschieden. Er steckte den Disruptor wieder weg, packte den Baladonier, der auf dem Haufen über dem Admiral zuoberst lag und zerrte ihn herunter. Riker kämpfte vergeblich darum, freizukommen, und weigerte sich beharrlich, Thot Rojes Handgelenk samt dem Disruptor loszulassen ...

»Keine Bewegung!«

Eine neue Stimme erklang, aus einem Teil des Raums, in dem bislang eher wenig Chaos vorgeherrscht hatte. Ranul Keru stand nun dort, zusammen mit einem Sicherheitsteam, die Phaser im Anschlag.

Die völlig überraschten Baladonier sahen auf, Tuvok riss den letzten Soldaten vom immer noch um sich schlagenden Admiral und Thot Roje herunter. Der Breen erkannte, dass er keine Chance hatte, ließ den Disruptor fallen und rollte zur Seite. Trotzdem versuchte die Gestalt in der Rüstung, auf die Beine zu kommen und zum nächsten Ausgang zu fliehen.

Riker rang nach Atem, als Keru auf ihn zueilte.

»Wir haben unser Außenteam!«, sagte dieser in seinen Kommunikator. »Ich wiederhole, wir haben sie! Holen Sie uns hier raus, *Titan*!«

»Nein!«

Tuvok schaute sich nach Orica um. Sie blickte ihn zornig und erschrocken an, während das Sicherheitsteam sie entwaffnete. »Lassen Sie mich nicht hier!«, bat sie. Die Emotionen in ihrer Stimme waren selbst für Tuvok klar ersichtlich: Sie wollte nicht der einzige Ekorr auf einem Planeten voller Baladonier zu sein.

»Und noch jemanden, Mister Keru«, sagte Tuvok. Er wandte sich zu dem gestürzten Riker um und bot ihm seine Hand. »Mein Verschwinden tut mir leid, Admiral. Aber ich habe eine Erklärung.«

Riker, der ziemlich mitgenommen aussah, schüttelte den Kopf. »Ich bin ... sicher ... dass Sie die haben. Ganz sicher.«

12

Tuvok sah wie üblich wie aus dem Ei gepellt aus, als er in die Beobachtungslounge trat.

Vale warf ihm einen knappen Blick zu. »Nun, ich kann Ihnen schlecht ›unerlaubtes Entfernen von der Truppe‹ vorwerfen, immerhin waren Sie ja nie wirklich weg.«

»Ihr Versuch, ungezwungen zu erscheinen, wurde zur Kenntnis genommen«, gab Tuvok zurück und nahm Platz.

»Mit Ihnen kann man wirklich keine Witze reißen«, stellte Vale lächelnd fest und sah zum anderen Ende des Tischs. Riker hatte nicht einmal die Uniform gewechselt - obwohl er sich wirklich danach sehnte -, da die Situation so dringend war. Die *Pell Togah* schwebte immer noch in einer geostationären Umlaufbahn über der Insel Sanktum und schien auf irgendetwas zu warten. Aber auf was?

»Tuvok, weiß diese Ekorr etwas?«, fragte Riker und rieb sich das Kinn.

»Nur sehr wenig, Admiral«, erwiderte der Vulkanier. »Sie ist uns dankbar, dass wir sie nicht den Baladoniern überlassen haben, aber die Gesellschaft der Ekorr ist kastenartig gegliedert. Ihre Abteilung war dazu abgestellt, Ekorr zu sammeln und sie ins phasenverschobene Universum zu bringen. Und Außenseiter zu finden, die noch nicht verschoben worden waren.« Er dachte einen Augenblick nach. »Sie vertraut Zorrayn nicht, aber sie glaubt an die Sache der Ekorr. Und daran, dass es weise ist, die Baladonier von den Ekorr zu trennen.«

Riker schnaubte. »Seit wann sind die Ekorr denn daran interessiert, eine Schlacht zu verhindern?«

»Ich denke, seit sie vor siebzehn Jahren die Artikel von Commander La Forge gefunden haben«, antwortete Tuvok. »Sie versuchten erst, die Technik zur Spionage zu nutzen, für ihre eigenen Zwecke, und begriffen dann nach und nach die Möglichkeiten, die eine Trennung von den Baladoniern ihnen bot. Sie haben einen großen Plan entwickelt, und dann ...«

»Dann steckten die Breen ihre große Schnauze hinein«, vervollständigte Vale den Satz.

»Das scheint der Fall zu sein, ja.« Xin Ra-Havreii sah von dem Padd auf, das man einst Geordi La Forge gestohlen hatte. Es hatte die Reise in die Realität zurück in Tuvoks Uniform gut überstanden. »Es scheint, dass vor zwei Jahren eine Kopie des Dokuments an einen Kurier der Breen übergeben worden ist. Die Aufzeichnung dieser Transaktion ist im Speicher des Padds enthalten. Es war offenbar der erste Teil eines Austauschs, der schließlich zu diesem Gegenstand geführt hat.«

Der Ingenieur wies auf die Mitte des Tischs, wo der ekorrianische Armreif aus Metall mit dem blauen Knopf darauf lag. »Er ist Teil eines Systems, das aus zwei Schritten besteht«, fuhr Xin fort. »Wie Orica bestätigte, haben die Ekorr heimlich mehrere Interphasengeneratoren in ihrem Gebiet aufgestellt, um Objekte phasenzuverschieben. Entweder direkt, wie im Falle ihrer Vorräte, oder indirekt, durch die Katalysatoren in ihren Armbändern. Die größeren Armreifen sind anders. Sie machen eine Rückkehr möglich.«

Vale blinzelte. »Aber es waren doch Anyonen aus unserer Welt, die Ro und La Forge wieder zurückholten, oder nicht?«

»Doch«, sagte Xin und nahm den Armreif in die Hand. »Und hier ist es genauso. Irgendwo auf der Insel gibt es einen großen Anyonemitter. Diese Armbänder stoßen eine gewaltige Menge Chronitonen in der phasenverschobenen Welt aus, die der Emitter aus der realen Welt erkennen kann, genau wie Mister Data Ro und La Forge erkannte. Dann bombardiert der Emitter den Sender mit Anyonen.« Er nickte Tuvok zu. »Wie Sie ja am eigenen Leibe erfahren haben.«

»Ich würde es vorziehen, das nicht noch einmal durchzumachen«, sagte Tuvok.

Vale staunte, dass Tuvok das Unbehagen, das die Ereignisse in ihm ausgelöst hatten, tatsächlich eingestand. *Das muss furchtbar gewesen sein.*

Tuvok faltete die Hände vor sich auf dem Tisch. »Ich habe mich mit den Scans aus der Umlaufbahn davon überzeugt, dass der Anyonemitter in dem Gerät versteckt ist, das sich auf dem Dach des Lyzeums befindet. Es war eine logische Annahme, dass er sich in der Nähe des jetzigen Aufenthaltsortes der Ekorr befindet.«

Die Tür öffnete sich und ließ Troi herein. Sie nahm den Platz neben Riker ein. »Natasha hatte Angst, wir seien verschwunden«, erklärte sie.

»Nein, wir nicht. Nur die Ekorr«, antwortete Riker. Er wandte sich Tuvok zu. »Haben die wirklich versucht, Ihnen zu erklären, dass sie das um des Friedens willen getan haben?«

»Die *Voyager* ist im Delta-Quadranten einer Spezies begegnet, die sich die Voth nannte«, sagte Tuvok. »Sie hatten eine Tarnvorrichtung, die Materie aus der Phase des normalen, wahrnehmbaren Universums verschiebt. Sie schienen in der Lage zu sein, sich effizient aus der Realität hinaus- und wieder hineinzubewegen, und das ohne den Schmerz, den ich dabei erfahren habe.«

Er blickte auf den Tisch hinunter. »Viele von uns sind in Dimensionen neben unserer den unterschiedlichsten Lebensformen begegnet. Ich halte es für möglich, dass die Ekorr dadurch, dass sie diese Technologie in ihren Besitz brachten, unwissentlich einen Weg gefunden haben, wie zwei miteinander rivalisierende Gruppen buchstäblich nebeneinander existieren können.«

Er schüttelte den Kopf. »Ich denke, diese Form der Verschiebung ist etwas anderes. Aber die Hoffnung war da.«

»Nun«, stellte Riker fest und lehnte sich in seinem Sessel zurück. »Ich glaube nicht, dass es hier je um Frieden ging oder auch nur um Flucht. Die Ekorr hätten die Baladonier mit Freuden ins phasenverschobene Universum gezerrt, wenn sie gekonnt hätten. Sie hatten einfach nur nicht die Kraft dazu. Oder irgendeine Möglichkeit, alle ihre Feinde gleichzeitig zu verbannen.«

Tuvok hob den Kopf. »Ich stimme dieser Einschätzung zu, Admiral. Ich gestehe allerdings, ich dachte, Sie übertreiben, als Sie von den beiden Völkern hier berichteten. Doch es ist in der Tat überaus schwierig, mit ihnen zu arbeiten.«

»Manchmal entsprechen Karikaturen der Wahrheit«, sagte Troi. »Traurigerweise.«

Riker stand auf und begann auf- und abzuwandern. »Das ist auch der Grund, warum ich glaube, dass sie noch etwas anderes vorhaben. Commander, Sie sagten, sie bringen massenweise Vorräte in die phasenverschobene Welt. Wie viel Material?«

»Alles, was man für eine Planetenerkundung benötigt«, erwiderte Tuvok.

»Das wäre nicht ausreichend«, erklärte Riker rundheraus. »Sie sagten es selbst. In dieser Sphäre existiert nichts.

Das ist nicht einfach, als ginge man campen. Alles, was sie berühren wollen, muss konvertiert werden. Und wir können wohl davon ausgehen, dass die Ekorr den Unterschied kennen. Zorrayn hat mich vor siebzehn Jahren nach Plänen gefragt, wie man seinen gesegneten Amboss auf dem Holodeck wiederauferstehen lassen könnte. Er wollte ihn aus echter Materie replizieren.«

»Er wollte, dass der Amboss echte Masse besitzt«, sagte Tuvok. »Auch wenn ich den Verdacht habe, dass etwas anderes dahintersteckt. Und da ist noch etwas: Jeder Ekorr, den ich gesehen habe, besitzt ein solches Rückkehrarmband. Warum sollten sie ein solches haben, wenn sie nicht beabsichtigen, wieder in unsere Realität zurückzukehren?«

»Ich bin sicher, dass sie sich eine Hintertür offen lassen wollen«, warf Vale ein. »Es klingt doch so, als wollten sie alle wieder zurückkehren. Aber um was zu tun?«

»Es muss mit den Breen zu tun haben.« Riker wandte sich um und sah aus dem Fenster auf die *Pell Togah*, die in einer Umlaufbahn unterhalb der *Titan* um Garadius IV kreiste. »Sie sind die Ursache dieses Schlamassels. Sie sagten, die Ekorr hätten sich nicht besorgt gezeigt darüber, dass Thot Roje die Baladonier berät?«

»Überhaupt nicht«, gab Tuvok zurück. »Laut Orica erklärte Zorrayn, dass Roje bei den Baladoniern bleiben würde, bis die Breen einträfen. Vielleicht hatten die Ekorr den Breen versprochen, ein Bündnis für einen heimlichen Angriff einzugehen. Aber ich wüsste nicht, was die Breen veranlassen sollte, sich auf ein so kostspieliges Unterfangen auf einer Planetenoberfläche einzulassen.«

Riker schüttelte den Kopf. »Darüber habe ich nachgedacht. Die Ekorr haben etwas geplant. Aber die Breen ebenfalls. Ich glaube, sie haben eine dreifache Win-Win-Win-Situation für sich selbst ausgeknobelt.«

Xin rieb sich den Nacken. »Ich glaube, ich weiß, was die Ekorr im Sinn haben. Es würde einige der seltsamen Anzeigen erklären, die mein Team aufzeichnen konnte. Und es würde Sinn ergeben, wenn man die Situation bedenkt.«

Vale klatschte in die Hände. »In Ordnung. Die Baladonier stellen gerade ihre Stadt auf den Kopf. Wenn es etwas zu finden gibt, sollten wir es zuerst aufstöbern. Alle Augen auf die Stadt!«

Xin nickte. Er sah über den Tisch zum Ersten Offizier hinüber. »Tuvok, ich habe eine mögliche Antwort auf Ihre Frage, wie im phasenverschobenen Universum die Schwerkraft funktioniert.« Seine Augen leuchteten vor Begeisterung. »Die Schwerkraft wirkt auf einer makroskopischen Ebene, nicht auf der mikroskopischen, auf der die Quantenmechanik herrscht. Es könnte sein, dass die Quanteneffekte der Phasenverschiebung ausreichen, um die klassischen mechanischen Kräfte zu eliminieren, wenn verschobene und normale Objekte interagieren. Beispielsweise die Kontaktkraft. Aber die Schwerkraft kann unter bestimmten Bedingungen noch wirksam sein.«

Tuvoks linke Augenbraue hob sich. »Faszinierend. Ich hatte eine Hypothese über die Festigkeit des Bodens entwickelt. Extrem große Echtwelt-Massen, die zur Schwerkraft vertikal ausgerichtet sind, könnten eine Art Oberflächenspannung - in Ermangelung eines anderen Begriffs - mit der phasenverschobenen Welt entwickeln, sodass eine verschobene Hand mit ein wenig Anstrengung eine Stuhlfläche durchdringt, aber nicht durch eine verschobene Person, die versucht, darin zu sitzen. Auch ein Gegenstand, der auf normalen Boden gestellt wird, ist ...«

Riker schlug mit der flachen Hand auf den Tisch und fragte. »Können wir bitte das Fachsymposium erst abhalten, nachdem wir diese interstellare Krise gelöst haben?«

»Natürlich, Admiral«, sagte Vale. »Sie alle haben Ihre Aufgaben. Wegtreten.«

Die Offiziere erhoben sich und verließen die Beobachtungslounge. Vale grinste Riker an, als dieser an ihr vorbeiging. »Eine gute Idee, den wissenschaftlichen Nerd-Club zu vertagen.«

»Admiral zu sein, hat seine Vorteile«, antwortete Riker und rieb sich die Nasenwurzel.

»Irgendetwas muss ich ja von dem Job haben ...«

13

Die Baladonier waren in der Tat fleißig gewesen. Die Sensoren der *Titan* hatten die Bewegungen der Krieger aufgezeichnet, sie suchten die Insel Sanktum von einem Ende zum anderen ab, um die versteckten Interphasengeneratoren der Ekorr zu finden.

Sie hatten einen sehr nah an Jakohs neuem Heim gefunden, in einer versteckten Kammer hinter dem Küchengebäude des Garadius-Lyzeums. Für die Besatzung der *Titan* war das keine Überraschung, war es doch eine entscheidende Quelle aller phasenverschobenen Güter, die die Ekorr benötigten. Natürlich war er aufgegeben worden, die, die ihn bedienten, hatten sich schon lange selbst verschoben. Als Riker sah, dass die Baladonier das zylindrische Gerät, zusammen mit einer verdächtigen Lieferung aus einem ihrer Arsenale von der anderen Seite der Insel ins Garadius-Lyzeum brachten, wusste er, dass es Zeit war, zu handeln.

»Die sind sogar zu beschäftigt, um einen neuen Transportinhibitor aufzustellen«, stellte Riker fest, nachdem ein Team in einem Foyer der Rotunde materialisiert war. Die Baladonier waren in der Tat ein wenig schwer von Begriff. Der Admiral hatte den Verdacht, dass sie das Denken in der letzten Zeit häufig dem Abgesandten der Breen überlassen hatten.

Durch den weiten Türrahmen sah er nun Thot Roje, der in der Rotunde neben dem gewaltigen Amboss stand. In seinem Schatten arbeiteten Shayla und ein Team von Baladoniern daran, den Interphasengenerator näher an ein meterhohes Dodekaeder zu schieben. Jakoh stand in der Nähe und grinste wie ein grüner Clown.

»Sehen Sie da!«

Jakohs Wachen wurden auf der Stelle auf Riker und seine Sicherheitsoffiziere aufmerksam und zückten ihre Disruptoren. Aber der baladonische Kriegsherr schien unbesorgt.

»Da sind Sie ja wieder«, sagte Jakoh und schlenderte auf das riesige Dodekaeder zu. Er streichelte es mit den Fingerspitzen. »Ist das nicht hübsch?«

»Sie können das fragliche Objekt ja gar nicht sehen«, stellte Tuvok fest. »Sie sind blind.« Er hielt seinen eigenen Phaser im Anschlag.

»Ach, das muss ich auch nicht«, sagte Jakoh. »Ich erinnere mich daran. Es ist wundervoll. Eine Bombe. Eine große, fette Bombe, zu groß, als dass wir es je gewagt hätten, sie auf dieser Insel zu zünden.« Er strich liebevoll mit der Hand über die silbrige Oberfläche. »Wir nennen sie den ›Kauterisierer‹. Wir haben ihn schon fünfzig Jahre, aber bisher wagten wir nicht, ihn auch zu benutzen.«

Hinter Tuvok trat nun Orica hervor. Sie rang nach Luft, als sie das Gerät sah. Sie hatte sich geweigert, mit ins Lyzeum zu kommen, bis Tuvok ihr von seinem Verdacht erzählt hatte, und jetzt hatte sie den Beweis seiner Theorie direkt vor Augen.

»Wir haben uns diese Bombe für den Fall aufgehoben, dass etwas ganz Verrücktes passiert«, erklärte Jakoh. »So etwas wie ... dass die Ekorr lernen, besser zu kämpfen als wir. Anderenfalls hätten wir ihn nie in unserer Heimat benutzt, aber jetzt sind wir froh, dass wir ihn ihnen schicken können.« Er tastete nach dem Interphasengenerator und trat dann davor. »Wissen Sie, wir waren jahrelang damit zufrieden, so zu tun, als seien die Ekorr unsichtbar für uns. Aber jetzt weiß ich, dass sie sogar in diesem Zustand eine Plage sind. Sie sind als Geister um uns herumgelaufen und haben uns ausspioniert und ausgelacht!«

Shayla trat an die Kontrollkonsolen des Generators. »Wir haben die Bombe so eingestellt, dass sie in dem Augenblick explodiert, in dem sie verschoben wird. Wir werden sogar ihre geisterhaften Gestalten in Stücke reißen. Und wir müssen uns nicht einmal darum kümmern, aufzuwischen, was von ihnen übrig bleibt!«

Thot Roje schien ein wenig aufgeregt und besorgt angesichts dessen, was Rikers Team tun könnte, Jakoh war es nicht. »Sie können es nicht aufhalten, Riker!«, sagte er. »Der Prozess hat bereits begonnen.«

Riker schnaubte. »Du meine Güte, Jakoh, Sie sind wirklich blind. Wissen Sie das?«

Jakoh spuckte aus. »Habt ihr das gehört? Und so was will ein Diplomat sein!« Er zitterte vor Zorn. »Ja, ich bin blind! Na und?«

»Ich meinte, dass Sie das Offensichtliche nicht sehen können. Sie bereiten hier Ihr kleines Geschenk an die Ekorr vor ... und das an einem Ort, den die Ekorr sehen können. Und sie sehen garantiert zu.«

Jakohs Miene erstarrte.

Tuvok gab etwas in seinen Trikorder ein. »Wir können die Ekorr nicht sehen, aber sie können Sie alle sehen. Und sie haben anscheinend bereits einen Anyonstrahl aus ihrem Emitter hier vorbereitet. Diese Bombe hier wird nicht verschoben werden. Nicht hier und nicht jetzt.«

Thot Roje quakte etwas - offenbar konnte *er sie* verstehen -, und die Baladonier schrien auf. Shayla rief: »Beeilt euch! Deaktiviert die Bombe!«

»Geben Sie sich keine Mühe«, sagte Riker. »Wir haben die Bombe identifiziert, als Sie sie hergebracht haben. Und wir haben das spaltbare Material bereits ins Weltall gebeamt.« Er schlenderte lässig in den Raum zwischen allen Beteiligten und machte sich offenbar keine Gedanken mehr um die Feinde, die sich im Raum befanden. »Nein, wir haben uns nie Sorgen darum gemacht, was Sie tun würden. Uns beunruhigte vielmehr, was die Ekorr geplant hatten.«

Jakoh schluckte hörbar. »Was ... was meinen Sie?«

Riker wies auf die gegenüberliegende Wand. »Ich meine die verschobenen Botulinum-Bakterien, die die Ekorr gerade in Ihre Trinkwasseraufbereitungsanlagen geben. Die Bakterien, mit der sie alle auf dieser Insel umbringen wollen. Jeden zumindest, der nicht seine eigenen Trinkwasservorräte in Sicherheit gebracht hat.«

Tuvok nickte. »Unsere Technikerteams, die die Aufbereitungsanlagen warteten, haben verdächtig hohe Chronitonwerte nahe ihren Arbeitsplätzen entdeckt. Wir brauchten eine Weile, um zu realisieren, dass sie von Ekorr-Agenten verursacht wurden, die nur darauf warteten, in Aktion zu treten.«

Die Baladonier ächzten vor Überraschung. »S... sie wollten ...« stammelte Jakoh, »... sie wollten uns alle eliminieren?«

»Ohne damit der Insel selbst zu schaden«, sagte Riker. »Sie wollten den Planeten säubern, solange ihre eigenen Leute immateriell waren. Die Bakterie wäre in zwei Wochen wieder ausgestorben. Und die Ekorr könnten in eine Welt zurück, die sie für sich selbst hätten.«

»Ich glaube es nicht«, sagte Orica entsetzt. »Ich habe nie Behälter für so etwas gesehen. Und ich war doch überall!«

»Ich habe sie auch nicht gesehen«, sagte Tuvok. »Aber ich weiß, dass ich ihnen begegnet bin. Sie befanden sich in dem Haufen von ›leeren‹ Containern, die in verschobener Form im Amboss gelagert sind. Zorrayn warnte seine Leute, darauf zu schießen, wenn Sie sich erinnern. Worauf ich auf der Suche nach Sicherheit herumgeklettert bin, war genau genommen ein Stapel von Behältern, die Biowaffen enthalten.« Wenn der Gedanke, über sie zu klettern, nachträglich Unbehagen in ihm auslöste, zeigte Tuvok es nicht.

Riker ging an Jakoh vorbei, der immer noch vor Wut zitterte. »Keine Sorge, Jakoh. Mister Ra-Havreiis Teams haben die Wasseraufbereitungsanlagen vom Netz genommen.«

Er schritt auf Thot Roje zu, der mit gezücktem Disruptor still wie eine Statue dastand. »Haben Sie verstanden, Roje? Ihre beiden Pläne sind fehlgeschlagen.«

»Beide?«, fragte Orica verwirrt.

»Richtig.« Riker zeigte mit bloßem Finger anklagend auf den Abgesandten der Breen. »Er war die ganze Zeit hier, wie ein griechischer Chor in einem Drama. Oder vielleicht sollte man sagen: Eher wie ein kleiner Teufel, der beiden Völkern Böses einflüsterte.« Er schmunzelte. »Wahrscheinlich ist es nicht ganz einfach, Sie zum Bösewicht zu machen, da wir Ihr Gesicht nicht sehen oder Sie verstehen können, aber Sie sind tatsächlich der Bösewicht in diesem Stück.«

Der Breen schnarrte protestierend, aber Riker ignorierte ihn. »Sie sind auf die Ekorr zugegangen und haben Ihre Hilfe beim Phasenverschiebungsprojekt angeboten. Die Ankunft Ihrer Lander-Schiffe war das Signal für Zorrayn, die Baladonier zu vergiften. Und sobald Sie wussten, dass das geschehen war, wollten Sie Ihren anderen Plan ausführen: Sie wollten sicherstellen, dass die Ekorr niemals zurückkehren. Sie waren es, der Zorrayn dazu bewog, die Nachricht an die Föderation zu schicken und um Hilfe bei der Wartung der Anlagen zu bitten, bevor er sich selbst phasenverschob, sodass Sie die anstehende Katastrophe der Föderation anlasten konnten. So hätten Sie sich den Planeten unter den Nagel reißen können!«

Tuvok fasste Thot Roje ins Auge. »Ich vermute, die Breen planten ursprünglich nur, den Anyonemitter zu zerstören, um die Ekorr daran zu hindern, wieder in die reale Welt zurückzukehren, aber die Bombe der Baladonier schien eine bessere Option zu sein. Immerhin hatten die Sensoren der *Pell Togah* Ihnen mitgeteilt, dass der Vergiftungsprozess bereits begonnen hatte. Sie brauchten die Ekorr nicht mehr.«

Riker ging vor dem Amboss hin und her und legte schließlich die Hand an den Mund. »Haben Sie das gehört, Zorrayn?«

»Vielleicht hört er Sie nicht«, warf Orica ein. »Er könnte überall auf der Insel sein.«

»Oh nein, das würde er doch nicht verpassen wollen.«

Thot Roje trat einen Schritt zurück, dann noch einen, denn er hatte bemerkt, wie böse ihn die Baladonier anstarrten.

»Gehen Sie noch nicht«, sagte Riker und zwinkerte dem Breen zu. »Da ist nämlich noch etwas, von dem ich möchte, dass Zorrayn es hört. Die Ekorr sollen wissen, warum die Romulaner letztendlich die Entwicklung eines Interphasentarngeräts aufgegeben haben. Ein Thema, mit dem ich übrigens selbst ein wenig Erfahrung sammeln durfte. Und ich bin sicher, dass Ihre Breen-Freunde davon auch schon gehört haben.

Wir hatten auf der *Pegasus* eine Explosion im Hauptmaschinenraum, denn der Versuch, die Interphasentarnung auf das gesamte Schiff auszuweiten, führte zu einer Überlastung des Plasmaverteilersystems. Das romulanische Schiff, auf das die *Enterprise-D* seinerzeit vor unserem ersten Besuch hier traf, hatte ein ähnliches Problem: ebenfalls eine Explosion. Man verliert nur wenige Schiffe, bevor man begreift, dass eine Technologie zu kompliziert ist, als dass man sie sinnvoll anwenden könnte.

Und an dieser Stelle, Zorrayn, kamen Sie ins Spiel. Sie haben eine große Menge Chronitonfelder erzeugt, denn Sie haben Materie in einer Menge verschoben, die beinahe einem Raumschiff entspricht. So viele Chronitonen an einer Stelle scheinen dafür zu sorgen, dass die Wahrscheinlichkeit eines zufälligen Verfalls dieser Materie steigt. Es beginnt in der verschobenen Welt und beeinflusst die normale schon bald darauf, mit explosiven Ergebnissen. Das ist der *Pegasus* passiert und auch dem romulanischen Schiff. Sie müssen sich also um das Nervengas keine Sorgen machen. Im Augenblick sind *Sie* die Bomben.«

Er hielt inne, damit alle über seine Worte nachdenken konnten. »Oh«, fügte er dann hinzu. »Wir wissen nicht, wann es passieren wird. Aber es könnte jeden Augenblick geschehen, und deshalb ordne ich folgende Schritte an, um die Leute auf diesem Planeten zu schützen. In ungefähr fünf Minuten wird der Hauptemitter der *Titan* diese Insel in einem Anyonstrahl von unfassbarer Stärke baden. Die Baladonier wird das nicht betreffen, aber Ihre Leute und Ihre Vorräte werden erscheinen, wo auch immer sie gerade sind. Jeder, der sich in diesem Augenblick in etwas Solidem aufhält ... nun, das könnte eklig werden. Mir persönlich wäre es allerdings lieber, wenn Sie in etwas Solidem materialisieren, als wenn Sie in die Luft gehen und die Baladonier auch noch in Gefahr bringen.«

Orica ging zu Riker hinüber. »Mein Volk! Das dürfen Sie nicht!«

»Dann sollten sie jetzt handeln«, gab Riker zurück. »Zorrayn, Tuvok sagte mir, dass Sie ein allgemeines

Kommunikationssystem haben, mit dem Sie alle erreichen können. Warnen Sie sie oder auch nicht, das überlasse ich Ihnen.« Er sah wieder zu den Baladoniern. »Aber ich hätte da einen Vorschlag an Jakoh und seine Leute: Sie sollten schon mal ein paar Wischmops besorgen!«

Rikers Worte hallten für ein paar Sekunden durch den Kuppelsaal.

Dann erschien auf einmal etwas in ihrer Mitte. Es war unheimlich, eine kleine Gestalt, halb durchsichtig, die sich vor Schmerzen krümmte, flackerte im Raum vor Riker. Kaum hatte er erkannt, dass es sich um den gepeinigten Zorrayn handelte, den er seit dem Besuch der *Enterprise* nicht gesehen hatte, erschienen auch rund ein Dutzend weitere Gestalten um sie herum.

Die Baladonier sahen sich um und wussten nicht, was sie tun sollten. »Wenn irgendeiner eine Waffe abfeuert, wird mein Schiff Sie alle in den Ozean beamen«, ließ Riker sie wissen. Er warf Shayla einen bösen Blick zu. »Ich hatte einen langen Tag. Stellen Sie mich also nicht auf die Probe.«

Zorrayn, dem es nach dem Übergang ins reale Universum sehr schlecht zu gehen schien, bemühte sich, wieder auf die Beine zu kommen. Er sah zornig zu Riker auf. »Von dieser ... dieser Sache mit den Explosionen war in La Forges Aufzeichnungen nicht die Rede!«

»So ist das eben, wenn man Dossiers klaut, an denen noch gearbeitet wird.«

Zorrayns Blick fiel auf Thot Roje. Er streckte einen Finger nach ihm aus. »Und Sie! Sie haben uns diese Technologie gegeben, Sie sagten, sie würde uns helfen ... und haben nichts weiter gesagt!«

»Als ob die Breen so etwas kümmern würde!«, stellte Riker fest. »Die interessiert nur, was in diesem Ozean ist und wie das ihrer Sache dienlich sein könnte. Und was die

Wahl angeht, sich dafür entweder mit den Baladoniern oder den Ekorr zu einigen, vermute ich eher, dass sie eine dritte Option bevorzugen: Sie alle sterben zu lassen, damit sie als lachende Dritte nicht teilen müssen!«

Thot Roje schnarrte eine zornig klingende Antwort. Aber alle um ihn herum waren wütender, und so berührte der Breen ein Kontrollfeld auf seinem Handgelenk. Einen Augenblick später war er verschwunden. Er hatte sich wegtransportiert.

»Und genau aus diesem Grund wurde der Transportinhibitor nicht ersetzt«, erklärte Tuvok. »Roje wollte sich eine Hintertür offenhalten, falls alles im letzten Augenblick schiefgeht.«

»Das ist mir egal«, verkündete Riker. »Er hat gehört, was er hören sollte.«

Er ließ seinen Blick durch den Raum schweifen. Es schien keine Fronten mehr zu geben, die Ekorr materialisierten neben den Baladoniern. Draußen auf dem großen Platz geschah den überraschten Rufen zufolge das Gleiche. Riker ging zur östlichen Fensterfront hinüber und riss die Vorhänge auf.

»Ihre beiden Völker sind derzeit unbewaffnet und gemischt dort draußen«, sagte der Admiral. »Zorrayn, Jakoh ... Ihre Leute können sich also gegenseitig an die Gurgel gehen oder Sie können verhandeln.

Und was ich bevorzuge, können Sie sich sicher denken!«

EPILOG

Zum ersten Mal, seit sie de facto Captain geworden war, war es wirklich gut gelaufen, dachte sich Vale. Kein Admiral war verloren gegangen, und drei Kriegsschiffe der Breen waren zerstört worden. Ein viertes war mit eingezogenem Schwanz abgehauen.

Die *Pell Togah* war Sekunden, nachdem Thot Roje sich an Bord gebeamt hatte, abgeflogen. Auf Befehl des Admirals hatte sich die *Titan* nicht an ihre Fersen geheftet. Vale fand das seltsam nach allem, was man den Breen in diesem Fall vorzuwerfen hatte, aber sie zog es vor, das nicht als Einmischung in ihre Kompetenzen zu betrachten, sondern anzunehmen, dass der Admiral gute Gründe dafür hatte.

Weder die Ekorr noch die Baladonier schienen noch die Energie für eine große Auseinandersetzung zu haben, und angesichts der Warnung Admiral Rikers, dass die Breen vielleicht mit Verstärkung zurückzukehren und ihre Heimatwelt zu erobern trachteten, beschränkten sich beide Parteien darauf, ihre Häuser zu reparieren. Ihre ursprünglichen Häuser in Jakohs Fall. Verbliebene phasenverschobene Vorräte und Nachzügler der Ekorr wurden aufgespürt und wieder in die Realität versetzt. Ein Kontingent der Sternenflotte war unterwegs, um den Leuten auf Garadius IV langfristige Hilfe zukommen zu lassen. Das war der Preis der Föderation dafür, den Schutz der Sternenflotte auf den Planeten auszudehnen, und es war einer, den die Bewohner offenbar bereit waren zu zahlen. In den Breen hatten die Baladonier und die Ekorr einen gemeinsamen Feind.

Die *Titan* blieb im Orbit und stellte sicher, dass die verdorbenen Wasservorräte sicher waren, und garantierte den Frieden. Das verschaffte den Offizieren eine wohlverdiente Atempause, und Normalität und Routine konnten wieder einkehren.

»Spit in the Ocean«, sagte Riker. Sie saßen in seinem Quartier und er gab die Karten.

Tuvok sah ihn verwirrt an.

»Das ist ein Kartenspiel.«

»Das hatte ich vermutet«, erwiderte Tuvok und schob seinen Einsatz in die Mitte des Tischs. »Aber ich verstehe nicht, was ein Ozean damit zu tun hat ...« Er hielt inne. »Vergessen Sie's.«

Troi lachte leise. »Sind Sie eigentlich immer noch so beeindruckt von der ekorrianischen Art, den Frieden zu erhalten wie zuvor, Tuvok?«

»Was ich sah, war eine Illusion von Frieden«, sagte Tuvok. »Sich aus der Sichtweite der Feinde zu halten, ist keine adäquate Antwort auf die Herausforderungen der Koexistenz. Sie erfordert Arbeit.«

Vale zog eine Karte und sah resigniert auf ihre miserablen Karten. Sie stieg aus. »Am Ende ist ja doch alles gut geworden. Ich schätze, es war nicht das Schlechteste, sich noch einmal mit diesen Leuten zu befassen. Nicht wahr, Admiral?«

Riker verzog das Gesicht, als habe er Schmerzen. »Nein, es war schrecklich!«

Alle am Tisch lachten. »Aber es hat funktioniert. Ich erwarte von Ihnen allen, dass Sie mich in Zukunft vor solchen diplomatischen Scharmützeln bewahren, wenn es nötig wird. Und dass Sie weiterhin jeden erschießen, der versucht, mich zu kidnappen. Danke noch mal, Captain.«

Vale lächelte. »Keine Ursache.«

Riker warf noch ein paar Chips auf den Tisch, woraufhin Troi und Tuvok ausstiegen. »Und wenn man mich ein drittes Mal nach Garadius schicken will, phasenverschieben Sie mich!« Er lachte leise.

Alle stimmten ein, außer dem efrosianischen Ingenieur, der als Letzter setzte. »Ich habe eine Frage, Admiral.«

»Ich auch: Sind Sie dabei oder nicht?«

»Erst meine Frage?«

»Na gut.«

»Ihr Plan, die Ekorr dazu zu bringen, wieder in die reale Welt zurückzukehren, hat funktioniert«, sagte Xin. »Aber ich frage mich, warum Sie es für notwendig hielten, ihnen zu sagen, dass ihr Phasenzustand spontan zerfallen würde. Von dieser Sache mit dem ›spontanen Zerfall‹ habe ich bisher in den Forschungsberichten nichts gelesen.«

Riker antwortete nicht.

Xin fasste seine Karten fester und runzelte die Stirn. »Sicher waren die Ekorr allein schon dadurch motiviert, zurückzukehren, Sir, dass die *Titan* bereit war, die Anyonen abzufeuern und weil ihre Nahrungs- und Wasservorräte vergiftet waren. Ihre Ankündigung schien mir also ... überflüssig.«

»Sie wollen also fragen, warum Ihr Admiral gelogen hat?«, wollte Riker wissen und ließ seinen Blick über die Anwesenden wandern.

Tuvok erwiderte den Blick nur kurz. »Ein Admiral der Sternenflotte lügt nicht, Mister Ra-Havreii. Wenigstens nicht der hier anwesende. Er blufft höchstens.«

Vale stützte das Kinn auf ihre Faust. »Tut er das, ja?«

Riker ließ sich nicht in die Karten blicken, stieg aber nicht aus. »Na gut. Wer hat sonst noch da unten zugehört? Da war zum Beispiel Thot Roje, der Breen. Und jetzt glauben die Breen, dass diese Phasentechnik fehlerhaft ist.«

»Was ja sehr gut sein kann«, erwiderte der Chefingenieur. »Zumindest diese bestimmte Phasentechnik. Wahrscheinlich gibt es andere Methoden, andere Arten der Verschiebung, bei denen andere Regeln gelten. Aber trotzdem ...«

»Können Sie sich vorstellen, was geschieht, wenn jemand einen tragbaren Phasengenerator, wie die Breen ihn den Ekorr überließen, entwickelt und dabei wirklich böse Absichten hat? Etwa solche Drohnen, mit denen die Son'a die Ba'ku markierten, um sie zu transportieren? Sie könnten auf einen Feind feuern und ihn aus der Phase verschieben. Der Andere würde verhungern, wenn er nicht vorher verrückt würde.«

»Es ... es klingt, als würden wir Anyonemitter auf jedem Schlachtfeld brauchen. Und Transportinhibitoren«, erklärte Vale.

»Und was würde das helfen, wenn die Breen diese Technologie nutzen? Eine Technik, von der sie wissen, dass wir und die Romulaner sie aufgegeben haben, die sie aber weiterführen, um damit zu spionieren?«

»Wir würden Anyonfelder um alles legen müssen, was wir sichern wollen. Überall«, sagte Tuvok ernst.

»Das würde teuer«, stellte Xin fest.

»Also, was ist einfacher? Jedes Raumschiff und jede Raumstation der Föderation neu ausstatten, oder die Breen davon überzeugen, dass dieser Ansatz einfach nicht funktioniert?«, fragte Riker. »Auf diese Weise gewinnt man übrigens mit ein paar Dreien.«

Der Efrosianer warf seine Karten auf den Tisch. »Sie meinen, wie Sie gerade?«

»Tut mir leid«, erwiderte Riker und holte sämtliche Chips zu sich heran.

»Diese Information ist ausschließlich für Admiräle gedacht. Wer gibt?«

DANKSAGUNG

Meine Wertschätzung geht an Margaret Clark und Ed Schlesinger, sowie John Van Citters bei CBS, der diesen Roman möglich gemacht hat.

Ich schulde auch Ronald D. Moore großen Dank, dem Autor der STAR TREK - THE NEXT GENERATION-Episode *»So nah und doch so fern«*, von der diese Geschichte inspiriert wurde. Danke auch an Christopher L. Bennett, dessen Theorien, wie Phasenverschiebung funktioniert, mir bei meiner Herangehensweise geholfen haben.

Und Meredith Miller, meiner Testleserin und Nummer Eins in meiner Welt, gebührt ohnehin immer Dank.